Cara Lynn James

Eine Liebe in Summerhill

Roman

Cara Lynn James

Eine Liebe in Summerhill

Roman

BRUNNEN
Verlag Giessen · Basel

Die amerikanische Originalausgabe erschien unter dem Titel
„Love on a Dime – A Ladies of Summerhill Novel"
bei Thomas Nelson, Nashville, Tennessee/USA.

Deutsch von Dr. Friedemann Lux

MIX
Papier aus verantwortungsvollen Quellen
FSC® C014496
FSC
www.fsc.org

www.brunnen-verlag.de
Umschlagfoto: shutterstock; istockphoto/Josh Baker/Terry Healy
Umschlaggestaltung: Sabine Schweda
Satz: Die Feder GmbH, Wetzlar
Druck: GGP Media GmbH, Pößneck
ISBN 978-3-7655-1514-9

Dieser Roman ist mit all meiner Liebe
meinem Mann, Jim, gewidmet.
Danke für deine Liebe, Unterstützung,
Ermutigung und Geduld.
Du bist mein Held!

Prolog

New York, Mai 1893

Jack verlangsamte seinen Schritt. Sein Mut sank beim Anblick des Westbrook'schen Hauses auf der anderen Straßenseite. Die Nervosität drückte ihm auf den Magen. Aber ein Blick auf Lilly, die im Dämmerlicht des frühen Abends vor Zuversicht strahlte, ließ seine Hoffnung wieder aufleben. Sie kannte ihre Eltern doch viel besser als er. Wenn sie glaubte, dass ihr Vater seinen Segen zu ihrer Heirat geben würde, was sollte er zögern?

Arm in Arm schlenderten sie über die Straße. Das Haus der Westbrooks stand in einer Reihe mit mehreren anderen dreistöckigen, aus Ziegeln gebauten Patrizierstadthäusern, mit seinen hohen Sprossenfenstern, die auf den Washington Park hinausgingen.

Mr Ames, der alte Butler, öffnete die Haustür. Jack und Lilly betraten die schwach erleuchtete Eingangshalle.

„Wo ist mein Vater heute Abend?", fragte Lilly den Butler.

„Im Salon, Miss."

„Soll ich mitkommen, Jack?"

„Nein", flüsterte er und drückte ihre Hand. „Ich mache das lieber allein. Bete, dass alles gut geht."

Jack marschierte den langen, schmalen Flur zum hinteren Teil des Hauses entlang, entschlossen, sein Anliegen vorzutragen. Jeder Nerv seines Körpers fühlte sich lebendig an – und vibrierte vor Angst. Er würde tief Luft holen und dann bei Mr Westbrook um Lillys Hand anhalten, respektvoll und ernst, aber nicht unterwürfig. Er würde seine übliche forsche Art zügeln und darauf hoffen, dass Mr Westbrook dieser Ehe zustimmen würde, auch wenn sie in den Augen der meisten Leute gesellschaftlich unpassend war. Wenn er über seine Chancen auf Erfolg nachdachte, würde er es am liebsten gar nicht erst versuchen.

Er holte tief Luft und ging schneller. Die Wandleuchten warfen ihren blassen Schimmer auf den Perserläufer, der seine Schritte verschluckte. Das Haus war still; alles, was er hörte, war der Hammer, der von innen gegen seine Brust klopfte.

Jack schickte ein Stoßgebet gen Himmel. Er hatte Gott nicht oft um etwas gebeten, aber das hier war zu wichtig, als dass er allein auf seine eigenen, unerfahrenen Kräfte vertrauen sollte.

Vor der Tür zum Salon blieb Jack stehen, zog seine Fliege gerade und straffte die Schultern. Als er eintreten wollte, hörte er Stimmen aus dem Zimmer. Er erkannte die hohe, mädchenhafte Stimme von Mrs Westbrook. Gut, er würde eine Pause in dem Gespräch abpassen und dann anklopfen, um Entschuldigung für die Störung bitten und fragen, ob er Mr Westbrook sprechen dürfe. Er wartete einige Augenblicke, als er plötzlich seinen Namen hörte. „Thomas, mir ist aufgefallen, dass Jackson Grail ziemlich an Lilly interessiert scheint. Er wird sie doch wohl nicht heiraten wollen?"

Die Besorgnis in ihrer Stimme ließ Jack zusammenzucken. Er trat näher zur Tür.

Dann hörte er Mr Westbrook leise lachen. „Nein, Liebling, er ist Georges Freund, nicht der von Lilly. Sie ist ja noch ein Kind."

„*Kind?* Lilly ist neunzehn, also sicherlich alt genug, um einem jungen Mann aufzufallen."

„Gut, sie ist vielleicht nicht mehr meine Kleine. Aber bereit für die Ehe? Nein, Nessie, das glaube ich nicht. Sie hat alle Zeit der Welt, sich einen Mann auszusuchen. Das hat nun wirklich keine Eile."

„Hmm. Ich finde, sie sollte nicht *zu* lange warten. Ich habe mir schon einige Gedanken über ihre Zukunft gemacht."

„Das kann ich mir denken", murmelte Mr Westbrook. Jack konnte förmlich sein gequältes Lächeln sehen.

„Als ihre Mutter habe ich eben die Pflicht, sie anzuleiten. Ich denke an Oliver Cross oder Pelham Mills als passende Anwärter. Oder Harlan Santerre. Er ist so ein höflicher junger Mann, und seine Mutter und ich kennen uns seit unserer Kindheit. Ja, doch, Harlan wäre meine erste Wahl."

Jack hielt den Atem an. Er sollte sich besser losreißen und nicht mehr länger lauschen.

„Die wären mir alle recht", sagte Mr Westbrook. „Aber was hältst du von dem jungen Grail? Du hast doch eben gesagt, er interessiert sich für sie. Er ist doch ein vernünftiger junger Mann."

„Aber er hat keinen Penny in der Tasche! Muss ich noch deutlicher werden?"

Jack runzelte die Stirn. Er versuchte zu schlucken, aber sein Mund war trocken.

Mr Westbrook seufzte. „Du hast ja recht, Liebling. Er kommt nicht infrage, auch wenn ich ihn mag."

„Ich mag ihn auch. Und genauso gut ausgebildet wie unser George ist er auch. Aber um um Lillys Hand anzuhalten, müsste er ziemlich schnell viel Geld machen. Und das ist höchst unwahrscheinlich."

„Leider fast unmöglich. Hoffen wir, dass du nicht recht hast und der junge Grail sein Herz nicht an Lilly gehängt hat." Lillys Vater seufzte. „Er ist ein intelligenter Junge. Ich bin mir sicher, er weiß es besser. Vor allem, weil Lilly eine ehrgeizige Mama hat, der so viel daran liegt, die perfekte Partie für ihre Tochter zu finden."

Mrs Westbrook lachte. „Thomas, hör auf damit, mich zu necken."

Jacks Schulter stieß an einen goldverschnörkelten Bilderrahmen. Fast hätte er ihn heftig weggestoßen, doch dann hielt er inne. Nein, er würde nicht die Beherrschung verlieren. Er ließ das Ölbild schief an seinem Platz hängen und stolperte den dicken Läufer entlang zurück, weg von den furchtbaren Stimmen. Er erreichte die Eingangshalle und ließ sich auf einen Rosenholzstuhl fallen. Den neugierigen Blick von Mr Ames ignorierte er.

Er vergrub das Gesicht in den Händen und versuchte, zu sich zu kommen, bevor er Lilly gegenübertreten musste. Aber das Gespräch ihrer

Eltern hallte durch seinen Kopf. *Arm. Er kommt nicht infrage* … Wie hatte er je glauben können, dass sie ihn als Schwiegersohn akzeptieren würden? Seine Liebe zu Lilly hatte ihm wohl den Verstand geraubt. Die letzten Monate hatte er in einem Nebel der Hoffnung verbracht, aber der lichtete sich jetzt.

Leise Schritte. Er schaute hoch. „Was hat Papa gesagt?" Lilly nahm seine beiden Hände.

Er musterte sie stumm und sah, wie sein Schmerz sich in ihren Augen spiegelte. Wie er sich wünschte, dass seine Antwort ihr Freude bringen könnte. Vorsichtig zog sie ihn in ein schwach erleuchtetes Wohnzimmer. Die Gardinen und die schweren Samtvorhänge ließen nur einige letzte Strahlen des Tageslichts durch die Fenster, hinter denen sich der Park erstreckte. Vor dem unbeleuchteten Marmorkamin sahen sie sich an, seine Arme fest um ihre schlanke Taille, ihre Hände locker auf seiner Weste.

„Sag es mir," sprach sie mit rauer, kaum hörbarer Stimme.

„Als ich zur Tür vom Salon kam, hörte ich, wie deine Eltern schon über geeignete Ehemänner für dich sprachen. Mein Name war nicht auf der Liste."

„Weil sie nicht wissen, dass wir uns lieben. Papa hat mir noch nie einen Wunsch abgeschlagen. Es wird vielleicht etwas Überredungskünste brauchen, aber du schaffst das. Am besten sprechen wir zusammen mit ihm."

Die reizende, verwöhnte Lilly, der das Herz ihres Vaters gehörte – außer, wenn es um ihren Zukünftigen ging. In den Kreisen der Reichen war das Heiraten ein Handelsgeschäft. Dort hatte jemand wie Jack keine Chance. Er hatte zwar zusammen mit den Reichen in Yale studiert, aber als Stipendiat hatte er einfach nicht dazugehört, egal, wie sehr er sich auch anstrengte. Vielleicht hätte er sie akzeptiert, die undurchdringliche Barriere, wenn nicht plötzlich Lilly in sein Leben gekommen wäre.

Er schaute sie an, spürte ihre Leidenschaft, prägte sich ihre großen, ausdrucksvollen Augen und ihre makellose Haut ein, ihre große, schlanke Figur und ihr dichtes braunes Haar, das ihr Gesicht umrahmte.

In ihren Augen leuchtete es. „Komm mit. Wir reden mit Papa. Jetzt."

Jack packte ihre Handgelenke. „Nein, das kann ich nicht. Es tut mir so leid. Er wird sich nicht umstimmen lassen, wir brauchen es gar nicht erst zu versuchen." *Erspare mir diese Demütigung …*

Ihr unterdrückter Aufschrei stach ihm ins Herz. „Du willst es noch nicht mal versuchen? Aber wir lieben uns doch. Ist es das nicht wert, darum zu kämpfen?" Lillys Stimme wurde laut vor Fassungslosigkeit.

Wie sollte er ihr erklären, dass er das Nein ihres Vaters nicht ertragen könnte? Noch einmal hören, dass er nicht gut genug war, um um ihre Hand anzuhalten? Ein Mal war genug. Und er wollte nicht, dass sie einfach mit ihm durchbrannte. Jack seufzte auf. Er liebte, verehrte Lilly, aber für ihre Familie kam er als Schwiegersohn nicht infrage. Als Tochter eines reichen Bankers konnte Lilly niemanden heiraten, der ohne Vermögen war.

„Wir können auch ohne ihre Zustimmung heiraten", flüsterte sie. „Du wirst eine gute Arbeitsstelle bekommen, das weiß ich. Wir brauchen die Erlaubnis meiner Eltern nicht, denkst du das nicht auch, Jack?"

„Aber ich möchte, dass sie mich akzeptieren." Er würde nie ihre Wertschätzung erhalten, wenn er ihnen ihre Tochter stahl. Jack wandte sich ab und fuhr sich mit der Hand durchs schwarze Haar. Er hatte sich selbst etwas vorgemacht. Wie konnte er für Lilly sorgen, wie ihr bieten, was sie von ihrem Elternhaus her gewöhnt war? Was konnte er ihr versprechen? Eine Einzimmerwohnung in einem schäbigen Stadtviertel, während er versuchte, sein Glück zu machen – falls ihm das gelang. Wie lange würde es dauern, bis seine schöne, junge, idealistische Braut merkte, dass sie zu viel geopfert hatte für einen unrealistischen Traum? Er würde ihr Unrecht tun, wenn er sie ihrer Familie wegnahm.

Er blickte sie an und sah die trotzige, naive Hoffnung in ihrem Gesicht. Aber er verstand die Wirklichkeit, wie sie es nie tun würde. Er hatte seine Liebe zu früh aufblühen lassen.

Jack machte langsam einen Schritt zurück und wappnete sich für den Schmerz, der jetzt kommen musste. „Deine Eltern haben recht. Ich kann nicht heiraten. Ich hätte dir nie einen Antrag machen sollen, weil ich dir nichts bieten kann."

Sie stürzte zu ihm und schlang die Arme um seinen Hals, während die Tränen ihr über die Wangen liefen. „Und unsere Liebe? Warum brauchst du mehr als das?“

„Lilly, wir können nicht von Träumen leben. Ich muss für uns das Brot verdienen. Von einem Bürogehilfengehalt kann ich dich nicht ernähren. Du würdest dein altes Leben vermissen.“

In ihrem weichen, hübschen Gesicht sah er ihre Anspannung. „Denkst du, meine Liebe ist zu schwach, um etwas zu ertragen? Sie ist stark genug für alles! Warum zweifelst du so an mir?“

Jack schüttelte den Kopf. „Ich zweifle an mir, nicht an dir.“ Was, wenn ihr Glaube an ihn jeder Grundlage entbehrte? Was, wenn er es nie weiter brächte als zu einem Bürogehilfen, trotz seines Studiums? Ein Mädchen aus so einer stolzen und anerkannten Familie wäre nie zufrieden damit, selbst Wäsche zu waschen, Essen zu kochen und auf Knien den Fußboden zu schrubben. Schon bald würde sie das verbittern.

„Ich kann mit weniger auskommen. Ein schönes Zuhause bedeutet mir nichts. Ich will nur dich.“ Die Enttäuschung ließ ihre Stimme lauter werden.

Es hatte keinen Zweck, wenn er mit ihr darüber stritt, was Armut aus einem Menschen machen konnte. Sie würde es nicht verstehen. „Wenn wir beide in den gleichen Kreisen aufgewachsen wären, würde ich nicht zögern, mit deinem Vater zu sprechen. Aber es ist nun mal anders.“

„Aber du wirst mit ihm sprechen, das weiß ich! Ich warte, bis du bereit bist, mich zu heiraten. Wir brauchen uns nicht zu beeilen. Ich bin geduldig, ich kann ewig warten.“ In ihren schönen Augen glänzten Tränen.

„Nein, bitte warte nicht auf mich.“ Jacks Stimme hörte sich hart und gleichzeitig brüchig an. Er wollte, dass sie wartete, aber er durfte ihre Chancen auf eine passendere, vielleicht sogar glückliche Ehe nicht ruinieren. Die Aussichten, es ohne Beziehungen in der Geschäftswelt zu etwas zu bringen, waren schlecht. Wenn er etwas aus sich gemacht hatte, würde er zurückkommen und hoffen, dass sie ihn immer noch wollte. Und ihm vergab. Aber er durfte sie nicht bitten zu warten.

Er trocknete ihre Tränen mit seinem Taschentuch, aber sie strömten weiter über ihre Wangen. Ihre schmalen Schultern wurden von leisem Schluchzen geschüttelt. Er küsste sie sanft, dann zog er sich hastig aus dem Zimmer zurück – bevor er sie womöglich an sich drückte und sie bat, mit ihm aus ihrem Elternhaus fortzulaufen. Er hatte vorgehabt, eine ganze Woche Georges Gast zu sein, aber jetzt musste er hier weg, und das schnell.

Zehn Minuten später war er fort.

Jacks Herz hämmerte ihm gegen die Rippen. Die letzten beiden Wochen waren ein einziges Elend gewesen. Er konnte weder schlafen noch essen. *Geh zurück! Geh zurück!*, schrien sein Kopf und sein Herz. *Du hast einen furchtbaren Fehler gemacht!*

Sein Magen rumorte. Er zwang sich, den Weg zum Washington Square nicht zu rennen, sondern zu gehen. Dann stand er endlich vor dem Haus der Westbrooks und ließ den Türklopfer gegen das schwere Holz knallen.

Er würde ihr erklären, dass er ohne sie nicht leben konnte und dass sein elender Stolz seinen gesunden Menschenverstand und seine Liebe verdunkelt hatte. Würde sie seine Entschuldigung annehmen? Sie würden sich etwas überlegen, irgendetwas.

Mr Ames zog die schwere Tür auf. „Was kann ich für Sie tun, Sir?"

„Ist Miss Westbrook zu Hause?"

Der bucklige Butler schüttelte den Kopf. „Sie sind alle verreist. Das Schiff ging gestern."

Jacks vorsichtiger Optimismus machte der Verzweiflung Platz. „Und … wann kommen sie zurück?"

„Nächstes Frühjahr."

Nächstes Frühjahr. Jack stöhnte. „G-guten Tag", murmelte er und drehte sich um.

Es ist zu spät. Ich habe sie verloren.

Kapitel 1

Newport, Rhode Island, Juli 1899

Sechs Jahre später

Mit einem Seufzer der Erleichterung zog Lilly Westbrook die letzte Seite ihres Manuskripts aus der Schreibmaschine. Dann riss sie das Kohlepapier in kleine Streifen und warf diese in den Papierkorb. Jetzt konnte kein neugieriges Dienstmädchen mehr ihr Werk rekonstruieren und sie bei ihrer Mutter verpetzen.

Einen Augenblick lang verdunkelte ein Anflug von Traurigkeit ihre Freude darüber, dass sie die nächste Geschichte fertig geschrieben hatte. Wie gerne hätte Lilly ihre Mutter in ihr Geheimnis eingeweiht, aber so sehr sie Täuschungsmanöver hasste, sie wusste: Mama würde sie nie verstehen. Sie war stolz auf ihre Tochter, die Dichterin, aber das hier?

Nein, es war besser, sie schrieb ihre Liebesromane, wenn sie hinter verschlossener Tür allein in ihrem Zimmer war.

Ihr schauderte bei dem Gedanken daran, was für eine Schande sie über sich (und schlimmer noch, über ihre Familie) bringen würde, wenn ihr Geheimnis bekannt würde. Der bloße Gedanke daran, eine Geächtete in der besseren Gesellschaft zu sein, ließ ihr die Knie weich werden. Ihr Gewissen plagte sie, wie so oft, wenn sie über ihr Versteckspiel nachdachte. Aber warum sollte sie sich sorgen, wo ihre Schriftstellerei doch so gut lief?

Sie ging zum Waschbecken neben ihrem Bett und schrubbte ihre Hände, bis auch die letzten verräterischen Spuren von Kohlepapier und Farbband verschwunden waren. Dann setzte sie die Abdeckhaube auf die Schreibmaschine, die ihre Mutter ihr vor ein paar Jahren zum Geburtstag geschenkt hatte. Eigentlich fand Mama eine Schreibmaschine überflüssig für eine Dichterin, aber sie war nicht die Frau, die ihren Kindern ohne guten Grund etwas vorenthielt.

Lilly zog einen Brief aus ihrer Rocktasche. Sie lächelte, als sie die letzten Zeilen noch einmal las.

Meine liebe Lilly,
ich möchte Ihnen erneut ein herzliches Dankeschön sagen für alles, was Sie für das Christliche Fürsorgehaus „Elizabeth" in New York getan haben. Wir wissen die Zeit und Mühe wärmstens zu schätzen, die Sie aufbringen, um unseren jungen Damen bei den Fertigkeiten, die sie für das Leben brauchen, und bei ihrem Englisch zu helfen. Dank Ihrer außerordentlichen Großzügigkeit und finanziellen Unterstützung konnten wir unsere Arbeit, die wir für unseren himmlischen Herrn tun, weiter fortsetzen.
Hochachtungsvoll,
Phoebe Diller, Leiterin

Miss Dillers Zeilen ließen es Lilly unvermittelt warm ums Herz werden und bestärkten sie in ihrer Entschlossenheit, weiter zu schreiben. Denn ohne die Honorare aus ihren Romanen wäre sie nicht in der Lage, ihrem liebsten Hilfswerk mehr als ein paar Dollar zu spenden. Wie konnte sie auch nur daran denken, mit dem Schreiben aufzuhören, wenn ihre Liebesromane anderen Menschen solch einen Segen brachten?

Sie schloss das Manuskript in den Sekretär neben dem Erkerfenster ein und schob den Schlüssel unter die Auskleidung ihres Andenkenkästchens. Zeit für einen wohlverdienten Spaziergang am Meer. Sie setzte ihren mit Mohnblumen verzierten Hut auf ihr hochgestecktes Haar. Ein letzter rascher Blick zu ihrem Schreibtisch hin, und sie überließ ihr Zimmer der Nachmittagssonne, die sich über das Eichenparkett und den kostbaren Teppich ergoss.

Lilly ging die breite Treppe hinunter, sich gratulierend, dass sie es geschafft hatte, den Schluss zu tippen, obwohl es noch einige Tage bis zum Abgabetermin war. Sie seufzte. In diesem Sommer hatten zu viele gesellschaftliche Pflichten ihr Schreiben immer wieder unterbrochen. Aber sie hatte keine Wahl gehabt, als die ganzen Einladungen lächelnd über sich ergehen zu lassen, obwohl die meisten sie schier zu Tode langweilten.

Aber Schluss mit diesen Gedanken. Sie hatte das Manuskript pünktlich fertig bekommen, und dafür würde sie sich jetzt mit ein paar Minuten draußen in der Sonne belohnen. Leichten Herzens schlenderte sie durch die verlassene Eingangshalle, vorbei an Mr Ames, dem Butler, und durch die Haustür hinaus. Ein wunderschöner Tag begrüßte sie mit strahlender Sonne.

Draußen auf der Veranda saß ihre Schwägerin, Irene Westbrook, und las in einem Buch. Den leuchtenden Umschlag von ihrem eigenen neusten Werk, *Dorotheas Dilemma,* erkannte Lilly sofort. Sie blieb abrupt stehen und legte die Hand an die Brust. Ihr Herz wollte stillstehen. „Mein Gott“, murmelte sie. Ein Roman von ihr im Hause ihrer Eltern, und dann auch noch in den Händen der Frau ihres Bruders …

Irene strich ihre blonden seidenen Locken zurück, die sich aus einem losen Knoten gelöst hatten. Sie legte das schmale Buch in den Schoß und ihre Augen glänzten neugierig. „Ja, hallo, Lilly! Wo warst du an diesem schönen Nachmittag? Wieder in deinem Zimmer? Meine Güte, was machst du da den ganzen Tag?“

„Manchmal bin ich einfach gerne ein paar Stunden allein.“ Lillys Anspannung ließ ihre Stimme schrill klingen. „Entschuldige, wenn ich dich gerade störe.“ Sie merkte, wie sie rot wurde.

Irene betrachtete sie unverwandt. „Setz dich doch, Lilly.“

Es musste wohl sein. Lilly ließ sich auf einem der Korbstühle nieder, Irene gegenüber. Ein salziger Windstoß kam vom Atlantik und streichelte kühl ihre Wangen. Ein typischer Sommertag in Newport. Sie betete stumm, dass er die roten Flecken, die so leicht auf ihr Gesicht traten, wenn sie verlegen war, wegfegen würde.

Irene legte den Kopf zur Seite. „Ist alles in Ordnung? Du siehst gar nicht gut aus.“

„Nein, mir geht's gut." Lilly zwang sich, langsamer zu atmen, obwohl sie innerlich am ganzen Körper zitterte. Sie faltete die Hände im Schoß über ihrem dunkelgrauen Rock und befahl ihnen, nicht zu zittern.

Irene lächelte spöttisch. „Ich hoffe, mein Roman schockiert dich nicht?"

„Nein, natürlich nicht." Lilly rutschte auf dem weichen Baumwollkissen hin und her und versuchte, Irenes skeptischem Blick auszuweichen. „Warum sollte er mich schockieren?"

Irene beugte sich vor. „Manche Leute halten diese Romane für Schundliteratur, und so wie du gerade reagiert hast, dachte ich, du bist vielleicht eine von denen. Sie liegen natürlich falsch. Diese Bücher sind voller Abenteuer, und ich liebe Abenteuer." Sie ließ sich das letzte Wort auf der Zunge zergehen, als sei es ein Löffel Honig.

Irene, die Nichte von Quentin Kirby, einem der Silberkönige von San Francisco, hielt sich für eine Abenteurerin. Lilly sah das anders. Irene hatte eine gewisse frivole Ader, aber das machte sie noch lange nicht zu einer Frau wie die Heldinnen aus Lillys Büchern. „Entschuldige, Irene. Ich wollte deinen Buchgeschmack nicht kritisieren. Ich hab mich nur gefragt, woher du das Buch hast."

„Das habe ich in der Küche entdeckt, als ich auf der Suche nach einem Heidelbeertörtchen war." Irene grinste. „Eins von den Küchenmädchen muss es vergessen haben."

„Hast du das einfach mitgenommen, ohne zu fragen?" Dass Irene hinunter in die Küche gegangen war, in das Reich der Dienstmädchen, in dem diese keine Besucher wünschten (noch nicht einmal aus der Familie) – Lilly konnte es kaum glauben.

„Ja, das heißt, nicht ganz. Ich habe es ausgeliehen. Sobald ich es fertig gelesen habe, gebe ich es natürlich wieder zurück." Irene klopfte mit dem Finger auf die großen roten Buchstaben, die den Namen der Autorin verkündeten. „Fannie Cole. So gut wie die schreibt keine. Hast du schon mal etwas von ihr gelesen? Ich verschlinge ihre Bücher."

Lillys Herz stolperte. „Von ihr gehört habe ich natürlich. Ihre Romane scheinen recht beliebt zu sein."

„Sie sind absolut fesselnd."

Lilly hörte das Quietschen der Haustür und schaute erleichtert in die Richtung, aus der es gekommen war. Ihre Mutter eilte auf die Veranda, die Augenbrauen zusammengekniffen. „Was höre ich da gerade? Fannie Cole? Sie scheint ziemlich verrucht zu sein." Sie schaute von Lilly zu Irene und ihre Augenlider begannen zu flattern – ein sicheres Zeichen, dass sie aufgeregt war. „Ach, hast du da eins von ihren Büchern ..."

Lilly wusste, dass ihre Mutter diese Unschicklichkeit nicht kommentarlos übergehen konnte. Aber ihre frischgebackene Schwiegertochter beleidigen, das würde die stets freundliche und taktvolle Vanessa Westbrook auch nicht tun.

„Mama, Fannie Cole schreibt harmlose Geschichtchen, da brauchst du dir keine Sorgen zu machen." Lilly lächelte, heimlich hoffend, dass ihre Mutter das Thema wechseln würde.

Ihre Mutter ließ sich auf den Korbstuhl neben Irene sinken. „Das mag ja sein, Liebes, aber du musst zugeben, dass es viele Romane gibt, die erbaulicher sind." Sie streichelte Irenes Arm, der in einer cremefarbenen Seidenbluse steckte. Diese war farblich perfekt zur Spitze ihres langen Rockes abgestimmt. „Lillian ist eine Dichterin. Ihre Werke sind ganz wunderbar. Du solltest sie mal lesen. Warte, ich hole dir gleich ein Exemplar."

Lilly merkte, wie sie auf dem Stuhl kleiner wurde. „Nein, Mama, bitte nicht! Die Gedichte hab ich vor Jahren geschrieben, die sind sentimentaler Quatsch. Was soll Irene mit den Herzensergüssen einer unbedarften Achtzehnjährigen?"

„Unsinn, Schatz! Du warst immer schon viel zu kritisch zu dir selbst."

„Also, ich bin sicher, Irene findet Fannie Cole besser."

Wer würde sie nicht besser finden?, dachte Lilly. Aber es war nett, wie ihre Mutter ihre mageren poetischen Ergüsse lobte.

Irene warf ihr ein dankbares Lächeln zu. „Dann sind wir uns ja einig."

Das runde, mädchenhafte Gesicht von Lillys Mutter spiegelte ihre Unzufriedenheit. „Ich wollte, du würdest nicht solche Groschenromane lesen, weil ..." Sie schaute bittend zu Lilly hin.

„Also, Mama", Lilly versuchte, ihre Stimme nicht ärgerlich klingen zu lassen. „Einige dieser Romane sind billige Effekthascherei, sicher, aber es gibt auch welche, die dazu geschrieben sind, Mädchen aus der Arbeiterschaft in ihrem Kampf mit den Versuchungen der Stadt zu helfen. Das sind Moralgeschichten, die zur Tugend anhalten und die man lesen kann, ohne sich schämen zu müssen." *Oder schreiben …*

„Genau", strahlte Irene. „Ich hätte es nicht besser sagen können. Ich lese sie natürlich wegen der Geschichte und nicht wegen der Moral, aber ich bin sicher, für jemanden, der eine gute Predigt zu schätzen weiß, sind das die richtigen Bücher."

Lilly unterdrückte einen resignierten Seufzer. „Es ist bestimmt Miss Coles Hoffnung, dass ihre Worte die Herzen ihrer Leserinnen anrühren und sie zu einem besseren Leben bringen." Sie schaute ihre Mutter und ihre Schwägerin an. Würden sie sie verstehen und ihr recht geben? Aber im Gesicht ihrer Mutter las sie keine große Überzeugung.

Vanessas Augen wurden schmaler. „Findest du nicht auch, dass das eine komische Art ist, dafür Groschenromane zu schreiben?"

„Nein, das finde ich nicht. Gott kann auch durch solche Geschichten wirken", sagte Lilly, halb schnippisch. Sie sah, dass ihre Mutter sie weiter anstarrte, und schaute zur Seite.

Sie hatte mit mehr Nachdruck gesprochen, als sie eigentlich wollte. Nein, ihre Mutter würde das nie so sehen wie sie; es ging gegen alles, was sie seit ihrer Kindheit an Grundsätzen gelernt hatte.

Irene nahm eine dünne Zeitung, die zwischen zwei Töpfen mit Farn auf einem kleinen Tisch lag, und schwenkte sie wie die amerikanische Fahne am Unabhängigkeitstag. Lilly erkannte das Blatt sofort: *Stadtgespräch*, das Skandalblatt von Oberst MacIntyre, dem Schrecken aller anständigen Leute in Newport sowie diverser weniger anständiger. Lilly schluckte heftig.

Ihre Mutter keuchte auf. Ihre blasse Haut wurde noch weißer. „Oh, das passt aber gar nicht in unser gutes Haus."

Irene zuckte die Achseln. „Kann schon sein. Aber wenn ich das mal so sagen darf, es macht richtig Spaß, es zu lesen. Was die Crème de la Crème von Newport alles so treibt – allerhand!" Sie lächelte genüsslich.

„Hört mal zu.“ Irene beugte sich vor. „Man raunt sich zu, dass Miss Fannie Cole, die Autorin diverser höchst populärer Groschenromane, eine der Villen am Meer als Sommerfrische gewählt hat. Es heißt auch, dass diese Schreiberin von Liebesgeschichten – manche würden diese sogar anzüglich nennen – ein Mitglied der Aristokratie von New York und Newport ist. Welche unserer trefflichen jungen oder gestandenen Damen schreibt unter dem Pseudonym ‚Fannie Cole‘? Das Spekulationsfieber ist ausgebrochen. Wenn die begabte, mysteriöse Autorin von *Dorotheas Dilemma, Herzen im Gleichklang* und mehreren anderen bezaubernden Romanen bitte vortreten und sich dem Publikum zu erkennen geben würde?“

Lillys Kehle zog sich zusammen. Sie presste die Hände auf ihrem Schoß zusammen; aber sie konnte nicht verhindern, dass sie zitterten. Hatte einer der Bediensteten im Haus ihr Geheimnis entdeckt und zu Geld gemacht? Rufus MacIntyre vom *Stadtgespräch* zahlte gut für den neuesten Klatsch. Niemand war sicher vor seinen langen, gierigen Fangarmen, wie einige Personen in den höchsten Kreisen sehr wohl wussten.

„Der Oberst erwähnt Miss Cole in seiner Kolumne seit zwei Wochen, da werden wir im Laufe des Sommers wohl noch mehr über sie hören.“ Irene studierte genüsslich den Artikel. „Wer sie wohl sein mag? Ich würde sie gerne mal kennenlernen.“

Der Mund ihrer Schwiegermutter zog sich zu einem kleinen O zusammen. „Das ist sicher jemand aus den ärmeren Schichten, die kennen wir bestimmt nicht.“ Sie unterstrich ihre Worte mit einem energischen Nicken.

Irene ließ nicht locker. „Du hast doch bestimmt eine Idee, Lilly. Du weißt doch alles, was die Leute so treiben.“

Lilly wich ihrem Blick aus. Bestimmt war sie gerade wieder rot geworden. Ihre Schwägerin hatte ja recht. Sie hörte sich jeden Tratsch an – aber sie war auch stolz auf ihre Diskretion. Die Schwächen ihrer Kreise verschafften ihr Stoff für ihre Romane, nicht für Tratsch und Anspielungen.

„Du traust mir zu viel zu, Irene.“ Lilly hasste es, Fragen auszuweichen, um nicht lügen zu müssen, aber was sollte sie sonst machen, wenn sie nicht ein volles Geständnis ablegen wollte? Sie drehte den Stein im Ausschnitt ihrer Seidenbluse hin und her.

Der Zeigefinger ihrer Mutter ging warnend in die Höhe. „Ich sage euch, bevor der Sommer zu Ende ist, wird irgendjemand Fannie Coles wahren Namen herausgefunden haben und in der ganzen Stadt herumposaunen. Du lieber Himmel, ihre armen Verwandten! Sie werden im Boden versinken vor Scham."

„Wie überaus delikat", murmelte Irene.

Lilly stöhnte innerlich auf. Ihr Versteckspiel nagte jeden Tag an ihrem Gewissen, aber sie konnte die Uhr nicht mehr zurückdrehen und ihren Entschluss, unter einem Pseudonym zu veröffentlichen, rückgängig machen. Sie stand auf. „Wenn ihr mich bitte entschuldigt. Ich möchte jetzt meinen Spaziergang machen."

Den Kopf hoch erhoben und mit so viel Haltung wie möglich stieg Lilly die flachen Stufen der Veranda hinunter, dann überquerte sie den großen, leicht abfallenden Rasenplatz, der Summerhill umgab. Bis heute hatte sie sich in der ehrwürdigen Zwanzigzimmervilla, die die Westbrooks für die Sommersaison gemietet hatten, sehr wohlgefühlt.

Lilly erreichte die mächtigen Klippen, die das Grundstück vom Ozean trennten, und ging zu dem niedrigen, glatten Felsblock, der ihr als Bank diente, um sich auf ihm niederzulassen, wie sie das jeden Tag seit ihrer Ankunft vor drei Wochen tat. Aber anstatt dem majestätischen Rollen der Brandung zuzuschauen, legte sie den Kopf in die Arme und ließ den Wind über ihren Nacken streichen.

Was würde geschehen, wenn ihr Verehrer, Harlan Santerre, herausfand, dass sie und Fannie Cole dieselbe Person waren? Der reiche Eisenbahnerbe, ein Gast der Familie für die ganzen acht Sommerwochen, schien kurz davor, ihr einen Heiratsantrag zu machen. Ihre Mutter wurde nicht müde, ihr einzuschärfen, wie dankbar sie sein konnte, dass solch ein grundsolider Mann wie Harlan sich für eine fünfundzwanzigjährige Jungfer interessierte, die dazu noch nicht besonders reich war. Sie und die ganze Familie wären am Boden zerstört, wenn Lillys Schriftstellerei bekannt würde und Harlan sich nach einer anderen Frau umsähe.

Aber wenn sie schrieb, vergaß sie ihre Traurigkeit. Sie schrieb voller Begeisterung, in dem freudigen Wissen, etwas für Menschen zu tun. Das musste Gott doch gefallen, oder? Und von dem Geld konnte sie das Haus für entwurzelte junge Frauen unterstützen. Ihr ganzes Leben lang hatte sie an Gottes Schutz und Führung geglaubt, aber noch nie hatte sie ihn so dringend gebraucht wie jetzt, wo Oberst MacIntyre versuchte, sie mit ihrem wirklichen Namen an die Öffentlichkeit zu zerren. Würde Gott sie wirklich weiter beschützen?

Mit zitternder Hand warf sie einen Stein in die Brandung und schaute zu, wie er im weißen Schaum verschwand. Was, wenn die Neugierde, die Oberst MacIntyre da geweckt hatte, nicht mehr aufhörte und alles bedrohte, was ihr lieb war?

Kapitel 2

Schneller, schneller … Jack Grail trieb die beiden prächtigen Grauschimmel, die die Kutsche den Ocean Drive entlangzogen, noch mehr an. Er spürte, wie sein Herz pochte. Wenn es noch ein bisschen lauter wurde, musste sein Freund George neben ihm, Lillys Bruder, es hören. Die Straße folgte mal nach links, mal nach rechts den Windungen der Küste. Herrenhäuser und Villen auf makellosen, windbestrichenen Rasenflächen flogen vorbei. Unten sah er dann und wann das tiefe Blau des Atlantiks, der gegen Klippen und Felsen donnerte. Der Wind zauste sein Haar und pfiff in seinen Ohren. Wie Jack ihn liebte, diesen Rausch der Geschwindigkeit, der mit jedem Hufschlag stärker wurde.

„Wir sind da." George Westbrook beugte sich über Jacks Schulter und zeigte auf die niedrige Mauer, hinter der eine geschwungene Einfahrt zu sehen war. Jack ließ die Pferde vom Galopp in Trab fallen, dann bog er in die kiesbedeckte Auffahrt ein.

Direkt vor ihm, auf einer leichten Anhöhe, thronte Summerhill. Mit seinen weißen Schindeln und der Zierleiste unter dem Dach sah das Anwesen aus wie ein überdimensionaler Hochzeitskuchen. Aber die Vordächer und die um das ganze Gebäude herumlaufende Veranda waren angenehm schlicht gehalten, fand Jack. Dieses Sommerhaus am Meer, das sich trotz seiner vielen Zimmer „Cottage" nannte, gefiel ihm eindeutig besser als all die Palazzos und Schlösschen im italienischen und französischen Stil entlang der Bellevue Avenue von Newport, einer der exklusivsten Adressen im Land.

Jack zeigte mit dem Kinn zum Haus. „Nicht schlecht, eure Villa."

„Wir haben sie für den Sommer gemietet", erklärte George. „Der Arzt meinte, ein paar Monate am Meer täten Vaters Gesundheit gut. Sein Asthma ist letztes Jahr schlimmer geworden."

Die Westbrooks waren nicht halb so reich wie die Astors, die Vanderbilts oder die Goelets, aber wer sich solch eine Villa als Sommerhaus mieten konnte, war in Jacks Augen immer noch gut betucht; für ein Leben mit allem Komfort reichte es allemal.

Jack merkte, wie der altbekannte Feind, der Neid, sich wieder meldete. Eines Tages, so hoffte er, würde er sich eine Villa mit dreißig Zimmern und Panoramablick auf die Felsenküste von Rhode Island bauen. Wenn seine Geschäfte weiter so gut liefen und er den Erfolg erreichte, den er erhoffte, könnte er auch so ein Haus wie Summerhill besitzen – geräumig und gepflegt, wenn auch für Newport eher bescheiden. Ja, in ein paar Jahren wäre solch eine Sommervilla leicht möglich – wenn alles gut ging.

Sie kamen jetzt dem Haus näher und Jack zügelte die Pferde. Und dann sah er sie, wie sie über den Rasen glitt, auf dem Rückweg vom Meer zum Haus. Lilly. Sein Herz zog sich zusammen. Sie sah noch genauso aus wie vor sechs Jahren, nur reifer, weniger mädchenhaft. Hochgewachsen und schlank, ging sie mit einer Anmut, die ihm damals, während ihrer heimlichen Romanze, nie aufgefallen war. Ein Windstoß vom Meer blähte ihren dunklen Rock wie ein Segel, während sie ihren mit roten Blumen geschmückten Strohhut festhielt. Es war fort, das junge Mädchen; an seiner Stelle schritt eine junge Frau über das Gras. Eine Frau, die ihre besten Jahre schon hinter sich hatte? Nein, eher lagen sie noch vor ihr.

Jetzt kam sie näher, und er sah, dass die Jahre ihren schlanken Körper fraulicher gemacht hatten. Sie verschwand im Haus, ohne auch nur einmal in seine Richtung zu schauen.

Als die beiden Männer in der Kutsche die Veranda erreichten, hielt Jack die Pferde an und übergab die Zügel einem Stallknecht. Hin und wieder verstohlen zur Haustür blickend, in der Hoffnung, dass Lilly erscheinen würde, lud Jack die Kisten und Koffer ab, in denen alles war, was er für seinen dreiwöchigen Besuch brauchte.

„Ich würde gerne deiner Mutter und deiner Schwester guten Tag sagen."

„Die sind bestimmt in der Bibliothek. Komm mit." George wies einen Diener an, Jacks Gepäck in eines der Gästezimmer zu schaffen. Dann ging er in die Eingangshalle und einen breiten Gang entlang, an dessen Wänden goldgerahmte Gemälde mit Meeresmotiven und Stillleben prangten.

Jacks Herz schlug schneller, als sie in den großen, eichenholzgetäfelten Raum traten, an dessen Wänden Bücherregale zur Kassettendecke hochstiegen. Es roch nach Möbelwachs mit Rosenwasser.

Da war sie. Sie stieg gerade vorsichtig die Leiter hinauf, so darin vertieft, ein Buch herunterzuholen, dass sie sein Kommen anscheinend überhörte. Lilly streckte sich nach oben, nahm ein Buch und begann, langsam wieder die Sprossen hinunterzusteigen.

„Lilly, schau mal, wen ich mitgebracht habe!“ George zeigte mit dem Daumen auf Jack. „Erinnerst du dich noch an Jackson Grail?“

Sie hielt an, drehte abrupt den Kopf und schaute zu ihnen hinunter. Jack sah, wie ihre blauen Augen größer wurden und die Farbe aus ihrem Gesicht wich. Der schwere Band rutschte aus ihrer schlanken Hand und landete mit einem dumpfen Plumps auf dem Teppich. Sie schien es nicht zu bemerken.

Jack hob den Jane-Austen-Roman vom Fußboden auf. „Hallo, Lilly.“ Seine Schultern verspannten sich. Würde sie ihn ignorieren? Oder ihm eine Ohrfeige verpassen, weil er sie damals so plötzlich verlassen hatte? Die Angst kroch ihm den Rücken hinunter. Er hatte ihren Zorn verdient, so wie er sie damals behandelt hatte, aber er hoffte, dass sie ihm vergeben hatte, obwohl er nie den Anstand besessen hatte, sie darum zu bitten.

Sie nickte kurz, dann stieg sie weiter die Leiter hinunter, bis ihre zierlichen Schuhe den Fußboden erreichten. Sie hob das Kinn und kam auf ihn zu, unsicher lächelnd. Er erkannte ihr Parfüm wieder, und die Erinnerungen, warm und unvergessen, schlugen über ihm zusammen. Ihr Mund verzog sich zu einem schwachen Lächeln. „Wie schön, dich wieder zu sehen. George hat mir nicht gesagt, dass du mitkommst.“

Ihre gerunzelte Stirn war auf George gerichtet, aber war der Tadel auch für ihn gedacht? Er hatte kaum erwartet, dass sie ihn willkommen heißen würde. „Ich hoffe, meine Gegenwart kommt dir nicht ungelegen“, sagte er, „sonst kann ich gerne auch in ein Hotel gehen.“

„Nein, ist schon gut. Es wäre uns allen nicht recht, wenn du nicht bleibst." Ihre Worte waren großzügiger als der Klang ihrer Stimme. „Aber ich muss schon sagen, ich hätte nicht erwartet, dich wieder zu sehen, nach all den Jahren." Ihrer angespannten Miene nach zu urteilen, war das eine Untertreibung.

„Entschuldige, dass ich vergessen habe, dir das mit Jacks Besuch zu sagen, Lilly." Über das lange Gesicht ihres Bruders ging jenes gekonnt reumütige Grinsen, das ihn schon mehr als einmal aus einer misslichen Lage gerettet hatte.

„Ist schon gut, ich vergebe dir, George, wie immer." Sie räusperte sich und sah wieder Jack an, höflich lächelnd. „Bist du geschäftlich oder privat hier?"

„Ein bisschen von beidem. Ich möchte mir gern ein Boot kaufen, vielleicht eine Jolle oder Schaluppe. Und ich habe mir auch Arbeit mitgebracht." Er suchte in ihren Augen nach einem Signal der Ermutigung, der Hoffnung. Dürfte er wieder um sie werben? War sie immer noch verletzt und wütend auf ihn?

Sie nickte höflich. „Das überrascht mich nicht, dass du das Geschäftliche und Private verbindest. Du warst ja immer schon voller Ehrgeiz und grenzenloser Energie." Sie lächelte.

War das jetzt ein Kompliment? Ganz sicher war er nicht.

„Ich wünsche dir viel Spaß in Newport und nicht zu viel Arbeit." Nach ihrer Miene zu urteilen, schien sie zu hoffen, dass sein Urlaub bald wieder vorbei wäre.

Jack schüttelte den Kopf. Sie schien nicht zu ahnen, wie hart er gearbeitet hatte, um als würdiger Kandidat um ihre Hand anhalten zu können. „Hältst du nichts von einem strengen Arbeitsethos?"

„Du verstehst mich falsch. Ich glaube durchaus an Fleiß und Hingabe." Lilly sah stirnrunzelnd zu George hin, der Anstalten machte, ins Billardzimmer auf der anderen Seite der Halle zu flüchten. „Doch zu viel Arbeit ist genauso schlimm wie zu viel Erholung. Man braucht ein gesundes Gleichgewicht."

Jack machte die Andeutung einer Verbeugung.

Er lächelte verlegen. „Ich werde versuchen, mir das zu merken."

„Streng dich an." Sie lächelte jetzt anders und er mit. Er merkte, wie das Eis zwischen ihnen einen Riss bekam, auch wenn es noch nicht geschmolzen war.

Dies war nicht das emotionale Wiedersehen, nach dem er sich gesehnt hatte, aber er wusste: Ein freundliches, höfliches Willkommen war das Äußerste, das er von der Frau erwarten konnte, die er sitzen gelassen hatte. Es war auf jeden Fall mehr, als er verdient hatte.

„Jackson Grail, komm doch her, damit ich dich richtig in Summerhill begrüßen kann."

Jack wandte sich um. Mrs Westbrook und eine junge Frau ließen sich auf dem Sofa am anderen Ende der Bibliothek nieder. Lillys Mutter winkte ihn zu sich, wie eine kleine, leicht rundliche Königin einen ihrer Untertanen. Ihre Augen strahlten die Herzlichkeit aus, die George geerbt hatte, aber Jack sah, wie sie zwischen ihm und Lilly hin und herfuhren. Er folgte Lilly und George zu ihrer Mutter. Lilly setzte sich neben sie, während er und George auf den Lederstühlen Platz nahmen, von denen aus man den Rasen hinter dem Haus und das Meer sah.

Jack starrte Mrs Westbrooks Sitznachbarin an, eine hinreißend aussehende junge Frau mit goldblondem Haar, kleinem, trotzigem Kinn und zu einem verführerischen Lächeln verzogenen vollen Lippen. Sie schaute ihn unter gesenkten Augenlidern kurz an, dann legte sie ihren Kopf kokett zur Seite. Sie kam ihm vage bekannt vor, aber er erinnerte sich nicht an sie. In den letzten Jahren war er viel in der Welt herumgekommen.

Als Mrs Westbrook sie ihm als Irene, Georges Frau, vorstellte, wurde ihm das Herz schwer. Der arme George. Dem abgöttischen Blick nach zu urteilen, mit dem George sie ansah, hegte sein alter Freund keine Zweifel an ihrem Charakter. Jack konnte nur hoffen, dass er sich in den Absichten dieser Frau täuschte, aber das unverblümte Interesse, mit dem sie ihn da anblickte, ging ihm gegen den Strich.

Ein Hausmädchen kam und servierte Tee. Irene fuhr fort, Jack zu mustern.

Mrs Westbrook rührte mehrere Teelöffel Zucker in ihre Tasse. „George hat mir erzählt, du bist sesshaft geworden und hast ein Zeitungshaus und einen Zeitschriftenverlag gekauft."

„Ja, vor ein paar Monaten. Im Goldrausch am Klondike hatte ich genug verdient und war eine Weile in San Francisco. Ich überlegte, ob ich mich nicht dort im Westen niederlassen sollte. Aber dann hörte ich von ein paar guten Angeboten in New York und fand, dass ich mir die nicht entgehen lassen sollte." Er wagte einen Blick zu Lilly hin; begriff sie, dass er es zu etwas gebracht hatte? Und Mrs Westbrook? Lillys Mutter schien nicht überrascht. George hatte seinen Eltern wohl von Jacks Erfolgen als Goldgräber erzählt.

Irene legte den Kopf zur Seite. „Und warum gehen Sie ins Verlagsgeschäft?"

„Mein Vater war der Herausgeber der Lokalzeitung bei uns in der Stadt, in Connecticut." Welten entfernt von New York und von so vornehmen Leuten wie den Westbrooks. „Ich habe dort gearbeitet, bis ich mein Studium begann. Eigentlich habe ich mich immer für das Verlagswesen interessiert, es war ein naheliegender Schritt."

Mrs Westbrook schenkte ihm ein zustimmendes Lächeln. „Das ist sehr löblich, Jackson. So viele junge Männer, die im Westen ihr Glück gemacht haben, vergeuden es anschließend für die sinnlosesten Dinge."

Wein, Weib und Gesang, meinte sie natürlich. „Schon als kleiner Junge hätte ich gerne meine eigene Zeitung gehabt." Und ein Verlagsimperium gebaut. „Ich habe Glück gehabt; sowohl der *Manhattan Sentinel* als auch die Zeitschrift *New York Monthly* standen gerade zum Verkauf. Vielleicht kaufe ich auch einen Buchverlag – Jones & Jarman."

Lilly verschluckte sich an ihrem Tee. Sie hustete, als ob sie nicht mehr aufhören wollte. Als sie endlich wieder Luft bekam und sich wieder aufrichtete, sah sie aus wässrigen Augen zu Jack hin. „Entschuldigung."

„Alles in Ordnung?", fragte er.

„Ja, doch", krächzte sie. „Danke."

Mrs Westbrook, die Lilly besorgt angeschaut hatte, wandte ihre Aufmerksamkeit wieder Jack zu. „Und was druckt dieser Verlag so?"

Er beugte sich vor, überrascht von ihrem Interesse, obwohl sie eigentlich immer schon nett zu ihm gewesen war, wenn man davon absah, dass sie ihn nicht als würdigen Freier für ihre Tochter betrachtete. „Verschiedene Bücher; unter anderem Groschenromane – sowohl Western- als auch Liebesromane.“ Mit anderen Worten: billige Literatur für die Massen, die oft gutes Geld einbrachte.

Irene strahlte ihn an, als ob sie ein Geheimnis mit ihm teilte. Sie senkte die Stimme. „Ich habe sie alle gelesen.“ Sie zog *Dorotheas Dilemma* aus den Falten ihres Kleides. „Fannie Cole ist eine Wucht. Kennen Sie sie?“

Jack schüttelte den Kopf. „Nein, Miss Cole ist mir nie begegnet. Ich bin so ein Neuling im Verlagswesen, dass ich noch nicht einmal weiß, wer sie wirklich ist. Die meisten Autoren von Jones & Jarman schreiben ja unter einem Pseudonym.“

„Wie raffiniert“, säuselte Irene.

„Meine Tochter schreibt den ganzen Sommer über schon Gedichte.“ Mrs Westbrook lächelte mütterlich stolz. „Dauernd ist sie in ihrem Zimmer und bringt die nächsten Einfälle zu Papier.“

„Mama, das ist doch nichts, was ich da mache. Es reimt sich, das ist alles.“ Lilly errötete. Jack hatte es nicht anders erwartet. Schüchtern und in sich gekehrt, mochte sie es nicht, wenn jemand sie zu sehr lobte.

Er konnte der Versuchung nicht widerstehen. „Brauchst du einen Verleger, Lilly? Vielleicht kann ich dich mit Mr Jarman bekannt machen.“

„Nein, lass nur, das sind nur so stümperhafte Versuche. Und bringt dieser Verlag überhaupt Gedichte? Ich meine, Western- und Liebesromane und dann Gedichte – das beißt sich doch, oder?“

„Da hast du völlig recht. Aber deine Gedichte lesen würde ich schon gerne mal.“

„Irgendwann mal, ja, vielleicht.“

Er wusste, dass sie ihm kein einziges Wort zeigen würde. Nein, jetzt nicht mehr. Als er um sie geworben hatte, hatte er mehrere ihrer Gedichte gelesen. Sie waren sehr emotional gewesen, gar nicht so wie die zurückhaltende junge Dame, die Lilly gegenüber ihrer Familie und ihren Freunden abgab. War sie noch da, diese leidenschaftliche Frau unter der sorgfältig gepflegten Oberfläche? „Du scheinst ja einiges über Jones &

Jarman zu wissen", sagte er. „Hast du schon mal Bücher von ihnen gelesen?"

Sie zupfte unsichtbare Fusseln von ihrem Rock. „Mein Geschmack geht mehr in Richtung ernste Literatur, aber einige meiner Freundinnen haben mir von ihren Liebesromanen erzählt."

Er nickte. „Ja, die sind recht populär. Schreibst du außer Gedichten noch was anderes?"

Lilly blinzelte. „Nichts von Bedeutung."

Sie stellte abrupt ihre Teetasse ab und erhob sich. „Aber jetzt entschuldigt mich bitte. Ich muss ein paar Briefe schreiben." Ihr sachtes Lächeln zeigte, dass ihre Reserviertheit ihm gegenüber sich zu lösen begann. „Ich wünsche dir einen angenehmen Aufenthalt in Summerhill."

„Danke. Den werde ich hoffentlich haben."

Kapitel 3

Lilly rannte die teppichbelegte Treppe hoch. Nur rasch fort, in die sichere Burg ihres Zimmers! Ihr Herz raste. Bevor sie den oberen Treppenabsatz erreichte, blieb sie stehen, um so gleichmäßig wie möglich durchzuatmen. Ihre Brust hob und senkte sich, als ob sie mit fest geschnürtem Korsett mehrere Meilen gelaufen wäre.

Sechs Jahre … Sie hatte nicht mehr damit gerechnet, Jackson Grail jemals wiederzusehen. Wie konnte er die Nerven haben, plötzlich in ihrer Tür zu stehen! Er wusste doch sicher, was er ihr damit zumutete. Ihr Herz brannte, als sie an seine Liebeserklärungen von damals dachte und wie er sie dann mit einer dürftigen Ausrede sitzen gelassen hatte.

„Du bist so schnell gegangen." Seine tiefe Stimme ließ sie zusammenfahren. Sie drehte sich um. Da stand er – unten, am Fuß der Treppe. „Hab ich etwas gesagt, was dich verletzt hat, Lilly?"

Sie hielt sich am Geländer fest. „Nein", log sie. Warum folgte er ihr? Erst der Artikel in *Stadtgespräch*, und jetzt plötzlich Jack – ihre Fassung war dahin. Sie brauchte Ruhe, um all die Hiobsbotschaften dieses Tages zu verdauen.

„Dann entschuldige meinen Fehler. Ich dachte, etwas wäre nicht in Ordnung." Jack senkte den Kopf, machte aber keine Anstalten zu gehen.

Lilly zögerte und fasste sich. „Ich bin gerade nicht besonders freundlich zu dir gewesen. Dafür möchte ich mich entschuldigen. Verzeihst du mir?"

„Ja, natürlich. Kann ich dir mit irgendwas helfen?"

„Nein, aber danke der Nachfrage." Sie wartete darauf, dass er sich verneigte und ging, aber er starrte sie weiter an. Was war das in seinen Augen – Verlegenheit? Bedauern? Sie war sich nicht sicher.

Er trat von einem Bein aufs andere und nickte. „Könntest du eben mal mit mir nach draußen gehen? Ich muss dir etwas sagen, was ich schon längst hätte sagen sollen."

Lilly schüttelte den Kopf, aber sie spürte, wie sie zu schwanken begann. „Entschuldige, aber ich muss wirklich ein paar Briefe schreiben ..."

Ihr Bedarf an Neuigkeiten war für heute gedeckt. Wollte er sich für sein abruptes Fortgehen damals entschuldigen? Oder ihr erklären, warum er jahrelang nichts von sich hatte hören lassen? Gut, sie würde ihn anhören. Später, wenn sie sich genügend vorbereitet hatte, um dabei nicht bitter zu werden. Aber jetzt noch nicht.

„Können die Briefe nicht warten? Ich mache es kurz, ich versprech's dir."

Die Neugierde siegte über ihr besseres Wissen. Langsam ging sie die Treppe wieder hinunter, ihre Hand fest um das Geländer gelegt. Jetzt war sie bei Jack. Er hielt ihr seinen Arm hin. Sie hakte sich nicht unter. Seine Augenbrauen hoben sich fragend. Sie tat, als hätte sie es nicht gesehen. Mit weichen Knien folgte sie ihm durch die Veranda nach draußen auf den sattgrünen Rasen hinter dem Haus.

„Lass uns an den Strand gehen", schlug er vor.

Lilly nickte und zeigte mit der Hand auf eine kleine Sandbucht, die das Meer zwischen zwei Felsen ausgehöhlt hatte.

Sie gingen schweigend über den Rasen, bis dieser an einem schmalen Streifen nassen, silbrigen Sandes endete. Über den Himmel, dessen Azurblau sich in der Ferne mit dem Königsblau des Meeres vereinigte, glitten kleine weiße Wolkenschiffchen. Eine Brise ließ das Blätterkleid einer nahen Ulme erzittern und strich über die Köpfe der roten Wildrosen, mit denen das Ufer übersät war. Ihr Duft mischte sich mit der frischen Salzluft, schwer und feucht. Lilly, die Hand gegen die Mittagssonne vor das Gesicht haltend, schaute zu Jack hoch.

Ihr Herz flatterte, wie es das immer getan hatte, wenn sie ihn anschaute. Die Jahre waren auf einmal weg, und sie sah wieder den breitschultrigen jungen Mann von damals, der so viel größer war als sie und dessen Bewegungen eine Art athletische Leichtigkeit hatten. Eine Strähne seines pechschwarzen Haars flog ihm über die Stirn. Er versuchte vergeblich, sie zurückzuschieben. Von seiner halb jungenhaften, halb männlich starken Ausstrahlung schien er nichts zu wissen. Jetzt, wo er bald dreißig war, war er noch stattlicher geworden, obwohl die Jahre die Lachfalten um seine dunkelbraunen Augen vertieft hatten. Lilly wusste, dass sie ihr Herz beschützen musste.

„Was möchtest du mir sagen, Jack?"

„Da ich eine Weile hier in Summerhill sein werde, möchte ich gerne etwas … bereinigen." Er machte eine ausholende Geste und verstummte, als ob er nicht recht wusste, wie er weitermachen sollte. „Hmm. Das ist schwerer, als ich dachte." Sein Gesicht wurde ernst, die lockere Selbstsicherheit war weg. „Ich rede besser nicht lange drum herum. Es tut mir leid, dass ich so plötzlich verschwunden bin damals. Ich war nicht der Mann, den du verdientest, und es war falsch von mir, dir einen Antrag zu machen, obwohl ich finanziell überhaupt nicht darauf vorbereitet war." Er machte einen Schritt zu ihr hin. „Ich habe einen großen Fehler gemacht und das tut mir sehr, sehr leid, Lilly."

Er kniff die Augen zusammen, wohl gespannt, wie sie reagieren würde. Sie vermied es, ihn anzusehen. Lieber sah sie an ihm vorbei zur Brandung hin, die unerbittlich gegen die zerklüftete Küste rollte. Aber sie spürte seinen Blick und hob die Hände. „Lass uns nicht mehr darüber reden. Ich finde, es ist das Beste, wenn wir die Vergangenheit ruhen lassen." Sie blinzelte die Tränen weg. Er durfte nicht sehen, dass sie weinte.

Er sah aus, als wollte er protestieren, dann nickte er knapp. „Ja, vielleicht hast du recht. Aber wir können doch Freunde bleiben, oder?"

Lilly musste halb lächeln. Sie hatte den Verdacht, dass für ein ehemaliges Liebespaar eine bloße Freundschaft nie mehr möglich war, egal, wie es sich anstrengte. „Wenn du willst – natürlich."

Er sah erleichtert aus. Die Sorgenfältchen in seinen Augenwinkeln verschwanden. „Ich bin froh, dass du nicht mehr böse auf mich bist. Oder bist du das noch?"

„Ich trage dir nichts aus der Vergangenheit nach, ich schaue nach vorne in die Zukunft." Was nicht ganz stimmte. Sie hatte Jack nicht vergessen;

sein Schatten hing in jeder Ecke ihres Kopfes. Und so sehr sie es auch versucht hatte, ganz vergeben hatte sie ihm nicht.

Er trat noch näher. „Ich schaue auch nach vorne. Deshalb habe ich diese Zeitung und die Zeitschrift gekauft. Die Goldgräberzeit ist vorbei."

Lilly konnte ein Lächeln nicht unterdrücken. „Ich habe gehört, du hast am Klondike genug Gold für den Rest deines Lebens gefunden."

Die Nachrichten über Jacks Erfolg waren bis in die höheren Kreise von New York gedrungen und hatten einiges Aufsehen erregt. Als er in die Stadt zurückkehrte, konnte er sich nicht retten vor Einladungen aus den besten Familien, die ihm ihre heiratsfähigen Töchter vorstellen wollten. Hatte Lilly jedenfalls gehört. „Bist du ein reicher Mann geworden?"

Er drückte das Kinn auf seine Brust. „Ich bin mit genügend Mitteln gesegnet, um diese beiden Blätter zu kaufen – und vielleicht auch einen Buchverlag. Ich hoffe, dass ich sie in den kommenden Jahren größer und erfolgreicher machen kann." Er lächelte. „Aber ich bin nicht so reich, wie die Leute denken – vor allem jetzt, nach diesem Erwerb."

Sie merkte, wie er zögerte. Würde er jetzt etwas Persönlicheres sagen? Aber stattdessen schwieg er, als ob er nicht die richtigen Worte fände.

Sie schaute kurz über die Schulter und blinzelte. Harlan, dünn wie eine Schreibfeder, stand auf der hinteren Veranda, in ein Gespräch mit George vertieft. Sollte sie dankbar sein, dass er gerade jetzt kam? Oder Angst haben, dass er Jacks Gegenwart missverstehen würde? Sie holte tief Luft und winkte in seine Richtung. Er hob ebenfalls die Hand.

„Wer ist dieser Herr, der da auf uns zukommt? Ist das Harlan Santerre?" Jack runzelte die Stirn.

„Ja. Er ist ein Freund der Familie." Lilly drehte sich um und nahm Kurs auf ihren Verehrer.

Jack folgte ihr. „Der Eisenbahnerbe?"

„Genau. Seinem Vater gehört unter anderem die New-Jersey-and-Washington-Bahn." Warum sagte sie das jetzt? Wollte sie Jack eifersüchtig machen?

„Da bist du ja in bester Gesellschaft. Die Santerres sind ein mächtiger Clan."

Lilly zuckte wegwerfend die Achseln. „Kann schon sein. Jetzt, wo mein Bruder aus dem Westen zurück ist, spekuliert er darauf, dass Harlan ihm einen guten Posten in einer seiner Eisenbahngesellschaften anbietet." Was seinen Eltern Hoffnungen machte, dass doch noch etwas aus ihrem Sohn würde. „Harlan und George waren auf der Schule befreundet. Erinnerst du dich noch an ihn?"

Jacks Lächeln war verschwunden. „Ja, gut sogar."

„Er ist bis Ende August Gast in unserem Haus."

Jack schob sich so dicht neben sie, dass er kaum eine Haaresbreite von ihr entfernt war, während Harlan auf sie zukam. „Es muss ein schönes Gefühl sein, sich den ganzen Sommer freinehmen zu können, das kann sich nicht jeder leisten." Seine tiefe Stimme wurde eine Spur bitter.

Lilly kicherte. „Komm, Jack, nach deinem Erfolg am Klondike bräuchtest du keinen Tag deines Lebens mehr zu arbeiten. Das machst du doch freiwillig."

Er stieß einen langen Seufzer aus. „Ich möchte ein erfolgreicher Geschäftsmann sein, und kein Goldgräber, der nur Glück hat."

„Ich verstehe." Sie lächelte.

Die Jahre schienen Jacks ehrgeiziges Bedürfnis nach Erfolg und Anerkennung nicht kleiner gemacht zu haben, aber sie respektierte seine Entschlossenheit. Und seine Beharrlichkeit. Es war nicht leicht, ein Vermögen zu machen, wenn man nichts als eine gute Bildung hatte.

Aber sie wünschte sich, er wäre nicht gekommen. Wie sollte sie es schaffen, ihn jeden Tag zu sehen und so zu tun, als wäre er nur ein flüchtiger Bekannter? Schon jetzt merkte sie, wenn sie mit ihm sprach, wie die Erinnerungen an damals hochkamen. Ihre Träume, seine Frau zu werden. Die Kinder, die sie hätten haben können.

Nein, ihn hier in ihrer Sommerresidenz zu haben, ihm im Haus zu begegnen und mit ihm zu Tisch zu sitzen – es war das Letzte, was sie jetzt brauchen konnte.

Aber was für eine Wahl hatte sie?

Sie schob den Schmerz tief nach innen. Jetzt war Harlan da, er streckte seine Hand aus. „Jackson Grail, nicht wahr? Wir kennen uns doch vom

College! Wir waren in derselben Klasse, aber du warst ein Externer und nicht im Internat." Er gab Jack die Hand. Der schüttelte sie fest.

Neben Jack sah Harlan schmächtig aus. Er legte den Kopf zurück und musterte Jack mit kalten Augen. „Ich vergesse kein Gesicht." Seine Nasenflügel blähten sich, als habe die Erinnerung an Jack einen unangenehmen Geruch.

„Das stimmt", stellte Jack fest. „In Yale war ich ja Hilfskellner im Speisesaal, wahrscheinlich hast du mich dort auch gesehen." Er richtete sich zu seiner vollen Größe auf – mit seinen mehr als 1,80 Meter war er einen halben Kopf größer als Harlan.

Lilly konnte die Abneigung zwischen den beiden förmlich riechen. Ihr Kopf begann zu schmerzen. „Gehen wir zurück ins Haus? Ich glaube, es ist Zeit fürs Mittagessen." Sie verzog den Mund zu einem so festen Lächeln, dass ihr der Kiefer wehtat.

Ihr war, als wären die glücklichen Sommertage in Newport mit einem Mal vorbei.

Während des ganzen Essens sahen Jack und Harlan einander finster-verstohlen an, bewahrten jedoch eine freundliche Fassade, die Lilly auf die Nerven ging. Während die anderen sich über das Jachtrennen von gestern, das neueste Tennismatch und den bevorstehenden Ball der Van Pattens unterhielten, sagte sie fast nichts. Sie knabberte an ihrem Salat und probierte nur einen Löffel von der Suppe.

Jack nahm ihre Gedanken in Beschlag, obwohl sie tapfer versuchte, nicht in seine Richtung zu blicken. Sein plötzliches Erscheinen verunsicherte sie und weckte Gefühle in ihr, die sie glaubte, besiegt zu haben. Sie versuchte entschlossen, sich auf Harlan zu konzentrieren, aber sie spürte, wie ihr die Wärme den Hals und die Wangen hochkroch. Man sah ihr bestimmt an, dass sie durcheinander war. Harlan legte den Kopf verwundert zur Seite, fuhr aber mit der höflichen Konversation fort.

Aber ich bin doch so gut wie mit Harlan verlobt. Ich darf nicht mehr an Jack denken. Nie mehr. Doch sie merkte, wie ein leiser Zweifel in ihrem Herzen nagte. Sie musste ihn unterdrücken, bevor er ihr über den Kopf wuchs. Sie durfte nicht zulassen, dass Jacks plötzliche Rückkehr sie so durcheinanderbrachte.

Vor drei Jahren hatte sie ihn endlich in die Rumpelkammer ihres Herzens verbannt und die Erinnerung an ihn einstauben lassen. Bis dahin hatte sie die törichte Hoffnung gehabt, dass er zurückkommen und um ihre Hand anhalten würde. Aber sie hatte nie auch nur ein Wort von ihm gehört.

Um ihn zu vergessen, hatte sie sich als Schreiberin von Gedichten und Kurzgeschichten versucht. Als sie hörte, dass das Christliche Fürsorgehaus oder Elizabeth-Heim in New York mehr Hilfe brauchte, hatte sie angefangen, Liebesromane zu schreiben, um ein paar Extradollars spenden zu können. Zu ihrer großen Überraschung wurden ihre Romane immer beliebter; Fannie Cole wurde ein Star. Ihr Schreiben weckte ihr Interesse am Leben neu, und nach und nach gelang es ihr, sich aus dem Loch der Schwermut, in das Jacks Flucht sie geworfen hatte, herauszuarbeiten. Gott selbst hatte ihr ein Ziel gegeben und sie vor dem Ungeheuer der Verzweiflung gerettet. Als sie Hilfe gebraucht hatte, war er an ihrer Seite gewesen.

Sie lehnte sich auf ihrem Stuhl zurück und versuchte, sich wieder auf das Tischgespräch zu konzentrieren. Es hatte sich dem Segelwettbewerb von morgen zugewandt, zu dem es sie absolut nicht hinzog.

Das Mittagessen dauerte länger als gewöhnlich, bis Lilly das Gefühl bekam, gleich vor lauter Anspannung ohnmächtig zu werden. Nicht, dass sie sich jemals zu einer so dramatischen Geste wie einer Ohnmacht hatte hinreißen lassen. Ihr Leben war normalerweise ruhig, und sie wollte, dass das so blieb. Anders als viele ihrer kontaktfreudigeren Freundinnen hasste sie es, im Mittelpunkt zu stehen. Lieber war sie für sich, möglichst weit weg vom Hochbetrieb der gesellschaftlichen Pflichten.

Als sie mit dem Dessert fertig waren, zogen Bedienstete den Damen die schweren Stühle zurück, und die Runde löste sich für den Nachmittag auf. Lilly, die auf eine ruhige Stunde zum Schreiben spekulierte, nahm Kurs auf die Tür, aber Harlan verstellte ihr den Weg.

„Darf ich dich einen Augenblick sprechen?“ Sein Gesicht sah finster aus, was nichts Böses bedeuten musste, denn er war von Natur aus ein ernster Mann. Er berührte ihren Unterarm.

„Ja, sicher."

Lilly folgte ihm durch den Gang in den leeren Salon. Vor dem Kamin blieb sie stehen, das Gesicht steif vor Lächeln. Er musterte sie. Sie wand sich innerlich vor seinem Blick. „Ist etwas nicht in Ordnung?", fragte sie.

Er sah eher verunsichert als wütend aus, aber seine harten Gesichtszüge verhießen nichts Gutes. Ihre Frage beantwortete er mit einem Kopfschütteln. „Mit mir nicht, da kann ich dich beruhigen."

Sie streichelte aufmunternd seine Hand. „Das höre ich gern." Die Uhr auf dem Kaminsims tickte.

Sonst war alles still. Harlan zupfte an den Enden seines dünnen blonden Schnurrbarts. „Das ist mir jetzt ein bisschen peinlich." Er räusperte sich. „Mr Grail – er scheint dir ja ziemlich … ergeben zu sein."

Sie lachte schrill. „Also, das glaube ich nicht."

„Kennst du ihn gut?"

Sie hatte noch nie den eifersüchtigen Harlan erlebt; er gefiel ihr nicht.

„Ich kenne Mr Grail, seit mein Bruder und er Collegestudenten waren. Er war vor allem Georges Freund, nicht meiner." Das nächste Dementi, das ihr schlechtes Gewissen weckte. Aber sie konnte unmöglich zugeben, dass Jack um sie geworben hatte, ohne eine Szene zu riskieren, die ihr so zuwider war, dass sie lieber gar nicht erst daran dachte. „Ich habe ihn seit Jahren nicht mehr gesehen."

Harlans Gesicht entspannte sich. „Mr Grails Aufmerksamkeiten befremden mich. Aber wenn das nur von ihm ausgeht und nicht von dir, soll's mir recht sein."

Lilly lächelte. „Du brauchst seinetwegen keine schlaflosen Nächte zu haben."

Harlans Mundwinkel bogen sich nach oben. „Na gut."

Sie konnte es nicht vergessen, wie Harlan, der langjährige Freund der Familie, ihr Herz ins Lot gebracht hatte, als sie glaubte, nur in ihrem Schreiben eine Zuflucht zu finden. Als er anfing, um sie zu werben und von einer gemeinsamen Zukunft zu sprechen, hatte ihr Luftschloss von dem Jack, der zurückkommen würde, um sie zu seiner Braut zu machen, sich endlich aufgelöst. Sie hatte Harlans Zuneigung gebraucht und genossen – bis heute. Lilly schob diesen Gedanken rasch wieder weg.

Harlan rieb sich die Hände. „Ich habe übrigens etwas für dich. Nur eine Kleinigkeit, aber ich glaube, du wirst es mögen."

„Danke, aber du brauchst mich nicht mit Geschenken zu überhäufen."

„Aber ich verwöhne dich doch so gerne."

Harlan marschierte aus dem Salon hinaus, während Lilly sich in einen der antiken Sessel fallen ließ, der mit weißem, von Goldfäden durchwirkten Brokat bezogen war. Durch die breiten Fenster, die auf den vorderen Rasen gingen, ergoss sich die Sonne und vergoldete das schönste Zimmer im Haus. Es passte so gar nicht zu Lillys immer trüber Stimmung.

Wie konnte sie Harlan ihrer Liebe und Loyalität versichern? Und nicht nur Harlan, sondern vor allem sich selbst? Sie würde damit anfangen, dass sie möglichst viel Abstand zu Jack hielt und möglichst wenig zu Harlan. Das konnte funktionieren – wenn sie häufig in ihrem Zimmer blieb und weiter ihre Romane schrieb.

Harlan kam zurück, gefolgt von Irene. Wie immer glänzten die Augen ihrer Schwägerin vergnügt.

Harlan hielt Lilly errötend ein Buch hin. „Nur ein kleines Zeichen meiner Wertschätzung."

Irene kicherte. „Nur keine Bange, Mr Santerre. Wir Frauen lieben Geschenke, ganz gleich, wie groß sie sind."

Lilly nahm es entgegen. „Oh, danke. *Sonette aus dem Portugiesischen* von Elizabeth Barrett Browning. Das werde ich in Ehren halten."

„Vielleicht können wir es zusammen lesen." In seiner Stimme schwangen ein Schmerz und eine Hoffnung mit, die ihr Herz anrührten.

„Ja, doch, gerne." Lilly hatte Angst, sich an diesen sentimentalen Versen zu verschlucken, aber wenn er unbedingt wollte, würde sie ihr Bestes versuchen. Sie würde nie zugeben, dass seine liebevolle Geste ihre romantischen Gefühle nicht verstärkt hatte. Das war ihr Problem, nicht seines.

Irene murmelte: „Sie mag bestimmt auch einen von Fannie Coles Romanen. Nächstes Mal vielleicht …"

Harlans Blick verfinsterte sich. „Meinen Sie etwa diese Schundromane?“

„Na sicher. Was dem einen sein Schund, ist dem anderen sein Schatz.“ Irene drehte sich mit einem selbstzufriedenen Lächeln um, das Lilly auf die Nerven ging, und verließ den Salon.

„Diese Frau ist unerträglich. Ich weiß beim besten Willen nicht, warum dein Bruder sie geheiratet hat.“ Harlan schüttelte naserümpfend den Kopf.

Lilly gab ihm insgeheim recht.

Kapitel 4

Jack nahm zwei Treppenstufen auf einmal, um Lilly einzuholen. „Was für ein Buch hast du da? Einen dieser Romane von Jones & Jarman?“ Er hoffte, dass sein scherzhafter Ton sie lächeln lassen würde. Oder wenigstens ihre Schultern und ihr Mund etwas von ihrer Anspannung verlieren würden.

Sie blieb stehen und sah ihn an. Ihr Gesichtsausdruck zeigte ihm, dass er gerade einen Fehler gemacht hatte. Wie so viele aus ihren Kreisen hielt sie sehr wahrscheinlich nichts von diesen seichten Unterhaltungsromanen – obwohl die Bücher von Fannie Cole einen moralischen und religiösen Wert hatten, den die meisten aus der besseren Gesellschaft zumindest öffentlich nicht wahrhaben wollten.

Stattdessen aber hielt sie die *Sonette aus dem Portugiesischen* hoch.

Jacks Herz machte einen Satz. „Das habe ich dir doch zu deinem achtzehnten Geburtstag geschenkt!“ Sie hatten einen herrlichen Frühlingsnachmittag damit verbracht, das Buch gemeinsam im Schatten einer Kastanie zu lesen. Sie hatten abwechselnd jeder eine Strophe gelesen, bis die Sonne unterging.

Ihre Wangen röteten sich. „Diese Ausgabe hat mir Harlan geschenkt.“ Sie ging weiter die Treppe hinauf, kurz über ihre Schulter schauend.

Lilly und Harlan … Jack zog es die Kehle zusammen. Er hatte nicht mit einem Rivalen gerechnet, aber er hätte sich ja denken können, dass diverse junge Herren sich für sie interessieren würden.

„Jetzt schau nicht so. Deins habe ich auch noch. Von Büchern kann ich mich nicht trennen.“ Sie lächelte ihn traurig an, dann drehte sie sich abrupt um und verschwand in ihrem Zimmer.

Jack fragte sich, ob sie das Buch je noch einmal gelesen und dabei an ihn gedacht hatte. Oder hatte sie es vor Wut an die Wand geworfen?

Wie konnte er nur ihre Liebe wiedergewinnen und ihre Vergebung verdienen?

Er grübelte und grübelte. Eine Versöhnung schien ihm in weiter Ferne zu liegen. Aber er durfte sich von ein paar entmutigenden Worten nicht beirren lassen. Jack würde viel Geduld und Fingerspitzengefühl brauchen – leider beides Dinge, die er von Natur aus nicht hatte. Aber er durfte Lilly nicht verschrecken und in Harlan Santerres offene Arme treiben.

Er ging in die Bibliothek, wo er mehrere Schriftstücke, die er aus New York mitgebracht hatte, zu lesen begann, während die übrigen Hausbewohner sich ihren Nachmittagsaktivitäten widmeten. Die Damen machten die üblichen Besuche bei Nachbarn am Ocean Drive und in der Bellevue Avenue, während Mr Westbrook in einer Ecke der Bibliothek saß und schlief, mit einem Kriminalroman im Schoß. Sein asthmatisches Atmen störte Jack nicht weiter. Sie hatten beide Georges Einladung in den Leseklub abgelehnt. Der Leseklub war Newports männliche Bastion, wo Whiskey und Zigarren erlaubt waren, aber keine Frauen.

Ein paar Stunden studierte Jack die Geschäftsberichte, die Mr Lewis Jarman ihm mitgegeben hatte, dann holte er sich aus dem Magazin des Billardzimmers einen Golfschläger und mehrere Bälle und trat hinaus in den hellen Nachmittag. Seitlich des Hauses, neben dem verlassenen Tennisplatz, war der Golfrasen. Jack übte ein paar Schwünge. Er begann sich zu entspannen.

„Kann ich mitspielen, Grail?" Harlan tauchte auf, einen Schläger in der einen mageren Hand, ein Eimer mit Bällen in der anderen. „Ich habe gedacht, vor meiner Runde nachher im Golfklub übe ich erst mal etwas."

Jack traf den Ball zu fest, sodass er den Hang hinunter bis zu den Klippen flog.

Ein Grinsen zog über Harlans Gesicht. „Schade, alter Knabe. Aber es ist eben noch kein Meister vom Himmel gefallen. Du spielst noch nicht lange Golf, oder?"

Jack presste die Hand um den Griff des Schlägers. *Gott, gib mir Gelassenheit, dass ich diesem eingebildeten Laffen nicht eine verpasse!* Er gab sich keine Mühe, eine freundliche Miene aufzusetzen, und presste hervor: „Ich habe auf dem College Golf gelernt. Aber du hast recht, ich bin etwas eingerostet." Golf war eigentlich ein Freizeitsport der Reichen, aber er wusste, dass es auch Männer gab, die auf dem Golfplatz Freizeit und Geschäft miteinander verbanden. Er selbst hatte wenig Zeit für Hobbys und wenig Geduld für etwas so Langsames wie das Golfspiel.

Harlan schätzte mit zusammengekniffenen Augen die Entfernung zum Loch ab. „Sieht leicht aus. Ich spiele gerne hier in Newport, aber mein Lieblingsplatz ist St. Andrews." Er machte eine Pause. „In Schottland."

Jack verbiss sich die passende Antwort. Es hatte keinen Zweck, sich mit Santerre anzulegen. Er schaute zu, wie Harlans Ball schnurgerade zum Loch rollte. Nach jahrelangem Üben spielte Harlan gut und schien darauf aus zu sein, zu gewinnen.

„Ich bin fertig für heute", sagte Jack bald. Er sammelte ein paar Bälle ein, die Mütze so tief ins Gesicht gezogen, dass Harlan seine Miene nicht sehen konnte.

„Übung macht den Meister, wart's nur ab", meinte Harlan.

Jack versuchte, nicht zu reagieren, aber sein ganzer Körper fühlte sich steif an. Er erinnerte sich nur zu gut an Harlans Spitzen in ihrer gemeinsamen Schulzeit – der eine ein Sohn aus den besten Kreisen, der andere ein Sohn armer Eltern. Jack warf die Bälle zurück in seinen Eimer.

Harlan war noch nicht fertig. „Fährst du manchmal Wagenrennen?"

Wagenrennen. Ein Lieblingssport der Reichen, für den man einen teuren Wagen und gute Pferde brauchte. Und natürlich lernen musste, wie man so ein Ding fuhr. Jack schüttelte den Kopf.

„Miss Westbrook liebt Wagenrennen", fuhr Harlan fort. „Das ist etwas Tolles für eine junge Dame."

Jack unterdrückte ein ungläubiges Lachen. Er konnte sich nicht vorstellen, dass Lilly es toll fand, hoch auf einem rasenden Kutschwagen zu sitzen, mit nur einem dünnen Geländer, das sie vor dem Sturz in die Tiefe bewahrte. Er sah sie förmlich vor sich, wie sie krampfhaft ihren Hut festhielt, die Augen voller Angst, und stumm darum betete, dass das Elend bald vorbei wäre.

„Da bin ich aber wirklich überrascht, Harlan. Ich scheine Miss Westbrook doch nicht so gut zu kennen, wie ich dachte." *Und du kennst sie überhaupt nicht.* Er lächelte versonnen.

„Ja, sie liebt die Art Unterhaltung, die man nur in bester Gesellschaft findet. Segeln, Tanzen …"

„Tatsächlich?" Jack gab sich kaum Mühe, den Spott in seiner Miene zu verbergen. „Ich dachte immer, Miss Westbrook liebt Bücher und schreibt Gedichte. Aber vielleicht liege ich da wieder falsch. Ich habe sie ja jahrelang nicht mehr gesehen. Vielleicht hat sie sich verändert." Er wusste, dass Lilly mit ihrer zurückhaltenden, aber starken Persönlichkeit sich vielleicht äußerlich anpassen, aber niemals wirklich ändern würde.

„Nun", sagte Harlan, „sie ist in den höheren Kreisen aufgewachsen, und da liebt sie natürlich deren Lebensart. Ihre Bücher und Gedichte sind eben eine nette Abwechslung. Ein Hobby, mehr nicht."

„Ja, du kennst sie natürlich gut." Jack nickte beflissen.

„Das tue ich, ja. Wir sind viel zusammen. Wir sind gute Freunde."

Jeder Nerv in Jacks Körper rebellierte. Seinem selbstzufriedenen Lächeln nach zu urteilen, hatte Harlan ihm gerade eine wichtige Neuigkeit eröffnet. Lilly gehörte ihm.

„Ich muss jetzt gehen. Guten Tag, Harlan."

Jack marschierte zurück zum Haus. Er ärgerte sich, dass er sich von Santerre die gute Laune hatte verderben lassen. Der Mann schien zu denken, dass Lillys Herz ihm gehörte, aber Jack weigerte sich zu glauben, dass sie so einen schlechten Geschmack hatte. Die Zeit würde zeigen, ob er noch eine Chance hatte.

Bevor er nach Summerhill gekommen war, hatte er gedacht, dass er ihre Liebe zurückgewinnen könnte, wenn sie ihm erst einmal seine dumme Flucht damals vergeben hatte. Jetzt merkte er, dass er auch Harlan besiegen musste – einen starken Gegner.

Er stieg, zwei Schritte auf einmal, die Veranda hinauf. Neben einem Kübel mit roten Geranien saß George. Er ließ seine Zeitung sinken. „Im Leseklub war nicht viel los, aber ich habe etwas von einem Segelboot gehört, das richtig gut sein soll. Sollen wir hingehen und es uns anschauen?"

„Von mir aus. Ich hoffe, es ist nicht zu groß und zu teuer?"

George sah überrascht aus. „Wolltest du nicht immer etwas Großes, für das man eine richtige Besatzung braucht?"

Jack lachte. „Ja schon, aber das werde ich mir eine ganze Weile noch nicht leisten können."

„Du müsstest es dir mal ansehen. Fahren wir hin? Anschauen schadet nie."

Sie fuhren mit einem Einspänner drei oder vier Meilen weit in die Stadt, bis sie an einen der langen Piers kamen, die am Wasser des Hafens von Newport hinausgingen. George suchte den Kapitän der *Osprey,* einer schlanken Zweimaster-Jolle, und gemeinsam mit ihm inspizierten sie das Boot. Der Besitz eines solchen eleganten Bootes würde Jack enormes Ansehen bringen; ein schönes Schiff war das Statussymbol der Superreichen. Das glänzende Mahagoniholz, die soliden Messinggeländer und der günstige Preis ließen Jacks Herz höherschlagen, aber er wusste, dass es für ihn nicht richtig wäre, dieses Boot zu kaufen.

„Was meinst du, Jack? Ein schöner Kahn, oder?" George inspizierte das Schiff vom Bug bis zum Heck mit einem Leuchten in den Augen, das Jacks eigene Gefühle gut wiedergab.

Jack dankte dem Kapitän. Sie traten zurück auf den Pier. „Das ist jeden Dollar wert, den er verlangt. Am liebsten würde ich es kaufen."

Er konnte sich das Boot leisten, doch die Vorsicht sagte ihm, dass er besser erst wartete, bis er jemand war in der Welt der Unternehmer. Doch andererseits: Würde nicht der Kauf der *Osprey* aller Welt zeigen, dass er jemand war? Bis jetzt hatte er sich die Spielzeuge der Reichen nie leisten können.

Er wusste noch gut, wie er mit seinem Onkel auf einem kleinen Boot vor New York gesegelt war. Seitdem hatte er Meerwasser in den Adern. Der Wind, der ihm durch das Haar fuhr, der Geruch sonnendurchwärmter Haut, sogar der Gestank des Tangs, der am felsigen Ufer trocknete – wie hatte er das alles genossen! Und wie gerne würde er es wieder erleben.

Er seufzte. Wann würde er je Zeit zum Segeln finden? Jetzt war etwas anderes dran: dass er seine Fähigkeiten einsetzte, die Ärmel hochkrempelte und seinen eigenen Verlag aufbaute. Er konnte seine Tage nicht vertrödeln wie Harlan Santerre oder auch George.

Sie gingen den langen Pier zurück zu ihrem Wagen. Sollte sich Jack wirklich die Gelegenheit, so ein Boot zu erwerben, entgehen lassen? „Das ist ein echtes Angebot, George, da muss ich noch mal drüber nachdenken. Es sei denn, du möchtest es selbst kaufen."

Sie standen an dem Ende des Piers und schauten bewundernd zu dem 32 Fuß langen Boot zurück, das sachte hin- und herschaukelte. Jetzt war es an George, nachdenklich zu werden. „Ich würde die *Osprey* schon gerne kaufen, aber Irene geht vor. Ich komme jetzt schon kaum nach mit dem Geld für ihre Ballkleider, von ihrem Schmuck ganz zu schweigen. Ich fürchte, ich erfülle ihre Erwartungen nicht. Sie hat einen reichen New Yorker erwartet, und gekriegt hat sie mich." Er strich sich über seinen kurzen Bart.

„Sie hat doch Glück gehabt, dass sie dich gekriegt hat."

„Das Leben ist verrückt, oder? Wenn meine Schwester Harlan heiratet, wird sie Geld ohne Ende haben, aber keine gesellschaftlichen Ambitionen. Irene ist genau das Gegenteil: Sie hat wenig Geld, aber es zieht sie mit aller Macht zu den Kreisen, in denen man Geld haben muss. Manchmal ist das Leben echt komisch." George schüttelte bedrückt den Kopf.

Jacks Herz begann zu hämmern. „Ist Lilly mit Harlan verlobt?"

Trotz Harlans Wink mit dem Zaunpfahl war Jack noch nicht die Idee gekommen, dass sie vielleicht ans Heiraten dachten. In den beinharten Jahren am Klondike hatte er darauf gezählt, Lilly wiederzugewinnen, wenn er erst einmal sein Glück gemacht hatte, obwohl er, wenn er ganz ehrlich zu sich selbst gewesen wäre, hätte sehen müssen, dass die Chancen nicht groß waren. Wie hatte er so dumm sein können!? Es war doch klar, dass sie nicht untätig dasitzen und Trübsal blasen würde, während er versuchte, reich zu werden. Nicht ein Mal hatte er ihr geschrieben seit seinem unrühmlichen Abgang.

Er hatte ihr zeigen wollen, dass er aus seinen Chancen etwas gemacht hatte, hatte ihre Vergebung bekommen wollen und erneut ihre Zuneigung gewinnen – deshalb war er nach Summerhill gekommen. Und jetzt plötzlich das …

„Offiziell ist es noch nicht, aber wir rechnen jeden Tag damit, dass Harlan ihr einen Antrag macht. Sie gehen seit dem Frühling auf Freiersfüßen." George sah Jack argwöhnisch an. „Überrascht es dich, dass Lilly einen Freund hat?"

Jack schaute zum Hafen, der voll von ein- und auslaufenden Segelschiffen war. „Nein. Sie ist ein bezauberndes Mädchen. Ich hatte so etwas erwartet."

Er hatte es natürlich nicht erwartet. Er drehte sich um und stieg zurück in den Einspänner. Lilly und Harlan im gleichen Atemzug zu erwähnen, fühlte sich an wie ein Messer in seiner Seele. Dass sie diesen hochnäsigen Schnösel mochte, schockierte ihn. Er hatte geglaubt, Lilly zu kennen, selbst nach einer so langen Trennung. Aber offensichtlich kannte er sie nicht mehr.

George kletterte auf den Ledersitz neben Jack und nahm die Zügel. „Ich hätte es nicht für möglich gehalten, dass jemand sich in sie verliebt. Sie ist so reserviert, nicht kokett wie die meisten jungen Damen."

„Nein, sie ist anders, das stimmt", murmelte Jack.

Haut wie Porzellan, kluge Augen, die ein ehrliches Herz spiegelten, eine direkte Art. Außerdem besaß Lilly eine frauliche Schönheit, die Jack bei keiner anderen gefunden hatte. Er konnte ihr Bild nicht aus dem Kopf bekommen; nicht, dass er es gewollt hätte …

„Harlan sagt, sie ist intelligent und vernünftig. Sie hört auf ihn." George schnaubte. „Er ist ein solider, verlässlicher Mann, aber er redet ständig nur von seinen Eisenbahnen. Die arme Lilly muss das zu Tode langweilen. Aber sie ist eben höflich und Harlan scheint gute Manieren mit echtem Interesse zu verwechseln."

„Will sie ihn heiraten?" War es möglich, dass sie ihn liebte? Die Worte blieben Jack im Hals stecken. Er konnte es immer noch nicht glauben, dass Lilly sich von einem so selbstgefälligen, seichten Menschen wie Harlan einwickeln ließ, der nichts vorzuweisen hatte als das Vermögen, das er geerbt hatte. Schön, für die meisten jungen Frauen war Geld mehr als genug, aber Lilly war sich doch wohl zu gut für Mammon und Status. Er hatte gehofft, dass sie auf ihn warten würde, den armen Jungen, der etwas aus sich gemacht hatte und jetzt triumphierend zurückkehrte … Aber da schien er sich verrechnet zu haben.

George hielt seinen großen Hut fest, den der Wind mitzunehmen drohte. „Wenn Lilly Harlan nicht heiraten wollte, hätte sie ihm vor Monaten den Laufpass gegeben. Sie bilden ein gutes Paar, die beiden, genau das Richtige für die ganze Familie."

Jack fragte sich, ob es auch für Lilly genau das Richtige war. Aber Lilly war eine, die imstande war, sich bereitwillig für ihren Bruder und ihre Eltern zu opfern.

„Warum?" Jack versuchte, ruhig zu klingen.

„Harlan hat beste Verbindungen sowohl in der Geschäftswelt als auch in der Gesellschaft. Irene ist begeistert von ihren neuen Freundinnen, die aus den reichsten Familien in New York und Newport kommen. Und Lilly scheint die viele Unterhaltung und die Besuche auch zu mögen, obwohl ich bei ihr nie so genau weiß, was sie wirklich denkt."

„Und dein Vater?"

„Der ist dankbar für jeden Tipp, wenn eine Immobilie zum Verkauf steht."

„Und du?"

Georges Gesicht erhellte sich. „Harlan hat mir praktisch eine Stelle versprochen."

„Ich kann mir nicht vorstellen, dass es dir Spaß macht, im selben Büro mit Santerre zu arbeiten."

George zuckte die Achseln. „Eigentlich wäre ich lieber Lehrer an einer höheren Privatschule für Jungen, aber Irene und ich brauchen das Gehalt, das ich bei Harlan kriegen werde. Er hat Lilly bis jetzt noch keinen Antrag gemacht, aber das kommt bestimmt bald."

Jack schaute missmutig zur Seite.

Sollte er wie ein Gentleman den Rückzug antreten oder versuchen, Lilly zurückzugewinnen? Wäre es nicht falsch, ihre Pläne für eine so vorteilhafte Ehe zu stören?

Aber er konnte sich nicht vorstellen, dass der alte Egoist Harlan ihr auch nur ein Quäntchen Freude bringen würde.

Doch zumindest vorerst musste er seine Gefühle wohl für sich behalten.

Kapitel 5

Am nächsten Morgen ging Lilly allein über den weiten Rasen hinter dem Haus zum Meer. Es wehte eine steife, kühle Brise, sodass sie ihr Schultertuch über die Arme zog.

Vater im Himmel, bitte bringe mich durch diesen Albtraum. Bitte gib, dass ich mich nicht noch einmal in Jack verliebe, das würde mir nur neues Elend bringen. Sie konnte nicht leugnen, dass Jacks Anwesenheit ihr Herz verrücktspielen ließ und ihre Gedanken verwirrte. Aber Gott würde ihr helfen im Kampf gegen diese mächtigen Gefühle. Gott hatte sie noch nie im Stich gelassen. Sie merkte, wie sie ruhiger wurde.

Als sie zu den Felsen kam, an die die Brandung schlug, sah sie, dass ihr Vater am Ufer stand, in der einen Hand eine Angel. Eine schäbige alte Weste kämpfte mit seinem runden Bauch; eine ausgebeulte Hose und ein ramponiertes altes Hemd vervollständigten die Garderobe, die ihre Mutter, hätte sie von ihrer Existenz gewusst, längst fortgeworfen hätte. Lilly raffte ihren seidenen Rock und suchte sich vorsichtig einen Weg über die Steine.

Als sie das Wasser erreichte, frischte der Wind auf, dass ihr Haarknoten sich halb auflöste. Sie drückte ihren Rock nach unten, bevor er sich wie ein Segel blähen konnte.

Ihr Vater drehte sich halb um. „Lilly! Möchtest du auch angeln?“

„Nein. Nur die frische Luft genießen und etwas für mich sein.“

Er brummte zustimmend. „Der Rest der Familie muss dauernd etwas unternehmen, aber du schätzt es, wenn du einmal deine Ruhe hast. Wie ich. Diese frische Seeluft tut meiner Lunge gut.“ Um zu zeigen, was er meinte, holte er mehrere Male tief Luft, ohne sein übliches asthmatisches Keuchen.

„Es ist ein Segen, dass es dir besser geht.“

Er ging einen Schritt zur Seite und machte ihr auf dem Felsen Platz. „Ich freue mich, dass du gekommen bist, Lilly. Ich muss mit dir reden, aber bisher hatte ich keine Gelegenheit. Oder vielleicht mag ich auch nicht der Überbringer schlechter Nachrichten sein."

Sie sah die ernste Miene ihres Vaters und ihr Körper verspannte sich. „Ist etwas passiert?"

Ihr Vater seufzte. Plötzlich sah er älter aus als seine sechzig Jahre. „Ich habe leider einen finanziellen Rückschlag erlitten. Ich fürchte, ich muss meine Unterstützung für das Elizabeth-Heim einstellen, jedenfalls vorerst. Vielleicht wird die Lage bis nächstes Jahr wieder besser sein, obwohl man als Geschäftsmann nie sicher sein kann." Er schaute kurz zu ihr hin; sein Blick war mitfühlend.

Lilly schluckte heftig. „Oh, nein, Papa, das ist wirklich eine schlechte Nachricht."

Sein Gesicht wurde betreten. „Das ist hart für dich, nicht wahr? Das verstehe ich. Das Elizabeth-Heim zählt sehr auf meine Unterstützung, und das ist ein schwerer Schlag für sein Budget. Ich weiß, wie wichtig ihre Arbeit dir und deiner lieben Freundin Miranda ist. Heute Morgen habe ich Miss Diller angerufen, um ihr die Sache, so gut es geht, zu erklären. Die arme Frau war so fertig, dass sie fast nicht sprechen konnte."

„Das wird Miranda sicher auch sein", sagte Lilly. Sie und ihre Kindheitsfreundin arbeiteten oft als freiwillige Helfer dort. „Hat sie schon andere Leute angesprochen?" Lilly versuchte nicht, an die Konsequenzen dieser schrecklichen Nachricht zu denken. „Du kannst doch nicht der einzige Spender sein, es gibt doch bestimmt noch viele andere."

Der Blick ihres Vaters verfinsterte sich. „Laut Miss Diller bin ich der Hauptspender des Werkes. Sie müssen mit einem kleinen Budget auskommen und arbeiten mit freiwilligen Helfern, wie Miranda und dir. Selbst mit meinem Beitrag kamen sie gerade so über die Runden. Ich wusste nicht, dass meine Hilfe so wichtig war." Er schüttelte den Kopf. „Das macht alles noch schlimmer."

„Ich wollte, ich könnte mehr geben", murmelte Lilly. Der Wind in ihrem Gesicht schien auf einmal stärker und nasser zu sein.

„Kind, du tust schon so viel für das Haus, zusätzlich zu den Spenden aus deinem Treuhandvermögen."

Ihr monatliches Taschengeld war zu gering, um viel damit zu helfen, aber sie spendete es gerne, zusammen mit einem Großteil der Honorare, die sie für ihre Romane bekam. Sie hatte vorgehabt, eine Weile weniger zu schreiben, bis Harlan sich erklärt hatte und das *Stadtgespräch* Fannie Cole in Ruhe ließ.

Aber jetzt musste sie ihre Pläne wohl ändern.

Ihr Vater sah sie fest an. „Ich fürchte, die werden binnen eines Monats schließen müssen, wenn nicht von irgendwo eine großzügige Spende kommt."

Lilly seufzte. „Nein, Papa, sie dürfen nicht schließen! Was soll denn dann aus all den armen Frauen werden?" Sie setzte sich auf den Felsblock. Eine scharfe Kante riss ein Loch in ihren eleganten, dünnen Strumpf.

Ihr Vater setzte sich neben sie, umständlich und leise stöhnend. „Das tut mir so leid, Lilly. Vielleicht könnten wir ja jemanden fragen, ob er helfen kann. Zum Beispiel Harlan."

„Harlan?" Ihr Herz machte einen Sprung. Aber dann wurde sie blass. „Wenn ich ihn frage, bin ich in seiner Schuld. Du weißt doch, wie ungern ich betteln gehe."

Ihr Vater nickte. „Ja, ich weiß. Aber wenn er dein Mann werden will, wird er nicht Nein sagen. Er hat mehr als genug Geld, und ich hoffe, auch ein Herz im Leib."

Lilly unterließ es, ihren Vater daran zu erinnern, dass Harlan ihr ja noch keinen Heiratsantrag gemacht hatte. Sie nahm das bisschen Begeisterung, dessen sie im Augenblick fähig war, zusammen. „Ich glaube nicht, dass er viel vom Elizabeth-Heim hält, aber ich werde gerne mit ihm reden, am besten gleich."

„Viel Glück, Liebes." Das Gesicht ihres Vaters erhellte sich; er wandte sich wieder seinem Angeln zu.

Lilly ging zurück zur Villa. Keine Frage, sie musste weiter Romane schreiben; es würde nichts werden mit einer Pause. Vielleicht würde sie es schaffen, um eine Honorarerhöhung zu bitten.

Bevor sie die Veranda erreichte, sah sie Harlan über den Rasen laufen. Sie beschleunigte ihren Schritt und begrüßte ihn mit ihrem wärmsten Lächeln.

„Guten Morgen! Dich habe ich gerade gesucht. Hättest du kurz Zeit?"

Harlan hielt ihr auf den Stufen zur Veranda die Hand. „Aber natürlich."

Sie gingen durch die Verandatür in die hintere Eingangshalle von Summerhill. Harlan sah freundlicher aus als sonst. Gut. Jetzt oder nie. „Ich hoffe, dass du mir einen ganz großen Gefallen tun kannst, Harlan. Mein Vater ist einer der größten Förderer des Elizabeth-Heims in New York, und jetzt zwingen die Umstände ihn leider, seinen Beitrag bis auf Weiteres zu streichen. Das ist eine große Katastrophe für die Leitung dieser Einrichtung. Sie werden sie schließen müssen, wenn sich kein anderer Spender findet."

Sie hielt an, holte Luft und schaute in Harlans eisige Augen.

„Ich hab gedacht, vielleicht könntest du für meinen Vater einspringen. Es ist eine wirklich gute Sache, und die Leute dort wären sehr, sehr dankbar für deine Großzügigkeit." Sie wusste, dass sie bettelte, und mochte sich selber nicht. Aber was blieb ihr anderes übrig?

Harlans Lippen zogen sich zu einem Strich zusammen. „Ach, das Fürsorgehaus – das Lieblingsprojekt meiner Cousine Miranda. Normalerweise würde ich Nein sagen; ich habe schon einige Wohltätigkeitsorganisationen auf meiner Spendenliste." Er streichelte herablassend ihren Arm. „Aber da dir das Haus so am Herzen liegt, werde ich mal darüber nachdenken." Ein leichtes Lächeln huschte über sein Gesicht. „Aber wie wäre es jetzt mit einer Partie Golf, wenn du Zeit hast?"

Lilly presste hervor. „Oh, gerne." Das Elizabeth-Heim war jedes Opfer wert. Harlan wusste, dass sie Golf nicht mochte. „Ich muss mich nur eben umziehen."

Mehrere Stunden später, nach neun Löchern in einer steifen Brise, die einen Sturm ankündigte, verdüsterte sich Harlans Miene. Auf dem penibel gepflegten Golfplatz des Klubs von Newport hatte ihn George vor Lillys Augen gründlich überholt. Jack hatte sich dagegen nicht schlecht geschlagen. Sein beschwingter Schritt und breites Grinsen machten für Harlan alles noch schlimmer. Auf der Rückfahrt nach Summerhill sprach Lilly das Thema „Spende“ vorsichtshalber nicht an.

Zu ihrer Überraschung tat Harlan es selbst. „Ich habe mir das mit dem Fürsorgehaus überlegt, Lilly. Deine Hingabe an die Ärmsten von New York beeindruckt mich sehr. Sie brauchen ja nun wirklich alle Hilfe, die sie kriegen können.“ Er sah sie an, auf sein Gesicht trat ein gut gespieltes Bedauern. „Aber um ganz ehrlich zu sein, ich kann diese Sache nicht unterstützen. Menschen sollten lernen, auf eigenen Beinen zu stehen, statt abhängig von der Hilfe anderer zu bleiben. Ich muss dir also deine Bitte leider abschlagen.“

Lilly bemühte sich, ihre Fassung zu wahren. „Diese Menschen sind anständige junge Frauen, keine Schmarotzer.“

Harlan hob abwehrend die Hand. „Schön, aber ich gebe mein Geld schon woandershin.“

„Ich bin …“ Sie unterbrach sich, suchte nach dem passenden Wort. „… enttäuscht.“ Sie schaute rasch zur Seite, bevor sie womöglich ihrem Herzen so Luft machte, dass ihre Manieren dabei untergingen.

Vielleicht würde sie Jack fragen, obwohl sie nicht glaubte, dass er ihr viel helfen konnte, wenn er denn wirklich Jones & Jarman kaufte. Aber auch eine kleine Spende wäre besser als gar nichts. Sie nahm sich vor, ihn bei passender Gelegenheit anzusprechen.

Die Gelegenheit kam schon am Abend, als Lilly und Harlan mit Jack in ein Hauskonzert in Belcourt Castle gingen. Das Herrenhaus im Louis-XIII-Stil bestand aus einem Erdgeschoss mit großen Stallungen, die Mr Belmonts Pferde und Kutschensammlung beherbergten, und der daneben erbauten eigentlichen Villa – architektonisch gelinde gesagt eigenwillig, aber prächtig, fand Lilly.

Die Geiger stimmten ihre Instrumente, während Lilly, Harlan und Jack auf den fein gearbeiteten Stühlen Platz nahmen. Jack beugte sich zu Lilly. „Was ist, Lilly? Hat Harlan dich geärgert? Du siehst so missmutig aus.“

„Jetzt ist es aber genug, Grail“, sagte Harlan. Aber dann verwickelte eine Dame auf seiner anderen Seite ihn in ein Gespräch.

Im Schutz ihres Fächers erklärte Lilly Jack die Notlage des Elizabeth-Heims. Jacks Stichelei gegen Harlan überhörte sie geflissentlich. „Du siehst also“, schloss sie, „sie brauchen dringend deine Hilfe.“

Harlan, der auf ihrer anderen Seite saß, zupfte an seinem Schnurrbart und spitzte wieder die Ohren.

Jack schüttelte bedauernd den Kopf. „Leider habe ich mein großes Geld für meine geschäftlichen Unternehmungen verplant. Aber keine Bange, gleich morgen früh werde ich eine kleine Spende machen.“ Er sah Lilly an. „Und ich werde mich unter meinen Geschäftsfreunden umhören, ob da jemand helfen kann. Ich weiß, dass das Elizabeth-Heim gute Arbeit macht.“ Seine Stimme wurde weich. „Die können von Glück sagen, dass sie dich haben.“

„Oh, danke.“ Sie wurde rot und senkte ihren Blick. Harlan, der sie anstarrte, ignorierte sie.

Jack beugte sich an ihr vorbei zu Harlan hin und klopfte ihm aufs Handgelenk. „Du, Santerre, wie wär's, wenn wir beide für das Elizabeth-Heim spendeten, damit Lilly wieder ruhig schlafen kann?“ Das Zwinkern in seinen Augen ließ Lilly unwillkürlich grinsen; schnell versteckte sie ihr Gesicht hinter dem Fächer. „Was sagst du dazu?“ Jack blickte Harlan herausfordernd an. „Oder hast du die Sprache verloren?“

„Sei nicht albern“, wehrte der ab. Mit gerunzelter Stirn fuhr er fort: „Also, ich zahle gerne die Ausgaben für einen Monat, wenn du das Gleiche machst. Das müsste denen die nötige Zeit geben, einen neuen Förderer für ihre Arbeit zu finden, die ja wirklich lobenswert ist.“

„Das ist ein Wort“, sagte Jack mit zusammengebissenen Zähnen.

„Oder warum sagen wir nicht besser zwei Monate?“ Harlan sah Lilly an, offensichtlich um ihre Zustimmung heischend.

„Abgemacht“, sagte Jack.

„Das ist ja wunderbar! Vielen, vielen Dank. Wenn ihr beide nach neuen Wohltätern des Hauses sucht, muss es nicht schließen.“ Lilly warf ein dankbares Lächeln erst in Jacks, dann in Harlans Richtung. Jack grinste über beide Ohren, Harlans Lächeln war dünn und gezwungen.

Aber das war nur eine Übergangslösung. Vorerst stand alles, wofür die angestellten und freiwilligen Mitarbeiter so hart gearbeitet hatten, auf der Kippe.

Sie glaubte gern, dass Jack tun würde, was er konnte, um neue Spender zu finden, aber sie hatte Angst, dass er nicht die richtigen Beziehungen hatte. Er war noch neu in der Gesellschaft. Bestimmt hatte er ein paar Bekannte mit Geld und Einfluss, aber wohl kaum jemanden, der ihm einen Gefallen schuldete.

Harlan dagegen war mit den Größen der Gesellschaft in New York und Newport wohlvertraut und konnte mit einem Brief oder Besuch jederzeit Spender gewinnen. Vielleicht würde er es sich auch noch einmal überlegen und einen Scheck für die Ausgaben eines halben oder sogar ganzen Jahres ausstellen. Lilly hoffte jedenfalls, dass Harlan wie Jack es nicht bei einer Einmalspende belassen würde.

Sie benutzte fleißig ihren Fächer in dem stickigen Saal und grübelte. Warum brachte Harlan es nicht übers Herz, einen wirklich großen Betrag zu spenden für eine Einrichtung, die so viel Gutes tat und so dringend Hilfe brauchte? Was brachte es, viel Geld zu haben, wenn man es nicht dazu benutzte, Bedürftigen zu helfen? Aber sie war dankbar, dass er wenigstens kurzfristige Hilfe zugesagt hatte.

Als Lilly am nächsten Morgen zur Bibliothek gehen wollte, hielt Mr Ames, der Butler, sie im Flur an. „Ein Telefonanruf für Sie, Miss. Von Miss Reid. Wünschen Sie, mit ihr zu sprechen?“ Seine Stimme war alt und zittrig, seine hängenden Schultern sahen schmal aus. Als ein treuer Diener seit den Tagen, als Lillys Vater noch ein Junge war und Treppengeländer hinunterrutschte, weigerte Mr Ames sich standhaft, in den Ruhestand zu gehen.

„Ja, gerne.“

Er schlurfte fort, während Lilly ins Arbeitszimmer ihres Vaters schlüpfte. Das Telefon stand auf dem Schreibtisch aus Eichenholz. Noch nicht sehr vertraut mit dieser großartigen Erfindung, musterte sie das Ding einen Moment, bevor sie den Hörer, der sie an einen exotischen Kerzenleuchter erinnerte, an ihr Ohr hielt.

Sie räusperte sich und sprach, oder besser, rief in die Sprechmuschel: „Miranda, wie schön, deine Stimme zu hören! Ich vermisse dich ja so – und die Arbeit im Elizabeth-Heim. Mein Vater hat mir erzählt, er muss seine Unterstützung einstellen. Wie hat Miss Diller das aufgenommen?"

Mirandas Stimme knisterte im Hörer. „Sie ist fix und fertig. Es war ein furchtbarer Schock, aber vorhin haben dein alter Freund Mr Grail und Harlan angerufen und Gelder zugesagt, die uns fürs Erste über die Runden bringen. Das war sehr nett von Harlan, vor allem, weil er ja eigentlich kein Freund der Einwanderer ist." Sie unterbrach sich kurz. „Du hast ihn gebeten, etwas zu geben, oder?"

Lilly lächelte. „Das stimmt, und er hat es gemacht." Sie erwähnte nicht, dass er erst Nein gesagt hatte.

„Du musst die reinste Überredungskünstlerin sein", murmelte Miranda. „Und ich frage mich, warum Jackson Grail auf einmal für uns spendet. Das ist wirklich merkwürdig."

„Nein, eigentlich nicht. Er ist gerade für ein paar Wochen bei uns, als Georges Gast. Ihn habe ich auch gefragt."

Miranda kicherte. „Gut gemacht! Aber dass er in Summerhill ist, ist doch bestimmt nicht leicht für dich."

„Manchmal ist es schon etwas schwierig. Oder sehr sogar. Aber was kann ich noch tun, um dem Elizabeth-Heim zu helfen?"

„Deswegen rufe ich ja an. Es tut mir leid, dass ich dich belästige, während du in Newport bist, aber ehrlich gesagt, wir brauchen dich hier. Miss Diller hofft, dass wir beiden ihr helfen können, eine langfristige Lösung für diese Finanzkrise zu finden. Wenn wir uns zusammensetzen, fällt uns vielleicht was ein. Und Florence ist gerade krank – irgendetwas mit der Lunge –, und Miss Diller fragt, ob wir vielleicht diese Woche ihre Englischstunden übernehmen können."

Es war ein gutes Gefühl, gebraucht zu werden. „Ich komme gerne nach New York. Ich habe dich und die Mädchen ja so vermisst. Wenn du nichts anderes von mir hörst, komme ich morgen Nachmittag an – wenn meine Mutter mich gehen lässt, natürlich."

„Das ist ja wunderbar." Miranda klang erleichtert. „Vielen, vielen Dank.

Komm vom Bahnhof direkt zum Elizabeth-Heim, ich erwarte dich dort." Sie machte eine Pause und fuhr dann so leise fort, dass Lilly es kaum hörte: „Es gibt noch etwas, was du wissen musst. Bist du gerade allein?"

Die Tür des Arbeitszimmers war verschlossen, aber falls gerade jemand draußen in der Eingangshalle war, konnte er das Gespräch mithören. „Leider nein", sagte Lilly. „Hat das Zeit bis morgen?"

„Doch, sicher. Und mach dir keine Sorgen, vielleicht bilde ich mir das auch nur ein."

Mirandas Stimme klang besorgt. Lilly achtete nicht darauf, sondern machte sich gleich auf die Suche nach ihrer Mutter. Sie fand sie auf der hinteren Veranda, wo sie, George, Irene und Harlan neben großzügigen Kübelpflanzen in Korbsesseln saßen.

„Komm, setz dich zu uns, Lilly." Ihre Mutter wies auf einen leeren, von großen Farnblättern halb verdeckten Stuhl.

„Danke, aber ich habe nicht viel Zeit. Mama, ich hab gerade einen Anruf von Miranda bekommen. Sie bittet mich, für ein paar Tage nach New York zu kommen, um im Elizabeth-Heim zu arbeiten. Du hast doch sicher nichts dagegen?" Sie wusste natürlich, dass ihre Mutter sogar viel dagegen hatte.

Die Augenlider ihrer Mutter flatterten. „Muss das ausgerechnet jetzt sein?" Sie schaute kurz zu Harlan hin, dessen Miene sich sichtlich verdüsterte, und schürzte die Lippen. „Du bist doch das ganze Jahr über pausenlos dort. Jetzt ist Sommer, da solltest du mal an dich denken. Bleib hier bei deinen Lieben und Freunden. Miranda ist vernünftig, sie wird das verstehen."

Lilly zupfte an der Spitze ihrer Bluse. Meistens beugte sie sich den Wünschen ihrer Mutter, um des lieben Friedens willen, aber diesmal ging das nicht. „Miranda hätte mich nicht angerufen, wenn sie mich nicht sehr dringend bräuchten. Ich muss hin. Es ist ja nicht für lange. Ende der Woche bin ich wieder da. Aber jetzt entschuldigt mich bitte." Lilly stand auf und ging in Richtung Tür.

„Einen Augenblick, Lilly!" Das blasse Gesicht ihrer Mutter wurde vom Kragen ihres taubengrauen Kleides bis zu ihren Haaren rot. „Wenn du das unbedingt machen musst, dann von mir aus ein, zwei Tage. Aber zum Ball der Van Pattens musst du wieder da sein. Du hast ihre Einladung angenommen, und es wäre unverzeihlich, im letzten Moment einen Rückzieher zu machen."

„Natürlich."

Bevor Lilly entkommen konnte, fuhr ihre Mutter fort: „Die Carstairs fahren morgen früh in die Stadt. Beatrice nimmt dich bestimmt gerne mit, ich arrangiere das. Und vergiss nicht, Miranda hierher einzuladen; am besten bringst du sie gleich mit."

„Danke." Lilly staunte, dass ihre Mutter nicht darauf bestand, dass sie in Summerhill blieb, wo sie ein Auge auf sie haben konnte. Aber vor Gästen würde sie natürlich keine Diskussion riskieren, sondern musste so tun, als sei Lillys Plan auch der ihre.

Kapitel 6

Am nächsten Morgen hielt Jack den Telefonhörer an sein Ohr. „Guten Morgen, Mr Jarman. Es ist mir ein Vergnügen, von Ihnen zu hören, obwohl ich nicht erwartet hatte, dass wir vor meiner Rückkehr nach New York miteinander in Kontakt treten würden. Ich überlege mir gerade, was für ein Angebot ich Ihnen machen kann."

„Das freut mich", sagte Mr Jarman. „Aber erst gestern hat sich ein anderer Interessent gemeldet. Ich wollte Ihnen das mitteilen, weil Sie der Erste waren."

Jacks Puls beschleunigte sich. Eigentlich hatte er erwartet, noch ein paar Wochen in Ruhe die Geschäftsbilanzen des Verlags prüfen zu können. „Oh? Darf ich fragen, wer der andere ist?" Er spürte plötzlich einen starken Druck im Magen. Halb sah er schon seine Felle davonschwimmen.

„Der Verlag Atwater."

Atwater. Was bei Jones & Jarman der junge Star Fannie Cole war, war bei Atwater die alte Autorin Elna Price.

„Der Termin mit Atwater ist morgen früh", fuhr Mr Jarman fort.

„Ich wäre ebenfalls an einem baldigen Treffen interessiert", sagte Jack. „Wie wäre es mit heute Nachmittag, bei Ihnen in New York?"

Sie einigten sich auf halb fünf und legten auf. Jack stopfte rasch etwas Kleidung in seinen Handkoffer und ging die Westbrooks suchen. Er fand sie im Esszimmer, wo sie bei einem späten Frühstück aus Hafergrütze mit gebratenen Eiern und Speck saßen.

Mrs Westbrook tupfte mit einer Serviette über ihren Mund. „Setz dich zu uns, Jackson."

„Danke, ich habe schon gefrühstückt. Ich nehme den nächsten Zug nach New York. Unerwartet habe ich einen dringenden geschäftlichen Termin bekommen. Ich werde in ein paar Tagen wieder da sein."

Ein verstohlenes Lächeln zog über Irenes Gesicht. Sie trug ein knallrotes Kleid, das im Casino garantiert die Blicke auf sich ziehen würde. Eine bombastische amerikanische Schönheit inmitten von blassem Rosa. „Was für ein Zufall", flötete sie. „Lilly ist auch gerade in der Stadt. Sie wird sich bestimmt freuen, dich zu sehen. Meinst du nicht auch, Harlan?"

Harlans Gesicht verhärtete sich, ebenso das von Mrs Westbrook. Harlan schwieg kurz und meinte dann kühl: „Was willst du damit sagen?"

Irene fuhr achselzuckend über den Schmuckstein an ihrer Halskette. „Nichts Besonderes."

„Wenn ihr mich jetzt bitte entschuldigt, ich muss gehen." Jack unterdrückte ein Grinsen und verließ das Esszimmer.

Nach einer Stunde saß er in einem Erste-Klasse-Abteil und überflog zwei Fannie-Cole-Romane, die er von Irene ausgeliehen hatte. Zu seiner Überraschung gefielen ihm die Abenteuer und Missgeschicke der tapferen Helden und vorwitzigen Heldinnen. Am Nachmittag fuhr der Zug in den zentralen Bahnhof von New York ein.

Jack stieg aus und nahm eine Droschke zu Jones & Jarman am Broadway. Die Stadt war wie immer um diese Jahreszeit schwülwarm und wimmelte von Menschen und allen möglichen Kutschen und Pferdewagen, durch die der Droschkenkutscher sich geschickt seinen Weg bahnte.

Am Verlag angekommen, wurde Jack von dem großen, hageren Mr Jarman in dessen Büro geführt, das von Büchern und Manuskripten überquoll. Sie lagen in Regalen und in hohen Stapeln auf Tischen und dem Fußboden. An einer Wand hing ein kleines Ölgemälde des verstorbenen Mitbegründers des Hauses, Mr Jones. Mr Jarman und Jack ließen sich auf weichen Lederstühlen nieder, während ein Sekretär ihnen Kaffee eingoss. Ein Glas kalte Limonade wäre Jack lieber gewesen.

Der Verleger runzelte die Stirn und strich mit der Hand über seine ovale, von einem grau melierten Haarkranz umrahmte Glatze. Die Koteletten links und rechts und ein kurz geschnittener Bart bildeten einen Halbkreis um sein Gesicht. „Bevor wir in die Verhandlungen eintreten, sollten Sie vielleicht diesen Artikel lesen." Mr Jarman reichte Jack ein Exemplar des Skandalblatts *Stadtgespräch*.

Jack überflog den Artikel. Er war ein Aufruf an Fannie Cole, „endlich" ihre wahre Identität zu verraten.

Mr Jarman, die Hände auf dem Schreibtisch gefaltet, beugte sich vor. „Ich schätze, wenn Miss Cole ihren Namen nicht verrät, wird Oberst MacIntyre den Druck erhöhen." Sein blasses Gesicht errötete. „Meine Frau schiebt mir dieses Blatt ziemlich oft unter die Nase, und da es hier um Miss Cole geht …"

Jack unterdrückte ein Grinsen. Er hatte Trudy Jarman in den letzten Monaten mehrere Male bei gesellschaftlichen Anlässen getroffen. Sie war eine gutmütige Wichtigtuerin, der keine Silbe Klatsch entging. Aber dieser Artikel über Fannie Cole war beunruhigend.

Jack beugte sich nach vorne. „Was bezweckt MacIntyre mit der Enthüllung ihrer Identität?"

„Es kann sein, dass er etwas gegen Miss Cole oder ihre Familie hat. Aber ich glaube, er wird eher versuchen, sie zu erpressen, als ihre Identität zu enthüllen. Es wäre nicht das erste Mal. Wenn sie zahlt, lässt er sie in Ruhe – bis zum nächsten Mal."

Das verkomplizierte die Sache. „Haben Sie schon mit Miss Cole darüber gesprochen?"

Mr Jarman seufzte auf. „Nein. Sie ist jetzt eine ganze Weile nicht mehr hier gewesen. Und wenn *Stadtgespräch* recht hat, ist sie gerade für den Sommer in Newport und wird wohl nicht vor dem Herbst wiederkommen."

„Und Sie selbst wissen nicht, wer sie wirklich ist?", fragte Jack.

Mr Jarman schüttelte den Kopf. „Sie kommt hin und wieder hierher, aber fast so schnell, wie sie kommt, geht sie auch wieder. Ich händige ihr die Korrekturen aus, zahle ihr das Honorar bar auf die Hand, und schon ist sie weg, wie ein verschrecktes Kaninchen. Sie ist jedes Mal tief verschleiert; ich habe ihr Gesicht nie richtig sehen können."

Jack seufzte ebenfalls. „Ich würde gerne mit der mysteriösen Miss Cole sprechen, bevor ich Jones & Jarman kaufe. Es ist sehr wichtig für diesen Verlag, dass sie weiterschreibt, und sie muss wissen, dass ich ihr gegen diesen Schurken MacIntyre helfen werde."

„Ich kann Ihre Bedenken verstehen, glauben Sie mir."

„Ist es früh genug für Sie, wenn ich Ihnen mein Angebot morgen früh unterbreite?"

„Exzellent." Mr Jarman erhob sich. „Sagen wir Punkt 8 Uhr?"

„Einverstanden. Und noch etwas: Wären Sie bereit, nach dem Verkauf noch eine Weile hier tätig zu bleiben, während ich mich einarbeite?"

Mr Jarman nickte. „Sicher, gerne."

Sie schüttelten sich die Hand und Jack wandte sich in Richtung Tür. „Ich habe übrigens eine Bekannte, die manchmal im Christlichen Fürsorgehaus aushilft. Eine Miss Lillian Westbrook. Kennen Sie sie?"

„Ich hatte leider noch nicht das Vergnügen."

„Ich war gerade zu Besuch bei ihrem Bruder in Newport, als Sie mich anriefen. Sie gehört zur höheren Gesellschaft von New York und Newport. Vielleicht kann sie mich mit Miss Cole in Kontakt bringen. Ich werde sie danach fragen."

„Das wäre sicher hilfreich. Aber wenn Sie ins Elizabeth-Heim gehen, könnten Sie bitte für mich eine Kiste Bücher abliefern? Miss Miranda Reid hat mehrere Fannie-Cole-Romane für die jungen Damen bestellt."

„Das mache ich gern. Glauben Sie, das Haus ist um diese Zeit noch offen?" Es war schon nach 5 Uhr.

Mr Jarman schmunzelte. „Oh ja. Miss Diller wohnt im Haus, zusammen mit mehreren Studentinnen, die den armen Frauen helfen möchten."

Lilly würde denken, dass dieser unerwartete Besuch ein Trick von ihm war, aber Jack war gerne bereit, ihr Missfallen zu ertragen, wenn sie ihm zu einer Begegnung mit Fannie Cole verhelfen konnte. Lilly hatte so viele Bekannte, sie musste doch wohl eine Ahnung haben, wie Fannie Cole wirklich hieß. Sie würde ihm bestimmt helfen, es sei denn, sie fühlte sich aus irgendeinem Grund verpflichtet, den Namen der Autorin geheim zu halten. Er würde seine ganze Überredungskunst einsetzen, um Lillys Hilfe zu bekommen. Jack seufzte. Wenn sie Nein sagte, wer würde ihm dann helfen?

Er nahm den Bücherkarton, ging rasch die Treppe hinunter und hielt eine Droschke an. Schnell schob er die Kiste hinein, stieg selber ein und atmete tief aus. Er wollte Jones & Jarman kaufen, aber vorher musste er wissen, wie die beste Autorin des Verlags auf die versteckte Drohung in *Stadtgespräch* reagierte. Bestimmt wusste sie von dem Artikel. In den besseren Kreisen las jeder dieses Skandalblatt, ob er es zugab oder nicht. Wenn es ihm nicht gelang, Fannie Cole zu sprechen – konnte er sich dann wirklich auf den Kauf einlassen? Was, wenn Fannie Cole ausstieg?

Jack seufzte wieder. Er brauchte Lillys und Fannies Hilfe, aber er wusste nicht, ob auch nur eine von beiden ihm helfen würde.

Als Lilly am Nachmittag am Elizabeth-Heim ankam, hoffte sie, dass Miranda allein war. Aber ihre beste Freundin war dabei, mit anderen Damen die Suppe für die Armenspeisung am Abend vorzubereiten, wenn Dutzende Stadtbewohner kommen würden, um eine warme Mahlzeit zu bekommen. Dann hätten sie ein volles Haus.

Die hochgewachsene, schlanke Miranda war so damit beschäftigt, Gemüse zu schneiden, dass sie nicht aufschaute, als Lilly hereinkam. Ihr langes, dichtes schwarzes Haar war hochgebunden und von einem Netz bedeckt; ein paar vorwitzige Strähnen hingen ihr in das blasse, leicht sommersprossige Gesicht. Ihr Haar war eines der wenigen Dinge, die sich ihrem Willen widersetzten.

In der engen Küche herrschte reges Treiben. Studentinnen und Damen der Gesellschaft standen Seite an Seite und putzten, hackten und schnitten, während sie sich angeregt unterhielten. Jetzt erblickte eine von ihnen Lilly und begrüßte sie mit einem lauten Ruf.

Als Miranda Lillys Namen hörte, kam sie strahlend zu ihr und umarmte sie fest. Sie reichte ihr eine Schürze. „Danke, dass du so schnell gekommen bist."

„Du, ich bin froh, Summerhill für ein paar Tage entronnen zu sein." Lilly beugte sich tiefer über das Hackbrett und flüsterte: „Was war das, was du mir am Telefon nicht sagen konntest?"

Miranda schaute kurz in die Runde. „Ich sag's dir nachher, wenn nicht so viele da sind."

Lilly nickte zögernd. „Na, gut."

Eine Helferin holte mehrere Brotlaibe aus dem Backofen, und ein Hitzeschwall wehte Lilly direkt ins Gesicht. Dieser Duft … Von einem frischen Brot eine kleine Scheibe. Mit Butter und Erdbeermarmelade … Sie wischte sich mit einem sauberen Handtuch die Schweißtropfen von der Stirn und rollte die Ärmel ihrer marineblauen Bluse hoch.

Miranda grinste verlegen. „Das ist etwas anderes als Newport, nicht?"

Lilly schnitt lachend eine Zwiebel. Der Geruch ließ ihr die Tränen über die Wangen rollen, und das war erst die erste Zwiebel. „Die Küche in Summerhill hab ich noch nie gesehen, aber ich schätze mal, es ist da nicht so furchtbar warm. Dafür kann ich mich hier nützlich machen."

Während mehrere andere Frauen Kartoffeln und Möhren wuschen, hackte Miranda den Stangensellerie. Ihre Wangen wurden zusehends röter. Sie beugte sich näher zu Lilly, die auf der anderen Seite des Hackbretts stand. „Nur noch tausend Stängel, dann bin ich fertig."

Die Suppe für die Armenspeisung erforderte Unmengen an Zutaten und eine generalstabsmäßige Vorbereitung. Nach einer Stunde konnte Lilly ihre wachsende Müdigkeit kaum noch verbergen. Anders als Miranda, die fast jeden Tag aushalf, kam Lilly nur ein oder zwei Mal in der Woche. Gerne wäre sie so oft gekommen wie ihre Freundin, aber ihre Mutter bestand darauf, dass sie ihre Ausflüge in die Schattenseiten des Lebens auf das Nötigste beschränkte.

Doch selbst ihre Mutter musste zugeben, dass Lilly durch das Aushelfen im Elizabeth-Heim ihre Schwermut nach Jacks Verschwinden besser überwunden hatte (nicht, dass Lilly ihr je verraten hatte, was, oder besser: wer der Grund für ihre plötzliche Schwermut gewesen war). Hier hatte Lilly entdeckt, wie gut sie es hatte, trotz allem Liebeskummer.

Die Leiterin, Miss Phoebe Diller, kam in die Küche; ihre Absätze klangen wie Kastagnetten auf dem Holzfußboden. Sie begrüßte jede der Frauen und dankte ihnen. Dann wandte sie sich an Lilly und Miranda. „Könnten Sie beide bitte in mein Büro kommen, wenn die Suppe auf dem Herd steht?"

Eine halbe Stunde später saßen sie der Leiterin des Hauses gegenüber. Sie war eine schmächtige, aber resolute Frau unbestimmten Alters (obwohl Lilly sie um die vierzig schätzte), die ein schlichtes braunes Kleid trug. Ihr zu einem festen Knoten zusammengebundenes Haar ließ ihr herzförmiges Gesicht frei. Trotz der Hitze schien sie nie zu schwitzen oder auch nur einen Funken ihrer Energie zu verlieren. Während Lilly und Miranda auf zwei Stühlen vor Miss Dillers Schreibtisch saßen, stand diese vor dem Fenster und sah zu dem Gemüsegarten im Hof hinunter, ein Stückchen Eden in diesem von Ratten heimgesuchten Viertel.

Miss Diller drehte sich zu ihnen um. „Lilly, ich möchte Ihnen danken, dass Sie Ihre Ferien unterbrochen haben, um nach New York zurückzukehren.“ Ihre Stimme musste sich gegen den Lärm von draußen behaupten – Kutschen, Pferdewagen und hundert Stimmen, die in fast ebenso vielen Sprachen riefen.

„Keine Ursache“, sagte Lilly.

Miss Diller lächelte kurz, dann wurde sie ernst. „Ihr Vater hat uns viele Jahre lang sehr großzügig unterstützt, und ich kann gut verstehen, warum er das jetzt einstellen muss. Wir hoffen, dass seine Schwierigkeiten nur vorübergehend sind. Aber für den Fall, dass sie länger andauern, muss ich neue Wege finden, das nötige Geld zusammenzubekommen.“ Ihr Gesicht erhellte sich etwas. „Wir haben gerade Zuwendungen von Mr Santerre und Mr Grail erhalten, für die wir sehr dankbar sind. Aber dieses Geld wird nicht für immer reichen.“ Sie sah Lilly an, dann Miranda.

„Ich setze darauf, dass einer von Ihnen eine Idee hat, wie wir mehr Geld hereinbekommen. Ich bin mit meinem Latein am Ende. Miss Reid, ich nehme an, Sie kennen Miss Fannie Cole, die Schriftstellerin, die unserem Haus so viel zukommen lässt. Wäre es Ihnen möglich, sie zu kontaktieren?“

„Ja, ich glaube schon“, erwiderte Miranda, die Ruhe selbst.

Lilly schaute rasch zur Seite. Sie spürte, wie sie rot wurde – mehr von der Wendung, die das Gespräch nahm, als von der Hitze. Falls Miss Diller wusste, wer Fannie Cole war, ließ sie es sich nicht anmerken.

„Ich wäre Ihnen sehr, sehr dankbar. Bitte fragen Sie Miss Cole, ob sie noch einmal ihr Herz öffnen und ihren Beitrag etwas erhöhen könnte, jedenfalls solange wir keine anderen Gönner gefunden haben. Ich bitte sie ungern, da sie ohnehin schon sehr großzügig ist, aber ich habe keine Wahl. Wenn es um das Elizabeth-Heim geht, bin ich nicht zu stolz zum Betteln."

„Ich werde sie fragen", sagte Miranda.

„Sehr gut." Miss Diller legte nervös die Hände zusammen und nestelte dann mit den Fingern an ihrem Füllfederhalter. Sie trat hinter ihren Schreibtisch, blieb vor dem Bücherregal stehen, nahm ein Tuch in die Hand und begann, das Regal abzustauben. „Hat einer von Ihnen Freunde oder Bekannte, die ich ansprechen könnte?"

Miranda nickte. „Ein paar schon. Ich höre mich auch gerne in den Kirchen in der Nachbarschaft um. Vielleicht könnte man im Herbst einen Wohltätigkeitsball organisieren."

„Vielleicht sollten wir schon vorher etwas machen, wenn es so dringend ist", warf Lilly ein. „Vielleicht ein Wohltätigkeitspicknick in Newport. Und ich kann Mr Grail bitten, in seiner Zeitung einen Artikel über das Elizabeth-Heim zu bringen, in dem steht, was für gute Fortschritte die Mädchen machen. Und dass wir natürlich Unterstützung brauchen."

„Eine hervorragende Idee. Danke!" Miss Diller strahlte. „Ich wusste doch, dass Sie beide mir helfen würden."

Lilly legte die Hände zusammen. „Ich werde auch die Freundinnen meiner Mutter ansprechen. Und ein paar von meinen eigenen, die vielleicht Treuhandvermögen haben oder einen hilfsbereiten Ehemann."

Miss Dillers Augen wurden feucht. „Sie sind beide ein Geschenk des Himmels."

Die nächsten drei Stunden verbrachten die drei mit der Planung eines Wohltätigkeitspicknicks auf einer der Farmen am Rande der Stadt, die öfters für Veranstaltungen gemietet wurde. Die bessere Gesellschaft liebte solche Picknicks, wo es nicht so förmlich zuging wie sonst.

„Die Sache lässt sich gut an", sagte Miss Diller, als die jungen Frauen sich erhoben.

Von draußen kam mit einer Welle schwülwarmer Luft der Geruch von Gemüse und der Gestank verrottender Abfälle aus der Nachbarschaft. Lilly konnte freier atmen, als sie und Miranda durch einen schmalen Flur zu einem der Klassenzimmer trabten, wo eine große Gruppe Mädchen und Frauen auf ihre Englischstunde wartete. Einwanderinnen aus ganz Europa redeten in einem Dutzend Sprachen durcheinander. Sie trugen dunkle Kleider; einige der älteren Polinnen und Russinnen hatten Kopftücher, die unter dem Kinn zusammengebunden waren.

„Meine Damen, können wir anfangen?" Die Gespräche verstummten, bis nur noch ein leises Murmeln zu hören war. In die Stille hinein kamen laute Schritte aus dem Flur. Lilly schaute zur Tür.

Dort stand Jack, korrekt angezogen, in den Händen einen Karton, auf dem sein Zylinder lag. Er verneigte sich und trat zurück in den Flur, als ob er auf sie wartete.

Kapitel 7

„Ich übernehme die Klasse, wenn du mit unserem Besucher sprechen willst", murmelte Miranda, die Jack von früher wiederzuerkennen schien.

Lilly nickte. „Gut – danke."

Sie ging in den Flur, wo Jack auf sie wartete. „Was für eine Überraschung. Was bringt dich hierher?" Sie versuchte, ihre Stimme ruhig zu halten, aber es gelang ihr nicht. Dabei schob sie ein paar Haarsträhnen hinter die Ohren und prüfte den Sitz ihres Knotens.

„Ich suche Miss Phoebe Diller. Ich hatte heute Nachmittag einen Termin mit Mr Jarman, und der hat mir diesen Karton Fannie-Cole-Bücher mitgegeben, für das Haus hier."

„Das ist sehr nett von dir. Ich glaube, Miss Diller ist in ihrem Büro."

„Aber ich bin auch gekommen, um dich zu sprechen, Lilly."

„Oh", Lilly schluckte. „Und was möchtest du wissen?" Sie ging raschen Schrittes den Flur entlang, Jack dicht hinter ihr.

„Ob du mich mit Fannie Cole, dieser Romanschriftstellerin, in Kontakt bringen könntest. Laut *Stadtgespräch* gehört sie zur höheren Gesellschaft, und da dachte ich, du kennst sie vielleicht oder weißt zumindest, wer sie sein könnte."

„Das tut mit leid, aber da kann ich dir nicht helfen. Es muss ja auch gar nicht stimmen, was *Stadtgespräch* schreibt."

„Ich glaube schon, dass es stimmt."

„Meinst du?"

Jacks hochgezogene Augenbrauen verrieten seine Skepsis.

Sie betraten das kleine Büro von Miss Diller. Die Leiterin war gerade dabei, mit Ammoniak und einer Zeitung ein Fenster zu putzen. Jack setzte den Karton auf dem Fußboden ab, und Lilly stellte ihn Miss Diller vor. Die wischte sich die Hände an ihrer Schürze ab und reichte ihm die rechte. „Das ist aber schön, Sie kennenzulernen, Mr Grail. Bitte danken Sie Mr James, dass er die Bücher so prompt geschickt hat. Die Damen werden sie gerne lesen. Sie lieben Fannie Cole."

„Ach ja, Fannie Cole." Jack lächelte halb verlegen. „Wenn ich sie treffe, werde ich ihr sagen, wie sehr die Damen hier ihre Bücher mögen."

„Du willst dich mit Miss Cole treffen?" Lilly versuchte tapfer, ihre Stimme nicht schrill werden zu lassen. *Gott, bitte gib, dass Miss Diller nicht erwähnt, dass Miranda sie kennt.*

Jacks wache braune Augen drehten sich in ihre Richtung. Er zuckte leicht die Achseln. „Ich bin ihr neuer Verleger. Ab morgen früh, wenn ich den Verlag kaufe." Er lächelte breit.

Lilly lief es kalt den Rücken herunter und ihre Knie wurden weich. Haltsuchend lehnte sie sich an einen Aktenschrank. Sie hatte so gehofft, dass Jack Jones & Jarman nicht kaufen würde.

„Herzlichen Glückwunsch", sagte Miss Diller. „Ich wünsche Ihnen viel Erfolg. Aber setzen Sie sich doch bitte, Mr Grail, und erzählen Sie uns mehr über Ihr neues Projekt."

Was Jack auch tat, volle fünf Minuten lang. Als er fertig war, sagte Miss Diller: „Mr Grail, ich möchte Ihnen dafür danken, dass Sie uns in der Stunde unserer größten Not so geholfen haben."

„Bitte, keine Ursache. Sagen Sie es mir, wenn ich noch mehr für Sie tun kann."

Die Leiterin nickte. „Falls Sie mögliche Spender kennen, könnten Sie sie um einen Beitrag bitten? Fürs Erste können wir das Haus weiterführen, aber die Zukunft – ja, die liegt in Gottes Hand." Sie seufzte. Zum ersten Mal sah Lilly so richtig, wie schwer die Verantwortung für das Elizabeth-Heim auf ihr lastete. Einen Augenblick stand Jack gedankenverloren da, die Lippen zusammengepresst. Dann sagte er: „Ich möchte gerne einen größeren Betrag spenden – eine Summe, die Ihnen für mehr als ein paar Monate Luft verschafft."

Lillys Augen wurden groß. „Wo willst du denn das Geld herholen, wenn du Jones & Jarman kaufst? Ich dachte … Entschuldigung, jetzt bin ich wohl zu neugierig."

„Sind Sie sicher, dass Sie sich das leisten können, Mr Grail?“ Miss Dillers Miene war eine Mischung aus Schock und erwartungsvollem Staunen, als sei ihr mit Jack geradewegs ein Wunder vom Himmel gefallen.

Und war er das nicht wirklich? Lilly musste daran denken, wie geheimnisvoll Gottes Wege waren.

Jack lächelte etwas verlegen. „Ich hatte Geld für ein Segelboot beiseitegelegt, aber das kann eigentlich noch bis nächstes Jahr warten. Jetzt haben wir ja schon August, und im Herbst ist die Segelsaison sowieso zu Ende.“

Jacks lockerer Tonfall konnte die Enttäuschung, die er spüren musste, nicht ganz verdecken. Lilly presste die Hände zusammen, um der Versuchung zu widerstehen, ihm um den Hals zu fallen und für seine Selbstlosigkeit zu küssen.

Er drehte den Zylinder in den Händen. „Also, ich sorge dafür, dass Sie das Geld morgen bekommen, Miss Diller. – Guten Tag, die Damen.“ Er ging zur Tür.

Miss Dillers Stimme hielt ihn auf. „Bitte bleiben Sie doch und essen Sie mit uns im Speisesaal zu Abend. Und falls Sie sich unser Haus ansehen möchten, wird Miss Westbrook es Ihnen bestimmt gerne zeigen.“

„Ja, das würde mich freuen.“

Lilly unterdrückte ein Stöhnen. Sie brauchte Zeit für sich allein, um die beunruhigenden Nachrichten, die Jack da gebracht hatte, zu verdauen. Stattdessen stand er da und musterte ihr Gesicht, und sie wusste doch, dass sie nicht sehr gut darin war, ihre Gefühle zu verbergen.

Sie zwang sich zu einem Lächeln. „Komm mit. Ich zeige dir vor dem Essen unsere Unterrichtsräume.“

Sie blieben in den Türen zu den verschiedenen Räumen stehen, und Lilly erklärte Jack, was sie dort sahen. Es gab Gruppen, die Lesen und Schreiben oder Englisch lernten. In einem anderen Saal saßen Frauen an Singer-Nähmaschinen.

„Wir brauchen noch mehr Nähmaschinen“, erklärte Lilly. „In der Bekleidungsindustrie brauchen sie viele Näherinnen. Die Arbeit ist schlecht für den Rücken und wird nicht gut bezahlt, aber sie ist besser als nichts. Manchmal gebe ich auch Nähunterricht."

„Du? Das hätte ich nicht gedacht! Ihr feinen Damen stickt doch lieber, als dass ihr eine Nähmaschine bedient. Von deiner Mutter hast du das bestimmt nicht gelernt."

Lilly lachte. „Nein, natürlich nicht. Das hab ich hier gelernt. Irgendwann habe ich gemerkt, dass ich Nähmaschinen mag. Ob du es glaubst oder nicht, ich habe schon Kleider für ein paar kleine Mädchen hier in der Nachbarschaft genäht."

Sie kamen zur Tür des Speisesaals. Lilly zeigte auf ein schwarzhaariges Mädchen mit olivefarbener Haut, das gerade seine Schüssel zu einem der Tische trug. „Das ist Angelina. Ich habe ihr Kleid aus Resten genäht, die ich meiner Schneiderin abgekauft habe." Sie musterte das grünkarierte, mit weißen Bändern aus gerripptem Samt verzierte Kleid.

„Das ist ja unglaublich ... und beeindruckend."

„Also ehrlich, Jack. Ich bin doch keine von denen, die nichts alleine kann." Sie versuchte, streng zu klingen, aber sein Kompliment gefiel ihr. Sie musste lächeln über seine Überraschung.

Dann gingen sie in den Saal hinein. An der Wand, wo die Küche lag, bildete sich gerade eine lange Schlange. Freiwillige Helferinnen schöpften die dampfende Suppe in kleine Schüsseln, die sie den mehr oder weniger zerlumpten Kindern und Erwachsenen reichten. Mütter dirigierten ihre Kleinen zu den langen, mit sauberen rotweiß karierten Decken bedeckten Holztischen und langten in die Körbe mit dem knusprigen Brot.

„Sollen wir uns anstellen?", fragte Lilly.

„Ich würde dich gerne in ein Restaurant zum Dinner einladen." Jacks Stimme klang hoffnungsvoll.

Lilly schüttelte den Kopf, obwohl die Einladung verlockend war – was konnte es Schöneres geben, als einen Abend mit Jack zu verbringen? „Nein, ich kann meine Freundin Miranda nicht im Stich lassen. Ich bin ihr Gast, solange ich hier in New York bin."

„Deine Freundin ist natürlich auch eingeladen." Jack sah schon weniger begeistert aus.

„Nein, wirklich, ich weiß deine Einladung zu schätzen, aber ich möchte hier essen. Bitte bleib doch. Das Essen ist gar nicht schlecht. Bei der Suppe hab ich sogar mitgeholfen."

„Wirklich? Du überraschst mich immer mehr, Lilly." Sein Blick wurde bewundernd.

Sie wandte sich ab, bis ihre Wangen wieder kühler waren. Nachdem sie ihre Suppe zu einem der Tische getragen hatten, kam auch Miranda. Lilly stellte ihr Jack als alten Bekannten vor; Miranda und Jack hatten sich in seiner Studienzeit mehrere Male gesehen, als er George und Lilly besuchte.

Als Jack fertig gegessen hatte, meinte er: „Eine sehr gute Suppe. Und reichlich. Es hätte nur ein bisschen mehr Fleisch drin sein können."

Miranda legte ihren Löffel hin, ihre Miene war ernst. „Das stimmt, aber Fleisch ist nun mal teuer."

Jack nickte. „Ich sehe schon, ihr braucht mehr Geld. Aber das Elizabeth-Heim scheint eine sehr gute Arbeit zu machen."

„Miss Diller ist eine engagierte Christin", sagte Lilly.

„Wie ihr beiden."

Lilly wechselte verlegen das Thema. „Irgendwann würden wir gerne noch eine Krankenschwester einstellen, für die Hygienekurse. Und wir brauchen dringend mehr Vorräte und Material."

Jack nickte. „Ich werde Mr Jarman fragen, ob er eine Spende macht, wenn der Verkauf unter Dach und Fach ist." Er grinste die beiden an. „Meine Taschen werden ja jetzt bald leer sein und seine voll."

„Oh, vielen Dank." Miranda lächelte ihn an.

Als Lilly ein Stück von dem frischen Brot nehmen wollte, stieß sie fast mit Jack zusammen, der ebenfalls in den Brotkorb griff. Sie hielten beide inne. Lilly schaute auf und sah, wie intensiv Jack sie anschaute. Sie merkte, wie ihr warm wurde. Sie nahm, eine Entschuldigung murmelnd, ein Stück von dem Brot und aß weiter. Mit halbem Ohr hörte sie, wie Jack und Miranda sich unterhielten, während sie über Jacks plötzliche Selbstlosigkeit nachdachte. Lilly knabberte an einem frischen, heißen Stück Brot. Sie war geschockt über Jacks Hilfsbereitschaft. Der alte Jack hatte immer noch mehr haben wollen und keine großen Gedanken auf die verschwendet, die es nicht so gut hatten. Nicht, dass er schlimmer war als ihre anderen Bekannten. Er hatte sich wirklich verändert. Sie musste lächeln. Doch dann beunruhigte sie ein neuer Gedanke.

„Jack", sagte sie wie beiläufig, ohne ihn anzusehen, „findest du wirklich, dass es richtig ist, Jones & Jarman zu kaufen? Irene hat mal erwähnt, dass *Stadtgespräch* hinter Miss Cole her ist. Was, wenn deine Autorin eine Weile nichts schreiben will?"

Jack überlegte. „Es ist ein Risiko, wenn ich nicht zuerst mit Fannie Cole rede, aber Jones & Jarman ist eine solide Firma mit großen Wachstumsmöglichkeiten, und es gibt schon einen anderen Interessenten. Wenn ich jetzt nicht zugreife, ist die Gelegenheit vielleicht weg."

„Warum gründest du nicht einfach deinen eigenen Verlag?" Lilly hatte plötzlich keinen Appetit mehr.

„Ich möchte nicht bei null anfangen müssen. Mit dem Zeitungshaus und dem Zeitschriftenverlag habe ich nicht genug Zeit, eine neue Firma aufzubauen. Und Jones & Jarman hat Miss Cole ja schon unter Vertrag."

„Ach so."

Ob MacIntyre und Jack ihr schon bald auf der Spur sein würden? Ihr Magen zog sich zusammen. *Gott, lass sie nicht entdecken, wer Fannie wirklich ist, bitte …*

Als Jack gegangen war und die Küchenhelferinnen dabei waren, das Geschirr zu spülen und die Reste für den Kompost auszukratzen, flüsterte Lilly Miranda zu: „Das war ja ein Schock mit Jack. Aber wenn ich aufpasse, wird er nichts erfahren."

„Da hast du recht, Lilly. Aber es könnte sein, dass du noch ein anderes Problem hast."

„Oh, nein! Nicht noch mehr Schwierigkeiten …" Sie seufzte, während sie die letzte Schüssel spülte.

Miranda begann abzutrocknen. „Vor ein paar Tagen hat mich ein unbekannter Mann auf dem Bürgersteig angehalten und aufgefordert, ihm alles zu sagen, was ich über Lillian Westbrook weiß. Er hat mir Geld versprochen dafür. Das war bestimmt einer von Oberst MacIntyres Spionen. Zum Glück kam gerade in dem Augenblick ein Polizist, und der Kerl ist abgehauen."

Lilly lehnte sich haltsuchend an die Küchentheke und fuhr sich mit dem Handrücken über die Stirn. Sie schaute Miranda an. „Bitte bete, dass das alles aufhört. Ich bin wie in einem Albtraum und will endlich aufwachen."

„Hab keine Angst, ich bete jeden Tag für dich."

Jack fuhr mit einer Droschke zum Dakota-Hotel in der Upper West Side von Manhattan. Als das hohe Gebäude in Sicht kam, staunte er einmal mehr darüber, dass er tatsächlich hier ein Apartment hatte, unter den Großen und Reichen. Seine vier Zimmer waren winzig verglichen mit einigen der Zwanzigzimmersuiten, aber das störte ihn nicht.

Selbst nach mehreren Monaten im luxuriösen Dakota packte ihn jedes Mal ein Stück Ehrfurcht beim Anblick der hohen Giebel und der Parade der Mansardenfenster. Die Droschke hielt in der Wagenauffahrt an und Jack stieg aus. Mit dem Koffer in der Hand überquerte er den Hof und fuhr mit dem Lift in den dritten Stock.

Er musterte die hohen, mit Stuck verzierten Decken seiner Suite. Der Gegensatz zum Elizabeth-Heim und den heruntergekommenen Gebäuden in dessen Nachbarschaft hätte größer nicht sein können. Er hatte es zu etwas gebracht im Leben, aber das hier – musste er wirklich so luxuriös wohnen? Er setzte sich auf ein Brokatsofa mit Goldfransen und ging noch einmal die Zahlen von Jones & Jarman durch. Doch, die Möglichkeiten der Firma waren größer als die Risiken. Aber zum ersten Mal musste er darüber nachdenken, wie viel Geld ihn das Dakota kostete.

Später, als er wieder hungrig wurde, bestellte er aus der Küche des Hauses ein Roastbeef-Dinner, das bald darauf über den Speisenaufzug neben der Tür des Apartments ankam. Als die Glocke ertönte, öffnete Jack die Klappe und trug die Mahlzeit ins Esszimmer, wo er nur einen Teil davon verzehrte, bevor er zu Bett ging. Er fragte sich, ob die Menschen, mit denen er im Elizabeth-Heim gegessen hatte, auch einen nervösen Magen hatten. Wie viel (oder wenig) mochten sie in ihren Speisekammern haben?

Im Bett sah er die Gesichter dieser Menschen wieder vor sich. Er bedauerte sie, vor allem die Mädchen, und wünschte sich, mehr für sie tun zu können. Schließlich fiel er in einen unruhigen Schlaf.

Am folgenden Morgen kaufte er Jones & Jarman. Lewis Jarman versprach ihm, für Miss Dillers Haus zu spenden.

Zwei Tage später hatte Jack auch beim *Manhattan Sentinel* alles erledigt und fuhr zum Bahnhof, um nach Newport zurückzukehren und die Suche nach der mysteriösen Schriftstellerin fortzusetzen. Als er auf den Bahnsteig zur ersten Klasse ging, sah er Lilly und Miranda. Die beiden strebten hinter Mrs Carstairs, einer der New Yorker Damen, die für den Sommer in Newport waren, dem Ende des Zuges zu. Dort hielt vermutlich der Privatwaggon der Carstairs. An der Seite des Waggons prangte in goldenen Lettern der Name *Beatrice.* Keine schlechte Art zu reisen, fand Jack.

Uniformierte Gepäckträger geleiteten die drei Damen zur Tür des Waggons. Jetzt blieb Lilly lächelnd stehen, um mit zwei kleinen Kindern zu sprechen, während Miranda vor dem Waggon stand und zurück in ihre Richtung sah. Plötzlich schoss aus der Menge ein Mann in einem karierten Anzug mit braunem Hut hervor und stellte sich direkt vor Lilly. Er sagte etwas, das ihr Angst zu machen schien, denn sie schaute sich Hilfe suchend um. Dann versuchte sie, sich an dem Mann vorbeizuschieben. Jack beschleunigte seinen Schritt, die letzten Meter rannte er. Was, wenn der Kerl ihr die Handtasche wegriss und sich davonmachte?

Er hörte die raue Stimme des Fremden, aber konnte die Worte nicht ausmachen. Lilly stieß die Spitze ihres Sonnenschirms gegen sein Bein. „Lassen Sie mich in Ruhe!“

Der Mann stieß einen Schmerzschrei aus, blieb aber stehen. Jack packte ihn am Kragen und stieß ihn gegen eine Säule. „Sie haben die Dame gehört. Verschwinden Sie!“

Der Mann begann zu stottern. „Ich geh ja schon, lassen Sie mich los.“

Jack lockerte seinen Griff, der Fremde riss sich los und rannte davon. Jack drehte sich zu Lilly.

„Vielen, vielen Dank." Ihre Stimme zitterte. „Was für ein ekelhafter Mensch."

Jack nickte. „Was wollte der von dir? Geld?"

„Nein. – Ach, das ist egal. Ich bin einfach dankbar, dass du ihn fortgejagt hast."

Mrs Carstairs trat zu ihnen. „Ist alles in Ordnung, Lilly? Ich dachte, du wärst direkt hinter mir! Man weiß nie, was für ein Gesindel ..." Sie sah Jack an. „Sie sind doch Mr Jackson Grail, nicht wahr? Sie sind mit meiner Tochter Eloise bekannt."

Er verneigte sich. „Das stimmt, Madam, ja."

„Das war tapfer von Ihnen, dass Sie Miss Westbrook geholfen haben. Fahren Sie auch gerade nach Newport?"

„Ja. Meine Geschäfte in New York sind im Augenblick erledigt."

„Darf ich Sie in meinen Salonwagen einladen?" Sie zeigte auf den Waggon.

Lilly wurde blass, aber sagte: „Ja, das würde uns sehr freuen."

In einem Salonwagen fahren und dann mit Lilly – die Gelegenheit durfte er sich nicht entgehen lassen. „Danke, sehr gerne."

Er folgte den Damen ins Wageninnere. Die Einrichtung war im Rokokostil gehalten. Deckengemälde, Fenstervorhänge mit zierlichen Quasten, ein blaues Samtsofa mit zwei passenden Sesseln. An dem einen Ende des Waggons stand sogar ein Klavier.

„Kommen Sie mit", sagte Mrs Carstairs. Sie führte sie durch einen Gang mit Schlafabteilen. „Sie können es sich hier bequem machen." Jack schaute kurz hinein. Das Abteil war ein richtiges kleines Zimmer mit Mahagonivertäfelung, einem Doppelbett aus Messing, einer Kommode und einem kleinen Schreibtisch. „Die Küche und das Speisezimmer sind am anderen Ende", erklärte Mrs Carstairs.

Jack musste zugeben, dass er trotz seiner neu entdeckten Mitmenschlichkeit nach wie vor etwas Luxus schätzte, wenn auch nicht ganz so übermäßig. Er musterte das Abteil, das einem Prinzen oder mindestens einem Industriekapitän zur Ehre gereicht hätte. „Das ist ja luxuriös", sagte er.

„Meinen Sie? Ich glaube, ich werde den Waggon demnächst gründlich renovieren lassen, er ist nicht mehr auf dem neuesten Stand."

Jack unterdrückte ein spöttisches Grinsen. Würde er sich auch an dieses privilegierte Leben gewöhnen und sich über die kleinsten Unannehmlichkeiten aufregen? Hoffentlich nicht. Hoffentlich würde er nicht vergessen, woher er kam und was ihm eigentlich wichtig war.

„Ich finde ihn jetzt schon beeindruckend, Mrs Carstairs. Aber wenn Sie renovieren, könnten Sie dann vielleicht die Sachen, die Sie nicht mehr brauchen, dem Christlichen Fürsorgehaus ‚Elizabeth' spenden? Die brauchen immer etwas."

„Das ist eine gute Idee. Ja, das werde ich machen."

„Danke." Jack lächelte. „Miss Diller wird dankbar sein für Ihre Großzügigkeit."

Mrs Carstairs, die neben Jack winzig aussah, berührte kurz seinen Arm. „Sie sind ein ungewöhnlicher junger Mann, Mr Grail. Jede junge Dame wäre dankbar, Sie zum Ehemann zu bekommen."

Sein Lächeln verflog. Das Leuchten in ihren Augen gefiel ihm nicht.

Kapitel 8

Der Zug brauste durch Connecticut. Jack schaute dem Regen zu, der gegen die Fenster prasselte, wo er sich in breite Bäche verwandelte. Miranda spielte mehrere Klavierstücke, während Lilly einen Roman von Henry James las. Mrs Carstairs widmete ihre Aufmerksamkeit Jack. Sie plapperte unaufhörlich über ihre unverheiratete Tochter Eloise, die Jack vage als nett, aber langweilig in Erinnerung hatte. Schließlich meinte sie, dass der lange Tag sie müde gemacht habe, und zog sich zu seiner Erleichterung in ihr Schlafabteil zurück.

„Lilly, wie wär's mit einer Partie Dame?"

„Ja, gerne." Sie lächelte höflich. „Jack, ich möchte Miss Diller so gerne helfen, die Mittel für das Elizabeth-Heim zusammenzubekommen. Ich dachte, du könntest uns vielleicht helfen. Wenn du in deiner Zeitung einen Artikel brächtest, was das Haus so macht …"

Jack war sofort einverstanden. „Aber gerne. Etwas Werbung kann denen nicht schaden."

„Vielen Dank!"

Er stellte das Spielbrett auf, das er auf einem kleinen Tisch am Fenster gefunden hatte. Die Decken- und Tischlampen verscheuchten die Nacht, während die niedrige Kuppeldecke dem Raum eine gemütliche Note verlieh. Nach den ersten beiden Zügen legte Jack die Ellbogen auf den Rand des Tisches und beugte sich vor.

„Lilly, wenn du nichts dagegen hast, würde ich dir gerne etwas über meine neue Firma erzählen. Du liest ja viel, und da würde mich deine Meinung interessieren."

„Bitte." Sie schaute wieder auf das Spielbrett.

Obwohl sie nicht begeistert klang, fing er an. „Ich habe beschlossen, Jones & Jarman zu neuen Ufern zu führen. Wir stehen gut da, aber wir könnten noch viel besser sein. Ein paar Veränderungen, und wir könnten unsere Konkurrenz weit hinter uns lassen."

Er zog seinen roten Stein zu ihrem schwarzen hin. Sie sprang darüber. Sie schien sich mehr auf das Spiel zu konzentrieren als auf seine Worte.

„Ich brauche dazu lediglich eine Sparte unseres Sortiments auszubauen. Die Frage ist nur, welche – die Frauenromane oder die Western. Die Western verkaufen sich recht gut, aber der Verkauf der Liebesromane stagniert – bis auf die von Fannie Cole; die sind sogar Bestseller, denn die Frau versteht was vom Schreiben." Jack sprang über zwei von Lillys Steinen.

Er sah, wie sie das Brett anstarrte und die Luft anhielt. Auf ihre Stirn traten Schweißperlen. Eine merkwürdige Reaktion auf seinen Doppelsprung – oder war das jetzt, weil er Miss Cole erwähnt hatte? Er sah sie fest an und fuhr fort: „Aber Miss Coles Leser möchten gerne mehr von ihr haben – mehr Geschichten, aber auch mehr über sie selbst. Sie wollen die wirkliche Fannie Cole kennenlernen, die Frau aus Fleisch und Blut."

Lilly presste die Lippen aufeinander. Dann sagte sie: „Das finde ich etwas indiskret." Sie hielt den Blick auf die Spielsteine geheftet, als ob bei ihnen die Antwort auf alle Rätsel des Lebens lag, machte aber keinen Zug.

Er zuckte die Achseln. „Vielleicht, aber es würde den Verkauf ihrer Bücher noch mehr beflügeln, wenn sie offen vor ihr Publikum träte. Ich würde persönlich dafür sorgen, dass niemand das ausnutzen könnte."

„Vor ihr Publikum treten?" Sie schluckte. „Findest du nicht, dass das etwas viel verlangt wäre? Vielleicht bleibt sie lieber im Hintergrund." Sie nestelte an einer Rüsche ihrer Bluse und lehnte sich zurück, seinem Blick ausweichend.

„Unser ärgster Konkurrent, der Verlag Atwater, stellt seine Mrs Elna Price fleißig zur Schau, und es macht sich echt bezahlt. Sie schreibt nicht halb so gut wie Fannie Cole, aber sie ist ein Star. Und ich möchte, dass Fannie auch ein Star wird, und zwar der größte und beste. Sie ist jetzt schon eine Sensation, und ich möchte sie zum Star machen."

Lillys Wangen röteten sich heftig. „Sie selbst scheint doch die Anonymität vorzuziehen."

„Bis jetzt schon. Aber wenn ich mit ihr reden könnte, könnte ich sie bestimmt überzeugen. Eine kleine Dosis Öffentlichkeit wäre gerade so in ihrem Interesse wie in meinem."

„Du kannst ihr das ja sagen, wenn du sie ausfindig gemacht hast."

Jack seufzte tief. „Wie schon gesagt, ich weiß nicht, wer sie ist. Mr Jarman sagt, dass selbst er nicht ihren richtigen Namen kennt."

Lilly funkelte ihn an. „Lass sie in Ruhe, Jack. Es ist doch offensichtlich, dass sie anonym bleiben will."

Was hatte Lilly nur mit Fannie Cole? Störte es sie vielleicht, dass sie Frauenromane schrieb? Jack beugte sich über das Brett, so tief, dass er ihr blumiges Parfüm – wohl Jasmin – riechen konnte. „Das ist ja das Problem. Wenn sie die Öffentlichkeit weiter so scheut, werde ich mit den Liebesromanen Schluss machen und unsere ganze Kraft auf die Western konzentrieren müssen."

Lillys Augen wurden groß. „Würdest du das machen, ohne sie zu fragen?" Sie verschob fahrig einen Stein.

Er hob frustriert die Hände. „Wenn ich sie nicht ausfindig machen kann, kann ich ihr auch nicht erklären, wie wichtig ihre Kooperation wäre, oder?"

Er sprang zwei, drei Mal über ihre Steine. „Mein ganzes Geld steckt jetzt in meinen Publikationen, vor allem in Jones & Jarman. Es ist wichtig für mich, dass Fannie Cole auf ihre Leserinnen zugeht. Sie ist unsere einzige Hoffnung gegen Atwater. Wenn sie nicht mitzieht, müssen die Western es bringen."

„Du machst ja ganz schön Druck auf sie." Lilly schob ihren Stuhl zurück und erhob sich. „Du warst doch immer schon ein kluger Mann. Vielleicht findest du eine andere Lösung – eine, bei der Miss Cole ihre Ruhe hat."

„Wo gehst du hin? Setz dich doch bitte wieder."

„Ich weiß, dass dein Verlag dir wichtig ist, aber ich möchte gerne etwas anderes machen als über Bücher und Autoren sprechen."

Warum war Lilly nur so nervös? Und seit wann wollte sie nicht über Bücher reden? Sie drehte sich zur Tür, die zu den Schlafabteilen führte.

Er musste einen letzten Versuch machen, ihre Hilfe zu bekommen. „Lilly", sagte er leise und packte ihren Arm. Sie drehte sich zu ihm und er ließ sie los. „Bitte – kennst du Fannie Cole?"

Wenn Fannie ihre Freundin war, wäre sie nicht geneigt, ihren wirklichen Namen zu verraten. Aber Jack wusste auch, dass die Sache mit *Stadtgespräch* nicht von allein verschwinden würde. Fannie brauchte einen Beschützer, und wer kam dafür besser infrage als ihr Verleger?

Lilly griff mit unsicheren Händen nach der Rückenlehne des Stuhls. „Ich weiß nicht, wie du auf die Idee kommst, dass ich Miss Cole kenne. Wenn du mich jetzt bitte …"

„Ich habe darauf gezählt, dass du mir helfen kannst. Du kennst doch so viele in New York und Newport. Ich dachte, du hättest wenigstens eine Idee, wer sie sein könnte."

„Wie du selbst gesagt hast, ist Fannie Coles Identität ein Geheimnis. Lass es dabei bleiben."

Jack musterte ihr erhitztes Gesicht. Lilly kannte Fanny Cole, ihre Reaktion ließ keinen anderen Schluss zu. „Lilly, ich muss sie finden, und das bald. Es geht nicht nur um meine Wenigkeit, sie braucht vielleicht Hilfe gegen MacIntyre und *Stadtgespräch*."

„Es tut mir leid, Jack, aber ich kann dir nicht helfen." Sie ging zur Tür, dann drehte sie sich um. „Und noch etwas. Vielleicht solltest du deinen Ehrgeiz etwas zügeln. Musst du wirklich den größten und besten Verlag in New York haben?"

Seine Hand ging an seine Wange, als hätte sie ihn geohrfeigt.

Wie gerne hätte er ihr alles erklärt, aber er weigerte sich, sich einer Frau zu öffnen, die kein Verständnis zu haben schien für seinen Kampf gegen die Armut und seine bohrende Angst, wieder arm zu werden – ein Kampf, den er zum Teil für sie gekämpft hatte. Ein Armer ohne Ehrgeiz kam zu nichts in dieser Welt. Ohne seinen Ehrgeiz wäre er nie zurückgekommen, um erneut ihr Herz zu gewinnen.

Gut, es gab viele Menschen, denen es viel schlechter ging, als es ihm je gegangen war. Wenigstens hatte er eine liebevolle Verwandtschaft und war bei guten Eltern aufgewachsen. Aber was war denn so falsch daran, ein besseres Leben zu suchen? Er hatte hart gearbeitet, um Jones & Jarman kaufen zu können, und jetzt würde er noch mehr arbeiten, um etwas aus dem Verlag zu machen.

Er schaute Lilly hinterher, wie sie im Gang verschwand, den Kopf hoch erhoben, die Schultern gerade. Er musste sie umstimmen!

Jack setzte sich wieder und starrte zum Fenster hinaus. Elna Price reihte eine abgedroschene Phrase an die andere, aber das schien ihre Leserinnen nicht zu stören; sie schwelgten in den scharlachroten Kleidern, tiefen Dekolletés und schockierenden Bemerkungen ihrer Heldinnen, bei denen man nicht wusste, ob man erröten oder lachen sollte. Sie ruinierte den Ruf der preiswerten Frauenromane. Fannies Dialoge waren frisch, ihre Erzählweise voller guter Bilder. Sie war gefühlvoll, ohne schmalzig zu werden. Aber solange sie nicht auf ihr Publikum zuging, würde sie Elnas Beliebtheit nicht erreichen.

Jack räumte das Damespiel zusammen. Hatte er wirklich eine Chance, Lillys Herz zu gewinnen? Oder herauszufinden, wer Fannie Cole wirklich war? Harlan stand kurz davor, Lilly einen Heiratsantrag zu machen, und sie schien nicht abgeneigt zu sein. Jack kam sich wie ein Eindringling vor, eine lästige Erinnerung an die Vergangenheit. Hatte es für ihn irgendeinen Sinn, auf sie zu warten? Zu hoffen? Sich nach ihr zu sehnen?

Lilly trat in das Schlafabteil, das Mrs Carstairs ihr angewiesen hatte, dankbar für die Möglichkeit, sich hierher zurückzuziehen. Jack hatte sie ganz durcheinandergebracht. Sie nahm ein Buch zur Hand, aber sie konnte sich nicht konzentrieren. Eine Weile betrachtete sie den Regen, der das Fenster herabströmte, dann seufzte sie auf.

Es klopfte an der Tür. Sie hörte eine leise Stimme. „Ich bin's, Miranda. Darf ich reinkommen?"

„Ja, bitte."

Der Zug schaukelte. Miranda verlor die Balance, stolperte in das Abteil und landete, über sich selbst kichernd, auf dem Doppelbett mit der malvenfarbenen Tagesdecke.

„Mensch, wie siehst du denn aus?" Ihr Lachen verflog. „Was ist los?"

Sie schnürte ihre Schuhe auf, schüttelte sie ab und schlug ihre Beine unter ihrem dunkelgrünen Samtrock übereinander. Dann knöpfte sie die Jacke ihres Reisekostüms auf. „Hat es etwas mit Jackson Grail zu tun?“

„Ja.“

Miranda sah sie fragend an. „Der hat dich doch vor nicht mal zwei Stunden vor diesem Fiesling gerettet – bestimmt einer von MacIntyres Spionen. Du warst richtig dankbar und jetzt machst du ein Gesicht wie sieben Tage Regenwetter. Was ist passiert?“

Lilly vergrub aufstöhnend ihr Gesicht in den Händen. „Er will, dass ich ihm helfe, Fannie Cole zu finden, damit er sie dazu bringen kann, öffentlich für ihre Romane zu werben.“

„Oh. Das kannst du ja wohl schlecht machen.“

Lilly nickte. „Da hast du recht. Ich möchte ja, dass seine Firma ein Erfolg wird, aber wenn ich mich nicht ruinieren will, kann ich nichts machen.“

„Also, ich finde seine Arbeitsmoral toll. Die meisten anderen Männer, die wir kennen, hätten sich mit so einem Vermögen aus der Goldsuche luxuriös zur Ruhe gesetzt, und er hilft uns glatt beim Elizabeth-Heim …“

Lilly sah sie an. „Das weiß ich alles. Und Fannie Cole weiß es auch! Wenn er mich zwingt, mich vor meinen Leserinnen zu offenbaren – es wäre nicht auszudenken! Kannst du dir vorstellen, wie meine Mutter reagieren würde? Oder mein Vater?“ Sie sank aufseufzend aufs Bett.

Mirandas Augen wurden groß. „Bist du wieder in ihn verliebt?“

„Natürlich nicht! Das war einmal, das ist vorbei!“ Lilly sah sie an und warf die Hände hoch. „Ich hab ihm gesagt, dass er seinen Ehrgeiz zügeln soll. Klingt das wie eine Frau, die verliebt ist?“

„Es klingt wie eine Frau, die versucht, einen Mann in Schach zu halten. Jack ist immer wild entschlossen gewesen, es zu etwas zu bringen, das weißt du doch besser als jeder andere.“

„Was ich weiß, ist, dass er seinen Ehrgeiz immer über sein Herz gesetzt hat.“ Lilly seufzte wieder heftig. „Ich weiß nicht, was ich machen soll. Soll ich ihm sagen, dass ich Fannie Cole bin, und ihn bitten, mich zu schonen?

Das wäre die einfachste Lösung, aber ich weiß nicht, ob ich ihm trauen kann. Was, wenn seine Interessen ihm wichtiger sind als meine?"

„Er ist … anders geworden. Erwachsener. Könntest du ihm nicht eine zweite Chance geben?"

Lilly musterte sie. „Als meinem Verleger oder als meinem Verlobten?"

Miranda überlegte. „Harlan vergebe mir …" flüsterte sie zur Decke, als ob ihr Vetter sie hören konnte. „Vielleicht … beides?"

Lilly hielt kurz die Luft an, dann schüttelte sie den Kopf. „Ich glaube nicht, dass ich das riskieren sollte. Beides."

Wie Jack damals erst um sie geworben und sie dann verlassen hatte – der Schmerz war tief wie ein Grab. Wie konnte sie sicher sein, dass er sie nicht ein zweites Mal um ihr Glück betrügen würde?

„An deiner Stelle würde ich beten. Richtig fest und lange." Miranda nahm Lilly in den Arm. „Gott wird dir den Weg zeigen. Hör auf ihn."

„Ja. Und es ist mir ein Trost zu wissen, dass ich mit meinem Schreiben etwas Sinnvolles tue, was mich erfüllt. Irgendwie muss ich es schaffen, mein Geheimnis zu wahren, und wenn ich nur noch per Post mit Jones & Jarman verkehre. Ich kann es nicht riskieren, dorthin zu kommen und Jack sitzt da. Wenn ich im September nach New York zurückkehre, werde ich als Erstes ein Postfach mieten."

Die Zeit würde zeigen, ob das funktionierte. Aber es war der einzige Plan, der ihr einfiel – in dieser Lage, in der es immer brenzliger für sie wurde.

Auf der Kutschfahrt vom Bahnhof nach Summerhill unterhielt Miranda sich fleißig mit Jack, während Lilly die Landschaft betrachtete. Zu Hause angekommen, verschwand sie in ihrem Zimmer und verbrachte den Rest des Tages und den ganzen Abend damit, an ihrem neuesten Roman zu schreiben – *Kranz der Liebe*.

Am folgenden Nachmittag ging sie in die leere Bibliothek, um für sich zu sein, nachdem sie am Vormittag Arm in Arm mit Miranda den exklusivsten Strand von Newport entlangspaziert war, was mit dem vielen Tang nicht einfach gewesen war.

Sie nahm die Zeitung zur Hand, die auf dem Marmortisch lag, und setzte sich mit ihr in einen Sessel.

Die Schlagzeile traf sie wie ein elektrischer Schlag. *Signierstunde mit Elna Price.* War Mrs Price in Newport? Lilly las die Überschrift noch einmal, dann den Artikel. *Heute Nachmittag, zwischen 2 und 4 Uhr, wird die beliebte Verfasserin von Dutzenden von Frauenromanen in der Buch- und Schreibwarenhandlung Aquitania in der Thames Street ihr neuestes Werk signieren.*

Lilly ließ die Zeitung auf ihren Schoß sinken. Aus nächster Nähe mitzuerleben, wie eine berühmte Schriftstellerin ihr Publikum traf, wäre interessant … Würde Mrs Price sich fröhlich mit ihren Leserinnen unterhalten, während sie so lange ihren Namen in Bücher schrieb, bis ihr die Hand lahm wurde? Oder würde sie die Zähne zusammenbeißen und so tun, als ob sie das Bad in der Menge ihrer Fans genoss?

Keine Frage: Jack träumte von ähnlichen Veranstaltungen mit Fannie Cole, um ihre Beliebtheit zu Geld zu machen. Er würde versuchen, sie an die Öffentlichkeit zu zerren, damit er noch mehr von ihren Büchern verkaufen konnte. Aber was, wenn sie sich täuschte und so eine Signierstunde gar nicht so schlimm war? Vielleicht sollte sie einfach einmal hingehen? Nicht, dass irgendetwas ihre Meinung ändern könnte.

Die Standuhr im Flur schlug halb zwei. Gleich würde ihre Mutter ein Dienstmädchen schicken, um sie zu der Luncheinladung in Beechwood mitzuschleppen. Das war die Sommerresidenz von Caroline Astor, der Königin der höheren Gesellschaft. Lilly erhob sich. Jetzt oder nie.

Rasche Schritte im Flur. Aha, ihre Mutter war in der Nähe, auf der Suche nach ihrer Tochter oder Schwiegertochter. Sie lugte durch die Tür der Bibliothek. Ihre Mutter trat gerade in den Wintergarten. Lilly eilte auf Zehenspitzen die Treppe hoch in ihr Zimmer, packte Hut und Handtasche und lief zurück nach unten zur Haustür und hinaus in die Sonne. Ihr Herz verdoppelte seinen Takt. Auf dem Weg zum Stall setzte sie sich mit zitternden Händen den schlichten flachen Strohhut auf. Nur nicht über die Schulter gucken, falls jemand ihr gerade winkte, zurückzukommen … Wenn Miranda nicht in die Redwood-Bibliothek gegangen wäre, um einen Vortrag über die Auswirkungen der Armut zu hören, hätten sie jetzt zusammen in die Buchhandlung fahren können.

Lillys Nervosität legte sich erst, als die Kutsche auf die Ocean Avenue rollte. Es war ihr tatsächlich gelungen, ihrer Mutter mit ihren neugierigen Fragen und ihrer sklavischen Rücksicht auf die Etikette zu entkommen. Sie lächelte. Es würde ihr guttun, aus erster Hand mitzubekommen, wie eine „Kollegin" mit dem Licht der Öffentlichkeit umging. Sie würde natürlich glatt in Ohnmacht fallen, falls jemand von ihren Freunden oder Bekannten da war und sie sah, vor allem, nachdem sie standhaft versichert hatte, sich nichts aus Groschenromanen zu machen. Aber sie rechnete nicht im Ernst damit, bekannte Gesichter in der Buchhandlung zu sehen. Für die höheren Damen waren Liebesromane etwas für Dienstmädchen und nicht für Frauen mit Niveau, die nur echte Literatur lasen.

Sie hatte gehört (selbst gelesen hatte sie von Mrs Price noch nichts), dass Mrs Prices Geschichten keinerlei moralische Lehren enthielten und auch handwerklich nicht gut geschrieben waren. Sie boten bloß seichte Unterhaltung. Gut, dass die Fannie-Cole-Romane da anders waren, obwohl viele Leute die Bücher beider Autorinnen kurzerhand in dieselbe Schublade steckten. Wie ihre Mutter.

Der Kutscher hielt am Gehsteig vor der Buchhandlung an. Vor dem Eingang wartete eine lange Schlange von Frauen. Lachen, irischer Singsang und abgehacktes Yankee-Englisch mischten sich in das Räderrasseln der Kutschen und Karren. Schlichte Kleider aus billigem Tuch, ohne Bänder und Spitze, wiesen die meisten Frauen als einfache Stadtbewohnerinnen aus. Die Schlange schob sich langsam vorwärts. Lauter unbekannte Gesichter, hier würde sie niemand erkennen. Trotzdem hielt Lilly den Blick gesenkt und zog ihren kurzen Schleier bis auf die Nasenspitze.

Zehn Minuten später war sie am Schaufenster vorbei und trat in den Laden. Da hinten, geradeaus, saß Mrs Price, über eines ihrer Bücher gebeugt, den Federhalter in der Hand. Sie trug ein tief ausgeschnittenes pflaumenfarbenes Satinkleid. Unter einem großen, mit seidenen Veilchen und schwarzer Spitze besetzten Hut mit einer riesigen purpurroten Feder waren ein paar Strähnen ihres kupferroten Haares zu sehen. Plötzlich erhob sich die Autorin, das Kinn vorgestreckt, die Arme ausgebreitet, und die Menge verstummte andächtig.

„Meine Damen", dröhnte sie, während ihr Blick von einer Verehrerin zur nächsten glitt, „mein Verleger, Mr Sterling, und ich wissen Ihre überwältigende Gastfreundschaft sehr zu schätzen." Sie deutete auf den Mann mit dem weißen Schnurrbart neben ihr. „Als wir heute in Ihrer schönen Stadt ankamen, ahnten wir nicht, wie freundlich Sie uns empfangen würden. Wie Sie meine Romane unterstützen, bringt mir die Tränen in die Augen." Wie auf Kommando begannen ihre Augen feucht zu glitzern, dann rollten ein paar Tränen ihre leicht faltigen Wangen hinunter. „Vielen, vielen Dank für Ihre überwältigende Liebe."

Hundert Hände klatschten einen ohrenbetäubenden Applaus.

Elna Price hob die Hände, und es wurde wieder still. „Wenn ich Ihre Bücher signiere, schreiben Sie doch bitte Ihren Namen und Adresse auf den Zettel, der für Sie ausliegt. Am Ende meiner Signierstunde werde ich einen der Zettel aus meinem Hut ziehen." Sie zeigte auf ihre Kopfbedeckung. „Die glückliche Gewinnerin wird ein Exemplar eines meiner beliebtesten Bücher bekommen, *Flammen der Liebe.* Falls Sie kein Glück haben, können Sie das Buch auch käuflich erwerben. Ich weiß doch, dass Sie diese spannende Geschichte, die ich extra für Sie geschrieben habe, nicht verpassen wollen."

Erneuter Applaus. Die Frauen drängelten sich nach vorne, rissen die Bücher buchstäblich vom Stapel auf dem Tisch und schoben sie Mrs Price zum Signieren zu. Lilly hörte ihr Lachen durch das Gewirr der Stimmen. „Danke, meine Damen, danke!"

Lilly trat zur Seite, um das Spektakel zu verlassen. Sie hatte mehr als genug mitbekommen, um zu wissen, dass sie nicht der Typ war, der sich von Fans feiern ließ. Und das also wollte Jack Fannie Cole zumuten? Lärmende Menschenmengen, fremde Städte, Händeschütteln und Büchersignieren – sie hätte keine Ruhe mehr. Nein, so etwas würde sie nie mitmachen, nie! Und ihre Mutter würde im Erdboden versinken, wenn sie mitbekam, wie ihre Tochter sich so in der Öffentlichkeit produzierte.

Beim nächsten Vorwärtsruck der Schlange drehte sie sich um, um zur Tür hinauszugehen. Ein Stoß von hinten ließ sie das Gleichgewicht verlieren, sodass sie in den Rücken eines Mannes stolperte. Jackson Grail.

„Was machst du denn hier?“, murmelte sie. Ihre Knie waren weich, ihre Hände zitterten.

Jack gluckste. „Das könnte ich dich auch fragen.“ Er zog die eine Augenbraue hoch. Ihr Unbehagen schien er komisch zu finden.

„Ich wollte … ein signiertes Exemplar von Mrs Price’ neuestem Buch kaufen, für … für Irenes Bibliothek. Sie sammelt ja … Frauenromane.“ Wenn man denn einen Stapel Groschenromane „Bibliothek“ nennen konnte. Würde er ihr glauben? „Und du? Wolltest du auch ein Buch kaufen?“ Sie stellte sich Jack vor, wie er in einen Elna-Price-Roman vertieft war, und musste unwillkürlich lächeln.

Jack beugte sich zu ihr und flüsterte ihr ins Ohr: „Ich muss mit der Konkurrenz mithalten. Ich wollte sehen, was diese Art Werbung Atwater bringt. Massen von Fans, die ihren Obulus leisten – genau so hatte ich mir das vorgestellt.“ Er begann zu grinsen. „So eine Tournee würde mit Miss Cole genauso funktionieren.“

Lilly nickte widerwillig, dann sagte sie leise: „Gut, bei Mrs Price klappt das offenbar. Aber sie scheint es zu mögen, im Mittelpunkt der Aufmerksamkeit zu stehen. Deine Miss Cole mag das vielleicht nicht.“ Sie bahnte sich einen Weg nach draußen in die warme Seeluft der Thames Street. Ihr graues Serge-Kostüm war viel zu warm für diesen Sommernachmittag.

Sie machte sich auf den Weg zu ihrer Kutsche, Jack dicht hinterher. „Ich bin auch hier, weil ich dachte, vielleicht kommt Fannie Cole.“

Lilly japste unwillkürlich. „Und? War sie da?“

Er zog seine breiten, muskulösen Schultern hoch, die in einer Marinejacke aus feinster Merinowolle steckten. „Ich habe eben gedacht, vielleicht kommt sie aus Neugierde. Aber ich habe niemand von den Urlaubern gesehen – es sei denn natürlich, sie war inkognito.“

„Ich hab auch niemand Bekanntes gesehen.“

„Dann bleibst nur du übrig, Lilly.“

Sie lachte nervös. „Sehe ich wie eine Romanschriftstellerin aus?“

Er legte den Kopf schräg und kniff die Augen zusammen, wie ein Schneider, der Maß nimmt. „Vielleicht."

„Quatsch! Ich bin eine Möchtegern-Dichterin. Aber jetzt entschuldige mich bitte, ich muss gehen." Sie ging zur Straßenecke, wo sie auf ihren Kutscher wartete, der sich einen Weg durch die verstopfte Straße bahnen musste.

Jack berührte plötzlich ihren Ärmel. „Lilly, das war nur ein Scherz gerade. Entschuldige bitte."

Lilly quittierte sein lausbubenhaft reumütiges Lächeln mit einem erleichterten Seufzer. Sie schob seine Hand nicht weg. „Ist schon gut, Jack. Ich bin die letzte Zeit ein bisschen nervös. Einen schönen Nachmittag noch."

Jack half ihr in die Kutsche, und sie sank auf das Polster. Trotz des Schocks, Jack zu begegnen, war sie froh, in der Buchhandlung gewesen zu sein. Der Rummel um die extravagant-vulgäre Elna Price hatte ihre Entschlossenheit, anonym zu bleiben, bestätigt. Niemals würde Jack sie dazu bringen, eine billige Attraktion zu werden. Die Kutsche fuhr an. Lilly schloss die Augen und versuchte, an etwas anderes zu denken.

Kapitel 9

Eine halbe Stunde später, zurück in Summerhill, trat Jack zu Lilly, als sie die Eingangshalle durchquerte, um nach oben zu gehen. Mit einer höflichen Verbeugung reichte er ihr Elnas neuesten Bestseller. „Bitte schön, mit Autogramm und allem. Du hattest vergessen, das Exemplar für Irene zu kaufen."

Lilly machte große Augen, fing sich aber sofort wieder und nickte höflich. „Mensch, das hatte ich tatsächlich vergessen. Weil ich so schnell wieder wegwollte von dem Gewühle." Ihre Schultern entspannten sich. „Danke, dass du daran gedacht hast, Jack. Irene wird sich freuen."

„Ohne Zweifel." Und wenn Irene das Buch nicht wollte, würden die Dienstmädchen es nehmen. „Aber wird Irene nicht etwas schockiert sein, wenn sie hört, dass du ganz alleine in der Thames Street warst, unter den gewöhnlichen Leuten?"

Lilly wurde blass. „Vielleicht schon, ja. Aber wie ich meine Schwägerin kenne, wird sie eher staunen, dass ich mich das getraut habe. Sie glaubt, dass ich Angst vor meinem eigenen Schatten habe oder jedenfalls vor der Missbilligung meiner Mutter, und meistens stimmt das ja auch." Sie lächelte trocken.

Mochten andere Lilly für ängstlich halten, Jack war sicher, dass unter dem schüchternen Äußeren eine Frau mit Rückgrat steckte. Eine Dame, die möglicherweise stark genug war, Bücher zu schreiben, die ihre Verwandten und Freunde für Schund hielten … Jack fand das eine hochinteressante Möglichkeit.

Jack aus dem Weg zu gehen war nicht so einfach, wie Lilly gehofft hatte. Selbst in einer Sommervilla mit 22 großen Zimmern schien sie schier über ihn zu stolpern, sobald sie nicht in ihrem Zimmer blieb. Offenbar suchte er eine Gelegenheit, sie doch noch umzustimmen und ihre Hilfe bei der Suche nach seiner Autorin zu bekommen. Lilly seufzte. Annie, ihr Dienstmädchen, war gerade dabei, Lillys dickes Haar zu bürsten und mit silbernen Kämmen festzustecken, für die abendliche Einladung bei den Van Pattens.

Es war eine der vielen gesellschaftlichen Verpflichtungen, zu denen ihre Mutter sie schickte. Im Frühjahr, als Harlan angefangen hatte, die Familie in die obersten Kreise der Gesellschaft einzuführen, hatte Lilly, wie die übrige Familie auch, zunächst den Reiz des Neuen genossen und war gerne auf die extravaganten Bälle und Dinners gegangen, doch als die Einladungen kein Ende nehmen wollten, war sie müde geworden. Und bedrückt, dass sie nicht mehr so viel Zeit und Kraft für ihre Romane hatte – ihre große Aufgabe.

Sie senkte den Kopf, während Annie eine doppelte Perlenkette um ihren Hals legte.

„Sie sehen wunderbar aus, Miss."

Lilly musterte ihr Bild im Spiegel der Frisierkommode. Sie war nicht zufrieden. Vor zwei Jahren, als sie den Stoff ausgesucht hatte, hatte sie gedacht, dass das Überkleid aus gelber Seide mit Spitze ihr gut stehen würde. Jetzt fand sie es nicht nur altmodisch, sondern auch die falsche Farbe für ihren blassen Teint. Mit seinen vielen Schleifen passte es eher zu einer mädchenhaften Achtzehnjährigen. Sie seufzte wieder. Jetzt war es zu spät.

Sie hatte nur vier weitere Ballkleider in ihrem Schrank, und die hatte sie alle schon getragen in dieser Saison. Hätte sie das Angebot ihrer Mutter angenommen und sich noch ein paar Ballkleider mehr nähen lassen, hätte sie statt dieses Kleides etwas Schlichteres und Eleganteres tragen können. Aber sie hatte sich nichts aus Ballkleidern gemacht, bis Harlan um sie zu werben begann. Und sie hatte nicht mit so vielen Dinnern und Bällen gerechnet, die eine große, modische Garderobe erforderten.

Ihre Mutter, die neben ihr auf einem niedrigen Stuhl saß, streichelte Lilly über ihren langen, weißen Handschuh. „Mach dir keine Sorgen, Kind. So schön hast du noch nie ausgesehen."

Lilly lächelte verlegen. „Danke, aber ich bin mir nicht so sicher."

Als Annie in Lillys Ankleideraum verschwand, beugte ihre Mutter sich näher zu ihr. Ihre runden Augen wurden noch runder. „Ich hoffe, du nimmst mir die Frage nicht übel, aber ist Jackson dir nach New York hinterhergefahren? Kaum warst du weg, um im Elizabeth-Heim zu helfen, war er auch weg."

„Nein, Mama. Er hatte einfach zur gleichen Zeit in New York zu tun, wegen des Kaufs von Jones & Jarman. Das war reiner Zufall."

Ihre Mutter musterte sie einen Augenblick, dann zog sie eine Locke in Lillys Haar zurecht. „Vor ein paar Jahren, als du noch jung warst, hätte ich schwören können, dass er in dich verliebt war. Bis er dann so plötzlich ging. Du hast mir nie erzählt, was da war."

Lilly nestelte an ihrem Haar, dem forschenden Blick ihrer Mutter ausweichend. „Anderen hab ich's auch nicht erzählt. Und was immer damals zwischen uns war, es ist lange vorbei."

„Lilly, warum bist du immer so ... verschlossen? Wir sind Mutter und Tochter, wir können einander alles sagen."

„Schon, aber über Jackson Grail gibt es nicht viel zu sagen." Ihre Mutter war zwar vertrauenswürdig, aber gegenüber ihren Freundinnen manchmal zu gesprächig.

Ihre Mutter kniff die Augen zusammen. „Du wirst doch wohl nicht Harlan für Jackson opfern? Er hat nicht die gleichen Verbindungen zu den besten Kreisen wie Harlan."

„Das weiß ich doch." Lilly lächelte ihre Mutter beruhigend an. Besser nicht erwähnen, wie egal ihr die „besten Kreise" waren, sonst würde ihre Mutter sich nur aufregen und versuchen, sie umzustimmen.

Ihre Mutter erhob sich und glitt mit einem resignierten Seufzer zur Tür. „Ich muss jetzt gehen. Viel Spaß auf dem Ball."

Lilly nahm ihre Handtasche und ihren Fächer und ging nach unten, um auf die Kutsche zu warten. Die Standuhr schlug zehn. Es war noch niemand anderes da, und sie ging in die Bibliothek. Dort saß ihr Vater. Er war viel in der Bibliothek, um seine geliebten Klassiker oder auch moderne Krimis zu lesen. Und um, gegen den Rat des Arztes, seine Pfeife zu rauchen. Der süßliche Duft teuren Tabaks begrüßte sie, als sie durch die Tür trat.

Ein dünnes weißes Haargespinst stand unter seiner glänzenden Glatze ab. Der einst gefürchtete Industriemagnat sah alt und formlos aus, auch wenn sein Anzug perfekt maßgeschneidert war, wie immer. Halb saß, halb lag er in seinem Lieblingsledersessel, der gerade so abgewetzt und faltig war wie er selbst.

„Bist du bereit für den Ball, Kind?" Im Schatten des Gaslichts sah sein Gesicht weich aus. Seine Augen glänzten, aufmerksam wie immer.

Ihr lieber Vater … Nachdem er im Frühjahr mehrere Asthmaanfälle gehabt hatte, machte sie sich Sorgen um ihn, auch wenn er behauptete, dass die Seeluft seine Lunge durchpustete. „Ja. Wir gehen alle, außer Mama natürlich."

„Ja, Tanzen reizt sie nicht. Das war immer so, aber das macht nichts." Ihr Vater beugte sich vor. „Lilly, ich habe zurzeit nicht oft die Gelegenheit, mit dir zu reden. Es freut mich, dass dir Newport gefällt. Und Harlan. Er ist ein sehr solider Mann, und er wird gut für dich und meine künftigen Enkel sorgen. – Komm, du brauchst nicht rot zu werden." Er zog wieder an der Pfeife. Der Rauch ließ sein Glucksen in Husten übergehen. „Es ist nur eine Frage der Zeit, bis er mich um deine Hand bittet. Soll ich dann Ja sagen? Was meinst du?"

Sie konnte nicht leugnen, dass es Harlan mit dem Heiraten ernst zu sein schien. Aus den gelegentlichen leisen Andeutungen waren deutliche Bemerkungen über ein Leben zu zweit geworden. Wenige Männer hatten sich für sie interessiert seit Jack, obwohl sie zugeben musste, dass sie alle denkbaren Freier auf Abstand gehalten hatte. Bis Harlan kam. Er war seit Jahren der erste attraktive Mann in ihrem Leben, und sie hoffte nur, dass dies nicht daran lag, dass sie jahrelang keinen Freund gehabt hatte.

„Harlan ist freundlich und großzügig. Er wäre nicht der Schlechteste", antwortete sie.

Ihr Vater nickte energisch. Seine Lippen bogen sich zu einem Lächeln. „Da hast du recht. Und er gibt dir, George und Irene eine Chance, die Crème de la Crème von New York kennenzulernen. Die beiden scheinen das sehr zu mögen." Er zog wieder an seiner Pfeife und seufzte bedauernd auf. „Deine Mutter und ich, wir hätten uns mehr in der höheren Gesellschaft bewegen sollen, aber wir hatten einfach nicht die Mittel, mit den *nouveau riches* mitzuhalten. Sie sind nicht billig, diese extravaganten Einladungen. Der Kostümball, den die Bradley Martins vor zwei Jahren gegeben haben, soll sie Hunderttausende gekostet haben." Er schüttelte den Kopf. „Da kamen wir nicht mit. Aber es hätte dir und George gutgetan, wenn wir mehr unter die Leute gegangen wären."

Lilly küsste ihn auf die Stirn. „Oh, Papa, du hast uns nie etwas vorenthalten. Mir hast du alles gegeben, was ich je wollte."

Er lächelte. „Danke, dass du das sagst, aber ich weiß nicht, ob George – oder Irene – das auch so sieht." Er drückte ihr kurz die Hand.

„Doch, das tun sie bestimmt. Aber jetzt mach die Pfeife aus, bevor Mama dich erwischt."

Er legte die Pfeife langsam auf den Tisch, aber Lilly wusste: Sobald sie fort war, würde er weiterrauchen.

„Kann ich dir irgendetwas holen, bevor ich gehe?"

„Nein, danke, Lilly, ich brauche nichts. Und jetzt wünsche ich dir einen wunderbaren Abend mit deinem jungen Verehrer."

Sie nickte. Ohne Harlan hätte ihre Familie in diesem Sommer nur eine Handvoll Einladungen bekommen – alle von ihren etwas spießbürgerlich-altmodischen alten Bekannten und keine einzige aus den obersten Kreisen. Jetzt war selbst ihre Mutter häufig unterwegs, allerdings seltener als George und Irene.

Aber war die Dankbarkeit gegenüber Harlan ein hinreichendes Fundament für eine gelingende Ehe? Viele aus ihrem Bekanntenkreis schienen das zu bejahen. Aber sie selbst auch?

Ihre Mutter, Vanessa Westbrook, schlenderte in die Bibliothek, vorbei an ihrer Tochter, die sie gerade in einer Wolke aus zartgelber Spitze und Jasminduft verließ. Ihre schöne Lilly. Kein Wunder, dass ihr alter Freund Jack gerade so von ihr angetan schien wie Harlan. Sie trat zu ihrem Mann, mit den Händen den aromatischen Pfeifentabaksqualm verscheuchend, obwohl sie ihm eigentlich gerne roch. Sie ließ sich in dem Ohrensessel neben Thomas, ihrem Mann, nieder. Ihre Füße, die unter einem beigen Seidenkleid hervorschauten, baumelten eine Handbreit über dem Parkett. Sie betrachtete stirnrunzelnd die Pfeife, die nur zu sichtbar auf dem Aschenbecher lag, sagte aber nichts. Thomas wusste, was sie von seinem Asthma und dem Rauchen hielt, und konnte auf die nächste Erinnerung an seine Gesundheit gerne verzichten.

Er nahm, wie um irgendwelchen mahnenden Worten vorzubeugen, ihre Hände und fragte: „Na, Nessie, genießt du deinen Sommer in Newport?"

„Oh, ja. Die Newporter Gesellschaft ist etwas zu reich für mich, aber die Seeluft ist wunderbar und tut uns allen sehr gut. Wie geht's mit deinem Atmen?"

Thomas atmete langsam ein und wieder aus, einmal, zweimal. „Gut. Mein alter Brustkasten macht sich."

Sie zog die Hände aus seinem lockeren Griff. „Gut. Wenn deine Gesundheit besser wird, ist dieser Sommer ja ein Erfolg." Sie nickte erleichtert. „Und auch die Kinder genießen ihn. Zumindest George und Irene nutzen jede Möglichkeit, sich zu amüsieren."

Thomas' Augenbraue ging nach oben. „Und Lilly nicht?"

„Hmm." Vanessas Fingernägel klickten gegen die Marmorplatte des Tischs. „Als Harlan anfing, um sie zu werben, ist sie aus ihrem Schneckenhaus herausgekommen. Ihre Schüchternheit ist weniger geworden diesen Sommer. Aber seit Jackson da ist, zieht sie sich wieder zurück."

„Das kann auch ein Zufall sein."

„Sicher, aber … ich weiß nicht." Sollte sie ihrem Mann ihre Ängste gestehen, wenn er, der ewige Optimist, sie wahrscheinlich doch nur abtun würde? Sie waren oft unterschiedlicher Meinung über die Kinder. „Ich habe Angst, dass sie sich womöglich wieder in Jackson verliebt."

„Was? Wie kommst du denn auf so etwas, Nessie? Lilly ist ein ernstes, aufrichtiges Mädchen. Sie würde Harlan nie wegen einem alten Liebhaber den Laufpass geben. Oder war Jackson nur ein alter Freund? Genau habe ich das nie gewusst."

Vanessa lächelte trocken. Er ignorierte es. Ihr Mann war kein guter Gefühlsleser. „Sie macht in der letzten Zeit einen unglücklichen Eindruck. Und wenn Harlan nicht der Grund dafür ist, was dann?"

„Gar nichts, Nessie." Thomas fuhr sich durch den Rest seines Haares. „Du machst dir zu viel Sorgen."

„Wie kann eine Mutter sich zu viel Sorgen machen? Es sind unsere Kinder, wir sind für sie verantwortlich!"

„Sie sind beide erwachsen. Lilly ist praktisch ..."

Eine alte Jungfer. Keiner der beiden sagte es laut. „Genau", erwiderte Vanessa. „Deswegen mach ich mir ja solche Sorgen um ihre Zukunft."

„Lilly ist groß genug. Sie hat es nicht nötig, dass wir uns einmischen."

Nach einunddreißig Ehejahren wusste Vanessa, dass ihr Mann Probleme in der Familie grundsätzlich aussaß, indem er behauptete, dass sie übertrieb. Er würde nie zugeben, dass Lillys und Harlans Beziehung wegen Jackson Grail in Gefahr war. Sie müsste selbst in die Bresche springen, wie immer.

„Thomas, es ist schon spät. Ich glaube, ich geh ins Bett."

„Ich komme gleich nach, ich lese nur noch ein Kapitel in diesem Krimi. Wirklich spannend. Du hast doch nichts dagegen?" Er stellte das Buch auf seinen wohlgerundeten Bauch.

„Nein, natürlich nicht."

Vanessa ging durch den leeren Flur, dann die Treppe hinauf und durch den Korridor zum Schlafzimmer. Die Gaslampen warfen tiefe Schatten auf die Gemälde an den tapezierten Wänden. Kein Laut störte die nächtliche Stille. Die Bediensteten hatten alle Feierabend, bis auf ihr persönliches Dienstmädchen und Thomas' Kammerdiener, sodass sie fast die ganze weitläufige Villa für sich hatte.

An der Tür zu Lillys Zimmer blieb sie stehen. Wie wäre es, wenn sie die Tür öffnete und einen Ausflug in Lillys kleines Reich machte? Mehrere Sekunden starrte sie auf die geschlossene Tür. Niemand würde erfahren, dass sie im Zimmer ihrer Tochter gewesen war. Und Summerhill war für diesen Sommer ja ihr Zuhause – hatte sie nicht das Recht, jedes Zimmer ihres eigenen Hauses zu betreten? Ja, warum eigentlich nicht? Sie packte den gläsernen Türknopf, drehte ihn und drückte. Die Tür ging auf.

Vanessa trat in das Zimmer. Sie hörte, wie ihr Herz in den Ohren klopfte. Durch die geöffneten Fenster strömte die frische Seeluft herein. Sollte sie die Fenster schließen, damit es wärmer im Zimmer war, wenn Lilly zurückkam? Aber halt – dann würde sie ja merken, dass jemand hier gewesen war.

Vanessas Augen gewöhnten sich rasch an die Dunkelheit. Verschwommene Schatten verfestigten sich zu vertrauten Möbelstücken. Sie öffnete Lillys Nachttischschublade, um ein Streichholz herauszuholen, und zündete mit zitternden Händen die Petroleumlampe an. Das Licht machte das Zimmer heimelig, und ihre Angst legte sich.

Wie sie nicht anders erwartet hatte, hielt Annie Lillys Sachen in bester Ordnung. Wo sollte sie suchen, um etwas zu finden, was Lillys merkwürdiges Verhalten erklären konnte? Ihr Gefühl sagte ihr, dass das, was Lilly unter jedem nur denkbaren Vorwand auf ihr Zimmer führte, mehr sein musste als Jacks plötzliches Erscheinen. Sie war schon nicht mehr sie selbst in der letzten Zeit. Vanessa wollte ihrer Tochter ja so gerne helfen, aber wie sollte sie das machen, ohne den Grund für ihre merkwürdigen Stimmungen zu wissen?

Sie ging die hohe Kommode durch, deren Schubladen nach Duftkissen rochen. Dann den Kleiderschrank mit seinen diversen Kleidern, Hüten und anderen Accessoires. Nichts. Ihre Neugierde begann der Enttäuschung Platz zu machen. Schließlich machte sie einen letzten Versuch und öffnete den Sekretär. Sie ging die Fächer durch. Was suchte sie überhaupt? Sie wusste es nicht genau.

Schreibfedern, ein Tintenfass, Schreibpapier. Mehrere Briefumschläge; die Absender verrieten, dass sie von diversen alten Schulfreundinnen kamen, die inzwischen geheiratet hatten und von New York fortgezogen waren. Sollte sie die Briefe lesen? Nein, besser nicht.

Sie versuchte, die mittlere Schublade zu öffnen. Was war das? Sie rührte sich nicht. Abgeschlossen. Hatte Lilly hier vielleicht etwas Wichtiges versteckt?

Sie öffnete den Deckel des Andenkenkästchens, das auf dem Sekretär stand. Der Wunsch der Mutter, ihrer Tochter zu helfen, kämpfte mit dem aufsteigenden schlechten Gewissen. Sie schloss die Augen und versuchte, ihr Gewissen zu beruhigen. Aber ihre Hand fuhr fort, die Gegenstände in dem Kästchen in die Hand zu nehmen. Eine Muschel. Ein ungerahmtes Foto von Harlan und Lilly, das mit Georges Kamera aufgenommen war, ein silbernes Kreuz an einer Kette. Lauter Andenken, nichts Besonderes. Sie fuhr mit den Fingern das Innenfutter aus Samt entlang, drauf und dran, es aufzugeben und den Deckel wieder zu schließen. Aber was war das? Unter dem Bodenfutter lag etwas. Plötzliche Hoffnung. Sie zog einen Schlüssel heraus.

Mit zitternder Hand steckte sie den Schlüssel ins Schloss der Schublade. Er passte. Sie drehte ihn und hörte, wie das Schloss aufging. Ihre Hand ging an den Griff der Schublade. Gleich wüsste sie, was Lilly dort versteckt hatte.

Sie zog vorsichtig, wie zur Probe. Aber halt – was, wenn Lilly herausfand, was sie hier machte? Jede Art von Schnüffeln, auch zu ihrem eigenen Besten, war ihr zuwider. Wenn sie *das* hier herausfand, gäbe es einen Riss zwischen Mutter und Tochter, der sich nie mehr reparieren ließe. Mama, die Schnüfflerin – nein, diese Demütigung könnte Vanessa nicht ertragen.

Hastig schob sie die Schublade wieder zu, drehte den Schlüssel und legte ihn wieder unter die Auskleidung des Kästchens. Dann löschte sie die Lampe und rannte förmlich ins Schlafzimmer, als sei der Teufel hinter ihr her.

Als Thomas eine halbe Stunde später kam, wälzte Vanessa sich immer noch ruhelos im Bett; ihre Gedanken liefen im Kreis.

„Kannst du nicht schlafen, Nessie?“ Leise aufstöhnend senkte er seine Körperfülle auf die Matratze hinunter. „Ah, das tut gut …“ Er schob sich die Kissen in den Rücken und musterte seine Frau. „Machst du dir immer noch Sorgen um die Kinder?“

Sie wollte Nein sagen, brachte es aber nicht fertig zu lügen. „Das weißt du doch. Ich hab mir immer Sorgen um sie gemacht, und das wird wohl so weitergehen, bis mein letztes Stündlein schlägt." Sie drückte seine runzlige Hand. „Was anderes kannst du von mir nicht erwarten."

Thomas seufzte müde. „Ich weiß, Nessie, ich weiß – dein Mutterinstinkt. Aber bald werden die Küken flügge werden." Er lächelte zufrieden über den Vergleich.

„Du willst nur nicht sagen, dass ich eine alte Henne bin, die Angst vor dem leeren Nest hat."

Sie gab ihm einen scherzhaften Rippenstoß. Er rutschte kichernd ein Stück weg. „Das würde ich nie wagen, Nessie. Aber sie werden es dir nicht danken, wenn du sie mit deinen Flügeln erstickst."

Er beugte sich zu ihr und küsste sie leicht auf den Mund. „Gute Nacht, Liebes."

Natürlich hatte er recht, wie immer. Aber wie konnte sie ruhig bleiben, wenn sie sah, dass eines ihrer Kinder den falschen Weg entlanglief?

Wenn Lilly sich ihr nur anvertrauen und ihren Rat suchen würde, ihr Leben könnte so viel leichter sein. Warum sollte ihre Tochter Fehler machen, die sie mit Leichtigkeit vermeiden konnte? Aber leider fragten ihre Kinder sie nur selten um Rat.

Kapitel 10

Miranda lehnte die Einladung zu dem Ball dankend ab, angeblich weil sie erschöpft war. Aber Lilly wusste, wie ihre Freundin Prunk und Protz hasste. Lilly beneidete sie. Wie gerne hätte sie auch einen Roman gelesen (oder den nächsten eigenen geschrieben), aber davon wollte ihre Mutter natürlich nichts hören.

Die Westbrooks und ihre Gäste – George mit Irene, Jack, Harlan und Lilly – erreichten Ocean Vista, eine großzügige Villa aus Kalkstein im Stil eines französischen Schlösschens, mit höflicher Verspätung. Durch die Verandatüren und Bogenfenster leuchtete die Lichterflut der Kronleuchter nach draußen. Drinnen sah man, dicht an dicht, die zu den gedämpft klingenden Takten des Eröffnungstanzes schreitenden Paare.

Ein Diener in Livree öffnete die massive doppelflügelige Eingangstür und Lilly trat ein, in eines der bekanntesten Herrenhäuser von Newport. Sie hielt unwillkürlich die Luft an beim Anblick des weitläufigen, mit roten Teppichen ausgelegten Treppenhauses. In der Mitte des schwarz-weißen Marmorfußbodens war ein Becken mit einer künstlichen Fontäne eingelassen.

„Mensch, ist das schön …“ Sie musterte die gewaltigen Kronleuchter, die von der hohen Decke herabhingen, und die antiken Möbel, die aus einem europäischen Schloss zu stammen schienen.

Harlan zuckte nachsichtig lächelnd die Achseln. „Würdest du eines Tages auch gern in so einem Haus wohnen?“

„Nein“, rutschte es Lilly heraus, „das wäre viel zu großartig für mich.“

Der Anflug eines Stirnrunzelns glitt über sein glattes Gesicht, um einem verspannten Lächeln Platz zu machen. „Ich glaube, du könntest dich gut an etwas Luxus gewöhnen, wenn du es versuchst.“

„Sicher.“

Das Anwesen der Santerres, in teuerster Lage an der Fifth Avenue in New York, war gerade so prachtvoll wie Ocean Vista. Für Harlan war dergleichen Luxus normal. Das in die Jahre gekommene Stadthaus der Westbrooks konnte da in Größe wie Ausstattung bei Weitem nicht mithalten, doch Lilly fand es zwar etwas alt, aber gemütlich.

Sie ließ Mantel und Dienstmädchen in der Damengarderobe und nahm eine Karte mit dem Programm des Abends in Empfang, auf die sie die Namen ihrer Partner eintragen konnte. Harlan als ihr Begleiter konnte nicht ihre ganze Zeit in Beschlag nehmen und trug sich mit ihrer Erlaubnis für die ersten Quadrillen, den letzten Tanz vor dem Abendessen (einen Marsch) und den Schlusswalzer des Abends ein.

Als Harlan fertig war, trat Jack zu Lilly. Er verneigte sich so gespielt würdevoll, dass sie lachen musste. „Dürfte ich um einen oder zwei Walzer bitten, Miss Westbrook?"

Harlan sah missmutig drein.

„Aber gerne." Die Worte rutschten Lilly über die Lippen, obwohl das altbekannte Flattern in ihrem Herzen ihr riet, Nein zu sagen.

Warum hatte Jack diese Wirkung auf sie? Wieder zog er sie wie früher durch seine Ausstrahlung in seinen Bann. Früher waren seine dunklen Augen wie ein Feuerwerk gewesen, von dem sie einfach nicht genug bekommen konnte. Keinem anderen Mann hatte sie je einen zweiten Blick gegönnt – außer Harlan natürlich, der aber, wenn sie ehrlich war, nicht das gleiche Feuer in ihr entfachte. Aber das würde sicher noch kommen, wenn Jack Newport verlassen hatte und sie Harlan besser kennenlernte …

Die Schlange vor dem Ballsaal schob sich langsam voran, bis die Westbrooks die Tür zum Saal erreichten und ihren Gastgeber und seine Gemahlin begrüßen konnten. Lilly ging hinein, Arm in Arm mit Harlan. Aus dem Augenwinkel sah sie, wie Jack sich näher schob. Sein Gesicht zog sich zusammen. Ein Lächeln unterdrückend, sah sie in die andere Richtung. Zwei Männer, die um ihre Aufmerksamkeit wetteiferten – sie mochte das Gefühl.

Die Klänge des Kaiserwalzers vermischten sich mit dem monotonen Murmeln Dutzender Gespräche. Ein Kaleidoskop von Farben wirbelte durch den Raum – junge Damen der Gesellschaft in pastellfarbenen Ballkleidern mit ihren Partnern in schwarzem Frack und gestärktem weißem Hemd. Satintanzschuhe und auf Hochglanz polierte Lederschuhe streichelten den Boden, während die Paare an den wachsamen Augen der Mütter vorbeischwebten.

„Wie schön, dich wieder zu sehen, Lilly."

Lilly schaute in das Fuchsgesicht von Nan Holloway hinunter, der ältesten Tochter von Mrs Beatrice Carstairs. Sie kannte sie seit ihrer Kindheit; gemeinsam hatten sie die grässlichen Tanz- und Benimmstunden über sich ergehen lassen. Nur Nan hatte sie gemocht; ihre kleinen Füße hatten sich nicht wie Lillys verheddert, und sie war auch nicht mit Jungen zusammengestoßen, die einen halben Kopf kleiner waren als sie.

Heute Abend trug sie ein überreich mit Silberfäden und Perlen besticktes Kleid aus pfirsichfarbenem Satin. Ihre hellblauen Augen glänzten genauso wie ihre Diamanthalskette und die Ohrringe.

„Wie geht dir's, Nan?", fragte Lilly.

Nan machte sich so groß sie konnte und flüsterte im Schutze ihres orientalischen Fächers: „Mr Santerre scheint sich ja *sehr* für dich zu interessieren. Freust du dich? Oder bist du sogar erleichtert?" Nans kleine Augen wurden groß. „Mr Santerre, das ist *die* Partie!" Ihr Blick war fast ein bisschen neidisch.

Lilly spürte, wie ihr heiß wurde. „Ich habe eben auf den Richtigen gewartet."

Sie schaute betreten zur Seite. Niemand brauchte ihr zu erklären, dass sie mit Harlan unverschämtes Glück hatte. Oder dass sie viel zu lange hatte zuschauen müssen, wie Mädchen, die hübscher und lebhafter waren als sie, unter die Haube kamen. Aber sie kam sich nicht bemitleidenswert vor. Sie hatte vielleicht nicht die Eigenschaften, die unter den oberen Zehntausend zählten, aber sie war eine gute Christin, der Gott Gaben geschenkt hatte, und das zählte doch wohl auch.

Harlan trat zu ihr. „Du siehst etwas benommen aus."

Lilly setzte ein Lächeln auf. „Das war ich gerade, ja."

„Unsere Quadrillen kommen als Nächstes."

Sie folgte ihm auf den glänzenden Tanzboden, wo sie sich zu drei anderen Paaren gesellten.

Seine kleinen grauen Augen, fast auf gleicher Höhe wie die ihren, funkelten. „Heute Nachmittag hab ich mit Kip Tareyton gesprochen und ihm klargemacht, was ich von seinem Fusionsvorschlag halte."

Lilly lächelte höflich. „Der von der New England Railroad?" An diesem Abend trafen sich in Ocean Vista Größen aus allen Zweigen der amerikanischen Industrie.

„Genau der."

Lillys Gedanken gingen auf Wanderschaft. „Können wir nachher weiter darüber reden, wenn die Musik vorbei ist und ich dich besser hören kann?"

Er nickte, aber seine Lippen wurden zu einem Strich. Kaum verstummte das Orchester, fuhr er dort fort, wo er aufgehört hatte. Das Geschäft schien das Einzige zu sein, was ihn wirklich interessierte. Komisch, dass sie das erst jetzt merkte.

Mit weißer Fliege und Frack sah Jack ganz wie der reiche Gentleman aus. Er bat sie um den nächsten Walzer. Sie merkte mit einiger Bestürzung, wie ihr Herz prompt schneller schlug. Sein Arm eng um ihre Taille geschlungen, führte er sie wie ein Könner am Rand der Tanzfläche herum.

Sie genoss den Druck ihrer ineinander verschränkten Hände. Obwohl sie beide Handschuhe trugen, merkte sie, wie es ihr wohlig den Rücken herabfuhr. Bedeutete das Leuchten seiner Augen, dass es ihm genauso ging? Sein warmer Atem streichelte ihre Wange.

So hatte sie sich nicht mehr gefühlt, seit er sie damals verlassen hatte.

Er drückte sie noch enger an sich, und sie ließ ihn gewähren. Sie erinnerte sich daran, wie sie manchmal auf Weihnachtsbällen miteinander getanzt hatten, im letzten Collegejahr von Jack und George. Damals ganze achtzehn Jahre alt, hatte sie neue Kleider in Cranberry-Taft, Smaragdsamt und Winterweiß getragen, die mit ganzen Metern Spitze und Bändern verziert gewesen waren, und dazu passend gefärbte Tanzschuhe. Sie hatte Punsch getrunken und ein Mitternachtsdinner mit Jack gegessen.

Sie glitten über den Boden, und die Erinnerungen gingen weiter. Wie sie sich in stillen Ecken stundenlang mit Jack unterhalten hatte, über Gott und die Welt. Sie hatte geglaubt, dass sie Seelenverwandte waren, deren Liebe nichts in der Welt stören konnte. Was hatte sie sich geirrt – oder nicht?

Da hinten tanzte Irene. Ihre Diamantkette glitzerte und blitzte auf dem königsblauen Satin ihres Kleids. Sie strahlte ihren Partner an, einen nicht sehr großen jungen Mann mit zimtfarbenem Bart, dessen beginnende Glatze von einem Halbkreis aus Locken umgeben war. Lilly kannte ihn nicht, aber das war nicht weiter überraschend.

Als die Musik verstummte, holte Irenes Partner die Sektgläser der beiden und führte Irene in eine Ecke, wo sie alsbald von einem Vorhang aus Palmwedeln und Farnen verdeckt wurden.

„Weißt du, wie Irenes Partner heißt?", fragte Lilly Jack, als sie die Tanzfläche verließen. Sie fand, dass Irene etwas zu sehr in das Gespräch mit ihm vertieft war.

Jack zuckte die Achseln. „Da fragst du den Falschen. Ich kenne hier zwar viele Leute aus meinem Studium und aus der Geschäftswelt, aber nicht den Herrn, mit dem Irene sich gerade unterhält."

„Es ist nicht weiter wichtig, ich war nur neugierig."

Jack sah zu dem ungleichen Paar hin. „Meinst du vielleicht, dass Irene sich etwas zu sehr … für ihn interessiert?"

Lilly wurde rot. „Entschuldige, ich weiß natürlich, dass man nicht schlecht von anderen denken soll, schon gar nicht von der eigenen Schwägerin, aber – ja, der Gedanke kam mir gerade."

Sie wandten sich von dem Paar hinter dem grünen Vorhang ab und gingen zu dem Tisch mit dem Punsch. Dann zogen sie sich, ihre Gläser in der Hand, zu einer offenen Tür zurück, die auf die Terrasse führte. Dort war es recht ruhig. Eine willkommene Brise wehte vom Meer herein und milderte die Hitze im Saal. Die Schwärze der Nacht draußen wurde nur vom Halbmond und den Lampions im Garten unterbrochen. Lilly sah, wie mehrere Paare sich in die Nacht davonstahlen. Wenn sie erwischt würden, würden sie einen hohen Preis für ihren Leichtsinn zahlen. Die gestrengen Mütter, die die Sommergäste der New Yorker Elite in Newport mit Argusaugen überwachten, kannten kein Pardon mit denen, die über die Stränge schlugen; sie wurden nicht mehr eingeladen.

Lilly spürte die weiche Wolle von Jacks Frack an ihrem nackten Oberarm über den langen Handschuhen. Sie machte einen halben Schritt zurück, aber seine magnetische Anziehungskraft wollte sie nicht loslassen.

Er räusperte sich. „Harlan Santerre scheint sich ja sehr für dich zu interessieren. Darf ich dich als alter Freund fragen, ob er ernste Absichten hat?"

„Du bist immer noch sehr direkt, nach all den Jahren." Sie erwiderte seinen Blick. Er hatte kein Recht, zu spionieren. „Die Antwort ist: Ja, ich glaube, seine Absichten sind ernst."

„Ich hab gehört, er soll in Ordnung sein. Selbst kenne ich ihn nicht sehr gut, außer vom Studium. Wir bewegen uns nicht in denselben Kreisen." Jack lächelte trocken.

Lilly musste über sein Gesicht unwillkürlich kichern. „Ich meistens auch nicht. Er hat George, Irene und mir die Tür in die höheren Kreise geöffnet, und dafür sind wir ihm dankbar."

Jacks Augenbrauen gingen hoch. „Du hattest früher nie etwas für die Vergnügungen der höheren Kreise übrig."

Hielt er sie für eine gestrenge Jungfer, die sich nur mit Büchern umgab? Vielleicht hatte er ja recht, aber musste er ihr das unter die Nase reiben? „Hin und wieder mag ich einen Ball oder ein Dinner, obwohl ich wahrscheinlich nicht so aus mir rausgehe wie die meisten Damen."

„Dann wirst du dich gewaltig umstellen müssen, wenn du Mr Santerre heiratest. Er wird von dir erwarten, dass du die luxuriöse Gastgeberin gibst, und das recht oft."

„Da liegst du falsch. Er hat es gerne ruhig, genau wie ich."

„Ach, so? George hat mir erzählt, dass du diesen Sommer auf allen Einladungen zu sehen warst. Ich glaube nicht, dass das deine eigene Idee war."

„Das war es auch nicht, aber würdest du bitte nicht mit meinem Bruder über mich reden? Es stimmt: Ich gehe fast jeden Abend aus, aber das mach ich eben George und Irene zuliebe – und für meine Mutter." Ihre Stimme wurde lauter. „Weder Harlan noch ich geben einen Pfifferling für dieses überkandidelte Treiben." Sie machte eine Handbewegung zu dem überladenen Ballsaal hin. „Hin und wieder bin ich gerne unter Leuten, aber das ist nicht mein Lebensinhalt."

„Und was ist dann dein Lebensinhalt?"

Sie presste die Lippen aufeinander. Jetzt wurde er aufdringlich. Nein, das eine durfte er nicht wissen. „Am wichtigsten sind mir meine Verwandten und Freunde. Und natürlich die Arbeit im Elizabeth-Heim. Gesellschaftliche Ereignisse kommen mit Abstand erst an dritter Stelle."

Jack trat aufseufzend einen Schritt zurück. „Entschuldige bitte, Lilly, gerade hatte ich meine Manieren und meinen Verstand verloren. Jeder sieht ja, dass du Harlan magst, und ich wünsche dir ehrlich alles Gute mit ihm – ich versuch's jedenfalls."

Sie senkte die Stimme. „Warum klingst du dann so – kritisch?"

„Ich möchte dich nur warnen. Die Welt der Schickeria ist meilenweit entfernt von allem, was du je erlebt oder gewollt hast."

„Woher willst du denn wissen, wie ich heute bin oder wie ich in Zukunft leben will? Bilde dir nicht ein, dass du mich besser kennst als ich mich selbst." Sie sprach so laut, dass mehrere Köpfe sich in ihre Richtung drehten.

Jack stellte sich schützend vor sie. „Entschuldige, wenn ich dir zu nahe getreten bin. Deine Angelegenheiten gehen mich ja nichts an. Ich mache mir einfach Sorgen um dich. Ich möchte, dass du glücklich wirst."

„Ich wollte, ich könnte das glauben." Lillys Stimme zitterte, sie unterdrückte die Tränen. Ihre Wunde war immer noch da – sie hatte Jack nicht vergessen, all die Jahre nicht. „Du wolltest mich damals heiraten, und noch am selben Abend bist du weggegangen und ich habe nie mehr etwas von dir gehört. Und jetzt willst du mir weismachen, dass dir mein Glück wichtig ist?"

Jack wurde blass. „Verzeih mir bitte, ich hätte damals nicht einfach so gehen sollen. Ich wollte dich wirklich heiraten, aber das hätte dein Vater nie erlaubt, das weißt du doch."

Ihr Herz hämmerte so stark, dass sie Angst hatte, es würde ihr Mieder sprengen. All der Schmerz und die Wut, die sie so lange unterdrückt hatte, brachen sich mit Gewalt Bahn und fegten die Regeln der Höflichkeit weg. „Woher willst du das denn wissen? Du hast ihn doch nie gefragt! Warum hast du so schnell aufgegeben und bist mir nichts, dir nichts verschwunden?"

„Es tut mir leid." In Jacks Augen standen Mitleid und die Bitte um Verständnis. Sie spürte es: Sie war noch da, die alte Liebe, sie war nie erloschen gewesen. Aber nein, das stimmte nicht. Wie er sie anschaute und den Kopf schüttelte. Just in dem Moment, in dem sie Harlan Santerre ins Auge gefallen war, war Jack wie ein Wirbelwind zurückgekommen, um schlummernde Gefühle aufzuwecken und alte Wunden aufzureißen. Nein, er wollte sie nicht. Aber er wollte auch nicht, dass sie jemand anderen heiratete.

„Wenn du dein ..." Sie schluckte das Wort *feige* hinunter. „Wenn du dein merkwürdiges Verhalten damals nicht erklären kannst, dann beenden wir dieses Gespräch jetzt besser." Sie würde sich nur lächerlich machen, wenn sie noch länger miteinander redeten. Sie lehnte sich gegen eine Säule und versuchte, ihre zitternden Knie zu beruhigen.

Jack seufzte müde auf. „Es tut mir wirklich leid, dass ich dir so viel Kummer gemacht habe. Das hatte ich nicht gewollt. Bitte vergib mir."

Er drehte sich um und verschwand im Durcheinander der schwarzen Fräcke und leuchtenden Abendkleider. Lilly blieb im Schatten stehen und wünschte sich mit jeder Faser, dass Jack nie nach Newport gekommen wäre.

Sie drehte sich um und starrte durch die dunklen Fenster hinaus. Warum hatte er sie verlassen, wo sie ihn doch so geliebt hatte? Warum warb er jetzt nicht um sie? Sie wusste, dass sie nicht mithalten konnte mit den Schönheiten der höheren Gesellschaft, mit den Eleganten, den Reichen, den Koketten. Sie hatte es gar nicht erst versucht, um sich eine Demütigung zu ersparen. Aber Jack hatte sie ihr Herz geöffnet – und er hatte es zerbrochen und fortgeworfen wie ein bekritzeltes Blatt Papier.

Und dann war Harlan gekommen und hatte sie von ihrem Mauerblümchendasein erlöst. Er verdiente ihre volle Dankbarkeit und Loyalität. Er behandelte sie wie eine Prinzessin, sodass ihr Selbstbewusstsein stieg und ihre Schüchternheit abnahm. Zum ersten Mal seit Jacks Verschwinden fühlte sie sich wertgeschätzt und angenommen.

Aber war das genug?

Der Glanz des Abends schien plötzlich trüber zu werden. Die französischen Stilmöbel und teuren Gobelins kamen ihr auf einmal übertrieben vor, der nachgemachte Rokokostuck protzig und leer. Sollten die übrigen Gäste ruhig in dem Ballsaal herumstolzieren oder die Delikatessen genießen, die im Speisesaal serviert wurden – sie wollte auf einmal nur noch eines: nach Hause, auf ihr Zimmer.

Die Tränen brannten in ihren Augen, als sie ganz allein in der Menge der Gäste stand. Wie verrückt, dass Jack just in dem Augenblick zurückgekommen war, in dem sie endlich seinen Verrat unter die Füße bekommen und den Mann gefunden hatte, der seinen Platz einnehmen konnte. War sie so oberflächlich, dass sie Harlans stetige Hingabe nicht schätzen konnte? Warum zog Jack sie immer noch mehr an als jeder andere? Sie vergrub das Gesicht in den Händen. *Gott, bitte hilf mir, Jack aus meinem Leben zu verbannen; alleine schaff ich das nicht.*

Jetzt kam Irene aus dem lauten Ballsaal, die Stirn gerunzelt, in ihrem Schlepptau Harlan, der ebenfalls besorgt aussah.

„Ist etwas nicht in Ordnung, Lilly?“ Irene trat so nah zu ihr, dass Lilly ihr Gardenienparfüm roch.

„Jackson ist ja gerade davongerannt, als wäre der Teufel hinter ihm her“, sagte Harlan. „Ich hoffe, er hat dich nicht beleidigt oder so. Aber bei seiner Erziehung kann man kaum das Benehmen eines Gentleman haben.“

„Seine Manieren sind vorzüglich, keine Bange“, sagte Lilly hitzig. „Und er kommt aus einer anständigen Familie, auch wenn sie nicht reich ist.“

Harlan zuckte gelangweilt seine schmalen Achseln. „Kann schon sein. Ich habe keine Lust, mich wegen *Jackson Grail* zu streiten.“ Er rollte die Augen, als er den Namen aussprach.

Irene schaute mit unverhohlenem Verlangen zurück in den Ballsaal. „Komm. Der Abend ist noch jung, und es gibt noch soo viel zu tanzen …“

Lilly schüttelte den Kopf. „Entschuldigt mich bitte." Sie legte eine Hand an die Stirn. „Ich habe auf einmal rasende Kopfschmerzen. Ich möchte zurück nach Summerhill." Sie sah, wie Irene blass wurde, und fuhr rasch fort: „Ihr braucht mich nicht zu begleiten, ihr beiden, wirklich nicht. Ich bin nur furchtbar müde. Genießt euren Abend."

„Wenn du meinst …" Irene nahm Lillys Hände. „Ich möchte schon noch etwas bleiben. Ich tanze für mein Leben gern. Harlan kann dann mit George, mir und Mr Grail nach Hause fahren."

„Sehr gut."

Harlan zögerte. „Bist du ganz sicher, Lilly? Ich bringe dich gerne nach Hause. Eigentlich muss ich das sogar."

„Danke, aber ich möchte nicht deinen Abend verkürzen." Sie warf ihm ein, wie sie hoffte, warmes, beruhigendes Lächeln zu.

Dann verabschiedete sie sich und ging durch das Gewühl zur Damengarderobe. Dutzende Dienstmädchen hielten sich in dem Flur davor auf, bereit, Abendkleider und Frisuren zu reparieren, wenn etwas beim Tanzen beschädigt würde.

Direkt vor der Tür stand Annie. Sie schüttelte den Kopf, während sie von dem Mann mit den rötlichen Locken wegtrat – demselben Mann, der mit Irene hinter die Palmen gegangen war. Lilly schlüpfte rasch hinter das Wasserbecken. Durch die Fontäne konnte sie die Gesichter der beiden nur undeutlich sehen. Sie kniff die Augen zusammen. Aha, Annie schaute verstohlen um sich. Was wollte dieser Mensch von ihrem Dienstmädchen?

Während Lilly noch überlegte, ob sie das Paar ansprechen sollte, verschwand Annie in die Garderobe, während der Mann zurück in den Ballsaal ging. Was für ein komischer Kerl – klein, knochig und leichenblass. Erst hatte er sich an ihre Schwägerin herangemacht und jetzt an ihr Dienstmädchen.

Lilly durchquerte die Eingangshalle und ging in die Garderobe. Annie war dabei, ihr Nähzeug zusammenzupacken. „Was war das eben für ein Herr, der mit dir gesprochen hat?"

Annie runzelte die Stirn. „Ich weiß nicht, Miss. Das hat er mir nicht gesagt.“ Sie nestelte an einem Nadelkissen und verpackte ein paar bunte Fäden.

Lilly klopfte mit dem Fächer auf ihr Kleid. „Ich bin eben neugierig. Was wollte er von dir?“

„Er hielt an der Tür an und fragte nach Mrs Westbrooks Kammerdienerin. Da ich für beide Damen tätig bin, habe ich mich gemeldet.“

Lilly hielt den Atem an. „Und?“

Annie wich ihrem Blick aus und beschäftigte sich weiter mit ihrem Nähzeug. „Er sagte, dass Mrs Irene Westbrook eine Nadel brauchte, um einen Riss am Saum ihres Kleides zu reparieren.“

„Fandest du das nicht komisch?“

„Doch, Miss, sicher. Aber der Herr erklärte, dass sie gerade tanzte und sich nicht die Zeit nehmen wollte, es hier richtig machen zu lassen.“

Lilly nickte. Das klang typisch für Irene. Obwohl – komisch war es schon, dass sie sich nicht die Zeit nahm, für ein, zwei Stiche eine Pause zu machen. Und es war ein Botengang, der vielleicht zu einem Ehemann passte, aber nicht zu einem Fremden.

Auf der Fahrt zurück nach Summerhill ließ Lilly sich in die Polster der Kutsche sinken, ganz erschöpft von den letzten Tagen. Sollte sie Annie glauben? Aber sie war so ein nettes, unschuldiges Mädchen. Nein, es musste so sein, wie sie sagte.

Kapitel 11

Jack ging am Rande des Ballsaals auf und ab, ruhelos. Jetzt, wo Lilly fort war, hielt ihn hier nichts mehr. Vorsichtig suchte er sich einen Weg zwischen den wirbelnden Tänzern und den mit Schmuck behängten Müttern, die auf ihren vergoldeten Stühlen an den Wänden saßen. Er musterte den Ozean der Gesichter auf der Tanzfläche; nicht wenige erkannte er wieder. Ein paar waren Eltern ehemaliger Mitstudenten, viele junge Geschäftsfreunde aus New York, die ihn als den neuesten Junggesellen der Saison, der mit ihren Schwestern tanzte und mit deren Müttern Konversation machte, unter ihre Fittiche genommen hatten.

Zerknirscht darüber, wie er gerade zu Lilly gewesen war, vermied Jack es, als der höfliche Gentleman Smal Talk mit den Damen zu machen. Er wusste: Es würde ihm nicht gelingen, seine Verstimmung hinter einer netten Fassade zu verstecken. Besser sich höflich verneigen und weitergehen.

Nach so vielen Jahren, in denen er seine Meinung für sich behalten hatte, hatte er endlich die Wahrheit gesagt. Jetzt, wo er zu Geld gekommen war und offensichtlich den Respekt der besseren Gesellschaft erworben hatte, hatte er ein gewisses Recht, sich zu manchen Dingen zu äußern. Aber die Klugheit gebot es, den Mund zu halten, wo es nichts brachte, wenn man ihn aufriss. Lillys Freund, der auch noch bei ihren Eltern zu Gast war, schlechtzumachen, war schlicht dumm gewesen und verriet eine Eifersucht, die Jack lieber nicht zeigen wollte.

Nein, von jetzt ab würde er sich zurückhalten mit nicht erwünschten Ratschlägen. Aber dass Lilly diesen Mann attraktiv fand, wollte Jack innerlich zerreißen.

Spät am nächsten Morgen machte Lillys Herz einen überraschten Satz, als sie sah, wie Jack am Verandageländer lehnte und in einem Buch las. Sie zog Harlan am Ärmel. „Komm, lass uns Jack Guten Morgen sagen.“ Eigentlich – vor allem nach dem gestrigen Abend – sollte sie ja Abstand von Jack halten, aber sie brachte es schon wieder nicht über sich.

„Der scheint doch gerade beschäftigt zu sein. Wollten wir nicht einen Spaziergang machen?“ Harlan schaute zum Rosengarten.

„Das machen wir gleich.“

Er seufzte ergeben. „Also gut, wenn's sein muss, meine Liebe.“

Sie führte Harlan um die Hausecke herum, wo die Veranda sich zu einem weiten Halbkreis öffnete. Hier war es durch eine leichte Brise, die vom Ozean her kam, immer frisch. Warum winkte sie Jack nicht einfach im Vorbeigehen zu und ging weiter? Sie hatte keinerlei Verpflichtung, auch nur ein Mal mit ihm zu reden, aber selbst nach dem Zusammenstoß gestern Abend zog eine unsichtbare Kraft sie zu ihm hin.

Das erste Mal bemerkt hatte sie ihn in dem Sommer, in dem er ihre Familie in Bar Harbor besucht hatte. Ihr Bruder George lud oft Freunde ein, aber keiner war so gut aussehend und aufmerksam gewesen wie Jackson Grail. Viele Nachmittage hatten sie zusammen auf der Veranda gesessen, geflirtet und Brettspiele gespielt. Jacks verwegene geschäftliche Pläne hatten Lillys Fantasie gefesselt. Heute hatte er vor, auf der Suche nach versunkenen Schätzen um die Welt zu segeln, morgen wollte er Gold- oder Silbergräber werden. Ständig hatte er von Gelegenheiten geträumt, sein Glück zu machen. Sie hatten Limonade getrunken und Teegebäck geknabbert, und Lilly hatte beim Blick in seine tiefen dunklen Augen die Welt vergessen. Sie hatte keinen Zweifel gehabt, dass diesem Stipendiaten, der der Beste seines Jahrgangs im College war, alles gelingen würde, was er sich vornahm.

Jack sah von seinem Buch auf und lächelte Lilly an. „Hallo, Lilly. Hallo, Harlan. Setzt euch doch.“ Er schien ihr den Wortwechsel von gestern nicht nachzutragen.

„Guten Tag. Wir stören dich beim Lesen.“ Lilly und Harlan stiegen die flachen Stufen zu der mit Teppichen ausgelegten Veranda hoch. Lilly zog sich einen Korbstuhl so heran, dass sie Jack besser sehen konnte.

Harlan ließ sich neben ihr nieder. Seine Finger trommelten auf die

Lehnen des Stuhls. Lilly versuchte, sich ihre Verärgerung darüber nicht anmerken zu lassen.

Harlan schien sich nie wohlzufühlen in Jacks Nähe; sie machte ihn unruhig, zappelig, nervös. Gewöhnlich versuchte Lilly, die beiden Männer auseinanderzuhalten, aber jetzt war ihre Neugier stärker.

Jack setzte sich Lilly gegenüber; seine dunklen Augen glänzten. „Gestern Abend habe ich etwas Ungewöhnliches gelesen. Darf ich euch davon erzählen?"

„Wenn's sein muss", murmelte Harlan.

Lilly ignorierte ihn und sah Jack an. „Bitte." Sie beugte sich erwartungsvoll vor.

Jack erzählte von einem Abschnitt über den Reichtum, den er im Evangelium gefunden hatte. „Dort sagt Jesus: ‚Seht zu und hütet euch vor aller Habgier; denn niemand lebt davon, dass er viele Güter hat.'"

Harlan grinste. „Findest du das tröstlich?" Er schlug die Beine übereinander und klopfte mit dem rechten Fuß einen unhörbaren Takt.

Lilly musterte sein Gesicht, nach einem Funken Interesse suchend. Aber sie fand nur steinharte Langeweile. „Harlan, bitte ..."

„Ich denke nur gerade laut."

Jacks Blick war fest und offen, ohne jeden Argwohn. „Nein, das ist kein tröstlicher Vers, aber ein herausfordernder, jedenfalls für mich. Ich erlebe zu viele Menschen, denen ihr materieller Besitz viel wichtiger ist als ihr Schatz im Himmel, und ich selbst bin da keine Ausnahme."

Lilly wurde es unbehaglich. Fast alle Menschen, die sie kannte, fielen in diese Kategorie. Und sie selbst? Sie war vielleicht nicht ganz so habgierig wie manche anderen, aber dafür hatte sie andere Fehler. Konnte es sein, dass Jack allmählich Zweifel am Reichwerden kamen? Sie hoffte, dass er dabei war, seine Maßstäbe zu verändern.

Harlan schnaubte. „Es ist billig, Reichtum zu kritisieren, wenn man selbst nicht viel hat. Und was die betrifft, die mit Reichtümern gesegnet sind – neuerdings ja auch du –, finde ich, dass wir einfach zu unserem Glück stehen und Gott für seine Güte danken sollten."

Wie die meisten in der feineren Gesellschaft glaubte auch Harlan, dass er Gottes Güte verdient hatte und deswegen so reich war. Dessen war sich Lilly sicher.

Harlan lehnte sich zurück und verschränkte die Arme. Sie hörte, wie die Alarmglocken in ihr schrillten. „Du bist doch ein Christ, Harlan, oder?“, wagte sie ganz direkt zu fragen. Sonst durfte sie ihn nicht heiraten! Ein Christ und ein Nichtchrist – das war wie Feuer und Wasser.

„Natürlich bin ich Christ, wie kannst du das bezweifeln?“ Sein Gesicht verhärtete sich, sein rechter Fuß wurde noch schneller. „Gut, viel mehr, als ich als Kind in der Sonntagsschule gelernt habe, weiß ich nicht. Als im Studium die einen die Bibel gelesen oder Teller gespült und die anderen sich als Spieler und Frauenhelden betätigt haben, habe ich das Wirtschaftsleben studiert. Es hat mir gute Dienste für dieses Leben geleistet, und ich glaube, auf das Leben nach dem Tod bin ich auch ganz gut vorbereitet.“

Lilly schloss kurz die Augen, um Harlans selbstgefällige Miene nicht länger sehen zu müssen, dann schaute sie hinüber zu Jack. Er meinte: „Ich kann nur empfehlen, die Evangelien ernst zu nehmen. Nichts ist lehrreicher.“

Harlan lehnte sich bequemer in die Kissen. „Da hast du sicher recht.“ Sein Ton verriet, was er wirklich dachte – dass er das, was Jack da sagte, für dumm hielt.

Lilly lächelte tapfer. Nach mehreren Monaten mit Harlan hatte sie gemeint, dass sie auch im Glauben Gemeinsamkeiten hatten. Sie hatten nie darüber gesprochen, aber sie hatte angenommen – offenbar zu Unrecht –, dass ihnen beiden der Glaube an Gott wichtig war. Sie berührte Harlans Ärmel. „Ich finde es sehr wichtig, sich nach der Bibel zu richten. Du doch auch?“

Er streichelte ihre Hand, als sei sie ein quengeliges Kind. „Natürlich, Liebes.“

Plötzlich fühlte sie einen Klumpen in der Brust. Sie versuchte, ihre Irritation hinter einem halbherzigen Lächeln zu verstecken. Der Mann hatte kein Interesse zu glauben. Wie hieß es noch in der Bibel? „Zieht nicht am fremden Joch mit den Ungläubigen …“ Konnte sie einen ungläubigen Mann heiraten? Sie erschrak darüber, dass sie sich darüber bis heute keine Gedanken gemacht hatte.

Natürlich gab es darauf nur eine Antwort. Aber dann erinnerte sie sich daran, dass Gott auch das härteste Herz weichmachen und die schwierigsten Menschen verändern konnte. Er handelte nach seinem Zeitplan, nicht nach ihrem. Er würde sie an seiner Hand in die Zukunft führen, was diese auch bringen mochte. Obwohl sie manchmal den Eindruck hatte, dass er sie vergessen hatte und ihr seinen Rat vorenthielt. Sie hielt sich wie mit einem seidenen Faden an ihm fest, der jederzeit reißen konnte. Aber nein, das würde Gott nicht zulassen. Seine Geduld war größer als ihre Ungeduld. Doch, er würde ihre Schritte lenken, wenn die Zeit da war.

Sie erhob sich. Harlans Geschwätz ging ihr auf die Nerven. „Machen wir jetzt unseren Spaziergang? Entschuldige uns bitte, Jack."

Sie gingen die Stufen zum Rasen hinunter. Bevor sie sich zum Rosengarten wandten, drehte Lilly sich um. „Könnten wir uns irgendwann mal über den Glauben unterhalten, Jack?"

Jack nickte. „Gerne."

Ihre Verwandten gingen zur Kirche, aber zu Hause sprachen sie selten etwas, was mit Gott zu tun hatte. Doch Harlan konnte ja wohl nichts dagegen haben, dass sie mit anderen über religiöse Dinge sprach – selbst wenn es Jack war. Sie freute sich darauf. Sie freute sich etwas zu sehr darauf, wie sie sich eingestand.

„Wir können uns gerne mal zu dritt über die Religion unterhalten, wenn du das möchtest", murmelte Harlan, seinen blonden Schnurrbart glatt streichend.

Sie hatte ihre Zweifel, ob sie und Harlan bei all ihren gesellschaftlichen Verpflichtungen je die Zeit finden würden, sich wirklich über so ein tiefes Thema zu unterhalten. Der Gedanke nagte an ihr.

Jack sah Harlan und Lilly hinterher, wie sie Arm in Arm zur Gartenlaube schlenderten. Er schlug sein Buch wieder auf, den Blick auf Harlans Rücken geheftet.

George kam auf die Veranda. Jack wusste, dass er seinen Blick von dem Paar losreißen musste, aber er schaffte es nicht.

„Was ist mit dir?", fragte George. Sein Blick ging fragend zwischen Jack und dem Paar hin und her. „Hat Harlan dich gerade geärgert? Oder Lilly?"

„Lilly braucht einen Ehemann, der ihren Glauben an Gott versteht, und nicht einen Sohn reicher Eltern, der sich einbildet, dass man sich den Himmel mit Geld kaufen kann." Wenn Harlan ihren Glauben so abschätzig behandelte, war er sie nicht wert und die Ehe konnte nicht glücklich werden.

George wurde nachdenklich. „Ich glaube, da hast du recht. Lilly ist gläubig und eine Idealistin, und ich vermute, dass Harlan sich nie groß um Gott gekümmert hat."

Jack schüttelte den Kopf. „Meine Eltern haben mir vorgelebt, wie wichtig es ist, dass Eheleute den gleichen Glauben haben. Ohne dieses Band bleibt die Beziehung bestenfalls an der Oberfläche."

George zupfte an seinem Bart. „Du bist tiefschürfender, als ich dachte."

Jack musste lachen. „Ich würde es eher gesunden Menschenverstand nennen. Ich fürchte, Lilly erhofft sich von Harlan etwas, was er ihr nicht geben kann. Reichtum und Luxus – ja. Aber Liebe? Da wird er sie enttäuschen."

„Du malst ja ein richtig schwarzes Bild."

„Stimmt. Aber so sehe ich das."

Das Mitleid mit Lilly und seine eigene Liebe zu ihr zog Jack die Brust zusammen. Er zwang sich zu vernünftigen Worten. „Aber Lilly ist erwachsen und muss selbst wissen, was sie tut. Sie würde es nicht schätzen, wenn ich mich da einmischte." Als er vorsichtig versucht hatte, sie zu warnen, hatte sie gleich die Krallen ausgefahren und er hatte einen Rückzieher gemacht.

Was grämte er sich überhaupt wegen Lillys Glück? Sie war doch dabei, schnurstracks in Harlans Arme zu laufen. Es war *ihr* Leben, das sie ruinierte, er konnte sie nicht stoppen. Und doch – wie gerne hätte er ihr die Augen geöffnet!

Er schaute Harlan hinterher, wie er Lilly in den Rosengarten führte.

Wenn er mit Lillys Hilfe Fannie Cole auf die Spur gekommen war und diese aus ihrem Versteck herausgelockt hatte, war er hier fertig und würde nach New York zurückkehren, und dann wäre Schluss mit dem Grübeln über das „glückliche“ Paar und dem Hoffen auf einen anderen Ausgang. Er musste einen Verlag leiten; er hatte keine Zeit für Romanzen von gestern.

Am Nachmittag fuhren die Westbrooks und ihre Hausgäste zu einem Gartenfest in Grassy Knoll, der Sommerresidenz der Carstairs an der Bellevue Avenue. Ein Punschglas in der Hand schlenderten Lilly und Miranda zusammen mit ein paar Hundert anderen Gästen durch den Park. Unter dem breiten Schirm eines Ahorns blieben sie stehen. Lilly sah, wie ihre Mutter auf sie zukam, das Kinn nach vorne gestreckt.

Sie holte tief Luft und lächelte. „Das ist ein tolles Fest, nicht wahr, Mama?“ Heute sah ihre Mutter besonders gut aus in dem burgunderroten Seidenkleid mit passendem Hut und Sonnenschirm.

Die Augen ihrer Mutter wurden schmaler. „Ja, das stimmt.“ Sie klang nicht begeistert. „Aber ich muss dir etwas sagen, was mich beunruhigt. Eine meiner Freundinnen – welche, soll einmal egal sein – hat dich gesehen, wie du mit Jackson Grail dabei warst, als eine Elna Price ihre Bücher signierte. Ich sagte ihr natürlich, dass das nicht stimmen könne, aber sie bestand auf ihrer Version. Was hast du dazu zu sagen, Lillian?“ Streng zu klingen, war nicht die Stärke ihrer Mutter, aber Lilly hörte deutlich die Angst heraus. Wer in der Gerüchteküche vorkam, der überlebte in der besseren Gesellschaft nicht lange.

„Ich war in der Buchhandlung, ja. Ich weiß doch, wie Irene ihre Romane verschlingt. Jack war auch da, aber das war reiner Zufall, wir hatten das nicht geplant. Deine Freundin sollte aufhören, Gerüchte in die Welt zu setzen, Mama.“

Die Schultern ihrer Mutter entspannten sich, ihr Lächeln kam zurück. Sie schaute nervös zu Miranda. „Da bin ich aber erleichtert! Ich hatte schon Angst, du hättest deinen guten Ruf aufs Spiel gesetzt. Was soll Harlan denken, wenn er hört, dass du Ausflüge mit Jackson machst?“

Lillys Schultern verkrampften sich. Miranda, der es peinlich zu sein schien, so ein privates Gespräch mitzuhören, trat etwas zur Seite.

„Harlan wird mir glauben, weil ich die Wahrheit sage“, meinte Lilly.

„Das mag ja sein, aber er wird es nicht überhören, wenn über dich geklatscht wird, und seine Mutter schon gar nicht. Pass auf deinen guten Ruf auf, Lillian.“ Lilly verkniff sich eine bissige Bemerkung über Dolly Santerre – Harlans Mutter, Mirandas Tante und Mamas Freundin noch dazu.

Ein Windstoß ließ die Seidenblumen und den Tüll auf dem Hut ihrer Mutter flattern. „Ich habe bemerkt, wie Jackson dir in Summerhill nachschleicht. Ich behaupte nicht, dass du ihn dazu ermutigst, aber du solltest ihm nicht die Illusion lassen, dass du seine Zuneigung erwiderst. Wenn mich nicht alles täuscht, wird Harlan dir bald seinen Antrag machen, aber er scheint sich nicht ganz im Klaren über deine Gefühle zu sein. Gib ihm keinen Grund, an deiner Zuneigung zu zweifeln.“

„Nein, Mama, natürlich nicht.“

Ihre Mutter sah sie ernst an. „Du möchtest doch Harlan heiraten, oder?“

„Ja, sicher.“

Sie konnte Jack nicht heiraten, selbst wenn er sie zur Frau wollte. Außerdem machte er keine Anstalten, über eine gemeinsame Zukunft zu sprechen. Schließlich – Lilly lief ein Schauder über den Rücken – müsste sie ihm sonst auch das mit ihren Romanen beichten. Er würde unbedingt einen Star aus Fannie Cole machen wollen, und das würde sie alle ruinieren. Sie würde ihm nicht trauen können …

„Wunderbar! Dann mach Jackson keine falschen Hoffnungen und führe ihn mit geeigneten jungen Damen zusammen; das wird ihn von dir ablenken.“ Das Gesicht ihrer Mutter nahm seinen normalen freundlichen Ausdruck an.

Lilly nickte. „Ja, Mama.“

„Ich bin froh, dass wir das besprochen haben. Aber jetzt entschuldige mich, ich möchte mir eines von Beatrices exzellenten Desserts holen. Eine Schokoladentorte. Ich glaube, sie schmeckt ganz ähnlich wie die, die wir vor ein paar Jahren im Hotel Sacher in Wien gegessen haben.“ Lillys Mutter spazierte zurück über den Rasen und die Terrasse und betrat den Speisesaal der Villa.

„Meine Güte, Lilly“, sagte Miranda, „so aufgeregt hab ich deine Mutter noch nie erlebt.“

„Sie hat sich doch wieder beruhigt.“ Lilly nippte an ihrem Punsch. „Sie wird mich beobachten. Ich sollte gleich jetzt mit Jack reden.“

Miranda legte den Kopf schräg und flüsterte so leise, dass keines der Paare, die vorbeigingen, es hören konnte: „Lilly, glaubst du, dass Jack dich vielleicht noch liebt? Deine Mutter ist nicht die Einzige, die merkt, wie er dich anschaut und dir folgt …“

Lilly lachte. „Unsinn! Dem bin ich egal. Er spekuliert darauf, dass ich ihn zu seiner Autorin führe, das ist alles.“

Miranda schüttelte den Kopf, dass die Feder auf ihrem Hut schwankte. „Das glaub ich nicht.“

„Warum soll ich nicht Harlan heiraten? Er ist nicht perfekt, aber das ist keiner, einschließlich meiner Wenigkeit. Wir passen zusammen und ich glaube, es wird eine ordentliche Ehe werden.“

Nach der Enttäuschung, die George seinen Eltern mit Irene, einer unvermögenden Fremden aus San Francisco ohne gesellschaftliche Kontakte, bereitet hatte, wollte Lilly ihnen etwas Gutes tun. Sie beugte sich zu Miranda und flüsterte: „Es gibt nur eins, das mir Sorgen macht. Glaubst du, dass Harlan meine Schriftstellerei respektieren wird – ich meine, wenn er davon erfährt?“ Je näher die Verlobung rückte, umso mehr nagte die Tatsache, dass sie ihre Bücher heimlich schrieb, an ihrem Gewissen.

„Der ist viel zu sehr mit seinen Eisenbahnen beschäftigt, um sich dafür zu interessieren, was du in deiner Freizeit machst.“

Lilly nickte. „Das stimmt. Die Männer sind meist so in ihre Arbeit vertieft, dass sie kein Auge für die Aktivitäten ihrer Frauen haben.“ Nun gut, irgendwann würde sie tun, was richtig war, und Harlan ihr Schreiben beichten – aber jetzt noch nicht.

Sie hatte den Knoten der Vergangenheit durchgeschnitten. Jack konnte als freier Mann und sie als freie Frau in die Zukunft gehen. Jetzt galt es, nicht mehr zurückzuschauen, sondern nur noch nach vorne.

Kapitel 12

Mangels einer plausiblen Ausrede ging Jack mit auf das Gartenfest bei den Carstairs, wo man sich ein paar Stunden lang mit Bekannten unterhielt, die man sowieso jeden Tag sah. Bald schlenderte er dagegen allein durch das parkähnliche Gelände, hielt jedoch ein Auge auf Lilly, die gerade mit Miranda unter einem schattigen Baum stand und sich unterhielt. Die herausgeputzten Gäste erinnerten ihn an eine Parade von Pfauen. Damen in pastellfarbenen Kleidern, die dazu passenden Sonnenschirme hoch über dem Kopf, strahlten ihn an und gaben einen endlosen Strom von Artigkeiten von sich.

Vor nicht allzu langer Zeit hatte er sie noch beneidet, diese bunten Paradiesvögel, die alles hatten, was man mit Geld kaufen konnte, und die für diese Vergnügungen auch die nötige Zeit hatten. Aber sie hatten nicht nur, sie brauchten auch viel mehr als er, das war ihm jetzt klar: einen ganzen Schwarm von Bewunderern, Dutzende Diener, teure Kleider und protzige Kutschen, um den Neid ihrer Freunde und Feinde zu erregen. Seit er mit einem Stipendium auf dem College gewesen war, hatte er sich das gewünscht – das Geld und die Privilegien, die seine Mitstudenten als ihr gutes Recht betrachtet hatten. Wenn seine Eltern noch lebten, hätten sie den Kopf geschüttelt über seine Ideale damals und seinen großen Ehrgeiz. Nach seinem Besuch im New Yorker Elizabeth-Heim, wo er aus nächster Nähe so viel Armut gesehen hatte, musste er ihnen jetzt recht geben.

Sein Blick fuhr über die smaragdgrünen Rasenflächen, die in sanften Kuppen zum Strand abfielen. Diese Villa, ein Schnörkelungetüm aus Kalkstein, war das abgeschmackteste Pseudoschloss, das er je gesehen hatte. Nur die Sandwiches und Kuchen, die die Carstairs servierten, waren vorzüglich.

Mrs Beatrice Carstairs, Nan Holloways Mutter mit der spitzen Nase und den scharfen Augen, flatterte von einem Gast zum anderen, um sich zu überzeugen, dass sich auch alle wohlfühlten. Die Westbrooks unterhielten sich mit ihren ältesten und liebsten Freunden und schienen ihn vergessen zu haben. Und während George die Kuchen inspizierte, flirtete Irene fleißig mit jungen Dandys und alten Kauzen, die ihr auf den Fersen folgten wie Höflinge ihrer Königin. Jack hielt Abstand zu ihr.

Als er zu einem der großen runden Zelte spazierte, die über den Rasen verstreut standen und Schatten spendeten, merkte er, wie ihm jemand folgte. Er drehte sich kurz um. Eloise, Nans jüngere Schwester. Er nickte ihr höflich zu. Sie mochte zwanzig sein, und dem hungrigen Ausdruck ihrer leicht zusammengekniffenen Augen nach zu urteilen, suchte sie Anschluss, vielleicht auch mehr. Nun ja, in ihrer Altersgruppe war die Suche nach einem Ehemann die wichtigste Beschäftigung.

Er wünschte sich, Klartext mit ihr reden zu können. *Sie sind jung und reich. Machen Sie sich keine Sorgen, Sie werden nicht als alte Jungfer enden …*

Wie schön es wäre, wenn die Sorgenfalten aus ihrem etwas eckigen Gesicht verschwinden würden. Größer und breiter als ihre Mutter und ihre Schwester, kam Miss Eloise Carstairs etwas schwerfälligen Schrittes zu ihm. Ihre etwas füllige Figur ruinierte den Effekt ihres wie eine Zuckerstange weiß-rosa gestreiften Kleides, aber ihre unsichere Miene verlieh ihr einen gewissen Charme.

„Guten Tag, Mr Grail“, sagte sie zögernd.

„Guten Tag, Miss Carstairs.“ Er blieb stehen, bis sie ihn eingeholt hatte. Da er schon in der einen Hand ein Glas eisgekühlten Fruchtsaft hielt und in der anderen einen mit einem Gurkensandwich und einem Stück Vanille-Schichttorte beladenen Teller, konnte er ihr nicht anbieten, ihre Schale Erdbeeren mit Sahne für sie zu tragen. Sie passierten ein offenes Zelt, wo ein Fünf-Mann-Orchester dezente Musik für die Älteren spielte, die über den glänzenden Tanzboden schlurften und flirteten, als seien sie vierzig oder fünfzig Jahre jünger. Aber da vorne war ein Zelt, in dem noch Sitzplätze frei waren. Sie gingen hinein und ließen sich auf zwei Stühlen an einem kleinen Tisch nieder. Das Zeltdach in hellem Blau hielt die heiße Spätnachmittagssonne ab und milderte den Seewind, aber nicht sein salziges Aroma.

„Ein schöner Nachmittag", meinte Eloise.

Jack nickte. „Und das Wetter ist wunderbar." Er versuchte, sein Sandwich nicht hinunterzuschlingen, während Eloise an ihren Erdbeeren knabberte. Von den Nebentischen kam das monotone Geplätscher der Gespräche, hin und wieder lachte jemand.

„Ja, es ist ein schöner Tag." Ihr Lächeln entblößte ein gutes Gebiss mit etwas zu viel Zahnfleisch. „Etwas anderes würde meine Mutter nicht erlauben."

„Da muss sie ja magische Kräfte haben."

Miss Carstairs kicherte, bis Tränen in ihren kleinen runden Augen standen und ihre erhitzten Wangen hinunterflossen. „Ja, das hat sie. Was sie will, das kriegt sie, immer."

Jack nickte. Die meisten dieser hohen Damen konnten sich alles kaufen, was sie wollten, einschließlich der Ehemänner für ihre Töchter. Manche erwarben als Schwiegersohn sogar einen echten Adligen aus Europa, um ihren Status und den Neid ihrer Freundinnen noch mehr zu heben. Der verarmte Graf oder Baron bekam einen gediegenen Haufen Geld und die reiche amerikanische Erbin einen erlauchten Titel. Jack musterte Eloises eifriges Gesicht. Kein Zweifel, sie (oder ihre Mutter) hatte es auf ihn abgesehen. Warum merkte er das erst jetzt?

Der Schweiß trat ihm aus den Poren, dass sein weißes Hemd unter der schwarzen Jacke ihm auf der Haut zu kleben begann. Er sah über den Rasen zum Atlantik, schaute dem Tanz der kleinen Boote auf den Wellen zu. Wie er sich danach sehnte, jetzt auch da draußen zu sein, die Segel in den Wind zu stellen, die Gischt in seinem Gesicht zu spüren … Irgendwo zu sein, nur nicht hier. Während er mit einem Ohr Miss Carstairs Geplappere zuhörte, gingen seine Gedanken auf Wanderschaft, zum Meer und zu dem Boot, das er vielleicht doch nie haben würde.

„Finden Sie nicht auch, Mr Grail?"

„Entschuldigung, das habe ich gerade nicht ganz mitbekommen."

„Sie schauen so aufs Meer. Mögen Sie das Meer?"

„Ich segle gerne."

Sie senkte die Stimme. „Ein Segelboot wäre ein nettes Hochzeitsgeschenk für einen Mann, finden Sie nicht auch?"

Er drehte sich zu ihr und sah sie an. War das nur ein linkischer Flirtversuch oder hatte das mehr zu bedeuten? In ihren Augen stand eine solche Sehnsucht nach Liebe und Romantik, dass er nicht wusste, ob er Mitleid haben oder aufspringen und das Weite suchen sollte.

Stattdessen suchte er nach Worten. „Doch, aber ein Segelboot, das ist ein zu extravagantes Geschenk."

„Nicht, wenn man verliebt ist." Ihre glühenden Augen ließen ihn schier zusammenzucken. Der Schweiß floss ihm jetzt in Strömen den Rücken hinunter. Aus dem Augenwinkel sah er, wie Mrs Carstairs und Mrs Westbrook in seine Richtung schauten, während sie sich hinter ihren geöffneten Fächern unterhielten. Sie lächelten konspirativ. Planten sie gerade seine eheliche Zukunft, oder las er da zu viel in ein harmloses Gespräch hinein? Bestimmt würde Mrs Carstairs nach jemandem Ausschau halten, der mehr zu bieten hatte als er; ihm fehlte fast jede der Eigenschaften, die man in den höheren Kreisen schätzte. Doch andererseits: War er nicht hierher gekommen, um herauszufinden, ob er in diesen Kreisen salonfähig geworden war, ein Gentleman mit Geld, einem gut gehenden Verlag und einer hellen Zukunft?

Warum war er nicht glücklicher? Er hatte doch sein Ziel erreicht.

Jack schaute in Eloise' hungrige Augen. „Kürzlich war ich in New York, und da habe ich mehr Armut gesehen, als ich je für möglich gehalten hätte. Für den Preis eines Segelbootes kann man Hunderten von Armen monatelang zu essen geben, wenn nicht sogar ein ganzes Jahr."

Eloise legte den Kopf schräg. „Wollen Sie damit sagen, dass ich da eine Spende machen soll?"

„Ja, doch. Entschuldigen Sie, wenn ich so kühn bin. Es gibt da ein Zufluchtshaus für arme Frauen und Mädchen." Würde sie Anstoß an seiner kleinen Predigt nehmen?

Sie nickte langsam. „Ich weiß Ihre Offenheit zu schätzen. Doch, ich werde gerne eine Spende machen."

„Danke. Das Haus wird Ihre Großzügigkeit zu schätzen wissen." Er sah, wie Lilly näher kam. Das war seine Chance zur Flucht! „Miss Westbrook wird Ihnen gerne Genaueres über das Elizabeth-Heim erzählen. Aber jetzt entschuldigen Sie mich bitte, Miss Carstairs, ich möchte gerne ein Stück von dem Schokoladenkuchen versuchen, den ich auf dem Teetisch gesehen habe." Er stand auf und schaute zur Veranda, durch deren geöffnete Türen man in den Speisesaal sah.

Sie packte ihn am Arm. „Ach, bleiben Sie doch bitte noch. Ich lasse Ihnen den Kuchen von einem der Diener holen."

Er sank zurück auf den Holzstuhl, halb ein Gefangener, halb voll Mitleid mit einer jungen Dame, die so verzweifelt einen Bräutigam suchte, dass sie handgreiflich wurde. Eloise winkte einen Diener herbei, der ein silbernes Tablett mit Sandwiches und Kuchen trug. Sogar Schokoladenkuchen war dabei. Jack wählte ein Stück, das er eigentlich gar nicht wollte, und nahm einen Bissen. Er schaute zu, wie Lilly sich an einem anderen Tisch niederließ.

„So, so, unterhältst du dich gerade mit Miss Carstairs?" Lillys gekünstelt strahlendes Lächeln ging ihm auf die Nerven.

Eloise nickte. „Wir sind uns schon öfters begegnet – in der Oper, auf einem Empfang im letzten Frühjahr und auf einem Hausfest bei den Adirondacks. Nicht wahr, Mr Grail?"

„Sie haben ein gutes Gedächtnis."

Eloise wurde knallrot; das war wohl gerade ein Fauxpas gewesen.

„Ich erinnere mich natürlich, dass wir uns begegnet sind, aber dass Sie sich auch erinnern ...", versuchte er die Situation zu retten. Er hatte keine Ahnung mehr, wann und wie oft er Miss Carstairs gesehen hatte. Es war einer jener Augenblicke, die einen Mann in ein sprachliches Minenfeld führten, wo ein falscher Schritt eine Bombe hochgehen lassen konnte. Jack kannte sich nicht gut aus mit den verborgenen Untiefen, die unter einer scherzhaften Bemerkung stecken konnten.

„Miss Carstairs hat sich gerade entschieden, für das Elizabeth-Heim zu spenden. Ist das nicht wunderbar, Lilly?"

Lilly strahlte jetzt ehrlicher. „Das ist ja toll, Eloise."

Eloise kicherte. „Mr Grail weiß eben, wie man die Leute rumkriegt."

„Im Namen des Elizabeth-Heimes möchte ich euch beiden ganz herzlich danken", sagte Lilly.

Jetzt kamen George und Irene an den Tisch. „Wir wär's mit einer Runde Kricket? Die Diener stellen gerade die Tore auf." George zeigte auf den Rasen neben dem Haus.

Die Damen erhoben sich. Jack folgte ihnen widerwillig. Bei Tennis wäre er begeistert gewesen; Kricket fand er ungefähr so aufregend wie Fußbodenschrubben. Er war der Letzte in der Reihenfolge der Spieler, weit weg von Eloise, die den nächsten Junggesellen erspäht hatte, aber dafür direkt hinter Lilly. *Hm, vielleicht wird das doch nicht so schlecht …* Obwohl Lilly nicht besonders zugänglich aussah.

„Gefällt es dir hier?", fragte Lilly, ihr Lächeln wieder eine Maske.

Sie schlenderten Seite an Seite zum ersten Tor. „Es ist ein toller Nachmittag, und das Essen ist vortrefflich", antwortete er.

Sein Herz pochte. Konnte er sie vielleicht doch noch zurückgewinnen? Lilly zog ihn unvermindert an. Ständig musste er an sie denken; es fiel ihm schwer, sich auf jemand oder etwas anderes zu konzentrieren.

„Wo ist Harlan heute Nachmittag?" Er versuchte, seinen Ton freundlich zu halten.

„Er fühlte sich nicht gut und ist schon wieder gegangen."

Es überraschte ihn nicht, dass ihr das nichts auszumachen schien. Wenn sie und Harlan zusammen waren, waren ihre Mienen geziert, die Stimmen überhöflich.

Ein typisches Paar der höheren Kreise. Jack stöhnte innerlich auf. Er konnte Lilly ewige Liebe und Hingabe bieten, und sie? War drauf und dran, stattdessen die Anerkennung ihrer Eltern zu wählen. Oder doch nicht?

Lilly neigte den Kopf mit dem mit Blumen überladenen Hut. „Ich habe bemerkt, dass du bei den jungen Damen und ihren Müttern ganz beliebt bist. Manche nennen dich ‚die Partie der Saison'."

Jack grunzte wegwerfend, während er zu Eloise sah, die gerade mit einem jungen Galan flirtete, während sie auf ihre Spielrunde warteten.

„Partie? Das wohl kaum. Ich bin eigentlich immer noch der Kleinstadtjunge von damals." Sein Hemd wurde immer nasser.

„Doch, du bist eine gute Partie, Jack. Du bist nur zu bescheiden." In ihren Augen waren kein Spott und keine Schadenfreude zu lesen.

Er lächelte, gelassener, als er sich fühlte. „Nein, ehrlich, ich bin kein passender Heiratskandidat." Wenn er einer war, warum biss Lilly dann nicht an?

„Meine Mutter sagt, dass alle Mütter dich für ihre Töchter im Visier haben. Das merkst du doch bestimmt."

Er verzog das Gesicht. Der Menge der Einladungen nach zu urteilen, die er in den letzten Monaten bekommen hatte, war sein gesellschaftlicher Status nach oben geschossen. Vielleicht hatte Lilly recht und er war ein akzeptabler potenzieller Schwiegersohn – akzeptabel, aber auch wünschenswert? Für die Westbrooks schien er abgehakt zu sein. Wenn er nur sechs Monate eher angekommen wäre, bevor Harlan die Bühne betreten hatte ... Schläger und Holzkugel in der Hand, wartete Lilly neben einem Hortensienstrauch, während ihr Bruder den ersten Schlag ausführte. Als alle anderen durch waren, war Jack vor dem ersten Krickettor wieder allein mit Lilly.

„Eloise Carstairs mag dich wirklich, Jack. Die Spende für das Elizabeth-Heim macht sie bestimmt nur wegen dir." Lilly sprach leise, obwohl die übrigen Spieler außer Hörweite waren. „Man munkelt, dass sie ein Auge auf dich geworfen hat."

„Wenn das ein Witz wäre, würde ich jetzt lachen, aber es ist keiner, oder?" In seiner Brust verknotete sich etwas.

„Über so wichtige Dinge mache ich keine Witze. Mit dem Mann da drüben flirtet sie nur, um dich eifersüchtig zu machen."

Jack biss die Zähne zusammen. Das hier gefiel ihm überhaupt nicht. Eloise interessierte ihn überhaupt nicht, aber Lilly schien sie mit ihm verkuppeln zu wollen.

„Und, was meinst du? Soll ich ihr den Hof machen?" Er grinste bitter.

„Vorher solltest du sie natürlich erst einmal kennenlernen. Ich glaube nicht an Liebe auf den ersten Blick."

Jack unterdrückte ein spöttisches Lachen. Er hatte sich in dem Augenblick in Lilly verliebt, als er sie an einem hellen Herbsttag durch den Innenhof seines Colleges hatte gehen sehen, in seinem letzten Studienjahr. Sie war damals erst vierzehn oder fünfzehn gewesen, kaum älter als ein Kind, aber ihre direkte, natürliche Art hatte ihn sofort gefesselt. Sie behandelte ihn wie einen älteren Bruder, dem sie Witze erzählen, ja den sie aufziehen konnte. Er hatte es kaum erwarten können, dass sie älter wurde.

„Nach meiner Erfahrung, Lilly, kann die Liebe einen wie aus heiterem Himmel treffen." Er packte seinen Schläger fester.

Ihre eine Augenbraue ging hoch. „Bist du ein Romantiker?"

„Das war ich einmal. Jetzt nicht mehr." Er trat zu dem Pflock. „Ich bin eher ein Zyniker." Aber er klammerte sich hartnäckig an seine Träume, die doch so unmöglich waren.

„Ich dachte, dass du Miss Carstairs vielleicht magst. Sie mag dich sehr, und sie ist eine reizende junge Dame." Lillys Stimme wurde immer schneller. „Sie wird einmal eine gute Ehefrau sein."

„Das bezweifle ich nicht. Ich hoffe, sie findet den Richtigen."

„Und das bist nicht du?"

„Absolut nicht."

„Da wird sie enttäuscht sein." Lillys Miene verriet nicht, ob sie ärgerlich oder erleichtert war.

Er hoffte, dass es das Zweite war. Was würde sie als Nächstes sagen? Er versuchte wacker, sich seine Enttäuschung nicht anmerken zu lassen. „Das tut mir leid, aber ich glaube nicht, dass ihr Herz brechen wird. Ich habe ihr nie einen Grund zur Annahme gegeben, dass ich ein potenzieller Verehrer bin. Wir kennen uns ja kaum." Er hatte ein paar Mal mit Eloise getanzt, das war alles.

Lilly trat näher zu ihm. Er spürte die Wärme ihres Mitgefühls. „Jack, du wärst glücklicher, wenn du dich verlieben und heiraten würdest."

Er starrte sie an. „Und an wen denkst du da, außer an Miss Carstairs?" Sein Lächeln gefror zu einer Grimasse.

„Ich kenne viele junge Damen, die sich über dein Interesse freuen würden."

Sich selbst nahm sie offenbar aus. Er lachte rau auf, die Musik eines Streichquartetts, das irgendwo spielte, übertönend. „Gut, sobald ich eine Heiratsvermittlerin brauche, melde ich mich bei dir.“ Er tippte an seinen Zylinder, während seine Welt zerbrach.

Lilly seufzte. „Ich will dir nur helfen.“

„Ich brauche keine Hilfe bei Herzensangelegenheiten.“ Er konnte sein Herz gut selbst ruinieren. „Aber Hilfe bei meiner Suche nach Fannie Cole, die würde ich schätzen. Sehr sogar.“ Mit zusammengekniffenen Augen wartete er auf ihre Reaktion. Wenn sie die sachliche Tour versuchte – bitte sehr, das konnte er auch.

Sie drehte sich um. „Ich glaube, ich bin an der Reihe.“ Sie schwang den Schläger wie einen Golfschläger, sodass die Kugel durch das erste Tor und am nächsten vorbeiflog.

Jack schlug seine Kugel durch den metallenen Bogen und dann, mit einem kräftigen zweiten Schlag, weit über den Rasen, hinter ihrer Kugel her. „So leicht entkommst du mir nicht“, murmelte er.

Er folgte ihr zu den beiden Kugeln. Sie sah ihn an, die Stirn gerunzelt. „Ich begreife nicht, was du gegen das Heiraten hast“, sagte sie leise.

Er seufzte tief auf. Lilly biss sich auf die Unterlippe.

Er betrachtete sie, saugte ihre Schönheit ein. Das goldene Bad der späten Nachmittagssonne ließ ihre makellose Haut leuchten. Der rosa Satin ihres Kleides erinnerte ihn an einen Vogel aus dem Süden. Ihr mit Blumen besetzter weißer Hut verlieh ihr eine Weiblichkeit, die sie in ihren maßgeschneiderten Röcken und Miedern selten zeigte. Er hatte Lust, sie in die Arme zu nehmen und alles wegzuküssen, was sie voneinander trennte. Aber sie würde ihn nicht lassen. Nicht jetzt. Nie.

Er schlug seine Kugel durch das nächste Bogentor. Sie waren jetzt weit hinter den übrigen Spielern, mehr als außer Hörweite. „Ich habe nichts gegen das Heiraten an sich. Aber für mich ist das einfach nichts, und das wird sich auch nicht ändern.“

Ihre Stimme zitterte. „Irgendwann kommt bestimmt die Richtige, die dich umstimmen wird.“

Er schüttelte den Kopf. „Nein.“ Er presste die Lippen aufeinander. Er würde Lilly heiraten oder keine. Und es war deutlich, dass sie ihn nicht wollte.

Sie warteten wieder darauf, dass die anderen Spieler fertig waren. Jack lehnte sich, den Ellbogen auf die raue Rinde gestützt, an den Stamm einer Rotbuche. Er riss ein Stückchen von der Rinde ab und rollte es zwischen den Fingern. Dabei studierte er ihr schönes Gesicht. Meinte sie das ernst, was sie da sagte? Sie schien kleiner zu werden unter seinem festen Blick, aber in ihren Augen war eine Geradlinigkeit, die er lieber übersehen hätte. Nein, es gab keine Hoffnung, sie zurückzugewinnen …

„Ich kann's nicht glauben, dass du ledig bleiben willst." Wie schön sie den Kopf zur Seite legte …

Trotz der Wärme des Nachmittags war ihm plötzlich kalt. Er widerstand dem Impuls, sie zu umarmen und so lange zu küssen, bis sie nachgab und Harlan vergaß. „Mein ganzes Erwachsenenleben hab ich versucht, es in die oberen Kreise zu schaffen, und jetzt, wo ich da bin, merke ich, dass ich dort nicht hingehöre. Für diese Frauen hier wäre ich ein elender Ehemann."

Ihre Stimme zitterte. „Warum sagst du das?"

Er starrte sie an, wünschte sich, er könnte ihre Gedanken lesen. Warum zitterte sie so? Hatte er sie beleidigt? Hatte sie ehrlich gehofft, dass er Eloise den Hof machen würde? Er schüttelte den Kopf. „Als ich all diese Frauen im Elizabeth-Heim gesehen habe, habe ich gemerkt, dass ich eigentlich mein Geld für die ausgeben möchte, die es nicht so gut haben wie ich. Falls ich jetzt wie ein Moralprediger klinge, macht mir das nichts. Lange Zeit hatte ich meine Wurzeln und alles, woran ich früher glaubte, vergessen." Seit seinem Besuch in New York nagte die Wahrheit an seinem Gewissen.

„Das freut mich", murmelte sie. Sie betrachtete die Brandung, die gegen die Klippen schlug.

„Ehrlich?"

„Ja. Und ich halte dich nicht für einen Moralprediger, ich bewundere dich."

Er überlegte. Hatte sie ihm da gerade eine Tür geöffnet? „Lilly, wirst du Harlan heiraten?"

„Wenn er mich fragt, ja." Ihre Stimme war deutlich und stark, wenn auch ohne Begeisterung.

„Aha." Er schluckte heftig. Jetzt wusste er Bescheid. „Meine Zeit hier in Summerhill ist bald vorbei. Aber bevor ich abreise … muss ich dich um Vergebung bitten für all den Schmerz, den ich dir bereitet habe."

Ihre Antwort kam leise. Was war das Helle in ihren Augen? Tränen? „Ich habe dir vergeben."

„Danke."

Sie drehte sich um und ging zu Miranda, mit hängenden Schultern und gesenktem Kopf.

Er stöhnte auf. Jetzt war es also zu Ende.

Er spürte einen stechenden Schmerz. Wie konnte er all seine Hoffnungen und Träume, die er die Jahre gehegt hatte, vergessen? Stumm wünschte er sich, dass sie sich umdrehte, um ein letztes Mal in seine Richtung zu sehen. *Gib mir etwas, Lilly. Gib mir einen Grund, weiter an diesem Bild festzuhalten … wir beide zusammen.*

Aber Lilly ging weiter, den Hang hinauf, ohne sich umzudrehen.

Kapitel 13

Am folgenden Morgen, als Lilly im Kaminzimmer saß, kam plötzlich ihre Mutter herein, übers ganze Gesicht strahlend. „Harlan möchte dich auf der Veranda sprechen. Er will bestimmt um deine Hand anhalten." Sie drückte die Hände an ihre Brust und seufzte wohlig.

„Gut, ich komme."

Lilly strich ihren langen Rock glatt und folgte ihrer Mutter in die Eingangshalle. Es war still im Haus. Lilly gab es ungern zu, aber sie war in ihrer Zuneigung zu Harlan unsicher geworden. Jetzt war der Augenblick gekommen, ihre Hingabe zu erneuern, wenn nicht für sich selbst, dann um des Wohles ihrer Familie willen. Sie war in die Irre gegangen, aber gestern hatte Jack sie zurück auf den rechten Weg geführt.

Ihre Mutter runzelte die Stirn. „Du siehst aus, als ob du zu deiner Hinrichtung gehst."

„Quatsch, Mama! Aber Heiraten ist etwas Ernstes, das nehme ich nicht auf die leichte Schulter."

Ihre Mutter schüttelte den Kopf. „Heiraten – das ist Liebe und Glück, und keine Beerdigung."

Lilly seufzte auf. „Da hast du ja recht. Aber es bedeutet auch Treue und Verantwortung, das darf man nicht vergessen."

„Sicher."

Harlan heiraten – Lilly verstand darunter einen Vertrag zwischen zwei Gleichgesinnten, die einander verstanden und achteten. So sahen jedenfalls die meisten ihrer Freundinnen die Ehe, obwohl ein paar von ihnen an Romantik glaubten. Und an Liebe. Lillys Eltern hatten, durch alle Höhen und Tiefen des Lebens hindurch, in einer Verbindung gelebt, die auf Liebe *und* Treue beruhte. Sie beneidete sie.

Lilly wischte mit einem Taschentuch über die nassen Wangen ihrer

Mutter. „Jetzt übertreib's mal nicht, Mama. Vielleicht hat Harlan ja noch gar nicht vor, mir einen Antrag zu machen."

Sie öffnete die Tür zur Veranda und holte tief Luft. Mut – das war es, was sie jetzt brauchte. Da war Harlan. Mit leicht gebeugtem Rücken tigerte er die Veranda auf und ab. Er hörte sie, sah auf und lächelte sie unsicher an. „Danke, dass du gekommen bist." Er wies auf einen Stuhl und bedeutete ihr, sich zu setzen.

Vor Nervosität spürte sie, wie es sie am ganzen Körper kribbelte.

Er schob ihr einen Strauß rosa Rosen in die Hand. Sie sog ihren Duft ein und drückte sie an ihre Seidenbluse. „Danke, Harlan. Was für ein wunderbarer Strauß."

Er nickte hölzern. „Schön, dass er dir gefällt. Gehen wir eben in den Garten? Ich muss dich etwas Wichtiges fragen." Er schluckte, dass sein Adamsapfel hüpfte.

Die Angelegenheit schien für ihn genauso schwierig zu sein wie für sie.

Lilly nickte ihm beruhigend zu, und sie gingen Arm in Arm zum Rosengarten. Harlan führte sie zu einer Steinbank in der Laube, die im Schatten der hohen, schnurgerade geschnittenen Hecke stand. Hier, unter den mächtigen Ästen einer Eiche, war es kühl; auf dem Gras glitzerte noch der Rest des Taus. Sie ließen sich auf der Bank nieder. Ein unbehagliches Gefühl kroch Lilly den Rücken hoch. Sie rutschte zwei Handbreit weiter, wie es nach ihrem Gefühl der Anstand gebot, bis fast zum Rand der Bank, sog den Duft der Rosen ein und wartete.

Plötzlich sprang Harlan auf die Füße, um gleich darauf ein Knie auf den Kiesweg zu setzen. Er nahm Lillys beide Hände und strich sachte über ihre Fingerknöchel. Sein Gesicht war nervös und angespannt.

„Lilly, wir kennen uns ja noch nicht lange, aber in den letzten Monaten ist meine Bewunderung für dich immer größer geworden. Und meine Liebe." Er unterbrach sich kurz, wie ein Redner, der für einen Augenblick seinen Text vergessen hatte, dann fuhr er fort: „In Anbetracht unserer Freundschaft glaube ich, dass wir gut miteinander leben könnten."

Er schaute zu den Wolken hoch, als hoffte er, dass sie Mut herabregnen würden, dann atmete er tief ein und sah Lilly fest an. „Würdest du mir die Ehre erweisen, meine Frau zu werden?“

Lilly blieben die Worte im Hals stecken. Harlan hatte ihr seine Liebe erklärt, gerade so, wie sie es erwartet hatte. Er war vor ihr niedergekniet, wie sich das für einen richtigen Heiratsantrag gehörte. Eigentlich sollte sie sich jetzt – ja, freuen. Sie hatte kein Feuerwerk der Leidenschaft erwartet, aber doch ein Gefühl, das diesem Augenblick angemessen war, und nicht diese … Benommenheit.

Er griff in seine Jackentasche, holte eine winzige Schachtel heraus und ließ den Deckel aufklappen. Auf schwarzem Samt glitzerte wie ein ganzer Sternenregen ein Diamantring. Prächtig fing er die durch das Laub dringenden Sonnenstrahlen ein und spiegelte sie tausendfach zurück.

„Oh, Harlan, der ist ja wunderbar.“

Er schob ihn ihr auf den Finger. „Nimmst du meinen Antrag an?“

Was sollte sie sagen? Seit dem Frühling hatte sie diesen Augenblick erwartet, aber jetzt, wo er da war … „Ja …“ War das gerade ihre Stimme gewesen?

Er wäre ihr ein freundlicher, solider Ehemann. Was brauchte sie mehr? Sie passten zueinander, das wusste sie schon seit Monaten. Warum noch zögern, nur weil Jack wie ein Meteor in ihr Leben geschossen war? So schnell, wie er gekommen war, würde er auch wieder gehen. Hoffte sie jedenfalls. Gemeinsam schritten sie zurück ins Haus. Nachdem sie erst in der Bibliothek, dann im Billardzimmer gesucht hatten, fanden sie die Westbrooks schließlich im Salon. Alle Augen drehten sich in ihre Richtung, niemand sagte etwas.

„Mama, Papa und ihr alle, Harlan hat um meine Hand angehalten, und ich habe sie ihm gegeben.“ Sie hielt ihren Verwandten ihre linke Hand mit dem Ring hin.

Ein Chor von Glückwünschen brach los. Lillys Vater und George klopften Harlan donnernd auf den Rücken. Sogar Jack schüttelte ihm die Hand, obwohl sein finsteres Gesicht Bände sprach. Er warf Lilly einen wehmütigen Blick zu und ließ ihn einen langen Augenblick auf ihr ruhen, dann drehte er sich zum Fenster.

Sie packte die Rückenlehne des Sofas fester.

Jack liebte sie immer noch. Es stand in seinen Augen geschrieben, diesen bestürzt-traurigen Augen, und gerade hatte sie es gesehen, zum ersten Mal. Wie hatte sie so blind sein können? Dass das Heiraten nichts für ihn war, es war nur Geschwätz gewesen, die Wahrheit war die ganze Zeit da gewesen. Sie wandte sich ab von diesem nackten Bild des Schmerzes.

„Ist etwas nicht in Ordnung? Du siehst blass aus." Irene schaute Lilly an, dann Jack.

„Nein, mir fehlt nichts", murmelte Lilly.

„Sie ist nur überwältigt vor Glück." Lillys Mutter nahm Lillys Hand, um den Ring zu inspizieren. „Was ist der schön!"

„Exquisit." Irene schaute missbilligend ihren eigenen Diamanten an, der nur splittergroß war.

Lillys Mutter küsste Lilly flüchtig auf die Wange. „Ich bin ja so froh, Mädchen." Sie trocknete ihre Tränen mit einem Spitzentaschentuch, verlegen kichernd über ihre Rührseligkeit. „Entschuldige bitte meinen Überschwang. Ich wünsche euch beiden, dass ihr richtig glücklich werdet, so wie dein Vater und ich es immer gewesen sind."

„Danke, Mama." Lilly presste ein Lächeln hervor. Dass ihre Ehe mit Harlan so würde wie die ihrer Eltern, konnte sie sich nicht vorstellen. Aber wenn sie Gottes Wille war, würde er ihnen schon Glück schenken. Oder jedenfalls Zufriedenheit.

„Und wann soll die Hochzeit sein?" Ihre Mutter strahlte. „Im Herbst? Der Herbst ist sehr schön in New York. Oder erst im Winter, wenn ihr so lange warten könnt?"

Harlan stolzierte herbei und legte seinen Arm um Lillys Taille. „Wie wäre es mit Ende August?"

Lilly spürte plötzlich einen Kloß im Magen. „Das würde ein bisschen knapp mit den Vorbereitungen, meinst du nicht auch, Mama?"

Der Blick ihrer Mutter wanderte zu Irene. „Es wäre sehr bald, aber vielleicht schaffen wir es." Ihre Augenlider flatterten.

„Eine Hochzeit in Summerhill ist eine wunderbare Idee." Irene tätschelte den Arm ihrer Schwiegermutter, ihre Augen begannen zu strahlen.

„Ich helfe euch gerne bei den Vorbereitungen, ich liebe Hochzeiten. Es ist so schade, dass George und ich nur so eine kleine hatten und nicht ein richtiges großes Fest. Aber das könnten wir ja noch nachholen, mit einer Hochzeitstags-Gala. Was meinst du, George?"

George zuckte die Achseln. „Wie du willst, Liebes."

Harlan drückte Lillys Finger. „Je eher wir heiraten, desto besser."

Sie widerstand dem Impuls, ihre Hand seinem Griff zu entwinden. Sie spürte, wie die Angst in ihr hochstieg. Das ging zu schnell. Sie brauchte mehr Zeit zum Nachdenken. Über die Hochzeit. Und über das, was danach käme. Halb schwindlig ließ sie sich auf den nächsten Stuhl fallen. „Entschuldigt, ich bin ein bisschen ... überwältigt."

„Das ist verständlich, Liebes." Ihre Mutter läutete die Glocke nach einem Glas Wasser und setzte sich neben sie. „Aber wir sollten schon ein Datum festlegen, oder wenigstens die Jahreszeit."

Lilly schielte zu Harlan. Wie froh er aussah. Das Gewissen stach sie. Außer Jack schien sie die einzige Person im Raum zu sein, die die allgemeine Begeisterung nicht teilte. Lauter leuchtende Gesichter. Lippen bewegten sich, aber sie nahm die Worte kaum wahr.

„Vielleicht sollten wir uns noch etwas Zeit lassen mit dem Hochzeitsdatum." Lilly zwang sich zu einem Lächeln.

„Und warum möchtest du das, Liebes?" Harlan schaute beiläufig von Lilly zu Jack und zurück.

Ein Dienstmädchen kam mit einem Glas Wasser. Lilly nahm einen Schluck, während ihr Gehirn nach einem plausiblen Grund suchte. „Hochzeiten muss man sorgfältig vorbereiten, und außerdem habe ich mir immer gewünscht, im Frühling zu heiraten." Sie merkte, wie ihre Stimme säuselnd wurde und sie mit den Wimpern klimperte. Zu solchen Tricks, um ihren Willen zu bekommen, hatte sie noch nie gegriffen.

Ihre Mutter erhob sich. „Das mit dem Hochzeitsdatum könnt ihr beiden unter euch ausmachen. Aber jetzt möchte ich erst einmal Mr und Mrs Santerre zu einem Besuch hier in Summerhill einladen. Wäre das deinen Eltern recht, Harlan?"

Lilly hielt die Luft an. Wenn ein Mensch ihr auf die Nerven ging, dann die laute, herrische Dolly Santerre. Hoffentlich würde Harlan für seine Mutter absagen.

„Mein Vater hat selten Zeit, aber ich glaube, meine Mutter kommt gerne."

Lilly schloss die Augen. Nicht, dass das etwas änderte.

Harlan nickte. „Sie hat bestimmt jede Menge Ideen für die Hochzeit."

Lilly versuchte, ihre Zähne nicht zu fest zusammenzubeißen.

Als die heitere Runde sich endlich auflöste, zog Lilly sich an ihren Lieblingsplatz am Strand zurück. Sie stand zwischen den Felsen, lauschte dem rhythmischen Krachen der Brandung und schaute den Sturzflügen der Möwen an dem tiefblauen Himmel zu.

Ihr Seufzer ging unter in dem Rauschen und Zischen der Wellen. Dass sie Jack wieder in ihr Herz ließ – nein, es war unmöglich. Aber sie musste einfach an ihn denken, immer wieder. Seine breiten Schultern, die dunklen Augen, die so lustig zwinkern konnten, das herzlichste Lachen, das sie je gehört hatte – sie merkte, wie ihr heiß wurde. Ja, damals, sie beide zusammen … Die Erinnerungen waren bittersüß.

Aber alle Erinnerungen konnten Jack nicht vor ihr niederknien und ihr einen Heiratsantrag machen lassen. Er mochte sie vielleicht, aber ein gemeinsames Leben als Mann und Frau kam in seinen Plänen nicht vor. Wie hatte er noch gesagt? *Für diese Frauen hier wäre ich ein elender Ehemann.*

Sie hob einen Stein auf und warf ihn in die Brandung. Was, wenn er ihr wieder so wehtat wie damals? Besser nichts riskieren. Und selbst wenn sie wollte, wäre immer noch das Risiko da, dass er aller Welt sagte, wer Fannie Cole war …

Sie setzte sich auf einen Felsblock und schaute dem tanzenden Glitzerteppich der Sonne auf den Wellen zu. Heute gelang es der Brandung und der Salzluft nicht, sie ruhig werden zu lassen.

Armer Harlan. Er hatte eine treue, hingebungsvolle Ehefrau verdient, und nicht eine, die heimlich einen anderen wollte. Eigentlich sollte sie diese Verlobung gleich wieder lösen, bevor die Planung der Hochzeit zu weit vorangeschritten war, aber wie konnte sie ihren Eltern das antun? Und ohne Zweifel wäre Harlan ein guter Ehemann und Vater ihrer Kinder. Sie hatten auch manche Interessen gemeinsam, und sie schien ihm wirklich etwas zu bedeuten. Besonders aufregend würde ihre Ehe vielleicht nicht, aber solide und (hoffentlich) erfüllend. Die romantische Liebe, von der sie in ihren Romanen schrieb, konnte sie nicht erwarten.

Ein Geräusch hinter ihr ließ sie zusammenfahren. Sie drehte sich um. Jack sprang mit einem leichten Satz auf den Felsblock, auf dem sie saß, und ließ sich neben ihr nieder. Die Brise ließ eine schwarze Locke über seine Stirn tanzen und blähte die Krawatte, die er unter seiner Marinejacke trug, wie ein kleines Segel.

Lilly griff sich an die Brust. „Du hast mich erschreckt."

„Entschuldige bitte. Ich wollte dir bloß zu deiner Verlobung gratulieren. Auf dem Ball habe ich dir ja geraten, dir das mit Harlan gut zu überlegen, aber das wirst du gemacht haben. Ich wünsche dir alles Gute und dass ihr ein glückliches Paar werdet."

„Meinst du das ernst, Jack?" Mit angehaltenem Atem wartete sie auf seine Antwort.

Seine Krawatte flatterte im Wind. Sie beugte sich halb zu ihm, um sie zurück in die Jacke zu schieben. Nein, besser nicht …

„Natürlich meine ich das ernst. Wenn du Harlan willst, hast du meinen Segen. Er ist ein Gentleman, wie man ihn so leicht kein zweites Mal findet. Deine Verwandtschaft scheint begeistert zu sein." Er sah sie fest an und lächelte halbherzig.

„Ja, doch."

Sie wartete, dass er mehr sagte, ihr gestand, dass er sie immer noch liebte und wollte. In dem kurzen Augenblick vorhin in dem Salon, als seine Maske von ihm abfiel, war sie sicher gewesen, dass ihre Liebe nie aufgehört hatte, der Zeit und allen Umständen zum Trotz. Jetzt war sie auf einmal nicht mehr so sicher. Konnte es sein, dass sie sich so sehr nach seiner Liebe sehnte, dass sie Gefühle sah, die gar nicht da waren? Wenn er sie wirklich liebte, würde – musste er das jetzt sagen, bevor es endgültig zu spät war. Aber er schaute nur zur Brandung und schwieg.

Es war also doch ein Missverständnis gewesen. „Ich geh zurück ins Haus. Hier draußen ist es ein bisschen kühl."

Er nickte und folgte ihr über den Rasen. Bei jedem Schritt, den sie machte, spürte sie seinen Schatten in ihrem Rücken.

Von der hinteren Veranda aus sah Lillys Mutter, wie die beiden zur Villa zurückkamen, Jack ein Stück hinter Lilly, den Kopf gesenkt. Dass sie nicht nebeneinander gingen und sich unterhielten … Aber Lilly war natürlich ganz mit ihren Hochzeitsplänen beschäftigt und wollte sicher nicht gestört werden. Vielleicht wollte sie allein sein, um ihren Triumph zu genießen. Aber dann, als sie näher kam, sah ihre Mutter ihre gedrückte Miene und die hängenden Schultern.

„Was hat Lilly nur?", fragte sie George, der neben ihr auf der Veranda saß. „Heute ist doch einer der glücklichsten Tage ihres Lebens."

George zuckte die Achseln. „Ach, das ist bestimmt nichts weiter. Wenn einer eine Miene verzieht, denkst du immer gleich, die Welt geht unter."

Vanessa zog die Augenbrauen zusammen. „Mache ich das wirklich?" Mehr als einmal hatte Thomas ihr vorgeworfen, bei ihren Kindern alles gleich so dramatisch zu sehen.

George zögerte. „Nein, Mama, eigentlich nicht. Aber manchmal bohrst du zu tief. Lilly ist einfach von ihren Gefühlen überwältigt. Sie kriegt ja nicht jeden Tag einen Heiratsantrag."

„Wie kannst du so was sagen? Lilly ist so ein tolles Mädchen, sie war noch nie ein Mauerblümchen. Vor Harlan hat nur keiner ihr Herz berührt, außer vielleicht Jackson, als sie beide noch sehr jung waren. – Du willst doch wohl nicht sagen …"

„Nein, Lilly interessiert sich nicht für Jack. Gott sei Dank. Sie ist vernünftig, sie weiß, was für eine gute Partie Harlan ist." George streichelte den Arm seiner Mutter. „Sie würde nie etwas tun, was dir oder Papa Kummer macht."

Vanessa sah zur Seite, die Lippen zusammengepresst. Lilly war so anders als George, ihr geliebter Luftikus-Sohn. Nie würde sie ihm verraten, wie sehr er sie mit der Frau, die er sich genommen hatte, enttäuscht hatte –

oder mit seinem offenkundigen Mangel an geschäftlichem Geschick. Er hatte dafür so viele andere gute Eigenschaften, die allerdings zuweilen im Schatten seines mangelhaften Urteilsvermögens und seiner laschen Einstellung zum Leben standen.

Jetzt kam Lilly die Stufen zur Veranda hoch. Sie schaute auf und lächelte gepresst. Vanessa kniff die Augen zusammen. Das hier musste sie klären.

„Setz dich doch zu uns." Sie zeigte auf einen Stuhl. „Und du auch, Jackson", fügte sie hinzu, als Jack kam, dessen Gesicht noch gequälter aussah als Lillys.

Lilly setzte sich zwischen einen Farn und einen großen Geranientopf. Jack murmelte etwas von Manuskripten, die er lesen musste, und verschwand ins Haus. George stand auf und folgte ihm. Vanessa hörte, wie er sagte: „Wie wär's mit einem Tennis-Match? Zu viel Arbeit verdirbt den Charakter und ist nicht gut fürs Gehirn."

Sie nahm über den Korbtisch hinweg Lillys Hand und drückte sie. Sie fühlte sich kalt an. „Ich freue mich ja so mit dir! Es ist mein Gebet, dass du mit Harlan jeden Tag so glücklich sein wirst wie heute. Du hast ja so lange auf den Richtigen gewartet ..."

Lilly nickte und faltete die Hände in ihrem Schoß. Ihr lila Kleid mit der weißen Spitze an Oberteil und Rock stand ihr sehr gut. Jetzt noch ein entspannteres Gesicht, und sie wäre eine echte Schönheit.

Vanessa fuhr rasch fort, bevor Lilly einen Grund fand, zu gehen: „Ich selbst habe ja so ein Glück gehabt. Ich verliebte mich in deinen Vater, als ich gerade achtzehn war, und kurz darauf haben wir schon geheiratet. Ich bin sicher, dass auch Harlan ein wunderbarer Ehemann sein wird." Lillys Gesicht war weiß wie eine Wand. „Nicht wahr, du kriegst schon Lampenfieber, Spatz?" Sie versuchte, ihre Stimme fröhlich zu halten.

Es dauerte mehrere Sekunden, bis ihre Tochter antwortete. „Vielleicht bin ich ein bisschen nervös, ja."

„Das ist vollkommen normal. Das sind alle Bräute. Aber vergiss nicht, mein Liebes, die Ehe ist eine Gottesgabe. Er möchte, dass ihr beiden zusammen glücklich werdet."

In Lillys Augen standen Tränen. „Das werden wir, dafür werde ich sorgen."

Vanessa lachte auf. „Ganz so einfach ist das nicht. Für eine gute Ehe braucht es zwei. Aber mit genügend Liebe …"

„Ich werde das schaffen."

Vanessa strahlte. „Du hast immer schon gewusst, was du wolltest, schon als du klein warst. Was du dir vornimmst, das schaffst du. Weißt du noch, wie du unbedingt den Klavierwettbewerb gewinnen wolltest, obwohl du nur ein paar Stunden genommen hattest? Du hast dir die Finger wund geübt, und wir waren so stolz auf dich, als du den ersten Preis gekriegt hast. Ich hatte nie daran gezweifelt."

„Danke, Mama."

„Aber eine Ehe ist nicht Willenssache, sondern Herzenssache. Das weißt du doch, oder?"

Lilly nickte. Ihre Unterlippe zitterte.

Ihre Mutter beugte sich näher. „Zuneigung muss natürlich auch wachsen. Manchmal beginnt sie damit, dass man den anderen mag, und dann blüht sie zur Liebe auf, ja zur leidenschaftlichen Liebe. Manchmal muss man einfach geduldig sein und warten." So hatte sie es von ihren Freundinnen gehört. Aber Tatsache war, dass sie ihren Thomas sofort geliebt hatte, von dem Tag an, wo er als großer, stattlicher junger Mann mit lachenden Augen und witziger Zunge in ihr Leben getreten war.

„Bist du dir nicht ganz sicher, meine Liebe? Möchtest du darüber reden?"

Lilly schüttelte den Kopf und stand auf. „Bete einfach für mich, Mama. Ich möchte das tun, was das Richtige ist."

„Das weiß ich doch. Ich werde Gott bitten, dass er dich recht führt und leitet."

Mit den Tränen kämpfend, ging Lilly ins Haus.

Mit einem Seufzer sah Vanessa ihrer schönen Tochter hinterher. So nah waren Mutter und Tochter sich seit Jahren nicht mehr gekommen.

Am folgenden Morgen stand Jack auf dem Balkon des Casinos, dem Treffpunkt der reichen Sommergäste in Newport, und schaute gelangweilt zum Tennisrasen hinunter, wo zwei flüchtige Bekannte aus seiner Studienzeit in Yale gegeneinander spielten. Die feine Gesellschaft zog ihn immer weniger an. Aus der Nähe betrachtet, waren diese Menschen erstaunlich gewöhnlich – lauter gelangweilte Langweiler.

„Möchtest du lieber allein sein, oder darf ich dir Gesellschaft leisten?"

Irenes Ohrkitzelstimme. Jack verspannte sich unwillkürlich. „Doch, gerne, wie du magst. Wo ist George? Ist er nicht mitgekommen?"

Irene senkte achselzuckend ihren gelben, zu ihrem Rüschenkostüm passenden Sonnenschirm. „Ich weiß nicht; wahrscheinlich schaut er sich das Tennismatch an. Ich geh ihn nachher suchen. Aber sag mal, Jack, warum bist du allein und siehst aus wie sieben Tage Regenwetter? Ist das wegen Lillys Verlobung?" Ihre Augen glitzerten spöttisch.

„Du redest nicht lange um den heißen Brei herum, wie?"

Irene grinste, dass ihre perlweißen Zähne leuchteten. Sie schien seine Reaktion für ein Kompliment zu halten. „Das stimmt. Ich komme gern gleich zur Sache."

„Ich wünsche Lilly und Harlan alles Glück der Welt." Er versuchte, seine Stimme begeistert klingen zu lassen, aber sie klang falsch und flach.

Sie hob eine ihrer dünnen blonden Brauen. „Komm, Jack, ich merk es, wenn ein Mann verliebt ist. Du kannst es mir ruhig sagen. Ich wette, du und Lilly, ihr wart einmal verliebt – hochanständig, natürlich."

Jack presste die Hände um das Balkongeländer. „Wir sind alte Freunde. Das ist kein Geheimnis." Wie tief die Freundschaft gegangen war, war natürlich sehr wohl ein Geheimnis, sofern Lilly nicht geplaudert hatte. Aber er glaubte kaum, dass die zurückhaltende Lilly mit einer Verlobung hausieren gegangen war, die so abrupt geendet hatte – nur Miranda hatte es vielleicht von ihr erfahren.

Irene rollte die Augen. „Ich finde es eine Schande, dass sie Harlan heiraten will. Ich bin sicher, sie mag dich immer noch."

„Das glaube ich nicht. Aber gut, was soll's."

„Da hast du völlig recht." Ihre Stimme triefte vor Sarkasmus. „Lilly ist mit Harlan verlobt, und damit basta." Sie lächelte ihn spöttisch an, den einen Mundwinkel hochgezogen. „Du enttäuschst mich, Jackson. Ich dachte, du wärst ein Mann, der um jeden Preis siegen will, aber da habe ich wohl falsch gedacht."

„Im Geschäft will ich siegen, jawohl. Aber die Liebe ist kein Wettkampf, in dem es um Satz und Sieg geht." Er schaute diese Frau, die sich am Elend eines anderen zu weiden schien, finster an.

„Hmm. Für mich ist die Liebe ein Spiel. Wer siegt, der kriegt."

Was genau das war, was sie getan hatte. Sie hatte Georges ganzes Geld und seine grenzenlose Liebe eingeheimst und kaum etwas dafür gegeben.

„Du bist herzlos, Irene."

Sie warf den Kopf zurück und lachte, bis ihr die Tränen kamen. „Du missverstehst mich. Ich würde nie ohne Liebe heiraten. Was ich sagen will, ist, dass die Ehe mehr ist als bloß ein paar Gefühle."

„Eine Ehe ist keine geschäftliche Transaktion."

„Da, wo ich herkomme, muss eine Frau zusehen, dass sie nicht unter die Räder kommt."

„So? Hat die Nichte von Quentin Kirby so etwas nötig?"

Irene runzelte die Stirn. Auf einmal war ihr Gesicht gar nicht mehr schön. „Sein Mündel geworden bin ich erst nach dem Tod meiner Eltern."

Litten diese Frau und er an der gleichen Krankheit? „Bist du arm aufgewachsen?"

Irenes Augen wurden groß. „Ja. Ich bin auf einer Schweinefarm groß geworden, wenn du's genau wissen willst. Ich nehme mein behagliches Leben nicht für selbstverständlich, wie du deines sicher auch nicht."

Jack nickte. Es überraschte ihn nicht, dass sie ihn auch für einen von diesen Neureichen hielt. „Ich bin dankbar für alles, was Gott mir schenkt." Mehrere andere Urlauber traten auf den Balkon. Er machte einen Anstandsschritt weg von Irene. „Hat dein Onkel Quentin euch nicht geholfen, als es euch nicht so gut ging?"

Sie strich über ihre behandschuhten Finger, den Blick abgewandt. „Nein. Er und meine Mutter standen sich nie sehr nah. Ich … ich habe ihn erst kennengelernt, nachdem meine Eltern an Diphtherie gestorben waren. Aber das ist die Vergangenheit – eine sehr traurige, klar. Ich denke nur an die Zukunft.“ Sie beugte sich zu ihm.

„Also, dass Mr Kirby jemanden aus seiner Verwandtschaft seinem Schicksal überlassen hat, ich kann's mir eigentlich nicht vorstellen. Der Mann hat mehr als genug Geld, um tausend Verwandte vor dem Armenhaus zu retten.“ Seine diversen Geliebten hatte Kirby mit teuren Geschenken überschüttet.

„Kennst du meinen Onkel?“

„In San Francisco kennt jeder Quentin Kirby. Ich bin ihm ein oder zwei Mal begegnet, als ich dort wohnte, bevor ich zu den Goldminen nach Alaska aufgebrochen bin.“

„Ach, so. Aber ich glaube, ich muss jetzt gehen. Guten Tag, Mr Grail.“ Mit erhobenem Kinn eilte Irene die Treppe hinunter, ohne sich umzudrehen.

Ein plötzlicher Argwohn packte Jack. War Irene Westbrook womöglich nicht das, was sie zu sein vorgab? Es wäre ein Leichtes, ihr einen Reporter auf die Fersen zu heften, um ihr Geheimnis zu lüften.

Sobald er wieder in New York war, würde er nachforschen, ob sein Freund George nicht einen schlimmen Fehler gemacht hatte bei der Wahl seiner Braut.

Kapitel 14

Lilly saß auf einem Stuhl am Rande des makellos gepflegten Tennisrasens und schaute den Spielern zu, die lässig den Ball hin und her über das Netz schlugen. Sie waren von Kopf bis Fuß in makellosem Weiß gekleidet, mit Schirmmützen zum Schutz vor der gleißenden Sonne. Auf der kleinen Tribüne saß die Urlaubsprominenz von Newport – die Damen in hellen, spitzenbesetzten Sommerkostümen mit Sonnenschirm, die Männer in weißen Hosen, dunklen Jacken und breiten Strohhüten.

Lilly saß zwischen Nan Holloway und deren jüngerer Schwester Eloise. Sie achtete nicht weiter auf ihr seichtes Geplappere, bis Nan die neueste Ausgabe von *Stadtgespräch* aus ihrer Handtasche zog und auf dem Schoß ihres graugrünen Rocks ausbreitete. Lilly beugte sich näher, um besser sehen zu können.

Sie überflog das Blatt, und ihr Rücken versteifte sich. Ganz oben in der einen Spalte war der Name Fannie Cole. Mit zitternden Fingern nahm Lilly Nan die Zeitung ab. *Miss Fannie Cole, würden Sie sich bitte melden und Ihren Freunden und Bekannten in Newport sagen, wer Sie sind? Oder haben Sie Angst vor kritischen Stimmen aus der Familie eines gewissen jungen Mannes und aus Ihrer eigenen? Zögern Sie nicht, die Wissbegierde der Allgemeinheit zu stillen, denn um Ihrer Leser willen wird Ihr wahrer Name bald enthüllt werden.*

Lilly starrte die drohenden Worte an. Würde *Stadtgespräch* es wagen, ihren Namen abzudrucken? Schon unzählige Male hatte dieses Blatt Geheimnisse ausgeplaudert, zum Schaden manch einer Person aus den besten Familien. Warum sollte es ihr besser gehen? Sie hatte Gerüchte gehört, dass es möglich war, Oberst MacIntyre und seine Enthüllungen zu stoppen, aber sie wusste nicht, wie – außer womöglich, dass sie ihn persönlich zur Rede stellte und aufforderte, diesen Unsinn abzustellen. Doch der Oberst war jetzt bestimmt in New York und mit der nächsten Ausgabe seines Skandalblatts beschäftigt, und nicht hier in Newport, und außerdem hätte sie nie und nimmer die Nerven, ihm persönlich weitere Drohungen zu verbieten.

Sie riss ihre Augen von dem widerlichen Blatt los. Dieser Kerl verfolgte sie. Würde er ein Schweigegeld von ihr verlangen und sie auf Jahre hinaus in den Käfig der Erpressung sperren? Sie wischte mit dem Taschentuch über ihre Oberlippe.

Nan strahlte sie an. „Meine Mutter und ich haben versucht zu erraten, wer diese Fannie ist, aber wir wissen nicht, wer von uns die Nerven haben könnte, solche Bücher zu schreiben."

„Hmm." Lilly öffnete ihren Fächer und betrachtete die handgemalten exotischen Vögel, die auf ihm dargestellt waren, ohne sie wirklich zu sehen.

Nan senkte die Stimme. „Das sollte ich eigentlich nicht zugeben, aber ich finde Miss Coles Zehn-Cent-Romane wahnsinnig unterhaltsam. Die Leute sind ganz weg von ihren Büchern. Deine Schwägerin ja auch. Eigentlich sind sie nicht nur was für Küchenmädchen und Näherinnen. Es sind Geschichten aus dem wirklichen Leben und nicht halb so gewagt, wie meine Mutter meint."

Lilly versuchte, das Thema zu wechseln. „Es ist echt warm heute", murmelte sie, während sie ihren Fächer schwenkte.

Nan machte unbeirrt weiter. Sie grinste spitzbübisch. „Wenn Fannie Cole einen jungen Mann hat, ist sie selber bestimmt auch noch jung. Mal überlegen: Was für Schriftstellerinnen kennen wir, die einen Freund haben?" Ihre Augen wurden groß. „Mensch, Lilly, die Einzige, die schreibt, bist doch du! Aber halt, du bist ja eine Dichterin, nicht? Das ist ja nicht dasselbe wie eine berühmte Romanschriftstellerin."

Lilly schluckte. „Da hast du völlig recht. Und ich bin noch nicht mal besonders begabt."

Warum musste ihre Mutter überall mit ihren jugendlichen Versergüssen hausieren gehen? Konnte sie nicht einmal etwas Diskretion üben und ihren Stolz zügeln? Aber mit einem Sohn wie George, aus dem einfach nichts werden wollte, musste sie natürlich jede noch so kleine Leistung ihrer Tochter hinausposaunen. Lilly mochte Georges sanfte Art und sein großes Herz, aber er hatte in seinen neunundzwanzig Jahren nichts geschafft, womit seine Mutter hätte prahlen können.

Nan schloss die Augen und schüttelte den Kopf. „Mensch, Lilly, kannst du dir vorstellen, was deine Mutter sagen würde, wenn sie dächte, dass du Miss Cole bist? Und Mr Santerre?“ Sie beäugte neidisch Lillys Verlobungsring. „Die alte Mrs Santerre wäre bestimmt fuchsteufelswild.“

Lilly drehte den Diamantring um ihren Finger und zog wieder ihren Handschuh an. „Da mach dir mal keine Sorgen.“

Harlan setzte sich auf den leeren Platz neben Lilly. „Guten Morgen, die Damen. Lilly, ist das etwa *Stadtgespräch*?“ Er klang so schockiert, dass Lilly fast loslachte. „Das Exemplar gehört Miss Holloway.“

Nan wurde prompt rot. „Schön, Sie zu sehen, Mr Santerre. Herzlichen Glückwunsch zu Ihrer Verlobung.“ Sie sah aus, als habe sie gerade in einen zu sauren Apfel gebissen. „Das *Stadtgespräch* hat mir eine Freundin gegeben, weil da ein paar echt pikante Sachen drin sind.“ Sie zeigte auf den Fannie-Cole-Artikel. „Lesen Sie das hier mal.“

Er beugte sich über das Blatt und überflog die Zeilen. „Dann soll diese Dame also eine von den Urlaubsgästen hier sein? Wissen Sie, wer es ist?“

„Nein“, erwiderte Nan. „Wir haben keinen Schimmer.“

Lilly schwieg verbissen. Es kam ihr wie eine Lüge vor. *Gott, bitte vergib mir.*

Nan beugte sich an ihr vorbei zu Harlan, dass der Rand ihres Hutes gegen Lillys Auge drückte. „Mr Santerre, es gibt in ganz Newport nur eine Schriftstellerin, die ich kenne. Raten Sie mal, wer das ist!“

„Keine Ahnung.“ Harlans hohe Stirn runzelte sich dezent.

Nan klatschte in die Hände. „Es ist eine Dichterin. Vielleicht wissen Sie den Namen jetzt.“

„Lilly?“ Sein Mund stand offen.

„Genau!“ Nan begann, laut zu kichern.

Lilly schlug sie mit ihrem Fächer auf den Arm. „Mach dich nicht lächerlich.“

Nan sah sie an. „Du bist die Einzige, die ich kenne, die diese mysteriöse Fannie Cole sein könnte, so verrückt das klingt."

„Dann kennst du die jungen Damen der Gesellschaft nicht so gut, wie du meinst. Viele von ihnen führen Tagebücher und schreiben zum Spaß Gedichte. Das gibt's oft."

Lilly wandte sich zu Harlan. Er sah nicht überzeugt aus. Seine stahlgrauen Augen verlangten ein eindeutiges Dementi. Sie drehte sich zurück zu Nan. „Hör auf mit deinen albernen Spekulationen. Klatschen gehört sich nicht."

Harlan erhob sich steif. „Bitte entschuldigen Sie mich, meine Damen. Ich habe vor, diesen Nachmittag zu segeln, und wenn ich jetzt nicht gehe, verspäte ich mich." Er verneigte sich knapp und stolzierte ohne ein weiteres Wort davon.

Nan sah ihm hinterher. „Dein Verlobter scheint keinen Sinn für Humor zu haben."

Lilly stand auf. „Ich finde deinen Sinn für Humor nicht viel besser als den von Mr Santerre. Aber jetzt muss ich auch gehen."

„Also, ich wollte bestimmt nicht ..." Die Schläue auf Nans Gesicht wich der Bestürzung.

„Guten Tag." Lilly konnte es nicht brauchen, dass ihr Name mit Fannie Cole verbunden wurde, auch nicht zum Spaß. Wenn die Wichtigtuerinnen erst einmal glaubten, dass sie wirklich Fannie Cole war, wäre der Klatsch nicht mehr zu stoppen. Leider war Nan die fleißigste Klatschtante in Newport.

Lilly schob sich durch die Menge gut gekleideter Zuschauer zurück in Richtung des Casinos. Auf einer Bank erspähte sie ein zweites Exemplar von *Stadtgespräch*, das jemand vergessen haben mochte. Sie schob es unauffällig in die Falten ihres Kleides. Viele der Urlauber reckten die Hälse, um das Spiel trotz der Hüte vor ihnen sehen zu können, während andere gar nicht hinsahen, sondern sich mit Freunden unterhielten. Zum Glück achtete niemand auf sie. Sie ließ die Tennisplätze hinter sich und ging weiter, den Weg beim Uhrturm entlang.

Jacks Stimme stoppte sie. „Was ist, Lilly? Du bist ja kreideweiß."

Sie unterdrückte ein Stöhnen. Jack war der Letzte, den sie jetzt gebrauchen konnte. „Mit geht's gut, danke. Entschuldige mich bitte, ich geh gerade zurück nach Hause."

Sie schob sich an ihm vorbei, aber bevor sie ein halbes Dutzend Schritte gemacht hatte, hatte er sie eingeholt. Die Zeitung! Zu spät; er hatte sie schon gesehen und an sich genommen.

„Ich wusste gar nicht, dass du Klatsch magst." Er überflog die Spalten und begann zu grinsen. „Fannie Cole? Was schreiben die denn da?" Er las, und sein Gesicht wurde ernst. „Das ist ja eine richtige Drohung!" Er schlug mit der Hand auf das Blatt. „Schau mich an, Lilly." Er hob ihr Kinn zu sich hoch.

Sie wich zurück. „Bitte fass mich nicht an, Jack." Zum Glück war der Weg gerade leer, sodass niemand sie sah oder hörte.

Er ließ seine Hand sinken. „Entschuldige. Aber wenn du Fannie Cole kennst – und ich glaube, du kennst sie –, dann musst du wissen, dass sie ein ernstes Problem hat. Und dass ich ihr helfen kann." Er nahm ihren Arm und führte sie zu dem breiten Durchgang, der hinaus auf die Bellevue Avenue führte. „Wer ist sie, Lilly?"

„Schau her, Jack, ich weiß, dass du wissen willst, wer Fannie ist. Aber es steht mir nicht frei, ihre Identität zu verraten."

Jack seufzte. „Ich kann verstehen, warum du nicht den Namen einer Freundin preisgeben möchtest, aber Oberst MacIntyre ist ein skrupelloser Mann. Unterschätze ihn nicht. Er wird sie fertigmachen."

Lilly zuckte unwillkürlich zusammen. „Fannie kann sich selber verteidigen."

„Aber das braucht sie nicht! Als ihr Verleger habe ich die Pflicht, sie vor Raubtieren wie MacIntyre zu schützen."

Lilly drückte seine Hand. „Das ist sehr lieb von dir, Jack, aber ich glaube, du machst dir zu viele Sorgen um Fannie. Wenn sie wirklich Hilfe braucht, wird sie sich schon melden." Sie beschleunigte ihren Schritt. Wenn Jack sie nur in Ruhe lassen würde!

Er seufzte wieder. „Da ist noch etwas."

„Ja, bitte?"

„Warum kann Fannie nicht einfach an die Öffentlichkeit treten?"

Lilly erwiderte seinen festen Blick. „Wenn Fannie Cole eine Dame aus der höheren Gesellschaft ist, bricht sie mit ihren Büchern die Regeln dieser Gesellschaft. Eine höhere Dame kann nicht Zehn-Cent-Romane schreiben oder einem Beruf nachgehen. Wenn sie entdeckt wird, sind sie und ihre Familie ruiniert. Denke doch mal daran!"

„Ich verstehe." Besonders überzeugt klang er nicht. „Wenn du sie siehst, sag ihr bitte, dass ich ihr meine Hilfe anbiete."

Lilly nickte. Sie öffnete ihren Sonnenschirm, um etwas Schutz vor dem Gleißen der Sonne und vor Jacks forschendem Blick zu bekommen. Er wollte sie beschützen, es war ihm ernst. Was, wenn er recht hatte mit seiner Einschätzung von MacIntyre?

Jack sah ihr fest in die Augen. „Lilly, sage mir bitte die Wahrheit. Bist du Fannie Cole?"

„Wie kommst du denn darauf?" Sie warf ihm einen Blick zu, der verächtlich sein sollte, aber ihre Stimme zitterte.

„Es gibt viele kleine Indizien, die in die Richtung weisen." Sein skeptischer Blick bohrte sich in ihre Augen.

Nur schnell fort, bevor er sie aufforderte, seinen Verdacht hochoffiziell zu verneinen. Er wusste die Wahrheit, aber sie würde sie nicht zugeben. Aber was war das da drüben? Ihre Schwägerin, Arm in Arm mit ihrem Galan von dem Ball. Seine rötlichen Locken sahen unter seinem Hut hervor.

„Guck! Da drüben ist Irene, mit dem Mann, mit dem sie hinter den Zimmerpalmen geflirtet hat! Auf dem Ball bei den Van Pattens, erinnerst du dich?" Die beiden taten nichts direkt Ungehöriges; sie sahen wie zwei alte Freunde aus, die in ihr Gespräch vertieft waren.

Jack sah mit zusammengekniffenen Augen zu dem Duo hin. „Ja, doch. Inzwischen habe ich erfahren, dass er Theodore Nottingham heißt."

Lilly runzelte die Stirn. „Glaubst du, dass er sie George abspenstig machen will?"

„Kann schon sein, wenn ich mir die beiden so anschaue. Aber das wissen wir nicht."

„Das stimmt." Lillys Gesicht erhellte sich. „Eigentlich sind sie unfair, solche bloßen Vermutungen. Im Zweifelsfall für den Angeklagten."

Er musterte sie. „Beanspruchst du das auch für dich selber – im Zweifel für die Angeklagte?"

„Das wäre nett von dir." Lilly sah mit bittenden Augen zu ihm hoch.

„Gut, Lilly. Aber denke dran: Ich stehe bereit, dir zu helfen."

Er drehte sich um und ging langsam, mit gesenkten Schultern, zurück zu den Tennisplätzen. Lilly sah ihm hinterher. Hatte da gerade nur der Verleger gesprochen oder auch der verschmähte Liebhaber?

Etwas später an diesem Nachmittag ging Jack in das Büro von Mr Westbrook und trat ans Telefon. Er bat die Vermittlung, ihn mit dem *Manhattan Sentinel* zu verbinden, der Zeitung, die er nach seiner Rückkehr aus dem Wilden Westen gekauft hatte. Er trommelte mit den Fingern auf die Schreibtischplatte, während er auf die Stimme des Chefredakteurs wartete.

„Mr Hayes, ich hätte gerne, dass einer unserer Reporter Nachforschungen über einen Herrn namens Theodore Nottingham aus New York anstellt. Dies ist keine offizielle Untersuchung, der Mann hat nichts Strafbares gemacht. Ich habe nur so ein Gefühl und will wissen, ob es stimmt."

„Was für Informationen hätten Sie gerne?"

„Seine Familie, seine Finanzen und halt alles, was irgendwie merkwürdig aussieht."

„Wird gemacht, Chef. Ich melde mich, sobald wir etwas haben."

„Danke."

Falls Irene ein Verhältnis mit Nottingham hatte, wollte Jack das wissen, bevor George Verdacht schöpfte. Er würde versuchen, seinem Freund den Schlag erträglicher zu machen – so das denn möglich war, wenn die eigene Frau einen verließ oder untreu wurde.

Aber jetzt musste er noch einen zweiten wichtigen Anruf tätigen. Seine Brust zog sich zusammen, wenn er daran dachte, was Rufus MacIntyre Fannie Cole und indirekt Jones & Jarman antun konnte. Bald hatte er die Sekretärin des *Stadtgespräch*-Herausgebers in der Leitung.

„Tut mir leid, Mr Grail, der Oberst ist gestern nach Newport abgereist.“

„Newport? Wissen Sie, wo er sich einquartiert hat?“ Dass MacIntyre es wagte, hierher zu kommen, wo die halbe Stadt ihn hasste, hätte Jack nie gedacht.

„Diese Information darf ich nicht weitergeben.“

Jack verbiss sich eine scharfe Antwort. Die arme Sekretärin hatte keine Schuld. „Danke, Madam.“ Er würde den Schuft schon selber finden.

Den Rest des Nachmittags verbrachte er damit, MacIntyre zu suchen, aber der Fuchs ließ sich nicht finden. Nun gut, morgen würde er die Stadt durchkämmen, bis er ihn hatte.

Als er seine Pferde in die Einfahrt von Summerhill lenkte, sah Jack, wie gerade eine ältere Frau aus der glänzend schwarzen Kutsche der Westbrooks ausstieg, die vor der Veranda stand. Selbst aus der Entfernung erkannte er die Dame. Jetzt wies sie auf die Schrankkoffer, die sie mitgebracht hatte, und bedeutete den Kutschern gestenreich und eifrig nickend, dass sie ja vorsichtig mit ihrem Gepäck umgehen sollten. Mrs Dolly Santerre, Harlans energische Mutter, in Aktion.

Sie musterte Jack durch ihr Lorgnon. Es war möglich, obwohl recht unwahrscheinlich, dass sie ihn vom College her wiedererkannte, auf das er vor Jahren mit Harlan und George gegangen war. Jack schauderte bei der Erinnerung an seinen ersten Tag in diesem renommierten Haus.

Auf dem Weg zum Unterricht hatte Dolly Santerre ihn angehalten und aufgefordert, Harlans Gepäck in den zweiten Stock des Wohnheims zu tragen, gerade so, als ob er einer ihrer Diener war. Er hatte sie damals ignoriert, so wie er dies gleich auch wieder tun würde. Sie hatte sich prompt beim Rektor des Colleges beschwert: Der neue Stipendiat sei unverschämt und seiner finanziellen Förderung nicht würdig. Als Mr Elliott Jack in sein Büro zitierte, das größer war als das ganze Haus von Jacks Eltern, hatte er gemerkt, dass es ein Fehler gewesen war, nicht vor Mrs Santerre zu buckeln. Aber jetzt hatte sie keine Macht mehr über ihn.

Jack ging zähneknirschend auf den Hauseingang zu.

Kapitel 15

„Willkommen in Summerhill, Mrs Santerre. Ich freue mich, dass Sie gekommen sind.“ Lilly setzte ihr gastfreundlichstes Lächeln auf, als ihre Schwiegermutter in spe ihre beiden Hände packte, als wollte sie Lilly das Blut aus den Fingern quetschen.

Mrs Santerre lockerte ihren Griff und schaute von Lilly zu Miranda und dann zu Lillys Mutter. „Es ist mir ein Vergnügen, euch alle zu sehen. Aber wo ist mein lieber Harlan?“

Die Tür öffnete sich, und Harlan trat auf die Veranda. „Ich bin hier, Mutter.“ Er umarmte sie kurz und küsste sie flüchtig auf die Wange.

„Sollen wir ins Haus gehen?“, schlug Lillys Mutter vor.

„Ja, kommt.“ Mrs Santerre zeigte mit ihrem Kinn zur Tür. Sie trug ein schokoladenbraunes Reisekostüm und einen modischen Hut in der gleichen Farbe, mit dunklen Federn an der Krempe.

„Gleich, Tante Dolly“, sagte Miranda.

Lilly verzog ihr Gesicht, als Dolly Santerrre in die Eingangshalle segelte. Eine weibliche Ausgabe von Harlan war sie: spindeldürr, bis auf ihren bemerkenswert hervorstehenden, durch ein kräftiges Korsett akzentuierten Busen. Ihre blauen Augen waren genauso winterkalt wie die von Harlan.

„Wie ich es hasse, dass sie da ist“, flüsterte Lilly Miranda zu, als die Tür sich wieder schloss. „Sie nimmt mir schier die Luft weg.“

Miranda gluckste. „Das macht Tante Dolly bei jedem. Ich würde sie gerne für harmlos erklären, aber manchmal kann sie bissig werden.“ Sie drückte Lillys Arm. „Guck nicht so ängstlich, ich übertreibe gerade.“

Aber Lilly spürte es, wenn etwas wahr war.

Das Knirschen von Pferdehufen auf dem Kies der Auffahrt lenkte ihre Aufmerksamkeit von ihrer künftigen Schwiegermutter ab. Der

Einspänner hielt vor der Veranda an, und Jack sprang vom Kutschbock herunter. Sie wappnete sich innerlich, während er die Stufen zu der Veranda erklomm und neben ihr stehen blieb.

„Guten Tag, die Damen." Er verneigte sich. Er sah Miranda an. „Habe ich da gerade Mrs Santerre gesehen?"

„Ja, doch. Sie ist meine Tante – die Schwester meiner Mutter."

„Sie sind Harlans Cousine?" Er klang ungläubig überrascht, dann fasste er sich. „Ich wusste nicht, dass Sie verwandt sind. Wie schön, dass jetzt noch mehr Verwandtschaft von Ihnen hier in Summerhill ist." Er lehnte sich an das Verandageländer und musterte Miranda. „Miss Reid, ich wollte Sie schon länger etwas fragen. Kennen Sie zufällig Miss Cole, die Autorin? Sie haben ja ihre Bücher für die Frauen im Fürsorgehaus bestellt, und da dachte ich, Sie sind vielleicht mit ihr bekannt."

Lilly erstarrte.

Miranda lächelte Jack zwanglos an. „Ich habe keine Bekannte, die Fannie Cole heißt. Soviel ich weiß, gibt es keine Coles in der New Yorker Gesellschaft."

Mit lächelnden Lippen schaute er von Miranda zu Lilly und wieder zurück. „Der Name ist natürlich ein Pseudonym. Aber ich sehe schon, Sie reden lieber nicht über sie." Er hob seinen Hut. „Ich wünsche den Damen einen recht schönen Nachmittag."

Nach dem Dinner versammelten die Damen sich im eleganten Salon, während die Herren im Speisezimmer blieben, Brandy tranken und Zigarren rauchten. Lilly hoffte, sich mit Miranda unbemerkt fortschleichen zu können, aber als sie aufstanden, kniff Mrs Santerre die Augen hinter ihrem Lorgnon zusammen.

„Bleibt hier, Mädchen, wir müssen über die Hochzeit reden. Was du heute kannst besorgen, das verschiebe nicht auf morgen, sage ich immer. Harlan und ich finden, dass wir nicht lange fackeln sollten mit der Hochzeit. Wir müssen uns nur auf ein Datum einigen." Dolly Santerre lächelte selbstgefällig.

Sie saß nicht auf ihrem Stuhl, sie thronte auf ihm wie eine Herzoginwitwe, den kleinen Kopf und das spitze Kinn hochgestreckt, ihre Untertanen kritisch durch ihr Lorgnon musternd. Ihr Blick fuhr über die Damen auf den Sofas und heftete sich auf Lilly. „Was sagst du zu dem letzten Samstag im August, Lillian?"

Lilly holte tief Luft. „Den Hochzeitstermin bestimmt eigentlich immer die Braut." Sie konnte es selber kaum glauben, aber sie bot der herrischen Dolly Santerre die Stirn!

„Ich gebe dir selbstverständlich die Wahl. Du hast doch nichts gegen August, oder?" Mrs Santerres eine Augenbraue hob sich ominös.

Lillys Finger nestelten an ihrem Seidenrock. „Mein großer Herzenswunsch wäre eine Hochzeit im Frühling. Der Mai ist ein wunderbarer Monat in New York."

Mrs Santerre schnaubte. „Der Mai ist nicht gut für Hochzeiten, da ist der Juni viel besser. Aber warum so lange warten, wenn ihr eine herrliche Sommerhochzeit hier in Summerhill haben könnt?" Sie musterte Lilly kurz. „Lillian, ich verstehe nicht, was du dagegen hast. Gibt es einen Grund, warum du die Trauung so hinausschieben möchtest?"

Alle sahen Lilly an, dass sie auf dem Sofa sichtlich kleiner wurde. „Nein. Außer dass der Frühling meine Lieblingsjahreszeit ist."

„Auf das Frühlingswetter kann man sich nicht verlassen!"

„Auf das Sommerwetter in Newport aber auch nicht, Dolly." Lillys Mutter lächelte diplomatisch.

Lilly sah in ihre Richtung, dankbar, plötzlich eine Verbündete zu haben. Ein Runzeln ging über die Stirn ihrer Mutter, wie ein plötzliches fernes Wetterleuchten.

Irene zog amüsiert die Mundwinkel hoch. „Also, wenn es meine Hochzeit wäre, ich würde den August wählen. Was für einen Monat zieht Ihr Sohn denn vor, Mrs Santerre?"

„August. Eindeutig August." Dolly Santerre nickte knapp.

Lilly biss die Zähne zusammen. „Ich bin mit nächstes Jahr Juni einverstanden." Sie durfte jetzt nicht klein beigeben, oder ihre Schwiegermutter wäre bald die absolute Herrscherin in ihrer Ehe. „Ich freue mich, dass das jetzt geregelt ist." Sie presste ein Lächeln hervor und drückte Mirandas

Hand, als ob alles in bester Ordnung und sie eine Braut mit Lampenfieber war.

Mrs Santerre schnalzte mit der Zunge, ihre Stimme wurde honigkuchensüß. „Es tut mir leid, meine Beste, aber das Wichtigste hatte ich ganz vergessen."

Lilly hielt die Luft an. Was würde jetzt kommen? Sie sah, wie das Gesicht ihres Gegenübers einen Ausdruck gut gespielten Bedauerns annahm.

„Meine liebe Mutter, Mrs Langley, wünscht bei der Hochzeit dabei zu sein. Sie ist fünfundachtzig und gesundheitlich angeschlagen. Die Hochzeit muss also so bald wie möglich stattfinden." Mrs Santerre seufzte wie ein Nebelhorn. „Es kann sein, dass sie den Winter nicht mehr übersteht – sie hat's am Herzen." Sie griff sich an ihre mit moosgrünem Brokat gepolsterte Brust.

Lilly überlegte kurz, dann stand sie auf und sah ihre künftige Schwiegermutter fest an. „Seit ich ein kleines Mädchen war, habe ich von einer Hochzeit im Frühling geträumt. Aber ich verstehe die Situation, in der Sie sind. Auch ich möchte, dass Mrs Langley dabei sein kann." Sie zwang sich zu einem Lächeln. „Und die Lösung ist, dass die Hochzeit am zweiten Samstag im September hier in Newport stattfindet."

„Wie du wünschst." Das Blut wich aus Mrs Santerres Gesicht. Plötzlich sah sie wie eine Eisskulptur aus.

„Ist das ein akzeptables Datum für Sie – und für Ihre Mutter?", fragte Lilly. Sie wusste: Sie hatte den Rubikon überschritten. Dolly Santerre duldete keinen Widerspruch. Um Harlans und wohl auch sich selber willen durfte Lilly es nicht mit ihr verderben – ein schwieriges Unterfangen gegenüber einer Frau, für die nur die eigenen Ideen zählten. Aber nein, sie durfte sich nicht zur Sklavin der Launen ihrer Schwiegermutter machen!

Mrs Santerre nickte abrupt. „Bis September wird Mutter es sicher schaffen. Obwohl das letzte Wochenende im August praktischer wäre."

Bildete diese Frau sich ein, darüber zu bestimmen, wie lange jemand lebte? Lilly wusste, dass Mrs Langley, die Familienmatriarchin, nicht mehr konnte. Egal, wann und wo die Hochzeit war – sie war nicht mehr in der Lage, das Haus der Santerres, wo sie wohnte, zu verlassen. Das Ganze war bloß ein durchsichtiger Versuch, Lilly zu beherrschen.

Die Augenlider von Lillys Mutter flatterten. „Wir müssten noch etwas besprechen – das Verlobungsfest. Da die Hochzeit ja schon bald sein wird, müssen wir die Verlobung so schnell wie möglich bekannt geben."

„Das könnt ihr gerne unter euch ausmachen", sagte Lilly.

Mrs Santerres Gesicht erhellte sich. „Du kannst auf meine Hilfe zählen, Vanessa. Nachdem ich fünf von meinen sechs Töchtern verheiratet habe, kenne ich mich mit Verlobungsfesten und Hochzeitsempfängen aus."

„Vielen Dank." Lilly drehte sich um und ging zur Tür, ihre Freundin hinterher. „Miranda und ich machen eben einen Spaziergang am Strand. Möchte jemand mitkommen?"

Alle Damen verneinten dies, und Lilly und Miranda gingen rasch nach draußen, wo die untergehende Sonne den westlichen Horizont in ein Meer aus Rot, Rosa und Orange verwandelte.

Miranda sah Lilly an. „Ich sehe Probleme kommen für dich und Harlan. Tante Dolly wird versuchen, euch in allem zu kontrollieren."

Sie durchquerten den schon halb im Schatten liegenden Rasen. Bei den Felsblöcken, wo es zur kleinen Bucht hinunterging, blieb Lilly stehen. Unten schwappte die Flut in großen Wellen über die Steine und schob lange Finger aus Seetang in die Spalten zwischen ihnen. Lilly führte Miranda die Holzstufen hinab zu dem kleinen Stück Strand, das ihr Zufluchtsort geworden war. Sie raffte ihr Kleid, damit es nicht über den feuchten, silbrigen Sand schleifte.

„Ich hoffe, dass du nicht recht hast. Aber ich werde sicher alle Hände voll zu tun haben." Lilly lächelte ironisch. „Glaubst du, dass Harlan für mich Partei ergreifen wird?"

Sie standen nebeneinander und schauten zu, wie die Sonne immer tiefer zum Horizont sank. Miranda machte so einen mitfühlend-besorgten Eindruck, dass Lilly sich fragte, ob sie Mrs Santerre vielleicht noch nicht ernst genug nahm.

Miranda warf einen Kiesel in die Brandung. „Du musst verstehen:

Auch wenn Harlan dich liebt, er hat es immer mit seiner Mutter gehalten. Tante Dolly verehrt ihn, und er schätzt ihre Loyalität. Und ich bezweifle, dass er sich ändern wird." Miranda drückte ihren Schuh in den festen grauen Sand und sah traurig in Lillys Richtung. „Aber jetzt mach ich dir das Herz schwer, Lilly. Bitte vergib mir. Denke daran: Mein Vetter Harlan ist ein guter Mann. Er wird dich gerade so in den Himmel heben, wie er das mit seiner Mutter macht. Er will dich bestimmt glücklich machen." Aber Mirandas Stimme klang unsicher.

„Du bist nicht sicher, dass es für mich richtig ist, ihn zu heiraten, oder?"

„Oh, Lilly. Ich weiß nicht, was das Beste für dich ist. Ich weiß es wirklich nicht. Überlege dir das noch einmal gut. Du solltest deiner Liebe ganz sicher sein, bevor du zum Traualtar gehst."

Die Worte waren wie ein Spiegel für Lillys eigene Zweifel. Konnte sie mit einem Muttersohn glücklich werden? „Wenn ich nicht glaubte, dass wir eine gute Ehe bekommen, würde ich ihn nie heiraten." Aber würde die Ehe gut werden? Sie würde ihre Schwiegermutter in die Schranken weisen müssen; sie durfte nicht um des lieben Familienfriedens willen klein beigeben. Doch sich behaupten und ihre Meinung verteidigen – das hatte sie kaum gelernt in ihrem bisherigen Leben.

Miranda streichelte ihren Arm. „Mach dir keine Sorgen wegen Tante Dolly, das wird schon. Stell dir vor: Bald werden wir beiden verwandt sein!"

„Ja, darauf freue ich mich." Lilly runzelte die Stirn. „Aber ich habe Sorge, dass ich zu den Kreisen, in denen die Santerres verkehren, nicht passe."

„So einen vollen Terminkalender wie meine Tante wirst du natürlich nicht haben. Du würdest dich zu Tode langweilen."

„Da hast du recht. Ich versuche jetzt schon, diesen Einladungen aus dem Weg zu gehen." Lilly ließ sich auf einem Felsen nieder und legte den Kopf zur Seite. „Glaubst du, Harlan wird es zulassen, dass ich weiter schreibe? Und meine Besuche im Fürsorgehaus? Er hat mir schon gesagt, dass ich besser eine andere Wohltätigkeitseinrichtung unterstützen sollte."

Miranda rollte die Augen. „Ich glaube schon, dass er dich in Ruhe lassen wird."

„Aber ist es richtig, wenn ich ihm nichts von meinem Schreiben sage?" Lilly seufzte auf. So wichtig ihr ihre Privatsphäre war, sie mochte kein Doppelleben führen. „Ich komme mir richtig schäbig vor, wenn ich daran denke, wie ich Harlan hier hinters Licht führe – und meine Eltern und Verwandten auch."

„Ich bete darum, dass Gott dir die rechte Gelegenheit gibt, es ihnen zu sagen." Miranda umarmte sie fest.

„Ja, bitte bete für mich. Ich möchte so gerne ehrlich und offen sein. Diese Vertuscherei beunruhigt mich sehr; ich weiß genau, dass das nicht richtig ist." Lilly schüttelte sich. „Aber ich habe solche Angst, dass es meine Familie ruiniert, wenn alles rauskommt."

„Lilly, Gottes Licht leuchtet in deinen Geschichten, und nicht so sehr auf deinem Namen. Er wird dir eine Lösung zeigen."

Die Sonne verschwand hinter dem Horizont. Der Mond stieg höher, die ersten Sterne erschienen am bläulich schimmernden Himmel. Lilly verschränkte die Arme, um die Kühle der beginnenden Nacht abzuwehren.

Gott, bitte zeige mir, was du willst, was ich machen soll …

Lilly wusste: Wenn sie nicht zum Nachmittagstee im Salon erschien, würde ihre Mutter kommen und sie aus der Zuflucht ihres Zimmers, in dem sie die letzten zwei Stunden mit Schreiben verbracht hatte, vertreiben. Als sie durch den Flur ging, blieb sie abrupt stehen. Aus Georges und Irenes Zimmer kam der Lärm eines heftigen Streites. Man konnte jedes Wort verstehen.

Georges Worte klangen wie eine Salve von Gewehrkugeln. „Irene, jetzt hast du monatelang eingekauft wie eine Verrückte und bis tief in die Nacht Karten gespielt. Aber vierzehnhundert Dollar in einer einzigen Bridgepartie – von was, um alles in der Welt, soll ich das bezahlen?"

„Das weiß ich auch nicht. Aber du schaffst das bestimmt, Schatz." Irene klang wie ein quengelndes Kind. Lilly konnte sich gut vorstellen, wie ihre Schwägerin gerade ihren Schmollmund zog, eine ihrer Standardwaffen, wenn jemand nicht so wollte wie sie.

„Das ist unmöglich! Ich habe sehr wenig Geld."

„Sei bitte nicht so laut, George. Vielleicht kannst du Geld von deinen Eltern leihen. Sie wollen bestimmt nicht, dass dein guter Ruf ruiniert wird."

George stöhnte auf. „Es ist *dein* Ruf, nicht meiner. Jeder weiß, dass ich nicht spiele."

„Schön, aber deine Eltern helfen uns bestimmt. Sie möchten doch den guten Namen der Familie schützen."

„Ich werde meine Eltern nicht anpumpen! Das hier ist nicht ihr Problem."

„Na, gut, dann muss ich halt selber mit ihnen reden." Irenes Stimme klang halb trotzig, halb panisch. Fast hatte Lilly Mitleid mit ihrer Schwägerin, obwohl diese sich ganz offensichtlich nicht um die Folgen geschert hatte, als sie mit hohen Einsätzen Karten gespielt hatte.

„Frag deinen Onkel Quentin!", dröhnte George.

„Das kann ich nicht. Er reist gerade durch Europa, und ich weiß nicht, wie ich ihn erreichen soll."

„Schick ein Telegramm an sein Büro in San Francisco! Die sagen dir, wo er wann ist."

Irenes Seufzer steigerte sich zum Stöhnen. „Bitte, George, hör auf! Onkel Quentin ausfindig machen kommt nicht infrage. Meine Schulden sind nicht seine Sache, sondern deine!"

„Also gut, Irene, ich überleg mir was. Aber mach so was nie mehr, verstehst du mich?"

Wie wütend George klang. Lilly erschrak richtig. Ihr träger, pflegeleichter Bruder wurde selten laut oder ärgerlich, geschweige denn richtig zornig. Lilly wusste, dass es sich nicht schickte, bei einem so persönlichen Gespräch zu lauschen, auch wenn es eher ein Schreien war, aber ihre Schuhe waren wie festgeklebt auf dem Teppichläufer. Sie hatte es noch nie erlebt, wie Irene und George sich stritten, obwohl sie in der letzten Zeit nicht mehr so oft zusammen zu sein schienen. Irene spielte oft eine

Bridgepartie nach der anderen, während George an Billardtischen und auf Golfplätzen zu sehen war. Noch vor ein paar Monaten hatten sie kleine Zärtlichkeiten ausgetauscht und miteinander gelacht, wenn einer von ihnen einen Witz machte. Jetzt nicht mehr.

Lilly riss sich los und ging weiter Richtung Treppe. Im gleichen Augenblick kam Jack aus seinem Zimmer, das neben dem von George und Irene lag, und flüsterte: „Die sind ganz schön laut, nicht?" Er sah betreten aus.

„Ja. Und wütend", sagte Lilly. „Ich hoffe, dass Irenes Spielsucht nicht noch ihre Ehe ruiniert." Wenn es nicht schon zu spät war.

Lilly hatte gehört, dass Irene beim Bridge selten gewann, aber sie hatte keinen Schimmer gehabt, wie hoch ihre Verluste waren. Begriff sie wirklich nicht, dass Georges bescheidenes Einkommen ein sparsames Haushalten erforderte, ohne Einkaufsorgien und Glücksspiele irgendwelcher Art?

Gemeinsam gingen sie leise die Treppe hinunter. „Das war ein furchtbarer Ehekrach", sagte Jack, als sie zur leeren Eingangshalle kamen. „George tut mir richtig leid. Irene ist die Falsche für ihn, aber das kann er jetzt nicht mehr ändern." Er sah Lilly von der Seite her an und schüttelte traurig den Kopf. „Es ist so wichtig, dass man den richtigen Ehepartner wählt. Wo keine Liebe ist, gibt's auch kein Glück."

Lilly sprach innerlich ein Stoßgebet: *Gott, bitte gib, dass meine Ehe mit Harlan nicht so wird wie die von Irene und George …*

Wenn Jack nicht plötzlich aufgetaucht wäre, sie hätte ihre Gefühle für den Mann, der ihr so viel bot, nie infrage gestellt. Aber Jack war gekommen, und jetzt war alles anders. Er stellte ihre Welt auf den Kopf. Er zeigte ihr, wie oberflächlich ihre Gefühle für Harlan waren und vielleicht auch dessen Gefühle für sie. Aber was bot Jack ihr stattdessen an? Buchprojekte und Berühmtheit.

„Einen Penny für deine Gedanken, Lilly." Jack beugte sich näher zu ihr, während sie den hinteren Flur entlanggingen, vorbei an dem leeren Billardraum und der Bibliothek.

Sie kicherte wegwerfend. „Die sind keinen Penny wert."

Er beugte sich noch näher und flüsterte: „Sag sie mir trotzdem."

„Nein, besser nicht."

Jack zuckte die Achseln und blieb vor der Tür zum Wintergarten stehen.

„Entschuldige mich. Ich glaube, ein kleiner Spaziergang vor dem Tee tut mir gut." Lilly trat hinaus auf die Veranda.

Weiße Nebelschwaden tanzten um sie, als sie über das nasse Gras ging. Weiter vorne schoben sich die Wolken zusammen, dass man nicht mehr genau sah, wo die Klippen aufhörten und der Ozean anfing. Möwen kreischten und die Brandung brauste, aber alles verschwamm im Nebel.

„Warum folgst du mir?", fragte Lilly nach den ersten paar Schritten. Sie hätte ihn auf der Veranda stehen lassen sollen. Seine Gegenwart war ihr alles andere als tröstlich, aber irgendwie fühlte sie sich lebendiger, wenn er neben ihr ging.

„Ich folge dir, weil ich gerne in deiner Nähe bin, Lilly." Bevor sie protestieren konnte, fuhr er fort: „Erinnerst du dich noch an die Kette mit dem kleinen Silberkreuz, die ich dir einmal geschenkt habe?"

„Natürlich." Sie musste an sich halten, sie nicht unter ihrem Kragen hervorzuholen und ihm zu zeigen. Sie wusste selber nicht, warum sie sie jeden Tag trug, außer vielleicht als Erinnerung an ihre Liebe und Hoffnung – wenn nicht Hoffnung auf dieses Leben, dann auf das, das nach dem Tod kam. Ihr Herz schlug so heftig, dass sie die Hand an das Oberteil ihres Kleides drückte. „Dein Geschenk hat mir sehr viel bedeutet. Ich habe es behalten, als Andenken."

Er lächelte traurig. „Es war mein Weihnachtsgeschenk für das Mädchen, das mich verzaubert und mir das Herz gestohlen hatte. Ich war dankbar für deine vielen lieben Aufmerksamkeiten."

„Vielleicht war das damals mehr ein Fall von Betörung." Die Worte rutschten ihr heraus, bevor sie sie zurückhalten konnte. Wenn sie nicht aufpasste, würde er sie wieder in seinen Bann ziehen. „Ich muss gehen. Ich komme zu spät zum Tee."

„Nein, bleib noch. Wir haben uns noch so viel zu sagen." Er wollte ihre Hand nehmen; sie riss sie zurück.

„Ich kann nicht.“

„Lilly, bitte hör auf, vor mir davonzulaufen. Ich dachte, wir sind weiter Freunde.“

Aber sie rannte förmlich zurück zum Haus, keuchend, die Tränen liefen ihr übers Gesicht. Ihr Kopf tat ihr weh, aber ihr Herz noch viel mehr. Sie hatte es verloren, und sie hatte solche Angst, dass die Vergangenheit sich wiederholen würde, wenn sie nicht aufpasste.

Sie wischte die Tränen ab, als sie am Billardraum vorbeikam. Durch die offene Tür nahm sie das Klicken der Bälle und den Geruch von Zigarrenrauch wahr. Sie schaute neugierig hinein und sah ihren Bruder, wie er die Bälle bearbeitete, in seinem Mund eine Zigarre.

„Komm doch rein, Lilly. Ich muss eben mit dir reden.“

Kapitel 16

Sie zögerte. Wie elend er aussah. Aber wie sollte sie ihn aufmuntern, wenn ihr selber elend war? „Du siehst so niedergeschlagen aus, George. Ist das wegen Irene? Ihr habt euch ja furchtbar gestritten vorhin."

Er nickte knapp. „Irene und ich sind manchmal verschiedener Meinung." Er beugte sich über den Billardtisch, zielte mit dem Stock und jagte den Kugelhaufen auseinander.

Sie fuhr fort: „Es tut mir leid, dass ich das mitgehört hab. Ich wollte euch nicht belauschen."

George zuckte die Achseln. „Das hat das ganze Haus mitgehört. Es ging um unsere Finanzen, wie immer." Er richtete sich auf. „Ich will dich nicht mit meinen Problemen belasten, aber könntest du mir einen Gefallen tun?"

Sie machte einen Schritt zurück und versuchte, den Zigarrenqualm wegzufächeln. „Und was wäre das, George?" Sie machte sich innerlich auf alles gefasst; sie kannte die Hilferufe ihres Bruders nur zu gut.

Er biss sich auf die Unterlippe. „Ich muss Irenes Spielschulden so bald wie möglich bezahlen, bevor Mama Wind davon kriegt."

„Dann frag doch Papa, ob er dir das Geld leiht."

„Das habe ich Irene auch gesagt, aber …" George schüttelte missmutig den Kopf. „Du weißt doch, wie strikt unsere Mutter gegen das Spielen ist. Sie würde es ihm nie erlauben, mir das Geld zu leihen, und ohne ihre Zustimmung gibt er mir keinen Penny. Da brauch ich ihn gar nicht erst zu fragen."

Lilly nickte. „Ja, da hast du wohl recht."

Er hob eine Augenbraue. „Ich habe eine bessere Idee."

„Und die wäre?"

Er drückte die Zigarre aus und beugte sich zu Lilly, aber nicht so nah, dass sie seinen Tabakatem abbekam. „Du heiratest doch Harlan. Wie wäre es, wenn du ihn um ein Darlehen bittest? Ich zahl es ihm zurück, sobald ich bei ihm angestellt bin, im September, gleich nach eurer Hochzeit."

„Warum fragst du ihn nicht selber?"

Er zupfte an seinem Bart. „Was, wenn er keinen Angestellten will, der seine Finanzen nicht im Griff hat – oder seine Frau?" Er hob die Augenbrauen. „Aber dich liebt er. Wenn *du* ihn bittest, sind die Chancen einfach größer."

Seine bedrückte Miene weckte ihr Mitleid. In dem Mann Ende zwanzig steckte immer noch der kleine Junge. Was genau das Problem war. Wie oft hatte sie schon das Kissen besorgt, das die Schläge abfing, die George eigentlich verdient hatte …

„Bitte, Lilly." Er faltete gekonnt die Hände, wie ein Büßer vor dem Altar.

„Also gut, aber bitte komm nicht noch mal mit so etwas. Ich mag es nicht, in jemandes Schuld zu stehen." Vor allem nicht in Harlans.

Das lange Gesicht ihres Bruders hellte sich erleichtert auf, seine Schultern entspannten sich. „Du bist die perfekte Schwester."

Lilly lächelte leicht. „Das weiß ich. Ich habe dir immer deine Wünsche erfüllt. Aber ab jetzt musst du dich selber um deine Probleme kümmern."

Wie sie sich um die ihren.

Am Abend flog Harlan mit Lilly über den Tanzboden. Sie schob die sorgfältig frisierten Ponyfransen, die sie heute in der Stirn trug, beiseite. Ihr neues champagnerfarbenes Kleid fühlte sich steif an, die weißen Glacéhandschuhe klebten wie eine zweite Haut an ihren Fingern. Die feuchte Luft von dem leichten Nieselregen draußen kroch durch die Bogenfenster und schwängerte den überfüllten Saal.

Dreihundertfünfzig kostümierte Gäste schwatzten und lachten durcheinander in dem in Gold und Weiß gehaltenen Ballsaal von Rocky Ridge. In den Hof, wo der Regen das Pflaster rutschig gemacht hatte, konnte bei dem Wetter niemand. Lilly hatte sich als Elizabeth Bennet verkleidet, ihre Lieblingsfigur in Jane Austens Roman „Stolz und Vorurteil". Ihr Kostüm verblasste allerdings etwas im Vergleich zu manchen der anderen Kreationen, darunter etliche französische Höflinge aus dem 18. Jahrhundert und diverse Renaissance-Adlige.

Die Musik hörte auf. „Möchtest du etwas essen?" Harlan musste es fast schreien in dem Stimmengewirr. Er schaute zum Speisesaal hin, wo ein halbes Dutzend Lakaien dabei waren, die Tische für die hungrigen Tänzer zu richten. Der Geruch des Mitternachtsdinners mischte sich mit dem Salz des Ozeans und den Parfüms der Damen.

„Ja, gerne, ich bin ziemlich hungrig", sagte Lilly.

Vielleicht war dies die Gelegenheit, Harlan zu sagen, dass sie 1.400 Dollar brauchte! Ihr Herz stolperte, als sie sich durch die Menge schoben. Wie konnte sie das Thema „Geld" möglichst taktvoll ansprechen? Und Harlan dazu bringen, ihr so viel auszuleihen? Sie hasste die typisch weibliche Strategie des Um-den-Bart-Streichens, aber bezweifelte, dass die direkte Methode erfolgreich wäre; die hatte sie schon fürs Fürsorgehaus versucht …

Sie gingen an einem vergoldeten Spiegel vorbei. Lilly sah ihr Spiegelbild und erschrak. Mit ihrem Strichmund und den zusammengekniffenen Augen sah sie wie ein in die Enge getriebenes Kaninchen aus. Das war wohl nichts mit dem selbstbewussten Auftreten …

Harlan führte sie zu einem kleinen runden Tisch, der von weichem Kerzenlicht erleuchtet und mit blauen Hortensien, einer der Lieblingsblumen in Newport, geschmückt war. Da das Mitternachtsdinner drei Stunden lang serviert wurde, waren die meisten der Gäste noch im Ballsaal; nur wenige kamen in den großen, hohen Speisesaal, der komplett aus einem französischen Schloss nach Amerika verschifft worden war, wie so viele andere Salons in Newport.

Harlan widmete sich ohne Umschweife dem Hummer à la Newberg. Lilly saß steif und still vor ihrer Sumpfschildkrötensuppe. Der Gedanke an ihre Aufgabe hatte ihr den Appetit genommen.

Sie versuchte ein Lächeln. „Harlan, ich muss dich um etwas bitten. Um einen Gefallen." Ihre Stimme klang wie ein Krächzen.

Harlan, der gerade zum Tomatenaspik überging, schaute kurz von seinem goldumrandeten Teller hoch. „Gerne, Schätzchen. Was möchtest du haben? Die Perlen meiner Großmutter? Oder einen ihrer Rubinringe?"

Lilly zuckte zusammen. Wie konnte er so ordinär sein? „Ich würde nie darauf kommen, etwas von eurem Familienschmuck zu verlangen. Das ist dein Revier, nicht meines."

„Gut, schieß los." Er legte seine Gabel auf den Teller und sah sie an. Ein Kellner kam und füllte sein Glas neu.

Lilly nahm einen Schluck Wasser für ihre ausgedörrte Kehle. „Es ist etwas eingetreten, wofür ich eine größere Summe Geld brauche. Mein monatliches Einkommen reicht bei Weitem nicht, um es abzudecken, und da habe ich gedacht, vielleicht leihst du mir das Geld, wenn das geht. Ich zahle es dir natürlich zurück, sobald ich kann." Sie holte tief Luft.

Harlan kreuzte die Arme über der Brust. Seine Augenlider gingen nach unten wie das Visier eines Ritterhelms. „Du hast hoffentlich kein Geld beim Bridge verloren? Ich hoffe doch sehr, dass ich nicht dabei bin, eine Spielerin zu heiraten." Er lachte kurz, wie über einen alten Witz, dann zwirbelte er nervös die Enden seines Schnurrbarts.

„Ich spiele nicht Karten, Harlan, das weißt du doch."

„Natürlich, natürlich. Das war gerade nur ein kleiner Scherz von mir."

„Sicher." Sie wartete auf seine Antwort.

Er schwieg.

Sie sagte: „Ich wäre dir sehr dankbar für ein Darlehen, wenn das geht." Wie gerne hätte sie gesagt: „ein kleines Darlehen", damit es nicht so ernst klang.

Harlan überlegte ein paar Sekunden. Warum konnte er nicht einfach Ja sagen, warum verzog er so das Gesicht?

Er strich ihr mit seinen feuchten Fingern über die Hand. „Wenn das Geld für deine Aussteuer oder auch die Hochzeit sein soll, rede ich gerne mal mit deinem Vater. Die Feier wird ja im engeren Familienkreis stattfinden, das kann er sich bestimmt leisten. Aber wenn er gerade nicht flüssig ist, helfe ich gerne."

Die Musik aus dem Ballsaal begann im Stimmengewirr der Unterhaltungen unterzugehen. Paare und kleine Gruppen kamen in den Speisesaal und setzten sich an die leeren Tische. Lilly wusste: Sobald jemand sich zu ihnen setzte, wäre das das Ende ihres Gespräches.

Nur niemanden ansehen, der ein nettes Tischgespräch suchte. „Nein, das ist es nicht. Bitte verlange nicht, dass ich dir das erkläre. Es handelt sich um etwas Persönliches, das ich gerne regeln würde, bevor wir heiraten."

Harlan streichelte ihre Hand und lächelte herablassend. „Du musst es mir sagen. Als dein künftiger Ehemann habe ich ein Recht zu wissen, für was meine Verlobte mein Geld ausgeben möchte."

„Das hast du, natürlich. Aber … ich kann dir das nicht sagen."

„So? Und warum nicht?"

„Weil das … etwas Persönliches ist. Und auch etwas unangenehm. Darf eine Frau nicht auch mal ein Geheimnis haben?" Ihre Worte klangen mehr wie eine Herausforderung als wie eine Bitte. Sie war so eine Stümperin, wenn es darum ging, die Waffen einer Frau einzusetzen. Eigentlich hätte sie jetzt mit bittend-kokettem Augenaufschlag zu ihm aufsehen sollen; stattdessen hatte sie das Kinn vorgeschoben und sah ihm fest in die Augen. „Ich wollte, ich könnte dir das genauer erklären. Es ist dein gutes Recht, alle Einzelheiten zu wissen, aber leider …"

Harlan warf seine Serviette auf den Tisch. „Ich muss dir deine Bitte leider abschlagen."

Lilly hob die Hand. „Dann ziehe ich meine Bitte zurück. Ich sehe jetzt, dass sie unangemessen war. Es ist gut." *Ich will nicht betteln.* Ihre Wangen loderten, aber ihre Stimme blieb leise.

Einen Moment schien er überrascht zu sein, dass sie so schnell aufgab. Sie fragte: „Bist du jetzt sehr böse mit mir?"

Ein schwerer Seufzer war die Antwort. „Ich dachte, wir würden immer ehrlich zueinander sein, und jetzt bist du so geheimnistuerisch. Ich hoffe, dass sich das ändert, wenn wir verheiratet sind. Oder werde ich dann meine nächste Enttäuschung erleben?"

„Harlan, kannst du mir nicht vertrauen? Du kriegst dein Geld wieder, ich versprech dir's!"

„Wie kann ich dir vertrauen, wenn du mir nicht sagst, was los ist? Ein

Ehemann sollte in jede finanzielle Transaktion, die seine Frau zu machen wünscht, eingeweiht sein. Wir dürfen nichts voreinander verbergen, ob es um Geld geht oder um andere Dinge. Ich erwarte von dir, dass du mir alles sagst und stets meinen Rat suchst."

„Und dass ich ihn auch befolge, nicht wahr?", murmelte Lilly.

„Selbstverständlich." Seine Augen wurden schmaler. „Höre ich da gerade einen sarkastischen Unterton in deiner Stimme?"

Lilly starrte ihn an. Nein, sie waren kein Liebespaar, sie waren zwei Geschäftspartner. Wie konnte sie aus Motiven heiraten, die sie ihren Romanheldinnen niemals erlauben würde? Wie konnte sie sich mit weniger als Liebe zufriedengeben?

Die Ballgäste strömten jetzt in großer Zahl in den Speisesaal. Es wurde laut, an ein ungestörtes Gespräch war nicht mehr zu denken. Harlan verneigte sich und bot Lilly seinen Arm, um sie zurück in den Ballsaal zu geleiten. Sie ging mit und ließ sich auf einem leeren Stuhl neben ihrer Mutter nieder. Die, das runde Gesicht ein einziges Bild der Neugierde, öffnete ihren Mund, nur um ihn gleich wieder zu schließen. Ausnahmsweise fing sie nicht an, ihre Tochter auszufragen, obwohl die Versuchung groß war, dem Flattern ihrer Augenlider nach zu urteilen.

Danke, dass du mich in Ruhe lässt. Übermüdet von der Anspannung des Tages und Harlans Unnachgiebigkeit ließ Lilly sich gegen die harte Rückenlehne des vergoldeten Stuhls sinken. Sie war froh, dass er an der Wand stand, wo hinter einer dünnen Abtrennung das Orchester saß. Hier, mit dem Polkarhythmus direkt in den Ohren, konnte niemand ein längeres Gespräch führen; hier fühlte sie sich unsichtbar. Während vor ihr die tanzenden Paare über das Parkett schwebten, schloss Lilly die Augen.

Sie hatte vage gehofft, dass Harlan ihr das Geld leihen würde, ohne Genaueres wissen zu wollen. Wirklich erwartet hatte sie es nicht, aber die Enttäuschung saß tief. Was für Enttäuschungen warteten noch auf sie? Noch vor Kurzem hatte sie geglaubt, dass hinter seiner gefälligen Art ein Herz für andere steckte und nicht ein berechnendes Gehirn. Diese neue Seite seiner Persönlichkeit ließ es ihr kalt den Rücken herunterlaufen.

Sie öffnete die Augen wieder und betrachtete die Herren in Pluderhosen, Satinwesten und weiß gepuderten Perücken, die vielen Ludwigs XIV., XV. und XVI., wie sie mit ihren Damen tanzten. Selbst die als Rotkäppchen oder Alice im Wunderland kostümierten Sommergäste waren mit Schmuck behangen.

Dann sah sie, wie Queen Elizabeth auf sie zumarschierte, in purpurfarbenen Samt gekleidet, Krone auf dem Kopf, Zepter in der Hand und nicht weniger Ehrfurcht erregend als das Original. Harlans Mutter blieb vor ihr stehen und musterte sie mit zusammengekniffenem Mund. Lilly stählte sich innerlich. Der Stuhl links neben ihr war leider leer. Mrs Santerre segelte an ihr vorbei und setzte sich darauf wie auf einen Thron.

„Mein Sohn hat mir gesagt, du brauchst Geld und willst nicht sagen, wofür." Ihre Nasenflügel zogen sich zusammen, als ob sie Pferdeäpfel rochen. „Warum bittest du nicht deine Eltern, dir zu helfen? So wäre es richtig." Sie sah kurz zu Lillys Mutter hin, die durch die laute Musik kein Wort mitbekam und freundlich lächelte.

Das süße Parfüm von Dolly Santerre war erstickend. Lilly brauchte Luft, frische Luft. Harlan hatte nicht lange gebraucht, um sie bei seiner Mutter zu verpetzen. „Es tut mir leid, dass ich mich nicht genauer erklären kann."

Mrs Santerres Lippen wurden noch dünner. „Dann musst du etwas Schändliches gemacht haben. Sag mir, was es war, dass ich mir selber ein Urteil bilden kann. Heraus damit!"

Lilly presste die Hände auf ihrem Schoß zusammen, bis die Fingerknöchel ihr wehtaten. In diesem Ton hatte noch nie jemand zu ihr gesprochen. Sie war die „liebe Tochter", deren Eltern nur Gutes von ihr berichten konnten und denen sie noch nie Sorge bereitet hatte. Aber wenn sie das mit Irenes Spielschulden verriet, würde sie damit weder Irene noch George einen Gefallen tun. Und dann die Stelle, die Harlan George in Aussicht gestellt hatte …

„Ich habe Harlan schon gesagt, dass es mir leid tut, dass ich ihn um Hilfe gebeten habe. Bitte entschuldigen Sie meine Vermessenheit." Die Entschuldigung wollte ihr schier in der Kehle stecken bleiben.

Dolly Santerre hob drohend den Zeigefinger. „Nur dass du es weißt: Versuche nicht noch einmal, meinen Sohn auszunutzen, oder du bekommst es direkt mit mir zu tun. Ist das klar?"

Lilly erwiderte ihren Blick. „Ja, ich habe Sie vollkommen verstanden."

Mrs Santerre nickte abrupt. „Gut. Für diesmal will ich beide Augen zudrücken, aber in Zukunft denke daran, wer du bist und wen du heiratest." Ihre Augen glitzerten. „Es wird dich freuen zu hören, dass ich eine Lösung für dein Problem habe."

Lilly schluckte. „Ja?"

„Es würde mich freuen, wenn ihr, du und Harlan, in mein Haus in der Fifth Avenue ziehen würdet. Wenn du zustimmst, kann ich dir das Geld morgen ausleihen. Harlan hofft, dass wir alle zusammen wohnen können und nicht unnötig Geld ausgeben, um in irgendeiner gottverlassenen Gegend ein kleineres Haus für euch zu bauen, wie du das offenbar gerne hattest."

Lilly verzog das Gesicht. Harlan hatte ihr ein Haus versprochen, das am Rand von New York lag und nicht mitten im Gewühle der Stadt. Zusammen mit Dolly und Dutzenden von Dienern im Haus der Santerres zu wohnen, wäre ein schlechtes Omen für ihre Ehe – wenn sie denn Harlan wirklich heiratete. Ihre riesige Stadtvilla im Renaissancestil hatte den Charme eines Bankgebäudes. Und dann ihre künftige Schwiegermutter jederzeit nebenan …

Lilly erhob sich und sah Mrs Santerre fest an. „Ihre Großzügigkeit überwältigt mich, aber leider kann ich sie nicht annehmen. Als junge Braut möchte ich gerne mein eigenes Heim, auch wenn es nur ein bescheidenes ist." Ihre Stimme hatte plötzlich eine Festigkeit, die sie selber überraschte. „Herzlichen Dank für das Angebot, aber ich muss es ablehnen."

Dollys Gesicht wurde fast so dunkelrot wie ihr Kleid. Lilly musste sich in den Arm kneifen, um nicht loszuprusten. Sie spürte eine tiefe Erleichterung. Das Geld hatte sie nicht bekommen, aber sie hatte soeben die Ketten zerrissen, die sie an Dolly Santerre banden – und vielleicht auch an ihren Sohn.

Lilly wandte sich um. Wo war George? Sie bahnte sich einen Weg durch die Menge der Gäste, bis sie in der Bildergalerie, die in der Nähe der Eingangshalle lag, Irene fand. Ihre Schwägerin flüsterte gerade Theo Nottingham etwas ins Ohr, bestimmt irgendwelche süßen Belanglosigkeiten. Lillys Tanzschuhe klapperten auf dem Marmorfußboden.

„Wenn Sie uns bitte entschuldigen, Mr Nottingham, ich möchte eben mit meiner Schwägerin sprechen." Es war Lilly egal, wie streng ihre Stimme klang.

Der Mann ging ohne ein Wort, und Lilly war allein mit Irene. Die stand mit offenem Mund da, ihr Gesicht, das genauso hart aussah wie ihre Smaragdkette, hell empört. Sie strich ihren knallgrünen Taftrock glatt und hob das Kinn. „Warum hast du Mr Nottingham fortgeschickt? Wir unterhalten uns höflich, und du …"

„Es schickt sich nicht für eine verheiratete Frau …"

Irene unterbrach sie mit einer abschätzigen Geste. „Es schickt sich auch nicht, wenn eine Verlobte es einem anderen Mann erlaubt, hinter ihr herzulaufen wie ein liebeskranker Gockel. – Schau nicht so schockiert, Lilly, jeder kann sehen, dass Jack in dich verliebt ist."

Lilly merkte, wie sie knallrot wurde. Irene lachte auf. „Und es ist genauso sonnenklar, dass du ihn liebst."

Lilly zwang sich, nicht wegzurennen. Sie schluckte heftig und sagte so ruhig, wie sie konnte: „Bitte sage George, dass Harlan sich weigert, mir Geld zu leihen. Du musst dir jemand anderen suchen, der deine Schulden zahlt."

Irenes Grinsen verschwand. „Hast du ihm gesagt, dass das Geld für George und mich ist – für persönliche Ausgaben?"

„Nein. Ich fand es das Beste, euch da rauszuhalten."

„Hmm." Irene lächelte erleichtert. „Du liebst es, Geheimnisse zu haben. George wird schon was einfallen, um unsere Schulden zu regeln."

Sie wollte sich umdrehen, um zu gehen. Lilly packte ihren Arm. „Du musst aufhören mit deinem Spielen, sofort. Du wirst unsere ganze Familie blamieren, wenn deine Spielsucht bekannt wird."

Irenes Brauen hoben sich. „Dass *du* es so mit der Familienehre hast, das überrascht mich jetzt." Ihr spöttisches Lachen hallte durch die dunkle, verlassene Galerie, als sie zurück in den Ballsaal ging.

Kapitel 17

Auf der Heimfahrt starrte Lilly von der hinteren Bank der voll besetzten Kutsche in den nebligen Nachthimmel hinaus und versuchte, nicht an Irenes spitze Bemerkungen über ihre Beziehung zu Jack zu denken. War es wirklich so deutlich, dass er sich nach ihr sehnte – und sie sich nach ihm? Oder hatte Irene bewusst übertrieben, um sie zu ärgern? Und wenn nicht – hatten auch andere die Sache schon bemerkt? Sie wollte doch nicht zum Gegenstand des neuesten Gesellschaftsklatsches werden! Ihre Wangen glühten trotz der kühlen Nachtluft. Sie war dankbar für den Mantel der Dunkelheit.

Die anderen Mitfahrenden unterhielten sich über die Ereignisse des Abends. Sie schloss die Augen. Jeden Tag kam eine neue Ladung Verlobungsgeschenke an, die kunstvoll gravierten Einladungskarten lagen zum Verschicken bereit.

Es war zu spät, es sich anders zu überlegen – oder? Sie hätte es sich lange und reiflich überlegen sollen, wen sie heiraten wollte; stattdessen hatte sie sich vom Gang der Ereignisse und den Erwartungen ihrer Familie überrollen lassen.

Gott, bitte zeige mir, was ich machen soll. Selber weiß ich es nicht.

Im Schein des Kaminfeuers und der flackernden Gasleuchte ging Jack den nächsten Stapel Manuskripte durch. Er war nicht mit zu dem Ball gefahren, sondern in Summerhill geblieben, um die Suche nach einer neuen Autorin fortzusetzen. Er hatte den starken Verdacht, dass Lilly seine Frauenromanschreiberin war, aber wenn sie nicht bereit war, dies zuzugeben, musste er halt eine andere Autorin finden, die er aufbauen konnte, und das schnell. Was er brauchte, war ein Star, ein Publikumsmagnet. Leider war keines dieser Manuskripte dafür geeignet.

Er legte aufseufzend den letzten Roman beiseite. In letzter Zeit gelang ihm nicht viel.

Aus dem Flur kamen Schritte. Dann schaute Miranda durch die Tür. „Haben Sie was dagegen, dass ich eben ein Buch suche? Ich war heute Abend zu müde zum Tanzen, und da bin ich hiergeblieben." Sie lächelte. „Eine begeisterte Tänzerin bin ich sowieso nicht."

„Kommen Sie doch rein, Miss Reid." Jack machte Anstalten aufzustehen.

Miranda bedeutete ihm, sitzen zu bleiben. Sie ging über den dicken Teppich, holte *Anna Karenina* von einem der Regale und sah Jack mit gerunzelter Stirn an. Sie trat näher, das Buch in der Hand. „Dürfte ich einmal offen mit Ihnen reden?"

„Gerne."

Sie setzte sich in den Lesersessel, der Jack gegenüberstand, und beugte sich vor, ihre langen Finger im Schoß verschränkt. Anders als die meisten Damen der Gesellschaft trug sie keinen Schmuck, bis auf eine goldene Taschenuhr, die an ihrer Bluse befestigt war. „Ich weiß nicht recht, wie ich anfangen soll. Oder ob ich das Thema überhaupt ansprechen soll. Ihre Beziehung zu Lilly."

Jack schluckte, sein Puls beschleunigte sich. Waren seine Gefühle für Lilly so deutlich, dass selbst Miranda sie bemerkt hatte? Er hatte keine Lust zu antworten, aber seine Besucherin schien zu wissen, was sie wollte. „Miss Reid, Miss Westbrook und ich haben keine Beziehung. Wir hatten früher eine, wie Sie sicher wissen, aber das ist Jahre her."

„Lilly und ich sind seit unserer Kindheit enge, gute Freundinnen, die einander alles sagen. Ihre Gegenwart hier in Summerhill, Mr Grail, bringt sie durcheinander und erinnert sie an Ihre gemeinsame Vergangenheit. Darf ich deutlich werden?"

Jack antwortete ärgerlich: „Ich glaube, das sind Sie bereits, aber fahren Sie bitte fort."

„Danke." Sie legte die Finger zusammen, als ob sie nach den richtigen Worten suchte. „Wenn Sie keine ernsthaften Absichten gegenüber Lilly haben, dann lassen Sie sie bitte in Ruhe und hören auf, mit ihren

Gefühlen zu spielen. Lassen Sie sie Harlan heiraten, ohne sich zu zergrübeln. Sie verdient es, glücklich zu werden, besonders nach dem Schmerz, den Sie ihr damals bereitet haben. Sie hat sich noch kaum erholt von Ihrem – Verrat."

Er fuhr innerlich zusammen. Das saß. „Ich habe versucht, mich nicht in die Verlobung einzumischen, aber es ist schwierig stillzuschweigen, wenn man merkt, dass die beiden überhaupt nicht zueinander passen. Seien Sie mir bitte nicht böse, aber ich halte Ihren Vetter für einen arroganten Laffen, der Lilly niemals glücklich machen wird."

Miranda prustete vor Lachen. Als sie aufgehört hatte, sah sie Jack mit ihren dunkelblauen Augen fest an. „Dann tun Sie etwas! Jammern reicht nicht. Erobern Sie sie zurück – wenn es das ist, was Sie wollen."

Jack spürte, wie sein Gesicht und Hals puterrot wurden. Selten hatte eine Frau so offen zu ihm gesprochen. „Ich würde gerne Lillys Zuneigung gewinnen, aber ich zögere, weil ich schon einmal versagt habe und ihr Leben nicht noch einmal durcheinanderbringen möchte. Und was, wenn ihre Eltern finden, dass ich nicht gut genug für sie bin ..."

„Unsinn, Mr Grail. Das war vielleicht früher so; jetzt nicht mehr. Sie haben bewiesen, dass Sie etwas können, Sie haben sich als Geschäftsmann etabliert. Die Westbrooks wollen, dass ihre Tochter glücklich wird, und glauben, dass Harlan der Richtige für sie ist. Ich bin da anderer Meinung. Ich kenne ihn mein ganzes Leben schon, mit seinen Tugenden – und seinen Fehlern. Sie sind kein gutes Paar." Mirandas Augen bohrten sich in Jacks. „Aber vor allem: Lilly liebt Sie."

„Hat sie Ihnen das gesagt?" Der Raum wollte sich drehen.

„Nicht wörtlich, aber das ist auch nicht nötig, ich kenne sie gut. Aber zurück zu Ihnen: Was gedenken Sie zu tun?"

Den ganzen Rest des Abends ging Jack Mirandas Frage durch den Kopf, während er weiter in der Bibliothek saß und auf Lilly wartete. Mitternacht kam; die zwölf Schläge der Uhr im Flur hallten durch das fast leere Haus. Es konnte gut sein, dass Lilly erst in ein paar Stunden zurückkam. Vielleicht sollte er doch zu Bett gehen und sie dann am Morgen suchen? Halb erhob er sich aus dem Ledersessel, dann setzte er sich wieder. Nein, er würde hierbleiben. Schlafen konnte er jetzt sowieso nicht. Er würde weiter hier warten und auf Lillys Rückkehr lauschen.

Er las in Mr Westbrooks neuester Ausgabe des *Wall Street Journal*, bis die Buchstaben vor seinen übermüdeten Augen verschwammen. Er stand auf und tigerte ruhelos vor dem Kaminfeuer hin und her, warf einen neuen Holzscheit hinein und schaute zu, wie er brannte.

„Harlan, könnte ich eben einmal mit dir sprechen?" Lilly blieb in der Eingangshalle stehen, während George, Irene und Dolly die Treppe hinauf in ihre Zimmer gingen. „Es ist wichtig."

Jetzt war der Augenblick da, jetzt würde sie die Verlobung lösen. *Gott, bitte gib mir Kraft!*

Harlan, bereits auf der ersten Treppe, hielt an und schaute über die Schulter. „Ich bin müde. Hat das nicht Zeit bis morgen? Ich habe alles gesagt, was ich über dein Anliegen von heute Abend sagen wollte; lass es gut sein."

Lillys Augen wurden größer. Das Geld war ihr kleinstes Problem. „Bitte, Harlan. Tagsüber kommt immer etwas dazwischen."

Er stieß einen langen, irritierten Seufzer aus. „Nein, nicht jetzt. Wir reden morgen, wenn ich vom Segeln zurückkomme."

„Na, gut", murmelte sie. Sie schaute ihm hinterher, wie er die Treppe hinaufstieg, ohne noch einmal in ihre Richtung zu blicken. War sie ihm so unwichtig? Oder ahnte er, was sie ihm sagen wollte, und hatte Angst?

Sie setzte sich auf die Treppe und vergrub das Gesicht in den Händen.

Jack kam in die Eingangshalle. „Lilly, könnte ich dich eben kurz sprechen?"

Sie schaute hoch und lächelte müde. „Gerne. Wenn es nicht lange ist." Sie erhob sich und folgte ihm in die Bibliothek. Ihr Ballkleid raschelte im Rhythmus ihrer Schritte. Sie stellte sich vor den Kamin, den Rücken zum Feuer, und wartete, den Kopf leicht zur Seite geneigt.

Seine Stimme wurde rau. Er baute sich vor ihr auf, die Hände hinter dem Rücken verschränkt. „Lilly, seit meiner Ankunft in Summerhill habe ich dir etwas sagen wollen, aber irgendwie hat es sich nie ergeben. Und dann hast du dich mit Harlan verlobt, und ich habe den Mund gehalten."

Er holte tief Luft. Sie nickte sachte.

Er fasste Mut. „Darf ich es dir jetzt sagen?"

„Bitte."

„Ich bin nach Summerhill gekommen, um dich um Vergebung zu bitten, obwohl ich das nicht verdient habe. Und … und weil ich hoffte, dass du mich wieder in dein Leben hineinlassen würdest." Er hielt inne, sein Gesicht abwartend.

Tränen stiegen in ihr auf.

„Ich liebe dich, Lilly." Seine Stimme war kaum mehr als ein Flüstern. „Ich hätte dich damals heiraten sollen. Ich hätte dich nie verlassen dürfen. Ich hätte darauf vertrauen sollen, dass du deinen Weg gehen würdest, an meiner Seite."

Das Blut rauschte Lilly in den Ohren. Hatte Jack da gerade zugegeben, dass er sie hätte heiraten sollen? Langsam hob sie den Kopf und sah ihn an. Sollte sie ihrem Herzen einfach nachgeben? In einem Nu loderte ihre alte Liebe wieder auf, wurde voller Leben. Sie musste nachdenken, durfte sich nicht von ihren Gefühlen überwältigen lassen! Aber die Liebe füllte ihr Herz so randvoll, dass sie kaum einen klaren Gedanken fassen konnte.

Sie sank auf das nächstbeste Sofa. „Warum hast du mich dann damals verlassen?"

Er stöhnte schmerzlich. „Das war diese Demütigung. Ich dachte, dass deine Eltern mich auslachen würden – und dass du es dir, wenn der erste Überschwang vorbei war, anders überlegen und mich abweisen würdest. Und da bin ich geflüchtet, bevor ihr, du oder dein Vater, mir höflich erklären konntet, dass ich keine akzeptable Partie war. Diese Abfuhr hätte ich nicht ertragen."

Ihr schnürte es die Kehle zusammen, sie konnte kaum atmen. „Alles, was ich brauchte, war deine Liebe." Warum hatte er das nicht begriffen?

Er sah sie betreten an. „Aber deine Eltern wollten mehr für dich."

Lilly presste die Hand an ihre Stirn. „Vielleicht hast du recht. Aber du hättest meinen Vater fragen sollen. Ich hätte ihn um seinen Segen gebeten, und vielleicht hätte ich ihn herumgekriegt." Das Argument kam ihr selber schwach vor, aber hatte er nicht geglaubt, dass ihre Liebe es wert war, für sie zu kämpfen?

Jack nickte. „Mein Stolz ließ es nicht zu, mir anhören zu müssen, dass ich nicht gut genug für dich war."

„Oh, Jack! Als du gegangen bist, habe ich geglaubt, dass du übereilt um meine Hand angehalten und es dann bereut hast."

Wie hatte sie sein abruptes Verschwinden so falsch deuten können?

„Ich war damals ein dummes, schüchternes Mädchen; ich dachte, dass ich vielleicht nicht interessant genug für dich war." Das Geständnis ließ sie erröten. „Meine Eltern waren auch nicht sehr reich, und da dachte ich, du suchtest eine Erbin, die dir helfen konnte, jemand zu werden in der Welt. Eine, die besser zu einem Aufsteiger passte."

„Nein. Du warst die junge, schöne Erbin und ich der unwürdige Bettler." Er beugte sich so nah zu ihr, dass sein warmer Atem ihre Wange streichelte. „Ich bin damals gegangen, um mein Glück zu machen und als reicher Mann, vielleicht sogar als gute Partie zu dir zurückzukommen."

„Warum hast du mir das nicht gesagt?", stotterte Lilly. „Ich hätte auf dich gewartet, so lange, wie es nötig gewesen wäre."

„Ich wollte nicht zugeben, wie minderwertig ich mich fühlte. Ich hatte nichts als ein gutes Studium und wusste nicht, ob ich daraus etwas machen konnte. Es wäre nicht fair gewesen, dich zu bitten, auf mich zu warten." Jack hielt inne. „Ich haderte mit der Ungerechtigkeit des Lebens. Ich hasste meine Angst vor dem Versagen. Ich verachtete mich selber, dass ich dir nicht die ganze Wahrheit gesagt hatte."

Er setzte sich neben sie auf das Sofa und nahm ihre Hand. Sie ließ es geschehen. „Möchtest du, dass ich weitermache?", fragte er.

„Ja. Ich will alles wissen." Wie lange hatte sie auf diesen Augenblick gewartet! Sie spürte: Es fiel ihm nicht leicht, seine Fehler zuzugeben. Sie drückte seine Hand, und er erwiderte ihr Zeichen, mit einer Wärme, die durch ihren ganzen Körper floss.

„Einen Tag, nachdem ihr, du und deine Familie, nach Europa gefahren wart, bin ich zurück in den Washington Square gekommen, um dich zu bitten, mich wieder als deinen Verlobten anzunehmen. Ich war entschlossen, die Sache auf Gedeih und Verderb in die Hände deines Vaters zu legen. Aber ihr wart fort, auf ein ganzes Jahr." Er seufzte auf. „Und dann bin ich also nach Kalifornien gegangen und ein paar Jahre später nach Alaska."

„Oh, Jack, wenn ich das nur gewusst hätte!"

„Ich wollte dir schreiben, aber es schien alles so … hoffnungslos."

Sie saß wie eine Statue da und brachte kein Wort heraus.

„Lilly, ich habe kein Recht, das zu fragen, aber glaubst du, dass wir beiden noch eine Chance haben?" Der sanfte Druck seiner Fingerspitzen auf ihrer Schulter schickte ihr seidige Schauer den Rücken hinunter.

Wenn er sie jetzt an sich drücken und sie das Brennen seiner Wange an der ihren spüren würde … Aber sie zögerte mit ihrer Antwort. Sollte sie ihrem Herzen folgen, egal, welche Folgen das für ihre Familie hatte? Die Antwort wusste sie schon. Aber da war immer noch das Dilemma mit Fannie Cole.

Sie schloss die Augen. „Lass mich überlegen, Jack. Wir können die Vergangenheit nicht auslöschen. Oder die Gegenwart. Es ist so viel passiert."

„Dann lass uns neu anfangen. Ich liebe dich von ganzem Herzen." Er holte tief Luft. „Wirst du deine Verlobung mit Harlan lösen und mich heiraten, Lilly?" Er lächelte ein leises Hoffnungslächeln.

Sie zögerte, aus Angst, dass ihre Stimme versagen würde, dann antwortete sie: „Ich möchte so gerne Ja sagen, aber das kann ich nicht – oder noch nicht." Sie merkte, wie die Tränen kamen, und versuchte sie wegzublinzeln. Wie oft hatte sie sich gewünscht, dass Jack ihr erneut einen Antrag machen würde, und jetzt klangen seine Worte so unwirklich wie ein Traum.

Sie hatte das Gefühl, dass ihr Herz entzweibrach. Die eine Hälfte gehörte Jack, aber die andere gehörte ihrer Familie, und so viel von der Zukunft ihrer Lieben hing an ihrer Heirat mit Harlan. Jack konnte den Riss heilen, aber sollte sie ihn lassen? Würde er erwarten, dass sie für seinen Verlag als die Frau, die Fannie Cole war, an die Öffentlichkeit trat?

„Bevor ich irgendetwas anderes mache, muss ich erst mit Harlan reden." Sie sah Jack an, ihr Blick eine stumme Bitte um Verständnis und Geduld. Anstatt ihren Blick zu erwidern, schaute er über ihre Schulter zur Tür hin. Sie drehte sich um und sah, wie George in die Bibliothek kam. Warum musste ihr Bruder ausgerechnet jetzt kommen?

„Jack, bitte gib mir ein paar Tage. Ich möchte nicht den nächsten Fehler machen. Lass uns nicht mehr darüber reden, bis ich zu einer Entscheidung gekommen bin."

„Sicher, gerne. Nimm dir so viel Zeit, wie du brauchst." Sein Feuer schien sich abzukühlen. Oder ließ Georges Erscheinen ihn nur seine Gefühle verstecken?

„Ich habe tolle Neuigkeiten", begann George. „Oder stör ich gerade?"

Lilly seufzte. „Nein. Schieß los."

George strahlte. „Ich hab gerade Papa im Billardzimmer getroffen, und er hat mir erzählt, dass Harlan ihm heute Nachmittag einen Tipp gegeben hat, wegen eines Stück Lands im Norden des Staates New York. Es ist das letzte Stück, das Harry Morrison für seine Eisenbahnlinie nach Quebec braucht, aber der alte Geizkragen war nicht bereit, einen fairen Preis zu zahlen, und der Besitzer des Landes wollte sich nicht so billig abspeisen lassen. Als Harlan Wind von der Sache bekam, sprach er mit dem Besitzer, und sie einigten sich auf einen niedrigeren, aber realistischen Preis, und jetzt möchte Harlan, dass nicht er, sondern Papa das Land kauft."

„Warum kauft er es nicht selber, wenn es so günstig ist?" Lilly sah ihren Bruder verständnislos an.

Der rollte die Augen, als ob sie nicht klar im Kopf wäre. „Na, weil er dich liebt und unserer Familie helfen möchte! Wenn Papa das Land für die Eisenbahn an Mr Morrison weiterverkauft, machen wir einen Riesengewinn!"

„Das ist nett von Harlan", murmelte Lilly.

George räusperte sich umständlich. „Nett nennst du das? Noch großzügiger kann ein Mensch nicht sein! Der Mann ist ein Glücksfall für unsere Familie."

Jacks enttäuschtes Gesicht sprach Bände. Selbst George hätte das bemerkt, wenn er in diesem Augenblick an etwas anderes gedacht hätte als den Geldbeutel der Westbrooks. Aber Lillys schlaksiger Bruder sprang wie ein aufgeregter Grashüpfer herum. Er konnte sich nicht beruhigen vor Glück.

„Und wie denkt Papa darüber?" Lilly nahm Kurs auf die Tür. Jack blieb vor dem Kamin stehen.

„Er hat sich die Sache überlegt und wird den Kauf tätigen. Er will so schnell wie möglich geschäftlich zurück auf die Füße kommen. Er ist bestimmt begeistert. Wie ich." George strich über seinen Bart.

Lilly trat hinaus in die Eingangshalle. Dann schaute sie zurück zu Jack. „Es ist schon furchtbar spät. Ich danke Harlan lieber morgen. Gute Nacht, ihr beiden. Schlaft gut."

„Na, kein Kommentar?", fragte George.

Die beiden Männer gingen gemeinsam den teppichbelegten Flur entlang. Jack sah seinen Freund fest an. „Ich sehe, wie viel Nutzen die Familie Westbrook von Harlan hat. Da halte ich wohl besser den Mund und gratuliere dir zu Harlans Angebot."

„Aber ..."

„Ich liebe Lilly." Jack schaute zur Seite und wartete auf Georges Reaktion.

„Du bist in meine kleine Schwester verknallt? Das nenn ich ein Ding! Weiß sie das?"

Jacks Gesicht und Hals wurden warm. „Ja. Ich hab's ihr gesagt."

„Und?" George blieb stehen.

„Sie will über meinen Antrag nachdenken."

„Antrag?" George stemmte die Hände in seine schmalen Hüften und schüttelte perplex den Kopf. „Sie ist doch schon verlobt! Hast du das vergessen? Möchtest du etwa, dass sie ihre Verlobung mit Harlan löst?"

Jack konnte sie sich gut vorstellen, die Angst, die plötzlich in George hochstieg. Kein gut bezahlter Job in Santerres Eisenbahngesellschaft, keine satten Profite zur Polsterung des Bankkontos der Familie, nicht mehr mit der Crème de la Crème auf Du und Du, keine Lösung für Irenes Finanzkrise. Lauter Dinge, die jetzt bestimmt auch Lilly durch den Kopf gingen.

Jack merkte, wie die Ernüchterung wie ein Messer durch sein Herz schnitt. „Ich glaube, du brauchst dir keine Sorgen zu machen. Sie wird eine Entscheidung treffen, die gut für eure Familie ist. Ich werde diese Entscheidung keine Sekunde lang mögen, aber ich verstehe Lilly voll und ganz."

George runzelte die Stirn, seine schweren Augenlider senkten sich. „So, wie du das gerade sagst, klingt das richtig kalt und berechnend."

„Das ist es ja auch, George." Jack beschleunigte seinen Schritt und ließ seinen Freund mit seinen Gedanken allein.

Lilly zögerte. Sollte sie wirklich an Mirandas Tür klopfen? Es war sehr spät und ihre Freundin schlief bestimmt schon. Sie klopfte einmal, leise. „Miranda. Ich bin's, Lilly."

Die Tür öffnete sich leise knarrend. „Komm rein." Miranda rieb sich gähnend die Augen.

Lilly trat in das kleine Zimmer, das von der Petroleumlampe auf dem Nachttisch nur spärlich erleuchtet wurde. Sie setzte sich auf das Himmelbett, während Miranda zurück unter die Decke schlüpfte, bevor sie die Lampe heller drehte.

„Entschuldige, wenn ich dich so spät störe, aber ich muss dir erzählen, wie der Abend war. Es war schrecklich." Und Lilly begann mit Harlan, fuhr fort mit Dolly Santerre und endete mit Jacks Liebeserklärung und Georges Neuigkeiten. „Was soll ich nur machen?"

Miranda nestelte am Spitzenausschnitt ihres weißen Baumwollnachthemds. „Ich würde sagen: Löse deine Verlobung mit Harlan, und zwar sofort."

Lilly nickte. „Da hast du völlig recht. Spätestens seit heute Abend weiß ich, dass wir überhaupt nicht zusammenpassen. Ich habe lange versucht zu überhören, was mein Herz mir sagte, aber jetzt kann ich das nicht mehr. Ein bisschen traurig bin ich schon, dass es zwischen uns nicht geklappt hat."

„Sicher, aber besser, du siehst das jetzt ein, als dass du ein Leben lang bereust, den Falschen geheiratet zu haben."

Miranda nahm Lillys Hand und drückte sie. „Du musst Harlan das sagen."

„Der ist jetzt im Bett, aber ich rede gleich morgen früh mit ihm. Aber, Miranda, was ist mit meiner Familie? Sie werden ja so enttäuscht sein."

„Da hast du wahrscheinlich recht. Aber deine Eltern lieben dich und wollen bestimmt nicht, dass du den Falschen heiratest. Und George ist kein kleiner Junge mehr, er kann gefälligst auf seinen eigenen Füßen stehen. Er tanzt ja ganz nach Irenes Pfeife."

Lilly stöhnte. „Um Irene muss ich mir doch keine Sorgen machen, oder?"

„Meine Güte, nein! Die ist nun echt kein kleines Mädchen mehr."

Lilly zögerte, dann flüsterte sie: „Und Jack?"

„Nun, du liebst ihn, und er liebt dich auch, oder?"

„Ja. Das hat er mir gesagt."

„Aber?"

Ein leichter Windstoß von draußen bauschte die Vorhänge und strich kühl über Lillys nackte Arme. „Da ist noch das Problem mit Jones & Jarman und Fannie Cole."

„Dann solltest du ihm vielleicht die Wahrheit sagen."

Lilly schüttelte den Kopf. „Ich kann es nicht riskieren, dass er mich zwingt, mich dem Publikum zu stellen, obwohl ich anonym bleiben will."

Miranda überlegte. Auch sie schien nicht sicher zu sein, dass Jack seinen Ehrgeiz zügeln würde. Dann sagte sie: „Lilly, du musst Jack die Wahrheit sagen, bevor er von selber darauf kommt."

Kapitel 18

Am Morgen erschien Harlan nicht zum Frühstück. Lilly wartete im Speisesaal, bis das Essen auf der Anrichte kalt wurde und alle anderen fertig und gegangen waren. Nun gut, sie würde ihn ansprechen, bevor er zum Casino ging. Inzwischen würde sie weitermachen mit den vorbereitenden Recherchen für ihre nächste Romanserie. An der Tür zur Bibliothek blieb sie stehen. Drinnen saß Jack. Er hing wie ein nasser Sack in einem der Ledersessel, das Gesicht in den Händen vergraben. „Was ist los, Jack?"

Er schaute hoch. Er versuchte halbherzig ein Lächeln und gab es gleich wieder auf. „Mr Jarman hat mich angerufen. Henry Reynolds, unser Western-Bestsellerautor, hatte einen Schlaganfall."

„Das ist ja furchtbar. Wird er wieder gesund werden?" Lilly ging rasch hinein und setzte sich in den Ohrensessel neben Jack.

„Das wissen sie noch nicht. Seine Familie ist natürlich fix und fertig. Sie hat versprochen, uns Bescheid zu geben, wie er sich macht."

Was für ein Unglück für Jack, so bald nach dem Kauf des Verlages solch einen Erfolgsautor zu verlieren. „Es wird sicher einige Zeit dauern, bis Mr Reynolds wieder schreiben kann, oder?"

Jack nickte. „Da hast du wohl recht. Jetzt muss ich so schnell wie möglich einen neuen Westernautor finden. Und eine neue Liebesromanschreiberin, aus der ich etwas machen kann."

Lilly hielt inne, dann nahm sie seine Hand. „Und das wird dir gelingen. Es gibt bestimmt viele begabte Romanschreiber, die einen Verleger suchen."

Er drückte sanft ihre Finger und lächelte. „Du hast recht. Ich werde mich nicht entmutigen lassen."

Von hinten kam eine dröhnende Stimme. Es war Harlan, der durch die offene Tür kam. „Was soll das hier bedeuten?"

Jack ließ Lillys Hände los. „Nichts natürlich."

Sie standen beide auf. Lilly starrte das hochrote Gesicht ihres Verlobten an, der seine Fäuste vor seiner schmalen Brust ballte. Würde er gleich tätlich werden?

„Beruhige dich, Santerre, ich war gerade dabei zu gehen." Jack verneigte sich und trat zurück, außerhalb der Reichweite der Fäuste, aber nicht zu weit weg von Lilly.

Harlan funkelte die beiden an. „Ihr seid mir beide eine Erklärung schuldig. Ihr haltet Händchen wie ein Liebespaar, ich komme dazu und ihr tut so, als wäre nichts. Das kann ich nicht akzeptieren."

Lilly stieß einen übertriebenen Seufzer aus. „Ich versichere dir, dass wir uns lediglich über einen von Jacks Autoren unterhalten haben, der einen Schlaganfall bekommen hat. Das war alles." Sie richtete sich zu ihrer vollen Größe auf und schaute Harlan in die Augen. „Lass Jack in Ruhe, und mich auch. Deine Eifersucht ist fehl am Platz."

Harlan war nahe dran, loszuheulen. „Wie kannst du behaupten, dass ich eifersüchtig auf Jackson Grail bin? Das ist ja voll verrückt!"

Jack hob das Kinn, seine Fäuste ballten sich. Er schaute zur Tür hin, blieb aber stehen.

„Harlan", sagte Lilly leise, „wir müssen miteinander reden."

Harlan nickte abrupt. „Natürlich. – Grail, du gehst besser. Meine Verlobte und ich möchten allein sein."

Jack sah Lilly fragend an. Sie warf ihm ein tapferes Lächeln zu. „Ja, das ist eine gute Idee."

Jack ging ohne ein weiteres Wort.

„Du bist doch nicht etwa in diesen Mann verliebt?", zischte Harlan.

Lilly schluckte. „Mr Grail und ich haben uns nur über seine Probleme …"

Harlan grinste höhnisch. „Probleme? Das überrascht mich nicht. Er ist es nicht gewöhnt, eine Firma zu führen; wie sollte er auch, mit dem Elternhaus? Aber da hätte er sich bei George ausheulen sollen und nicht bei dir. Ich mag es nicht, meine Verlobte mit einem anderen Mann zusammen zu sehen.“ Harlan zupfte an den Spitzen seines Schnurrbarts. Sie zuckte unwillkürlich zurück unter seinem forschenden Blick. Seine Wut wich einem Grinsen. „Dass du dich für Jackson Grail interessierst, hätte ich nie für möglich gehalten, aber ich weiß, dass er in dich verknallt ist.“

Sie würde gar nicht erst versuchen, das zu leugnen. Lilly setzte sich auf eine Stuhlkante und zeigte auf das Sofa daneben. „Wir müssen reden.“

Er setzte sich steif. „Das müssen wir in der Tat. Gestern Abend hat meine Mutter dir – uns – ein äußerst großzügiges Angebot gemacht. Sie möchte uns ihr Haus öffnen, wenn wir verheiratet sind.“ Sein Blick war eisig. „Sie hat mir gesagt, du hast abgelehnt.“

„Ich habe ihr für ihre Großzügigkeit gedankt, aber konnte ihr Angebot nicht annehmen.“

„Mutter meint es gut. Vater ist den ganzen Tag in seinem Büro und sie fühlt sich einsam. Ich glaube, sie sucht Gesellschaft. Sollten wir ihr nicht diesen einen kleinen Wunsch erfüllen?“ Seine Stimme war so glatt wie Eis. Und so kalt.

„Harlan, sie ist viel auf Einladungen. Sie braucht mich nicht als Gesellschafterin.“

„Aber sie liebt dich, Schätzchen. Sie hätte dich gerne in ihrer Nähe.“

Um mich zu kontrollieren, ja. Das ist keine Liebe. Wie kann Harlan so blind sein?

Er fuhr fort: „Wenn wir bei Mutter wohnen, wird sie dich bei allen aus ihrer Bekanntschaft einführen. Dann brauchst du nicht mehr in einem schäbigen alten Stadthaus sitzen und Däumchen drehen.“

Was hatte sie nur in Harlan gesehen? Seine Verachtung für ihre Familie wurde mit jedem Tag deutlicher. Ihr Elternhaus am Washington Square mochte alt und unmodern sein, aber es war keine Bruchbude. Sie hatte Lust, dieses Grinsen aus Harlans Gesicht zu wischen, jetzt sofort.

Die Hände vor ihrer Taille verschränkt, sah sie ihn an. „Das ruhige Leben, das du so schlecht machst, liebe ich, und ich habe nicht vor, das zu ändern, um der Gesellschaft oder deiner Mutter einen Gefallen zu tun.“

Sein Blick erstarrte. „Ich werde dir nicht erlauben, dich in deinem Zimmer zu verschließen, wenn du meine Frau bist. Du wirst gesellschaftliche Verpflichtungen haben. Ich hoffe doch sehr, dass du deine neue Position zu schätzen wissen und das Beste aus ihr machen wirst."

Er erwartete von ihr, die Zeit, in der sie ihre Bücher schreiben könnte, mit endlosen Teekränzchen und Smal Talk zu vergeuden …

Lilly seufzte. „Harlan, als wir im letzten Frühjahr angefangen haben, miteinander zu gehen, hast du da den Eindruck gehabt, dass ich pausenlos etwas unternehmen wollte? Ich bin keine Einsiedlerin, aber am glücklichsten bin ich zu Hause bei meinen Lieben und Freunden; das musst du doch gemerkt haben."

Harlan runzelte die Stirn. „Ich dachte, du würdest gerne unter die Leute gehen, wenn du nur die Chance kriegtest. Habe ich dich da falsch eingeschätzt?"

Lilly nickte. „Vielleicht schon. Für mich sind Dinner, Einladungen und die Oper nette Abwechslungen, aber nicht das Leben. Sag mal, Harlan, was an mir hat dich eigentlich angezogen?"

Er überlegte; diese Frage schien er nicht erwartet zu haben. „Du bist eine kluge, vernünftige Frau und nicht so wie diese Mädchen, die nur an die neueste Mode und die nächste Einladung denken."

Genauso, wie sie gedacht hatte. „Aber du möchtest, dass ich so wie sie werde, nicht wahr? Gut, nicht so seicht und albern wie manche, aber genauso gesellig. Habe ich recht?"

„Ich wollte nicht ein Mädchen, sondern eine Frau, die zu meinem Leben passt, und ich dachte, du wärst diese Frau."

Dachte … wärst … Sein blasses Gesicht sah schockiert aus. Er schien zu begreifen, dass ihre Ehe ein Puzzle werden würde, bei dem die Teile nicht zusammenpassten.

Harlan lächelte versöhnlich, machte einen Anlauf, das Unvermeidliche hinauszuschieben. „Du wirst dich umstellen, Lilly. Mutter meint, du bist nervös wegen der Hochzeit. Gib dir einfach ein bisschen mehr Mühe und überlass die wichtigen Entscheidungen mir."

Er versuchte, überzeugt zu klingen, aber Lilly sah den Zweifel in seinen Augen. „Nein, Harlan. Ich will und werde mich nicht umstellen."

Seine Augen schauten ungläubig. „*Was* sagst du da, Lilly?"

Sie nahm seine eine Hand in die ihre. „Es tut mir sehr leid, aber ich bin sicher, auch du hast erkannt, dass wir nicht die Richtigen füreinander sind. Wir sind zu verschieden. Wir haben noch nicht einmal die gleichen Interessen."

„Du löst die Verlobung also." Er zog seine Hand zurück.

„Ja. Das tut mir so leid, Harlan. Aber es ist für uns beide besser so. Du wirst ein wunderbarer Ehemann für eine andere junge Dame werden."

Sein Kinn klappte nach unten. Einige Augenblicke schwieg er, dann sagte er: „Dann ist wohl alles gesagt. Am besten informiere ich gleich meine Mutter."

Keine Stunde später verließen die Santerres das Haus, um zu den Carstairs zu fahren.

Als ihre Mutter aus dem Casino zurück war, versammelte Lilly die ganze Familie sowie Jack und Miranda im Salon. „Ich muss euch etwas mitteilen, was ihr vielleicht nicht gerne hört." Sie holte tief Luft. Das hier war genauso schwer, wie sie befürchtet hatte. „Nach viel Gebet und reiflichem Überlegen habe ich meine Verlobung mit Harlan gelöst. Ich bin sicher, dass wir nie miteinander glücklich geworden wären. Harlan versteht mich; vielleicht stimmt er mir sogar zu. Er und seine Mutter sind zu den Carstairs gefahren."

„Da wird Eloise Carstairs sich aber freuen." Irenes Augen lachten.

„Du liebe Güte." Mit flatternden Augenlidern sah Lillys Mutter ihre Tochter an. „Bist du ganz sicher, dass du das richtig gemacht hast, Lilly?"

„Natürlich ist sie das." George rutschte auf dem Stuhl hin und her, der für seinen langen Körper zu niedrig war. „Lilly ist kein kleines Mädchen mehr; sie weiß, was sie tut."

Lilly warf ihrem Bruder ein dankbares Lächeln zu. Aus dem Augenwinkel sah sie die Erleichterung auf Jacks Gesicht.

Ihre Mutter schürzte die Lippen. „Ich wünschte, du hättest zuerst mit mir gesprochen, aber jetzt ist es wohl zu spät. Ich kann nur hoffen und beten, dass du dir das genau überlegt hast."

„Meine Güte, Nessie, unsere Tochter ist erwachsen!"

Lilly lächelte ihren Vater an, dann runzelte sie die Stirn. „Aber was ist mit diesem Tipp, Papa, den Harlan dir gestern gab, wegen diesem Stück Land? Es tut mir echt leid, wenn ich jetzt deine Pläne ruiniert habe."

„Das Land hab ich schon gekauft, gleich heute Morgen."

Irene zog eine Augenbraue hoch. „Lilly, Harlan ist ein großzügiger Mann, und ich glaube, es ist ein schrecklicher Fehler, dass du ihn in die Arme irgendeines anderen dummen Mädchens schickst, aber du hast bestimmt deine guten Gründe gehabt." Ihr Blick wanderte von Lilly zu Jack.

„Du hast es richtig gemacht", sagte Miranda ruhig.

Lilly wusste, dass das stimmte. Sie hätte Harlan nie ihr Jawort geben sollen, aber wenigstens hatte sie die Sache noch gestoppt, bevor es zu spät war.

Danke, Gott, dass du mir Mut gegeben hast. Was sie als Nächstes brauchte, war der Mut, ihre Familie in ihre Schriftstellerei einzuweihen.

Jack hätte gerne mit Lilly über die Lösung ihrer Verlobung gesprochen, aber sie verschwand in ihr Zimmer und kam nicht wieder. Er las ein paar Manuskripte, die Lewis Jarman ihm geschickt hatte, konnte aber an nichts anderes denken als an Lilly. Würde sie jetzt, wo sie die Beziehung zu Harlan beendet hatte, zu ihm kommen? Oder war das eine vermessene Hoffnung?

Er schob die Manuskripte zurück in den großen Umschlag und legte diesen auf den kleinen Korbtisch, neben einen Topf mit Farn, den die Spätnachmittagsbrise sachte bewegte. Mit einem Seufzer stand er auf. Ein Spaziergang durch die frische Luft würde ihn vielleicht auf andere Gedanken bringen.

Als er die Verandastufen hinunterging, hörte er Lillys Stimme. Er schaute zurück. Da kam sie gerade aus dem Haus.

„Jack, könnten wir uns eben unterhalten, wenn du Zeit hast?" Ihre Stimme klang müde.

Er wartete, bis sie bei ihm war. „Gerne."

Gemeinsam gingen sie den Kiesweg entlang zu dem Rosengarten, der an der anderen Seite des Rasens hinter der hohen Steinmauer lag. Jack öffnete das schmiedeeiserne Tor. Sie traten ein und gingen schweigend zur Laube. War es wirklich erst ein paar Tage her, dass sie hier mit Harlan zur Steinbank gegangen war? Sie hatte das Gefühl, als wäre es vor einer halben Ewigkeit gewesen.

Jack sog den Duft der Kletterrosen ein, die dicht neben der Laube wuchsen und doch nicht halb so süß und bezaubernd waren wie Lilly.

Sie setzte sich, ihren elfenbeinfarbenen Rock glatt streichend, auf eine der Bänke und verschränkte ihre Finger im Schoß. Eine glänzend blaue Schärpe betonte ihre schmale Taille. Er musste an sich halten, nicht seinen Arm um sie zu legen oder sich zu ihr zu beugen und ihre seidenweichen Lippen zu küssen. Er ließ sich neben ihr nieder, auf einen Anstandsabstand bedacht. Dann wartete er. Was würde sie ihm sagen? Sie schien zu zögern. Gut, wenn nötig, würde er bis zum Ende der Welt warten.

Er sah, wie zwei Kardinalvögel sich in einem Vogelbad tummelten, das im Schatten eines Zuckerahorns stand. Auf den Ästen weiter oben saßen und sangen mehrere andere Vögel, die er nicht kannte. Lilly starrte weiter auf ihre Hände hinunter. Dann schaute sie endlich hoch und fing an. „Jack, ich habe meine Verlobung gelöst, weil ich erkannt habe, dass ich Harlan nicht genügend liebte, um ihn zu heiraten. Ich mochte ihn, sehr sogar, aber das reicht nicht für eine glückliche Ehe."

Er nickte. „Das sehe ich genauso." Sollte er sie gleich jetzt fragen, ob sie sich für ihn entschieden hatte, oder wäre das verfrüht? Nein, lieber noch nicht.

Sie nahm seine Hand. „Ich habe den ganzen Nachmittag darüber nachgedacht, was du mir gesagt hast. Ich glaube, dass du mich liebst …"

Ihre Stimme brach und er dachte, sein Herz würde gleich stehen bleiben. „Ich liebe dich mit allem, was ich bin'", murmelte er.

„Ja. Aber manchmal ist Liebe nicht genug."

„Was hält dich von mir ab, Lilly? Ich habe doch deine Liebe gespürt und ich spüre sie immer noch."

Sie schaute zur Seite.

„Wenn du mich nicht willst, dann sag mir das und ich lasse dich in Ruhe." Er wusste natürlich, dass sie das nicht im Ernst sagen konnte. „Ist es Fannie Cole? Ist sie das Problem?"

Lillys Augen blitzten auf. „Bitte hör auf, sie jeden Tag zu erwähnen."

„Entschuldige. Vergessen wir, dass ich ihren Namen jemals genannt habe." Wann würde sie ihm endlich die Wahrheit über Fannie sagen? Warum zögerte sie immer noch?

Sie stand auf und sah zum Tor des Rosengartens hin. „Jack, ich brauche mehr Zeit. Es ehrt mich sehr, dass du mich heiraten möchtest, aber ich kann dir meine Antwort jetzt noch nicht geben."

Bevor er etwas erwidern konnte, war sie fort.

Er lehnte sich an einen Baumstamm und riss ein Stückchen von der Rinde ab. Wie blind und taktlos er sein konnte! Natürlich war sie Fannie Cole. Aber sie weigerte sich, das zuzugeben, weil sie ihm noch nicht ganz vertraute. Vielleicht sollte er sie weiter unter ihrem Pseudonym schreiben lassen und seinen Traum, Jones & Jarman zu einem Verlagsimperium zu machen, aufgeben. Vielleicht würde sie ihn dann heiraten.

Jack blieb lange in der Laube sitzen, bevor er beschloss, Oberst MacIntyre zu suchen. Vielleicht konnte er etwas für Fannie Cole erreichen. Oder es würde ihn wenigstens auf andere Gedanken bringen. Er lieh sich den offenen zweirädrigen Einspänner der Westbrooks aus und fuhr damit in die nördlichen Bezirke der Stadt, wo es etliche kleine Gaststätten und Pensionen gab. Die meisten der Sommergäste aus der höheren Gesellschaft wohnten in ihren eigenen Ferienvillen, und es gab nur wenige Hotels, die exklusiv genug für die Reichen und Wohlhabenden waren. Jack zweifelte, ob die besseren Häuser es einem Skandalblattherausgeber und Erpresser überhaupt erlauben würden, über ihre Schwelle zu treten.

„Bedaure, einen Oberst Rufus MacIntyre haben wir nicht in unserer Gästeliste." In der letzten Pension, vor der er vorfuhr, einem gutbürgerlichen Haus mit grauen Holzschindeln und einem „Zimmer frei"-Schild, erwartete Jack, wieder diesen Satz zu hören. Doch diesmal hatte er Glück. Jawohl, MacIntyre war ein Gast in diesem Haus. Aber leider war er ausgegangen, ohne zu sagen, wohin und wann er zurückkehren würde.

Jack stieg enttäuscht zurück auf den Buggy und fuhr quer durch die Stadt zum Hafen, wo er den Spitzbuben vermutete. Er kannte die Geschichten, die seine Reporter ihm erzählt hatten. Nachdem MacIntyre

Millionäre erpresst hatte, damit ihre Geheimnisse nicht ans Licht kamen, konnte er es sich eigentlich nicht mehr leisten, sich im Bellevue-Avenue-Viertel, Newports erster Adresse für Herrenhäuser und exklusive Läden, blicken zu lassen, aber er brauchte für seine Gerüchtepresse ständig neues Material aus diesen Kreisen.

Bald erreichte Jack die Thames Street, eine verkehrsreiche, enge Hauptstraße im Hafengebiet. Hinter der Parade der Läden, die den Blick auf das Meer zum Teil verstellten, sah man lange Kais, hohe Schiffsmasten, die in den Wellen schwankten, und eine Fähre, die gerade auf ihre Anlegestelle zudampfte. Jack hielt an und sprang auf den Gehsteig. Die Luft roch nach Ebbe und Seetang. Wann war er das letzte Mal hier gewesen? Ach ja, als er in Elna Prices Signierstunde plötzlich Lilly entdeckt hatte. Er biss die Zähne zusammen. Was jetzt vor ihm lag, tat er vor allem für sie.

Er schaute sich um. Wo war MacIntyre? Wo sollte er mit Suchen anfangen? In einem Restaurant, einer Kneipe, einem Bekleidungsgeschäft, einer Apotheke oder Bäckerei? Er hatte ihn noch nie gesehen und wusste nichts über seine Vorlieben oder Gewohnheiten. Jack begann, vom einen Schaufenster zum nächsten zu gehen und mit zusammengekniffenen Augen hineinzuschauen. Als er mit der einen Straßenseite fertig war, drehte er um und fing auf der gegenüberliegenden Seite an. Der Nebel wurde zusehends dichter; bald war er wie in einer grauen Wolkensuppe. Irgendwo tutete ein Nebelhorn.

Die Sonne war verschwunden. Nicht nur auf der Straße, sondern auch in den Läden wurde es dunkler, was Jacks Aufgabe erschwerte. Nach einer knappen halben Stunde hatte er nur Seeleute und Hausfrauen gesehen, aber niemanden, der der Oberst sein konnte. Sollte er zurück nach Summerhill fahren, bevor es zu regnen begann und sein neuer Nadelstreifenanzug nass wurde? Aber der Duft frisch gebackener Köstlichkeiten, der aus einer Konditorei kam, war stärker. Er trat näher und las das Schild „Celeste's Patisserie". Im Schaufenster waren Schokoladenrollen, Liebesknochen, Kuchen und Torten ausgestellt. Und Marmeladenkrapfen! Die Versuchung war zu groß. Er trat ein, erstand eine Tasse Kaffee und ein halbes Dutzend seines Lieblingsgebäcks und sah sich nach einem Tisch um. Vier Tische standen an der Wand, von denen drei besetzt waren. Als Jack an den leeren Tisch trat, schaute ein Mann, der alleine am hintersten Tisch saß, zu ihm hoch.

Er war groß und dick und trug einen schwarz-grau gemusterten Anzug, dessen Stoff sich so um seinen voluminösen Bauch spannte, als wollte er jeden Augenblick zerreißen. Vor ihm auf dem Tisch stand ein hoch mit Gebäck beladener Teller. Vom Aschenbecher stieg Zigarrenrauch aus einem Stumpen zur Decke hoch. Jack wedelte die dicke Luft beiseite, um den Fremden besser diskret betrachten zu können. Was steckte da an seinem Revers? Eine rote Nelke. Das Markenzeichen von Rufus MacIntyre! Der Mann an dem Tisch war der alte Blutsauger höchstpersönlich. Jack, der auf einmal keinen Appetit mehr hatte, ließ seine Krapfen stehen und trat langsam an den Tisch des Obersts.

MacIntyre hob den Kopf, während er fortfuhr, sich Kuchen in den Mund zu schieben. Er betupfte Lippen und Doppelkinn mit einer Serviette. „Kann ich Ihnen helfen, Sir? Kennen wir uns?" Seine ölglatte Stimme troff vor falschem Charme.

„Ich bin Jackson Grail, der Chef des Verlags Jones & Jarman. Wer Sie sind, weiß ich, Sie brauchen sich nicht vorzustellen."

Der Oberst streckte die Hand aus. Als Jack sie nicht nahm, runzelte er die Stirn und faltete seine Wurstfinger auf seinem gut gewölbten Schoß. „Kann ich etwas für Sie tun?"

„Ja. Ich möchte, dass Sie eine meiner Autorinnen in Ruhe lassen – Miss Fannie Cole."

MacIntyre sah ihn an, halb drohend, halb grinsend. Er zog an seiner Zigarre und blies den Rauch langsam Jack ins Gesicht. „Falls Sie diese kleinen Artikel in *Stadtgespräch* meinen, liegen Sie voll daneben. Ich könnte meinen Lesern jederzeit ihren wirklichen Namen nennen, aber das ist völlig legal. Ein bisschen Klatsch zur Kurzweil der Leser."

„Die Dame wünscht nicht, dass ihre Identität bekannt wird." *Wenn es anders wäre, hätte sie nichts dagegen, dass ich sie als Star aufbaue …*

MacIntyre zuckte die Achseln. „Natürlich nicht, das kann ich gut verstehen." Er kicherte. „Wenn ich ihren Namen abdrucke, ist sie erledigt.

Sie spielt ein gefährliches Spiel. Das Risiko, dass sie verliert, war von Anfang an groß. Das hat sie sich selber eingebrockt, und die Folgen sind mir egal."

„Aber mir nicht." Jack ballte die Fäuste und stemmte sie auf den Tisch. „Haben Sie vor, ihre Identität zu enthüllen?"

Der Oberst grinste höhnisch. „Das geht Sie nichts an."

„Es geht mich absolut etwas an. Sie ist eine meiner Autorinnen!"

„Fannie ist erwachsen, sie kann selber auf sich aufpassen." Der Mann schob den nächsten Happen in den Mund.

„Sie könnten sie wenigstens Miss Cole nennen."

MacIntyre zog mit einer ironischen Verneigung seine „Melone", stemmte die Hände auf den Tisch und hievte sich auf die Füße. „Guten Tag, Mr Grail."

„Hören Sie gut zu, Oberst. Ich rate Ihnen, Miss Cole nicht zu erpressen, denn sonst werde ich ..."

„Werden Sie was tun? Nichts, da gehe ich jede Wette ein."

Das gehässige Lachen des Dicken ließ die nackte Wut in Jack hochschießen. „Lassen Sie Miss Cole in Ruhe oder Sie kriegen es mit mir zu tun!"

MacIntyre schnaubte. „Ich zittere wie Espenlaub, Mr Grail." Er packte den Rest seines Gebäcks zusammen und stampfte aus der Konditorei hinaus.

Jack folgte ihm. Draußen regnete es in Strömen. MacIntyre hievte sich in eine Droschke und verschwand. Jack stand gegen das Schaufenster gedrückt, im Schutz der im kalten Wind flatternden Markise, und sah ihm hinterher. Wenn er in einem geschlossenen Wagen gekommen wäre, könnte er jetzt sofort nach Summerhill zurückkehren. Er trat zurück in die Wärme der Konditorei, kaute an einem Krapfen, trank seinen nur noch lauwarmen Kaffee und wartete darauf, dass der Regen nachließ.

Ihm war elend zumute. Er ging den wachsenden Berg seiner Probleme durch. Fannie Cole – Lilly? – kurz vor der Enthüllung. Reynolds auf dem Krankenlager, an Schreiben nicht zu denken. In den Manuskriptstapeln rein gar nichts, was es wert war, gedruckt zu werden. Mit unerwarteten

Kurven auf der Straße zum Gipfel des Erfolgs hatte er gerechnet, aber nicht mit so einer Sackgasse. Wenn sein Glück nicht zurückkam, wäre er bald wieder dort, wo er angefangen hatte – im Loch der Armut.

Er fühlte sich wie jemand, den das Glück verlassen hatte.

Jack seufzte auf. Er sah keine Lösung für das Problem mit Fannie. Auf seiner Jagd nach Geld und Anerkennung hatte er den tiefen Glauben seiner Kindheit gegen das Vertrauen auf sich selber eingetauscht – und jetzt war er mit seinem Latein am Ende.

Es war wohl Zeit, von seinem ehrgeizigen Ross herunterzusteigen. Allerhöchste Zeit. Er aß fertig. Dann starrte er auf die Regenbäche, die die Fensterscheibe herabströmten, und bat Gott nach langer Zeit zum ersten Mal wieder um Hilfe.

Er trank den Rest seines Kaffees und lauschte auf eine Antwort. Nein, keine Stimme von oben, obwohl ihm das geholfen hätte, sondern eine neue Erkenntnis, eine praktische Lösung – irgendetwas, das ihm zeigte, dass Gott da war und sich um seine Leute kümmerte. Vor allem um ihn. Jack nahm noch einen Kaffee und wartete weiter darauf, dass der Regen aufhörte.

Dann merkte er, wie langsam ein Friede über ihn kam, den er seit Jahren nicht mehr gespürt hatte. Gott würde ihm einen Weg zeigen.

Er erhob sich von dem wackligen Stuhl. Der Kampf war noch nicht vorbei. Er würde seine Autorin finden und vor Oberst MacIntyre schützen, ob ihr das passte oder nicht.

Kapitel 19

Die Regentropfen ließen Lilly und Miranda den Tennisplatz fluchtartig verlassen. Ihre Schläger in der Hand, rannten sie die Stufen zur Veranda hoch, wo George und Lillys Vater sich gerade unterhielten.

„Sauwetter." Miranda schüttelte die Nässe von ihrem Rock und schaute zu der grauen Wolkenwand hin, die bis zu der rauen See hinunter ging. „Ich geh rein und zieh mich für den Tee um. Entschuldigt mich, bitte."

„Ich geh auch rein. Ein kurzer Mittagsschlaf tut mir gut, besser, als wenn ich länger hier draußen im Nassen bleibe", sagte Lillys Vater, während er Miranda ins Haus folgte.

Lilly ließ sich auf einen Korbstuhl sinken, während George sich an das Verandageländer lehnte, seine langen Beine übereinandergeschlagen.

„George, Irene hat dir sicher schon gesagt, dass Harlan sich geweigert hat, mir Geld zu leihen. Das tut mir leid." Sie wusste, dass George auf sie zählte, wie immer, obwohl er in seinem Alter eigentlich auf eigenen Füßen stehen sollte.

„Trotzdem danke. Du hast bestimmt dein Bestes versucht. Harlan hat immer schon den Daumen auf den Beutel gehalten, und die Summe ist ja keine Kleinigkeit." Er zögerte. „Du hast doch nicht deswegen deine Verlobung gelöst? Es wäre mir fatal, wenn meine Probleme dein Glück ruiniert hätten."

„Natürlich nicht, George. Ich hätte viel eher merken sollen, wie schlecht Harlan und ich zueinander passen." Lilly unterbrach sich. „Aber … wie willst du jetzt Irenes Schulden bezahlen?"

George trat, dem schräg hereinkommenden Regen ausweichend, vom Geländer zurück und kam zu Lilly. Der Korbstuhl knarrte leise, als er sich setzte. „In meiner Not hab ich halt Papa die Sache gebeichtet, und er hat mir das Geld gegeben, ohne große Moralpredigten. Ich hätte ihn natürlich lieber da rausgelassen, aber ich hatte keine Wahl. Er hat mich gebeten, einmal ein ernstes Wort mit Irene zu reden, und das habe ich heute Nachmittag getan.“ Er zupfte aufseufzend an seinem Bart. „Sie hat behauptet, dass sie meistens viel besser Bridge spielt und halt eine Pechsträhne erwischt hatte. Sie hat mich nicht verstanden.“

Lilly seufzte. „Dann ist dein Problem also nicht gelöst.“

George nickte geknickt. „Das kannst du laut sagen.“ Dann erhellte sich sein Gesicht, und er sah so zuversichtlich aus wie schon lange nicht mehr. „Sie wird sich nicht ändern. Also muss ich mich ändern.“

„Und was willst du anders machen?“

Georges Rücken wurde gerader. „Ich werde mir eine Stelle suchen. Guck nicht so, Lilly, ich suche schon seit Langem eine Arbeit, aber bisher hab ich nie etwas gefunden, das mir Spaß macht. Und Geld bringen soll es ja auch.“

So arbeitswillig hatte Lillys Bruder noch nie geklungen. „Und an was denkst du?“

„Ich habe mich an mehreren von diesen Privatschulen in New England, die Jungen auf das Collegestudium vorbereiten, als Lehrer beworben. Das Unterrichten von Jungen liegt mir hoffentlich. Ich interessiere mich jedenfalls sehr für junge Menschen und für Geschichte. Du denkst vielleicht, dass Papas Bank das Ideale wäre, aber zehn Stunden am Tag hinter einem Schreibtisch sitzen, um das Bankgeschäft von der Pike auf zu lernen – nein, danke.“

„Das kann ich verstehen. Dass dein Beruf dir Spaß machen sollte, das sehe ich auch so. Aber hast du schon daran gedacht, dass Irene mit einem nicht so üppigen Gehalt nicht zufrieden sein wird?“

George seufzte. „Ja. Sie wird nicht begeistert sein, aber ich hoffe und bete, dass sie sich umstellt. Ich will das erst einmal ein Jahr ausprobieren, um zu sehen, wie wir zurechtkommen.“

„Ein Jahr ist nicht zu viel verlangt.“

George nickte. „Das finde ich auch. Ich sag’s ihr erst, wenn ich ein Angebot hab. Ich hoffe, dass bald eins kommt, und dann bringe ich es ihr bei – schonend natürlich.“

Von einer Dame der Gesellschaft zur Lehrerfrau, und sei es auch nur für zehn Monate – Irene würde bestimmt protestieren. Aber wenn sie ihren Mann liebte, würde sie mitmachen.

Lilly und George standen auf. Lilly nahm die Hand ihres Bruders und drückte sie fest. „Ich bin stolz auf dich."

„Danke." Er grinste verlegen. „Ich glaube, ein bisschen bin ich selber stolz auf mich."

Sie flüchteten vor dem immer stärker werdenden Regen in die Wärme des Hauses. Lilly, die die nächsten Stunden mit Schreiben verbringen wollte, nahm Kurs auf ihr Zimmer. Als sie durch die Eingangshalle kam, öffnete gerade Mr Ames die Haustür für Jack. Der kam pudelnass herein; das Wasser troff von seinem Hut auf seinen Anzug. Er setzte die nasse Melone ab, zog seine Jacke aus und schüttelte beide über der großen Fußmatte aus, um den teuren Orientteppich zu schonen.

Lilly lächelte ihn an. „Nimm das nächste Mal einen Regenschirm mit. Manchmal regnet es in Newport nicht, sondern die Schleusen des Himmels öffnen sich."

Er überhörte ihren Rat. „Lilly, ich muss mit dir reden. Es ist wichtig. Aber zuerst muss ich mich umziehen; es dauert nicht lange." Wie ernst er klang. Ihr Herz stolperte. Hatte er schon wieder schlechte Nachrichten? Sie nickte. „Gut, ich bin in der Bibliothek."

Die Bibliothek war wie meistens leer. Für ihr neuestes Manuskript, *Kranz der Liebe,* brauchte sie ein Buch über Frankreich. Sie ging die Regale durch, bis sie ein Buch fand, das voll von Fotografien von Kathedralen, Palästen und Denkmälern war. Sie drehte das Gaslicht höher und setzte sich aufs Sofa.

Zehn Minuten später kam Jack, jetzt in trockener Kleidung, herein. Er sah besorgt aus.

„Was ist passiert?" Lilly legte ihren Wälzer auf den Beistelltisch und widmete Jack ihre ganze Aufmerksamkeit. „Du siehst ja richtig aufgeregt aus." Er schaute kurz um sich, wie um sich zu vergewissern, dass sie allein waren, dann sagte er hastig: „Oberst MacIntyre ist in Newport. Ich hab ihn heute Nachmittag aufgespürt."

Sie schnappte nach Luft. „In Newport?"

„Ja, leider. Das kann nur bedeuten, dass er hinter jemand her ist, und nach den Artikeln, die wir gelesen haben, dürfte das Fannie Cole sein."

Lillys Knie wurden weich. Sie riss sich zusammen. Jetzt nur nicht Jack zu Füßen fallen und alles gestehen … „Und wie hast du das herausgefunden?"

Jack stöhnte auf. „Ich habe halt gehört, wie er vorgeht. Die Spatzen pfeifen es von den Dächern, dass er im Laufe der Jahre Dutzende von Newportern erpresst hat. Sie zahlen sich halb tot, damit ihre Geheimnisse nicht in *Stadtgespräch* erscheinen. Sie haben keine andere Wahl, außer sie sind so reich und mächtig, dass die Gesellschaft sie nicht ausstoßen kann." Er sah Lilly ernst an. „Dem entkommt fast niemand."

Lilly schloss die Augen vor ihrem schlimmsten Albtraum. „Bist du ganz sicher?"

„Absolut. Ich würde Miss Cole so gerne helfen gegen dieses Scheusal."

Sie wich Jacks festem, mitfühlendem Blick aus und schaute durch das Fenster zu den hohen Hortensiensträuchern hin, die die Bibliothek beschatteten. Jetzt nur nicht seinem Mitleid nachgeben, sonst würde sie losheulen.

„Lilly, bitte sage mir, wie Miss Cole wirklich heißt."

Sie schwieg. Er setzte sich auf einen Sessel neben dem Kamin, in dem ein helles Feuer brannte. „Kannst du ihr dann wenigstens sagen, dass wir zusammen stark sein können?"

Sie nickte.

Er sah aus, als ob er mehr sagen wollte. Stattdessen öffnete er seine Ledertasche und breitete ihren Inhalt auf dem Sofa aus. „Könntest du dir das hier mal ansehen?"

„Ja, gerne", sagte sie, froh, das Thema wechseln zu können. „Was sind das für Zettel?" Wie ein Manuskript sah der Stapel handbeschriebener Blätter nicht aus.

Jack beugte sich näher. „Ich möchte, dass du dir mal ein paar davon anschaust und siehst, was drinsteht. Es sind Briefe von Verehrerinnen von Fannie Cole, die …"

„Ich hab leider gerade keine Zeit.“ Sie wollte aufstehen, doch ihre Muskeln verweigerten ihren Dienst.

Er fuhr unbeirrt fort. „Du wirst sie vielleicht interessant finden, diese Briefe. Miss Coles Leserinnen schicken sie ihr über Jones & Jarman. Sie sind voll des Lobes für ihre Bücher. Und für Fannie selber.“ Er zog einen der Briefe aus dem Stapel und reichte ihn Lilly.

Sie winkte abwehrend mit der Hand.

Er seufzte. „Gut, wenn du es nicht selber lesen willst, lese ich ihn dir vor.“

Sehr geehrte Miss Cole,
Ihr wunderbares Buch, Der Fächer meiner Lady, hat mein Herz tief bewegt. An der Stelle, wo der Held seine wahre Liebe so tapfer rettet, wäre ich fast in Ohnmacht gefallen und musste denken: Vielleicht findest du eines Tages deinen eigenen Helden. Ich habe beschlossen, auf einen Mann mit Herz zu warten, der mich wie eine Dame behandelt, und nicht einen der groben Klötze zu nehmen, die hinter mir her sind. Gott will, dass wir Mädchen uns nicht in den Dreck ziehen lassen und nicht vergessen, dass wir seine Kinder sind, die er liebt und beschützt. Vielen, vielen Dank, dass Sie mich daran erinnert haben. Es wäre toll, wenn ich Sie einmal persönlich treffen könnte, Miss Cole. Es würde meine Freundinnen und mich sehr freuen.
Hochachtungsvoll
und in tiefer Verehrung, Sadie Smith

Lilly verschränkte zitternd die Arme. „So ein Lob von einer Leserin würde Miss Cole bestimmt schätzen.“

Der Regen draußen hatte aufgehört. Jack erhob sich, trat ans Fenster und öffnete es weit. Frische Luft strömte in das Zimmer. „Findest du diesen Brief bewegend?“ Er drehte sich um und musterte Lillys Gesicht.

„Ja.“ Sie flüsterte es fast.

„Die übrigen Briefe sind alle ähnlich. Miss Cole hat eine richtige Fangemeinde um sich gesammelt.“

Mit brennenden Wangen begann Lilly, den nächsten Brief zu lesen, dann überflog sie einen nach dem anderen. Die Minuten tickten dahin. „Miss Cole hat Erfolg, nicht wahr?“, fragte sie. „Sie erreicht die jungen Damen, für die sie schreibt. Sie tut echt etwas Gutes.“

Trotz all der Risiken, die mit dem Schreiben dieser Romane verbunden waren – Lillys Arbeit trug reiche Früchte. Sie hatte Lust, laut zu jubeln vor Freude. Der Weg, auf dem sie ging, war der richtige! Eine tiefe Erleichterung verscheuchte die Grübelgeister, die sie so lange verfolgt hatten. Seit sie angefangen hatte zu schreiben, hatte sie sich gefragt, ob es richtig war, diese Arbeit unter dem Schleier der Geheimhaltung zu tun. Sie war sich allmählich vorgekommen wie eine Lügnerin, vor allem gegenüber ihrer Familie und ihren Freunden. Doch sie konnte nicht aufhören, ihre Geschichten zu schreiben, und mit dem Erlös half sie dem Elizabeth-Heim. Wenn Gott wollte, dass sie diese Arbeit offenlegte, dann musste er ihr die Kraft dazu geben.

Jack sah sie an, als ob er gut verstand, wie tief diese Briefe sie berührten. „Das sehe ich auch so. Fannie Cole hat eine guten Einfluss auf das Leben dieser jungen Damen. Viele von ihnen haben ja niemanden, der sie im Richtigen bestärkt.“

Lilly hustete, um sich die Freude, die in ihr hochstieg, nicht anmerken zu lassen. „Ich glaube, da übertreibst du ein bisschen, aber ich bin froh, dass ihre Romane den Leserinnen, die sie erreichen möchte, helfen.“ Sie hatte Lust, zu lachen und zu weinen und Jack zu umarmen und ihm zu danken, dass er ihre Bücher veröffentlichte. Stattdessen saß sie ruhig da, die Hände im Schoß gefaltet und den Blick abgewandt, damit er nicht sah, wie sie mit Freudentränen kämpfte. Nervös nahm sie den nächsten Brief in die Hand und versuchte, sich auf die Worte zu konzentrieren.

Jack setzte sich wieder neben sie, um ihr beim Lesen zuzuschauen. Nach ein paar Augenblicken gab sie es auf; sie konnte sich nicht konzentrieren, wenn er so in ihrer Nähe war.

Sie erhob sich. „Miss Cole wird bestimmt deine Hilfe suchen, wenn sie sie braucht.“

„Danke.“ In seiner Stimme war mehr Müdigkeit als Hoffnung.

Sie sah, wie die Falten um seine Augen sich vertieften und seine Mundwinkel nach unten gingen. Fannie und seinen Verlag zu schützen, schien ihm seine Energie zu rauben. Und sie war schuld daran.

Sie sah keine Lösung, aber sie hoffte, dass Gott ihr bald eine Antwort schenken würde.

Obwohl sie immer noch verstimmt darüber war, dass Lilly ihre Verlobung gelöst hatte, bestand ihre Mutter darauf, dass sie zusammen einen Besuch in Ocean Vista machten, der Prachtvilla der Van Pattens. Wie üblich, wäre Lilly lieber zu Hause geblieben, aber davon wollte ihre Mutter nichts hören.

Durch breite, marmorgeflieste Gänge mit hohen, vergoldeten Stuckdecken führte der Butler sie zu der dem Meer zugewandten Seite des Hauses. Vanessas Augen leuchteten. „So etwas Schönes habe ich bisher nur in Europa gesehen …"

Lilly, die hinter ihr ging, musste über die kindliche Begeisterung ihrer Mutter lächeln. Bis auf das Herrenhaus der Santerres an der Fifth Avenue in New York hatte diese noch nicht viele der Millionärshäuser von innen gesehen.

In der Loggia, die auf den Ozean ging, saß ein kleiner Kreis aufwendig geschmückter Damen. Mrs Winnie Van Patten, die wie eine elegante Vogelscheuche in der Mitte thronte, war in den Fünfzigern und die Frau des aggressivsten Immobilienspekulanten von Philadelphia. Breit lächelnd, die Arme ausgestreckt, trat sie auf die Neuankömmlinge zu. „Ich bin ja so entzückt, dass ihr heute Nachmittag kommen konntet." Wie Lillys Mutter trug sie ein Seidenkleid mit Spitze; ihres war blassrosa, das von Vanessa grünblau.

Nach den üblichen Artigkeiten goss Mrs Van Patten den Tee ein und ließ die handgemalten chinesischen Porzellanteller mit Kuchen und Plätzchen die Runde machen. Die Gäste begannen, sich mit den versammelten Damen (die meisten alte Bekannte von Lillys Mutter aus New York) zu unterhalten. Lilly saß sittsam auf ihrem Stuhl, Tasse und Teller auf den Händen balancierend.

Wenn der Besuch nur schnell vorüber wäre, damit sie wieder an ihr Manuskript konnte! Sie war jetzt weit im Rückstand und musste mit voller Konzentration arbeiten. Bis jetzt hatte sie nur wenig geschafft. Sie wusste nicht mehr, wann sie das letzte Mal einen ruhigen Tag oder eine ganze Nacht Schlaf gehabt hatte.

„Miss Westbrook, Sie sehen ja reizend aus heute Nachmittag", schnarrte Rhonda Wooten, die Frau des Kohlenkönigs von West Virginia. Eine Neue unter den Neureichen, die zu wissen schien, dass sie sich in der vornehmen Gesellschaft noch in der Probezeit befand. Die einflussreiche Winnie Van Patten hatte ihr ihr Haus geöffnet, aber negative Meinungen der übrigen Damen konnten sie für immer zurück in die Appalachen schicken, wenn sie nicht in die Offensive ging und zusammen mit ihrem Mann einen weniger exklusiven Ferienort wie Bar Harbor oder Saratoga Springs ausprobierte.

Mrs Carstairs streckte ihr Kinn vor, als ob ein Kompliment, das nicht einer ihrer Töchter galt, eine Geschmacklosigkeit wäre. „Dafür, dass deine Verlobung so ein unglückliches Ende genommen hat, siehst du bemerkenswert gut aus, Lillian. Du wirst dich bestimmt bald vollständig erholt haben. Meine Tochter Eloise und ich kümmern uns gut um die Santerres, du brauchst dich nicht um Harlan zu sorgen." Sie lächelte geziert und wechselte rasch das Thema. „Die einzige andere interessante Neuigkeit habe ich kürzlich von meiner Zofe gehört. Es scheint, dass Miss Fannie Cole *eine von uns* ist!"

Allgemeines Aufkeuchen, geschürzte Lippen, große Augen. „Ja, das habe ich auch gehört." – „Unerhört!"

„*Stadtgespräch* kennt sich mit solchen Dingen aus." Mrs Van Patten nickte weise. „Es wird halt geklatscht unter den Dienern."

Die Federn auf den Hüten wackelten zustimmend.

Lilly versuchte tapfer, halb besorgt, unschuldig auszusehen. „Vielleicht täuscht sich *Stadtgespräch* auch."

Länger werdende Gesichter, unruhiges Rutschen auf den Stühlen.

„Oh nein, meine Liebe, meistens liegen die richtig." Mrs Carstairs strich stirnrunzelnd eine Haarsträhne zurück, die der Wind gelöst hatte.

Ihr kleines Gesicht verschwand fast unter der mit Pfauenfedern gesäumten Krempe ihres Hutes. „Irgendwann wird die Wahrheit herauskommen; dann werden wir alle wissen, wer die Übeltäterin ist."

Mrs Van Patten neigte den Kopf. „Also, *ich* werde dann kein Wort mehr mit ihr sprechen. Auch nicht mit ihren Verwandten. Es wird ihr genauso ergehen wie Thomasina Jones. Erinnert ihr euch?"

Lillys Mutter blinzelte. „Oh, ja." Sie nahm den letzten Bissen von ihrem Erdbeertörtchen. „Ihre Familie ist nach Italien geflüchtet, nachdem …"

Manche Indiskretionen waren so ungeheuerlich, dass man sie nur andeutungsweise erwähnte. Die Brandung schien noch lauter zu werden, als die Damen sich schweigend an den Skandal erinnerten, der die feine Gesellschaft vor fünf Jahren erschüttert hatte. Lilly merkte, wie ihr der Schweiß auf Gesicht und Nacken trat. Sie schaute vor sich hin und trank ihren Tee, als sei er ein Nektar der Götter.

Mrs Wooten schaute in die Runde: „Ich weiß gerade nicht mehr …"

Die Köpfe wandten sich in ihre Richtung. Mrs Carstairs sagte leise: „Damals ist die Tochter von Addy Jones mit einem verheirateten Mann durchgebrannt. Einer der Stockman-Brüder, ein skrupelloser Geldraffer. Thomasina ist schließlich zurück nach Hause gekommen – alleine –, aber sie war ruiniert."

„Wie furchtbar." Mrs Wooten holte Luft. Ihr alterndes Gesicht verzog sich zu einer erschrockenen Grimasse. „Und wie ging es dann weiter?"

Mrs Carstairs seufzte. „Sie war so abgebrüht und dreist wie ein Varieté-Mädchen, wenn ich das mal so sagen darf. Niemand wollte mehr etwas mit ihr zu tun haben."

„Und damals ist ihre Familie nach Italien gegangen?", fragte Rhonda Wooten.

Mrs Van Patten schüttelte den Kopf. „Nein, nein, das kam erst später. Erst einmal bekam Thomasina einen Nervenzusammenbruch. Sie heulte und schrie, dass die meisten der Diener kündigten. Zur gleichen Zeit die Tochter und die Diener verlieren – es war eine furchtbare Situation für die Familie."

„Ihr Vater tat sie in eine Anstalt; dort ist sie noch heute", murmelte Lillys Mutter heftig errötend. „Die Familie ist nach Europa geflüchtet, und seitdem hat man nichts mehr von ihr gehört."

„Die Jones waren eine einflussreiche Familie", fügte Mrs Carstairs hinzu, „aber so einen Skandal konnten selbst sie nicht überleben."

Die Damen schwiegen betroffen.

„Aber Zehn-Cent-Romane schreiben ist doch nicht so etwas Schlimmes wie mit einem verheirateten Mann durchzubrennen?" Kaum waren die Worte heraus, bereute Lilly sie schon. Für diese Frauen war eine Sünde wie die andere. Wer gegen die Sitten und Gebräuche der oberen Zehntausend verstieß, wurde gnadenlos ausgestoßen.

Mrs Van Pattens Gesicht verzog sich. „Lillian, es geht ja nicht nur um die Bücher, sondern um diese Fannie Cole selber. Eine Frau aus gutem Hause arbeitet nicht. Mit Geldverdienen begibt sie sich auf das Niveau ihrer Dienerschaft und macht sich, ihre Lieben und ihre Freunde unmöglich. Es ist eines, wenn ein mittelloses Einwanderermädchen sich sein Brot selber verdienen muss, aber eine Frau aus der Gesellschaft, die selbst ihr Geld verdient, statt sich an ihren Vater oder Ehemann zu halten … Das verstehst du doch sicher?"

Die Augenlider ihrer Mutter flatterten wieder, und Lilly wusste, dass sie zu weit gegangen war. „Natürlich versteht sie das, Winnie. Meine Tochter weiß, was sich gehört und was nicht."

„Meine liebe Vanessa, das habe ich auch nicht anders gemeint." Mrs Van Patten klopfte ihr beruhigend auf die Hand. „Möchtest du noch ein Törtchen?"

„Sie sind wirklich köstlich", sagte Lillys Mutter, sichtlich besänftigt.

Lilly setzte pflichtschuldig ein zerknirschtes Lächeln auf. Diese verwöhnten Damen hatten nichts anderes zu tun, als Tee zu trinken und jeden, der gegen ihre albernen Regeln verstieß, aus ihrem Kreis auszuschließen. Sie konnte sie schier nicht ernst nehmen, aber ihr Bannstrahl konnte die Westbrooks gesellschaftlich, ja sogar geschäftlich ruinieren. Was vielleicht Lilly nicht sehr wichtig war, sehr wohl aber dem Rest der Familie.

Lilly dachte gerade, dass ihre Mutter wieder gehen wollte, als der Butler kam, um die Ankunft von Nan Holloway und Theo Nottingham zu vermelden. Lilly schaute interessiert auf zu dem bekannten rötlichen Lockenkranz. Mit einer tiefen Verbeugung nahm Nottingham den leeren Platz neben ihr ein. Mrs Van Patten stellte ihn den anderen als Hausgast der Holloways aus New York vor. Die Damen wandten sich wieder ihrem Klatsch zu.

Lilly musterte die schmächtige Figur und das ältliche Gesicht ihres neuen Nachbarn. Was fand Irene nur an ihm? Er schien sehr reich zu sein, aber wie eine gute Partie sah er nicht aus. Nun gut, das Aussehen war bei Männern nicht so wichtig.

Lilly gönnte ihm ihr höflichstes Lächeln. „Haben wir uns nicht hier in Ocean Vista auf dem Ball gesehen?"

„Kann sein", murmelte er.

Er schien sie nicht bemerkt zu haben, was Lilly nicht überraschte. Sie hielt sich gerne im Hintergrund; andere zu beobachten, ohne selbst beobachtet zu werden, brachte ihr mehr Befriedigung, als im Mittelpunkt der Aufmerksamkeit zu stehen.

„Sie haben mit meiner Schwägerin getanzt, Mrs George Westbrook." Und sie und Jack hatten die beiden auch im Casino gesehen. Was würde ihr armer Bruder denken, wenn er wüsste, wie die beiden hinter einer Säule gestanden hatten, wie ein Liebespaar, das nicht erwischt werden wollte? *Gott, bitte gib, dass es nicht stimmt, was ich denke ...*

Nottingham schluckte. Sie sah, wie sein Adamsapfel hüpfte. „Da lässt mein Gedächtnis mich gerade im Stich. Ich habe mit so vielen Damen getanzt an dem Abend."

„Sie ist eine hübsche Blondine mit smaragdgrünen Augen." Wer Irene einmal gesehen hatte, vergaß sie nicht mehr.

Seine hohlen Wangen wurden noch hohler. „Ah, jetzt erinnere ich mich. Ja, eine reizende Dame – und eine vorzügliche Tanzpartnerin." Er klopfte mit der Spitze seines makellos polierten Schuhs auf den Teppich. „Wir haben nur einen Walzer miteinander getanzt, sodass wir uns nicht besonders gut kennen."

Und ihr Tête-à-Tête hinter den Zimmerpalmen? Oder war das doch nur eine harmlose Unterhaltung gewesen?

Interessierte Mr Nottingham sich ernsthaft für Irene? Lilly konnte sich immer noch nicht vorstellen, was ihre Schwägerin an diesem Mann anzog. Die beiden waren, gelinde gesagt, ein merkwürdiges Paar. Lilly wurde das Gefühl nicht los, dass hier etwas nicht stimmte. Doch schon wechselte Nottingham geschickt das Thema, und sie konnte nicht weiterbohren. Für den Augenblick jedenfalls.

Die Kalesche der Westbrooks fuhr die kiesbedeckte Auffahrt von Ocean View hinunter und unter dem schmiedeeisernen Bogen hindurch auf die Bellevue Avenue. Das geöffnete Verdeck bot Vanessa und Lilly einen ungehinderten Blick auf die anderen Kutschen, die die exklusivste Straße der Stadt entlangfuhren.

Die Damen trugen ihre besten Pariser Kleider, aus Chiffon oder Seide und mit Spitze besetzt. Auf ihren Köpfen prangten großartige Hüte und darüber ihre stolz erhobenen Sonnenschirme, die den Raum in den Kutschen noch enger machten. Vanessa schob ihren Hut, der an der einen Seite der breiten Krempe eine Straußenfeder trug, zurecht. Ein kleines Büschel rutschte aus der Feder und landete auf ihrer Nase. Sie schob den kitzligen Störenfried beiseite und nickte den Damen in einer anderen Kutsche zu. Die einzigen, die sie nicht kannte, waren einige der „Neuen", die keine Abstammung vorweisen konnten, die bis vor den Unabhängigkeitskrieg zurückging.

„Mama", begann Lilly langsam, „warum haben die Leute damals Thomasina Jones nicht vergeben? Ich finde es grausam, dass sie sie so ganz ausgeschlossen haben."

Vanessa sah sie an. „Ist das nicht klar? Sie hat gegen die Regeln verstoßen. Sie hat getan, was sich absolut nicht gehörte."

Lilly seufzte leise. „Aber wir sind doch Christen. Christen sollen doch vergeben, oder?"

„Schon, sicher, aber Thomasina hat nie Reue gezeigt. Sie hat so getan, als ob sie nichts Schlimmes gemacht hätte. Sie war eine richtige Rebellin und eine Gefahr für junge Mädchen, die sich leicht beeindrucken lassen."

Lilly ließ nicht locker. „Aber wenn sie die anderen um Vergebung gebeten hätte – hätten sie sie dann wieder in ihre Kreise aufgenommen?"

Vanessa zog nachdenklich an einem ihrer perlenbesetzten Ohrringe. „Wahrscheinlich nicht. Doch als sie mit diesem Kerl durchbrannte, wusste sie, was die Folgen wären. Aber damals waren die ihr egal."

Lilly schob die Unterlippe vor. „Und ihre Eltern? Warum wurden die von allen gemieden? Sie hatten doch keine Schuld an dem, was ihre Tochter gemacht hatte."

„Nein, natürlich nicht. Die Jones waren eine wunderbare Familie; ich vermisse Thomasinas Mutter noch heute. Addy und ich waren seit unserer Kindheit befreundet gewesen; sie war nur eine Straße weiter aufgewachsen."

„Und als die anderen nichts mehr von ihr wissen wollten, hast du sie da verteidigt?" Lilly fragte es mit einem stillen Nachdruck, der ihre Mutter ihr Gesicht mustern ließ.

„Nein, leider nicht. Vielleicht hätte ich sie öffentlich in Schutz nehmen sollen, aber an so was habe ich damals nicht gedacht." Vanessa rutschte unbehaglich auf dem weichen Polster hin und her. Hatte sie ihre Freundin damals im Stich gelassen? Doch, natürlich. Ihr Gewissen meldete sich.

„Und warum hast du nicht daran gedacht?"

Lilly sah sie mit einer solchen Offenheit an, dass ihre Mutter nicht, wie so oft früher, sagen konnte: „Hör auf, sei nicht so vorwitzig." Das war kaum die richtige Taktik gegenüber einer erwachsenen Tochter. „Ich schätze, ich habe nicht weiter über die Regeln in der Gesellschaft nachgedacht, weil das keine meiner Bekannten machte. Was alle denken, muss wohl richtig sein. Das habe ich jedenfalls immer gedacht."

„Und du fandest nicht, dass diese Regeln manchmal zu … streng sind?"

„Nein, nie." Vanessa rümpfte die Nase. Sie klang gerade so wie eine gefühllose dumme Gans, die niemand mochte. „Das Einhalten von Regeln sollte man gutheißen und nicht verurteilen. Aber du scheinst da anderer Meinung zu sein. Was genau willst du mir gerade sagen, Lilly?" Sie hatte keine Lust, einen Streit mit ihrer Tochter anzufangen, aber Lilly ärgerte sie, und sie schien das absichtlich zu machen.

Ein warmer Windstoß fuhr durch die Baumwipfel über dem Gehweg und riss das nächste Stückchen Feder von Vanessas Hut los.

„Ich finde, wir sollten Menschen, die sich etwas haben zuschulden kommen lassen, vergeben und sie wieder in unseren Kreis aufnehmen. Wir müssen das, was sie getan haben, ja nicht gutheißen, aber wir sollten sie als schwache Sünder sehen, die Gottes Gnade brauchen, wie wir alle."

„Sicher, aber du brauchst mich jetzt nicht anzupredigen; ich weiß, was Vergebung ist. Du meinst jetzt nicht speziell die Jones', oder?"

„Nein, Mama. Ich finde, dass die Regeln in unseren Kreisen uns ganz allgemein die Freiheit nehmen, das zu sagen, was wir wirklich denken und meinen. Und dass wir dadurch langweilig und selbstzufrieden werden, bis wir alle nur noch Kopien voneinander sind."

Vanessa verbiss sich die scharfe Antwort, die ihr auf der Zunge lag. Sie hatte jedes Recht, sich Lillys Kritik an dem, woran sie immer geglaubt hatte, zu verbitten, aber es lag mehr als ein Körnchen Wahrheit in dem, was ihre Tochter da sagte. „Lilly, lass dich warnen. Wenn du mit deinen radikalen Ansichten hausieren gehst, verlierst du deine Freunde. Pass auf."

„Natürlich, Mama." Lilly rollte die Augen und schaute zur Seite. „Hab ich das nicht immer gemacht?"

„Doch, sicher. Du bist eine gute Tochter, die weiß, was sich gehört." Und um dem Gespräch einen versöhnlichen Abschluss zu geben, fügte sie hinzu: „Ich werde mal darüber nachdenken, was du gesagt hast. Vielleicht schreibe ich Addy Jones und frage sie, wie es ihrer Familie in Europa geht."

„Danke, Mama."

Die Überraschung in Lillys Stimme fuchste Vanessa, aber sie musste zugeben, dass sie vielleicht nicht so aufgeschlossen war, wie es wünschenswert wäre.

Kapitel 20

Am nächsten Morgen stand Lilly zwei Stunden früher auf, um Zeit zum Schreiben zu haben, bevor der Tag der Familie begann. Später, nach einem vollen Morgen in Bailey's Beach und Lunch in Cliff House, zog sie sich in ihr Zimmer zurück, in der Hoffnung, noch ein paar Minuten mit ihrer neuesten Geschichte verbringen zu können.

Bevor sie ihre Tür abschließen konnte, brachte Annie ihr einen Stapel Briefe. „Ihre Post, Miss." Das Dienstmädchen machte einen raschen Knicks.

Lilly nickte dankend und machte es sich in einem Sessel beim Fenster bequem. Sie würde kurz die Post durchgehen, bevor sie das zweite Kapitel von *Kranz der Liebe* anfing. Sie öffnete eine Einladung nach der anderen und legte sie erst einmal beiseite. Zwei Briefe waren von Freundinnen, die gerade Frankreich und Italien bereisten. Sie verschlang ihre Beschreibungen von Sehenswürdigkeiten, die auch sie besichtigt hatte und die doppelt romantisch wären, wenn der Mann des Herzens dabei wäre. Jack. Sie konnte nicht aufhören, an ihn zu denken.

Sie schätzte seine Bereitschaft, sie gegen Oberst MacIntyre zu verteidigen, aber sie war eine erwachsene Frau, die sich ja wohl selbst wehren konnte. Sie hatte eine berufliche Laufbahn eingeschlagen, die in ihren Kreisen verpönt war, und jetzt musste sie halt mit den Folgen fertigwerden. Mit Gottes Hilfe. Aber wo war Gott? Sein Schweigen machte ihr Angst.

Vater im Himmel, ich vertraue dir. Bitte lass mich nicht im Stich.

Er hatte sie noch nie im Stich gelassen. Warum hatte sie dann auf einmal diese Zweifel? Sie brauchte ihn so sehr.

Sie ging die übrigen Sendungen durch. Noch ein paar Einladungen aus den besten Newporter Ferienvillen.

Dann kam sie zum letzten Brief. Nanu, was war das? Ihr Name und ihre Adresse in kräftigen schwarzen Buchstaben. Kein Absender. Kein Mensch, der etwas auf sich hielt, vergaß, seinen Absender oder den Namen seines Hauses anzugeben.

Ihre Hand zitterte, als sie den Umschlag mit dem Brieföffner aufschnitt. Eine dunkle Vorahnung kroch ihren Rücken hinauf. Sie zog den Brief heraus. Der Wind, der durch das Fenster kam, ließ das Blatt flattern. Sie packte es fester und las:

Meine sehr verehrte Miss Westbrook,
wenn Sie wünschen, dass Ihr Name nicht in Newports bekanntester Zeitung erscheint, sollten Sie unverzüglich Kontakt mit mir aufnehmen. Es ist nicht meine Absicht, Ihnen Unannehmlichkeiten zu bereiten, aber ich rate Ihnen dringend, diese Bitte sehr ernst zu nehmen. Könnten wir uns treffen, um die unglückliche Situation, in der Sie sich befinden, zu besprechen? Lassen Sie mir Ihre Antwort in einem neutralen Umschlag zukommen, den Sie bitte in der Buchhandlung Baxter & Dunne, Bellevue Avenue, in das Exemplar von Mr Whitmans Grashalme schieben.
Hochachtungsvoll,
ein Beteiligter

Wer war der Absender dieses Briefes? Oberst MacIntyre von *Stadtgespräch*? Wer sonst würde es wagen, sie auf diese Weise zu einem Treffen aufzufordern? Jack hatte natürlich ein großes Interesse daran, seine Autorin aus ihrem Versteck zu locken, aber er war ehrlich und direkt; auf so eine hinterhältige Tour würde er es nie versuchen. War es klug, der Aufforderung zu einer Antwort nachzukommen? Sie wusste es nicht. Schließlich entschloss sie sich, es darauf ankommen zu lassen.

„Annie, ich brauche meinen rosa-burgunderroten Sonnenschirm, der zu dem Kleid passt, das ich anhabe, und den Hut mit den Seidenrosen." Lilly legte den Briefstapel auf ihren Sekretär, bis auf den anonymen Brief.

Das Mädchen schob einen Stapel gebügelte Nachthemden in die weiße

Kommode, dann sah es Lilly an. „Geht es Ihnen nicht gut, Miss Lillian? Sie sehen aufgeregt aus. Möchten Sie eine Schmerztablette?"

„Danke, Annie, es geht mir gut. Hol bitte meine Sachen." Lilly versuchte, unbekümmert zu lächeln, aber ihr ganzes Leben war durcheinander, und das zeigte sich offenbar in ihrem Gesicht.

Annie ging nebenan ins Ankleidezimmer. Während sie Hut und Sonnenschirm suchte, schrieb Lilly rasch ein paar Antwortzeilen. Sie schob das Blatt in einen Umschlag und diesen, zusammen mit dem Drohbrief, in ihre Handtasche.

„Lillian, bist du fertig? Wir wollten doch zu den Holloways, ein paar Partien Whist spielen." Ihre Mutter kam herein. Sie trug ein blaubeerfarbenes Kleid, das ihrer vollschlanken Figur schmeichelte, und einen mit Spitze und Blumen verzierten Hut.

„Muss ich da mit? Ich fühle mich gerade nicht besonders gut."

Ihre Mutter streifte sich die Handschuhe über. „Das tut mir leid, aber du musst. Du kannst nicht in letzter Minute Einladungen ausschlagen, oder es heißt bald, du bist ungesellig. – Jetzt komm, bitte weine nicht. Nimm eine Tablette, Annie holt dir eine."

Lilly wusste: Sie hatte verloren. Sie müsste den Brief nach der Rückkehr von den Holloways abliefern.

Fünf Minuten später, als sie in die Kutsche stieg, sah sie, wie Jack, ein Buch in der Hand, einen Stuhl über den Rasen trug. Wie gerne hätte sie neben ihm gesessen, in der warmen Sonne, und ihm zugehört, wie er über Literatur und dies und das redete. Seine warme Stimme wäre so viel besser als das fröhliche Geplappere ihrer Mutter.

Jack stellte seinen Korbstuhl in den Schatten eines mächtigen Ahorns. Ein paar Kapitel aus *Dorotheas Dilemma* würde er wohl schaffen, bevor George ihn auf den Tennisplatz schleifte. Jack spielte gerne, aber die Arbeit kam zuerst. Seit er Verleger geworden war, hatte er erst zwei von Miss Coles Frauenromanen lesen können.

Er ließ sich auf das weiche Kissen sinken, schlug eine Hummel tot und fing an. Ehe er sich's versah, hatte er fünfundsiebzig Seiten gelesen. Jetzt würde er bald erfahren, ob die Heldin aus den Klauen des Bösewichts entkommen und den Heiratsantrag des schneidigsten Romanhelden seit Langem annehmen würde. Die nächsten ein, zwei Stunden flogen vorbei. Aus dem Augenwinkel sah er, wie die Kutsche der Westbrooks die Einfahrt hochfuhr und vor dem Eingang anhielt. Die von ihren Besuchen zurückkehrenden Damen stiegen aus und winkten ihm zu, bevor sie in der Villa verschwanden.

Er blätterte um und kam zu der Szene, wo die Heldin, Ada Brown, durch das Eis des zugefrorenen Teiches brach und im Wasser verschwand. Jack las rasch weiter. Natürlich: Der Held, Lawrence Macon, sprang prompt hinterher und packte Ada, bevor sie auf den Grund des Teiches sank. Nach Luft ringend, aber überglücklich, das Leben seiner wahren Liebe gerettet zu haben, half er ihr an Land.

„Danke, Lawrence", keuchte sie. „Oh, mein Samaragdring ist weg! Den muss ich gerade verloren haben!"

Worauf der Held prompt erneut in das eiskalte Nass sprang, den Ring erblickte, der aus dem Schlamm hervorblinkte, und ihn seiner Angebeteten heraufholte. Und Ada nahm den Ring entgegen, warf ihre Arme um ihren Geliebten und küsste ihn fest auf die eiskalte Wange.

Eine romantische Szene. An was erinnerte sie Jack nur? Ach ja … Er lehnte sich zurück, legte das Buch auf seinen Schoß und sah zur Villa hoch. Er lächelte. Dies war der Beweis, dass Lilly tatsächlich seine Autorin war! Er selber hatte Lilly einmal vor dem Ertrinken gerettet, auf dem Landsitz ihrer Cousine in den Adirondacks. Dies konnte kein Zufall sein! Lilly war Fannie.

Er musterte das Fenster ihres Zimmers. Sie würde nie aus ihrem Versteck hervorkommen, solange er darauf bestand, dass sie wie Elna Price die Werbetrommel für ihre Romane rührte. Dazu war sie zu reserviert. Frustriert schlug er mit der Hand gegen die Lehne des Korbstuhls und stieß einen langen Seufzer aus. Wie er sich wünschte, dass Fannie Cole jemand anderes wäre, und nicht Lilly! Sie würde sich nie dazu bringen lassen, ins Licht der Öffentlichkeit zu treten.

War es das, was sie von ihm zurückhielt? Seit sie ihre Verlobung mit

Harlan gelöst hatte, hatte sie ihn auf Abstand gehalten. Hatte sie Angst, dass er sie an die Öffentlichkeit zerren und zwingen würde, die Wahrheit zu sagen?

Er würde zu ihr gehen und die Sache klären, jetzt sofort. Er stand auf. Da war sie ja, auf der Veranda, neben ihr ihr Dienstmädchen. Jack warf *Dorotheas Dilemma* auf das Kissen des Korbstuhls und trabte über den Rasen. Er tippte an seinen Hut und verneigte sich. Lilly runzelte kurz die Stirn, dann lächelte sie dünn.

„Wo willst du hin?" Er setzte ein, wie er hoffte, unschuldiges Grinsen auf. „Du bist doch gerade erst zurückgekommen." Fannie dazu zu bringen, dass sie ihre Identität enthüllte, würde Geduld und Takt erfordern, zwei Eigenschaften, die Jack eher abgingen und um die er sich jetzt in aller Eile bemühen musste. „Ich würde gerne mit dir sprechen, wenn du ein paar Minuten Zeit hast."

Sie schaute zu den Ställen hin, ihr Mund ein nervöser Strich. „Ich muss ein paar Besorgungen in der Stadt machen."

„Ich auch, das trifft sich gut. Darf ich dich begleiten?"

Sie schüttelte den Kopf, dass die Feder auf ihrem Hut wackelte. „Das tut mir leid, aber ich nehme den kleinen Wagen, da ist nicht so viel Platz."

Es war natürlich genügend Platz, selbst mit Dienstmädchen und etlichen Paketen. „Gut, dann fahre ich allein. Können wir dann einen Tee oder Kaffee trinken, wenn du fertig bist?"

„Danke für die Einladung, aber das geht leider nicht."

„Du meinst, du willst nicht." Die Verzweiflung wollte ihn packen.

Sie seufzte auf. „Ich habe heute Nachmittag sehr viel zu tun." Die betonte Höflichkeit, mit der sie das sagte, schmeckte ihm nicht.

Er seufzte laut. „Ich muss mit dir etwas Wichtiges besprechen."

Da kam der Einspänner. Lilly sprang förmlich die Verandatreppe hinunter. „Entschuldige, aber jetzt geht es wirklich nicht", rief sie über die Schulter. „Vielleicht können wir ein paar Minuten reden, wenn ich wieder da bin, es dauert nicht lange."

Sie und Annie stiegen auf den kleinen Wagen. Lilly nahm die Zügel in die Hand. Der Rotschimmel zockelte die lange Auffahrt entlang, bog auf die Ocean Avenue ein und verschwand. Jack trat ins Haus. In der Nähe der Tür sah er Mr Ames.

„Hat Miss Westbrook gesagt, wo sie hinwill?", fragte er den Butler ohne Umschweife.

„Ich habe gehört, wie sie etwas von Baxter & Dunne gesagt hat, der Buchhandlung an der Bellevue Avenue, Sir."

Jack dankte dem Butler und rannte zu den Ställen, wo er um einen kleinen Einspänner bat. Diesmal würde Lilly ihm nicht entwischen …

Lilly fuhr den Ocean Drive entlang, an den vielleicht fünfundsiebzig Ferienpalästen an der Bellevue Avenue vorbei und weiter in das kleine Einkaufsviertel beim Casino. Sie wünschte sich, dass Miranda bei ihr wäre, aber ihre Freundin war noch nicht aus der Stadtbibliothek zurück.

Da war die Buchhandlung Baxter & Dunne. Lilly schnaubte durch die Nase. Was, wenn sie kein Exemplar von Walt Whitmans *Grashalme* fand? Was, wenn ein Bekannter sie sah? Sie blieb vor dem Schaufenster stehen, tat so, als ob sie die Auslage studierte, und atmete tief durch.

Sollte sie Annie bitten, den Umschlag mit ihren Zeilen in das Buch zu stecken? Aber Annie war neugierig und würde womöglich zuerst den Brief lesen. Nein, sie müsste es schon selbst machen.

Sie gingen durch die Eingangstür. Eine Glocke verkündete dezent ihre Ankunft. Ein Verkäufer, der gerade Bücher auf ein Regal stellte, schaute herüber und fragte, ob er etwas für die Damen tun konnte. Lilly verneinte, und er fuhr mit seiner Arbeit fort. Sie ging den ersten Gang entlang, vorbei an Büchern über Religion und Philosophie. Da war schon die Lyrik-Abteilung. Sie fuhr mit den Augen die Buchrücken entlang. Da fing „W" an. Und dort war „Whitman".

Da war das Buch – ein großer, brauner Band mit Goldbuchstaben auf dem Rücken. Erleichterung. Lilly spürte, wie ihr Herz ruhiger wurde. Sie schaute rasch um sich. In dem Laden waren etliche Kunden, die sie kannte, aber hier in der Lyrik-Abteilung waren sie und Annie allein. Gut. Sie drehte dem Hauptgang den Rücken zu. Hoffentlich würde sie niemand erkennen.

„Annie, würdest du bitte zu den Kinderbüchern gehen und die *Abenteuer von Tom Sawyer* suchen? Wenn du das Buch nicht findest, frag den Ladeninhaber."

„Jawohl, Miss." Annie zögerte. „Ist das für den Jungen Ihrer Cousine, Mrs Templeton?"

Lilly nickte, und Annie ging in den nächsten Gang und ließ ihre Augen über die Buchrücken wandern. Sie war stets zuvorkommend zu den Westbrooks und ihren Gästen, aber ihre Neugierde konnte einem auf die Nerven gehen. Lillys Mutter sagte gerne, dass die Diener alles über ihre Herren wussten, einschließlich ihrer Neigungen und Abneigungen, und manchmal selbst ihre Geheimnisse. Kaum dass Annie außer Sicht war, langte Lilly zu dem obersten Regal hoch, wo *Grashalme* stand. Ihre Finger erreichten das untere Ende des Buchrückens. Sie versuchte, das Buch zu packen, aber es stand zu hoch. Sie ging auf die Zehenspitzen. Kein Erfolg. Frustriert sprang sie hoch. Ihre Hand schlug gegen das Buch, dass der Band daneben herausrutschte und mit einem lauten Knall auf den Holzfußboden fiel.

„Kann ich dir helfen, Lilly?"

Sie japste und drehte sich um. „Mein Gott, hast du mich erschreckt, Jack. Ich hab gar nicht gehört, wie du gekommen bist." Sie hielt inne, dann stemmte sie die Hände in die Hüfte. „Was machst du hier? Schleichst du mir nach?"

„Ehrlich gesagt, ja. Ich spekuliere darauf, dass du mich zu Fannie Cole führst."

„Mach dich nicht lächerlich." Lilly bückte sich nervös, um das Buch aufzuheben. Jack bückte sich ebenfalls, sodass sie fast zusammenstießen. Sein Gesicht kam dem ihren so nah, dass er sie leicht hätte küssen können. Küssen? Warum dachte sie plötzlich an so etwas? Ihr war auf einmal schwummrig.

„Fehlt dir was? Du bist ganz rot im Gesicht."

Sie sog den Duft seines herben Eau de Cologne ein, dann richtete sie sich wieder auf, das Buch in der Hand. „Danke, mir geht's gut. Ich komme gerade nur nicht an das Buch heran, das ich will. Kannst du es mir runterholen? Es ist *Grashalme*, von Walt Whitman."

Er holte ihr das Buch ohne Mühe herunter und stellte das andere zurück. „Magst du Mr Whitmans Gedichte?"

Lilly kicherte ganz unlillyhaft. „Bis jetzt habe ich sie noch nicht gelesen, aber ich probiere gern etwas Neues aus. Ich gebe dir Bescheid, wenn ich das Buch durchhabe." Was redete sie da? Sie würde das Buch doch gar nicht kaufen. Jetzt würde sie es in der Stadtbibliothek ausleihen müssen, für den Fall, dass Jack sie tatsächlich fragte, wie sie es fand.

„Ich habe gehört, dass *Grashalme* nichts für junge Damen ist", fuhr er fort.

Sein Kichern brachte sie ganz aus dem Konzept. „Oh, ich hoffe, da hast du nicht recht. Aber … vielleicht sollte ich was anderes nehmen …" Sie tat so, als ging sie die Regale durch.

Wann ging der Kerl endlich? Aber Jack rührte sich nicht von der Stelle, gerade so, als ob er sie komplett durchschaute. Und jetzt wartete er darauf, dass sie entweder ein anderes Buch auswählte oder den Whitman-Titel mit zur Theke nahm und bezahlte. Er musterte die Regale neben ihr, zog ein Buch nach dem anderen heraus und stellte es wieder zurück.

„Könntest du bitte nach meinem Dienstmädchen sehen? Ich habe es in die Kinderabteilung geschickt, um ein Buch für den Sohn meiner Cousine zu holen. Sie braucht ziemlich lange."

Seine Augenbrauen schossen in die Höhe, zu seinem dichten schwarzen Haar hin. „Zu Diensten, die Dame." Wie er grinste. Was hatte er nur?

Kaum war Jack weg, nahm Lilly ihren Antwortbrief aus ihrer Handtasche. Sie holte tief Luft und schob ihn mitten in das Whitman-Buch hinein. Ein Stückchen vom Umschlag schaute oben heraus. Jetzt zurück mit dem Buch auf das oberste Regal! Sie kam wieder nicht hoch genug. Sie sprang, fuchtelte mit dem Arm, streckte ihn, dass ihr die Schulter wehtat. Kein Erfolg.

„Oh, Mann", murmelte sie, von der Anstrengung keuchend.

Annie und Jack konnten jeden Augenblick zurückkommen. Sie schob das Buch kurzerhand in eine Lücke ein Regal tiefer, unter den Ws. Der Briefempfänger müsste halt etwas suchen.

Jack kam zurück. „*Tom Sawyer* ist gerade ausverkauft. Das Buch scheint sehr beliebt zu sein."

Sie war im Stillen dankbar dafür; sie hatte nicht genügend Geld dabei, um es zu kaufen. „Danke für deine Hilfe."

Jack schaute auf ihr leeren Hände. „Willst du *Grashalme* doch nicht kaufen?"

„Nein. Ich hab mir's anders überlegt. Ich werde mir irgendwann etwas anderes, Geeigneteres aussuchen."

Er nickte. „Das nenn ich eine weise Entscheidung."

Lilly trat vom Regal zurück. Sie schob sich gerade an ihm vorbei, als sie sah, wie sein langer Arm zu dem falsch zurückgestellten Whitman-Buch hochlangte. Sie drehte sich abrupt um und schaute hilflos zu, wie Jack das Buch in die Hand nahm. Er machte Anstalten, es auf seinen Platz auf dem obersten Regal zu stellen. Das Buch klappte halb auf, und der Brief segelte auf den Fußboden.

„Was haben wir denn hier?" Bevor Lilly den Umschlag packen konnte, hatte er ihn aufgehoben. Sie merkte, wie sie wütend wurde.

Lilly hielt sich die Hand an die Stirn, damit er ihr Gesicht nicht sah, das sich heiß anfühlte wie ein Ofen und bestimmt puterrot war.

Er lehnte sich gegen die Bücherwand. „Wie haben Sie es lieber, Miss Westbrook? Möchten Sie mir das hier erklären, oder soll ich selber raten?"

Lilly sah ihn trotzig an. „Ich bin dir keine Erklärung schuldig. Das ist meine Sache, das geht dich nichts an."

Er machte Anstalten, den Brief zu öffnen. „Es tut mir leid, dass ich das machen muss, aber ich habe keine andere Wahl."

Lillys Hand schoss nach vorne und griff ins Leere. „Gib ihn mir zurück, sofort!"

Er hielt den Brief über seinen Kopf. Sie zog mit aller Kraft an seinem Arm. Die Muskeln unter der marineblauen Jacke fühlten sich hart an. Sie sprang und schlug. Vergeblich.

„Hör auf mit diesem Unfug, Jack, du blamierst uns beide."

„Wenn du nicht willst, dass ich den Brief laut vorlese, dann sage mir, was das hier soll." Seine Augen schauten frustriert. „Ist das ein Liebesbrief?"

„Mach dich nicht lächerlich."

„So sehe ich das auch." Jack hob seinen Zeigefinger. „Aber dann steht etwas anderes drin. Geht es vielleicht um Miss Fannie Cole?"

„Bitte lass mich mit Fannie Cole in Ruhe." Lilly schaute nervös um sich. Am Ende des Gangs stand eine Freundin ihrer Mutter und musterte die Regale mit religiösen Büchern. „Und sprich nicht so laut."

Jack legte den Finger an seine Lippen und flüsterte: „Ich werde keine Silbe über Miss Cole sagen, wenn du mir die Wahrheit über sie sagst."

Lillys Wut war kurz davor überzukochen. „Jackson Grail, meine Geduld ist zu Ende. Wenn du so weitermachst, ruf' ich den Verkäufer, damit er dich an den Ohren packt und hier rauswirft."

Er hob theatralisch die Arme, wie jemand, der sich ergibt. Lilly sah, wie Mrs Leontina Radcliffe mit offenem Mund auf sie zugeeilt kam.

„Wenn du mir ein paar Fragen über meine beliebteste Autorin beantwortest, sag ich Mrs Radliffe nicht, wer du wirklich bist." Er flüsterte es so laut, dass die Frau es leicht mitbekommen konnte.

„Hör auf, oder ich schreie!"

„Kommst du mit mir ins Café?"

„Ja, wenn du unbedingt willst", zischte sie.

Jack verneigte sich. „Ich will."

Annie kam, ohne Buch. „*Tom Sawyer* ist ausverkauft, Miss."

Lilly riss sich zusammen. „Dann guck, ob sie *Huckleberry Finn* haben. Irgendetwas von Mark Twain müssen sie haben. Nimm dir Zeit, ich bin bald wieder da."

Lilly grüßte höflich Mrs Radcliffe, dann verließ sie den Laden und folgte Jack in ein fast leeres Café ein paar Häuser weiter, wo er Tee und Gebäck bestellte. Sie warteten.

Lilly brach das Schweigen. „Du hast ja eine tolle Nummer abgezogen eben."

Jack grinste und schob die Rosenvase in der Mitte des Tisches zur Seite. „Ich war gut, nicht wahr?"

„Das kann man wohl sagen.“ Sie verzog schmerzlich den Mund. „Raus mit der Sprache! Ich kann nicht den ganzen Tag Kämpfchen mit dir machen.“

Der vornehm gekleidete Kellner stellte die Teller mit dem Gebäck auf das weiße Damasttischtuch und goss den Tee in dünne weiße Porzellantassen. Als er wieder fort war, beugte Jack sich näher zu Lilly und sah sie aufmerksam an. Sie wich instinktiv zurück und faltete die Hände fest auf ihrem Schoß.

„Lilly, ich weiß, dass du Fannie Cole bist.“

Er sagte es so fest, dass ihre Kampflust erlahmte. „Wie kommst du denn darauf?“

Er beugte sich über den kleinen viereckigen Tisch, seine dunklen Augen forschend. „Weil du die einzige Autorin bist, die von unserem Rendezvous am Cooper-Teich wissen kann.“

Sie erwiderte seinen Blick. Auf ihrer Stirn standen plötzlich Schweißtropfen. „Was hat das mit Miss Cole zu tun?“

Jack schüttelte den Kopf, seine Augen wurden ernst. „Du machst es einem wirklich nicht einfach. Also gut, wenn du dich nicht mehr daran erinnerst, was du geschrieben hast, werde ich dein Gedächtnis auffrischen.“

Kapitel 21

Jack fuhr fort: „In *Dorotheas Dilemma* wird eine junge Dame, die in einem zugefrorenen See einbricht, von ihrem Geliebten gerettet.“ Er schilderte ihre Lieblingsszene in ihrem Lieblingsbuch. Dann beugte er sich näher zu ihr: „Schlittschuhlaufen, oben im Norden des Staates New York, zwei junge Leute, die sich vom Rest der Gruppe absetzen, um allein zu sein. Kommt dir das bekannt vor?“ Sein Gesicht war auf einmal todernst.

Lilly zwang sich zitternd zu einem Lächeln. „Deine Geschichte ist etwas melodramatisch.“

„Das war sie ja auch – melodramatisch, furchterregend. Ich stelle mir gerne vor, wie ich dein Sir Galahad bin – ohne den edlen Schimmel natürlich.“

Lilly entfuhr ein nervöses Lachen. „Jackson Grail, jetzt wirst du unverschämt.“

„Kann schon sein, aber das ist mir ernst. Lilly, hör mich an. Ich kann dir gegen MacIntyre helfen. Er ist doch dabei, dich zu erpressen, oder?“ Seine Augen wurden schmaler. „Geht es darum in deinem Briefchen?“

Sie nippte an ihrem Tee und antwortete nicht.

„Ich sehe, dass es so ist.“ Er hielt ein paar Augenblicke inne. „Willst du es dir jetzt, wo ich entdeckt habe, wer du bist, nicht doch anders überlegen?“ Seine Stimme war leise, aber seine Augen blitzten vor Entschlossenheit.

„Du hast gar nichts entdeckt, außer dass das Leben voller Zufälle ist.“ Lilly schob den schweren Stuhl mit den Goldornamenten zurück und erhob sich. „Wenn du mich bitte entschuldigst, ich muss jetzt gehen. Guten Tag.“

„Lilly, hör auf, die Wahrheit zu leugnen. Gib zu, dass du Fannie Cole bist.“

Sie streckte ihre Hand aus. „Gib mir sofort meinen Brief zurück, oder ich sage dem Kellner, dass du ihn mir gestohlen hast und dass er die Polizei holen soll." Sie starrte den Umschlag an, den er umklammert hielt.

„Das traust du dich nicht."

„Zwinge mich nicht, Jack! Der Brief gehört mir, gib ihn zurück."

Er schob ihn ihr mit zusammengebissenen Zähnen in die Hand. „Also gut, die Runde geht an dich."

Sie ließ ihren Teller mit dem Gebäck stehen und stolzierte hinaus, in die helle Nachmittagssonne. Ihr Nacken schmerzte, ihre Schläfen pochten. Wann würde Jack begreifen, dass sie sich unmöglich ihren Lesern zu erkennen geben konnte, selbst wenn sie das gewollt hätte?

Ohne die Zustimmung ihrer Familie würde sie ihr Geheimnis nie preisgeben. Und selbst wenn das Unmögliche wahr werden und ihre Eltern ihren Segen für ihr Schreiben geben würden, wäre sie nicht bereit, ihr ungestörtes Leben zu opfern und eine Rolle zu übernehmen, für die sie so wenig geeignet war. Sie konnte Jacks Wunsch nicht erfüllen. Er musste ihr Nein endlich akzeptieren und nach anderen Wegen suchen, etwas aus seiner Firma zu machen.

Wie elend er aussah. Ihr Mitleid regte sich. Wenn er doch nur nicht so total auf ihre Hilfe setzen würde. Aber sie konnte ihm seinen Wunsch nicht erfüllen.

Sie schaute hoch und sah, wie Jack auf seinen Einspänner stieg und davonfuhr, in Richtung Summerhill. Sie ging rasch zurück in die Buchhandlung und bat den Verkäufer um einen Trittschemel. Sie stieg darauf und legte den Brief in *Grashalme.*

Ein Trittschemel. Warum hatte sie daran nicht früher gedacht?

Jack ließ das Pferd in vollem Galopp die Kurven des Ocean Drive nehmen. Der kastanienbraune Rücken der Stute glänzte vor Schweiß. Der Einspänner schwankte bedenklich zur Seite, wo die lange Steinmauer war, die das Gelände von Summerhill begrenzte. Jack zog an den Zügeln und ließ das Pferd in Trab zurückfallen.

Mach's langsamer, Jack! Es bringt nichts, wenn du dir wegen eines Verlages oder wegen Lillys Sturheit noch das Genick brichst …

Über eine Stunde lang war er durch den Seewind und den Sonnenschein gefahren, um seinen Ärger loszuwerden. Aber seine finanziellen Sorgen kreisten ihm immer noch durch den Kopf. Mit jedem Dollar, den er in seine drei Projekte investiert hatte, fühlte er sich wieder mehr der Welt ausgeliefert, genauso wie damals, als er keinen Dollar besaß. Er hatte gedacht, dass Reichtum ihm Sicherheit und Zufriedenheit bringen würde, und zum Teil stimmte das auch, aber gleichzeitig war da diese Angst, alles wieder zu verlieren. Die Magenschmerzen, die er manchmal hatte, zeigten ihm, wie schutzlos er sich im Grunde fühlte.

Er hatte Lilly sein Herz geöffnet, und immer noch wollte sie ihm nicht helfen. Er konnte ihr nicht wirklich böse sein dafür. Er hatte sie damals vor sechs Jahren so hässlich behandelt, dass er seine Strafe verdient hatte. Aber es wäre edel von ihr, wenn sie die Vergangenheit vergessen und ihm endlich vergeben würde. Und ihm glauben, dass er sie anständig behandeln würde.

Er bog in die Auffahrt zu Summerhill ein und zwang sich, an etwas anderes zu denken. An geschäftliche Dinge, wo er, anders als bei Lilly, das Heft in der Hand hatte (aber wie lange noch?).

Jones & Jarman brauchte Fannie Cole mehr denn je. Aber er sah wenig Chancen, Lilly zu einer Werbekampagne bewegen zu können. Lilly Westbrook war Fannie Cole – was für ein Pech. Er hätte es nie für möglich gehalten, dass sie den Mut zu so etwas aufbringen würde, obwohl er den einen oder anderen Verdacht gehabt hatte. Gut, ihre Rebellion war nicht von der offenen Sorte; sie hielt ihren Beruf sorgfältig geheim. Sie verbarg ihre Begabung vor ihre Familie, was ihr schlaflose Nächte bereiten musste.

Aber wenn er sie liebte, musste er Lilly in Ruhe lassen und durfte ihre Probleme nicht noch vergrößern. Bestimmt quälte er sie gerade so wie MacIntyre. Halt, so schlimm wie der Oberst war er sicher nicht. Aber in Zukunft würde er Lilly freundlicher behandeln. Und die Sache mit *Stadtgespräch* würde er im Alleingang managen, irgendwie.

Am nächsten Morgen wartete Jack darauf, dass die Kutsche der Westbrooks vor der Veranda vorfuhr. Nach der nächsten langen Nacht auf irgendeinem Ball lagen die meisten im Haus bestimmt noch in ihren weichen Federbetten, zu müde, um in einen Gottesdienst zu fahren.

Die Tür flog auf und Lilly trat heraus, den blumengeschmückten Hut zurechtschiebend, der anmutig über ihre Stirn hing. Hinter ihr kam ihr Dienstmädchen. Jack verneigte sich breit lächelnd. Ein Traum in ihrem hellblauen Kleid und der weißen Spitze, blieb Lilly vor der Schwelle stehen, um an ihrer Halsschleife zu nesteln.

„Guten Morgen, Jack. Ich bin leider etwas spät dran. Ich dachte schon, die Kutsche wäre weg." Der offene Landauer fuhr vor; der Kutscher saß hoch aufgerichtet auf seinem Kutschbock. Lilly streifte sich sorgfältig den zweiten weißen Glacéhandschuh über. „Wir dürften wohl die Einzigen sein, die heute Morgen in den Gottesdienst gehen. Miranda hab ich gefragt, aber es geht ihr gerade nicht sehr gut, sie kann nicht mit." Lillys Stimme klang eine Spur zu hell und hoch.

„Das tut mir leid", meinte Jack. „Und in welche Kirche gehst du normalerweise?" Er bot ihr seine Hand und half ihr beim Einsteigen, während die Magd neben den Kutscher kletterte.

„Die Trinity Church – wenn wir es schaffen. Gottesdienste sind leider das Letzte, woran meine Leute im Sommer denken. Aber wenn sie wo hingehen, dann in die Trinity Church. Ich gehe oft alleine, nur mit Annie."

Genau, wie er gedacht hatte. Die Elite gehörte zur Trinity, der imposanten weißen Kirche aus der Kolonialzeit, in der schon George Washington gewesen war, als er Newport besuchte. Jack hatte gehört, dass viele der Gemeindeglieder ihre weichen Sitzkissen mit dem Familienwappen dekoriert hatten, passend zu ihren Kutschen und der Livree ihrer Diener.

„Hättest du etwas gegen eine weniger exklusive Kirche, mit einem Pastor, der toll predigt?" Es wäre ein Experiment für die konservative Lilly. Würde sie ablehnen?

„Nein, überhaupt nicht."

„Gut." Er unterdrückte ein Kichern. Lilly entpuppte sich mit jedem Tag als weniger konventionell, als er gedacht hatte.

„Und was ist das für eine Kirche?“, fragte sie.

„Die Calvary Church.“

Jack sagte dem Kutscher, wie er zu fahren hatte, und die Kutsche setzte sich in Bewegung. Am liebsten wäre er näher zu Lilly gerutscht, aber er wusste: Sie wäre ihm nur ausgewichen. Was war passiert mit seinem guten Vorsatz, so viel Abstand von ihr zu halten wie möglich?

Lilly setzte sich an den äußersten Rand der gepolsterten Bank. „Die Calvary Church kenne ich überhaupt nicht.“

Woher auch? Die Calvary Church zählte nicht für die Crème de la Crème. Mr Ames, der Butler, hatte sie als das Gotteshaus genannt, in das die meisten der Diener gingen, und das war Jack Empfehlung genug gewesen.

Sie fuhren schweigend den Ocean Drive entlang, genossen die frische Meeresluft und betrachteten die zerklüftete, vom Wind reingefegte Küste. Sie erreichten die Stadt und fuhren durch ein Labyrinth enger, von großen Bäumen beschatteter Straßen. Das Knirschen der Pferdehufe und der Räder der Kutsche auf Schotter und Sand mischte sich in den Gesang der Vögel und das gelegentliche Bellen eines Hundes.

Da war die kleine, aus Stein gebaute Kirche. Der Kutscher hielt am Gehsteig an. Jack und Lilly stiegen aus, Annie folgte ihnen mit einigem Abstand, und sie gingen den übrigen Gläubigen nach in das Gebäude.

Jacks Augen gewöhnten sich rasch an das Dämmerlicht drinnen. Der teilweise von einem verblichenen roten Läufer bedeckte Holzfußboden knarrte unter ihren Schritten, als sie den Mittelgang entlanggingen. Ein buntes Glasfenster über der Kanzel dämpfte das Sonnenlicht und ließ den kühlen, dämmrigen Innenraum wärmer erscheinen. Der leicht muffige Geruch aus Möbelpolitur, Alter und Feuchtigkeit gefiel Jack.

Die Kirche erinnerte ihn an die, in die er als Kind mit seinen Eltern gegangen war – ein heimeliger Ort, der zum Schatz seiner Kindheitserinnerungen gehörte. Dass er mit Lilly hier war, deren Kindheit so ganz anders gewesen war, es war ein komisches Gefühl. Der Abstand, der sie von ihm trennte, schien plötzlich noch tiefer und breiter zu werden. Lilly war im Luxus aufgewachsen; er nicht.

Er sah kein bekanntes Gesicht; nicht, dass er damit gerechnet hätte. Der einfachen, zum Teil geflickten Kleidung nach zu urteilen, bestand die Gemeinde aus Arbeitern, kleinen Ladenbesitzern und anderen Stadtbewohnern. Niemand von den feinen Sommergästen kam auf die Idee, alleine, ohne seine Freunde in eine Kirche zu gehen.

Jack schlüpfte in eine der Bänke. Er fühlte sich merkwürdig zu Hause hier. Aber wie mochte Lilly sich fühlen, die mit ihrer eleganten Kleidung, die in der besseren Gesellschaft als schlicht galt, wie ein Pfau unter Spatzen wirkte? Er sah, wie Männer wie Frauen neugierig in ihre Richtung schauten. Sie lächelte höflich, bevor sie in ein stilles Gebet versank.

Als der Gottesdienst begann und die Orgel ertönte, stand Jack mit den anderen auf und sang aus voller Kehle mit. Er sang für Gott, und das (so hoffte er) war das, was zählte, und nicht seine eher miserable Stimme. Lilly lächelte ihn schief an, als er die nächste, recht hohe Note meilenweit verfehlte. Ihr von der Krempe und dem Schleier ihres silbergrauen Huts nur halb verdecktes Lächeln gab ihm einen traurigsüßen Stich ins Herz.

Der etwas rundliche Pastor mit seiner abgrundtiefen Stimme erlöste ihn von seiner Träumerei. Der Pastor las eine Stelle aus dem Römerbrief vor: „Ich ermahne euch nun, liebe Brüder, durch die Barmherzigkeit Gottes, dass ihr eure Leiber hingebt als ein Opfer, das lebendig, heilig und Gott wohlgefällig ist. Das sei euer vernünftiger Gottesdienst. Und stellt euch nicht dieser Welt gleich, sondern ändert euch durch Erneuerung eures Sinnes, damit ihr prüfen könnt, was Gottes Wille ist, nämlich das Gute und Wohlgefällige und Vollkommene."

Hmm. Das war etwas zum Nachdenken. Ob Lilly begriff, dass sie sich keine Sorgen zu machen brauchte, was die Welt über ihre Schriftstellerei sagen würde? Jack linste zu ihr hin, aber ihr Gesicht ließ keine Reaktion erkennen. Was der Pastor da sagte, brauchte sie doch wohl gerade so wie Jack selbst.

Jetzt las der Pastor etwas aus dem Buch Josua: „Gefällt es euch aber nicht, dem Herrn zu dienen, so wählt euch heute, wem ihr dienen wollt: den Göttern, denen eure Väter gedient haben jenseits des Stroms, oder den Göttern der Amoriter, in deren Land ihr wohnt. Ich aber und mein Haus wollen dem Herrn dienen."

Würden diese Worte Lilly dazu bringen, Gott zu folgen anstatt ihren Eltern und ihren gesellschaftlichen Kreisen? Allein Gott verdiente ihre ungeteilte Loyalität. Hoffentlich würde sie ihm dienen, selbst wenn Jones & Jarman nichts davon hatte.

Die Stimme des Pastors dröhnte weiter durch die voll besetzte Kirche. „Denkt immer daran: Ihr könnt nicht Gott dienen und den Menschen. Ihr müsst euch entscheiden." Er schaute wieder auf die offene Bibel hinunter, die auf der Kanzel lag. „Haltet den Herrn wert und nicht euren irdischen Besitz."

Jack rutschte auf seinem Platz hin und her. Warum predigte dieser Mann gegen den Reichtum, wenn doch die meisten aus seiner Gemeinde wie Leute aus den arbeitenden Schichten aussahen? Diese Menschen konnten kaum zu viele irdische Güter besitzen. Gut, der Reichtum hatte viele Gesichter; es musste nicht immer Geld sein. Das Entscheidende war, ob man Gott diente oder sich selbst.

Der Schweiß drang in Jacks engen Kragen und floss seinen Rücken hinunter. Vielleicht war dies eine Predigt für ihn *und* Lilly. Das war ja das Merkwürdige an der Bibel: Sie sprach jeden an, machte jeden unruhig. Keiner konnte sich auf die Schulter klopfen oder sagen: „Das geht mich nichts an."

Nach dem Gottesdienst schüttelten sie an der Tür dem Pastor und seiner Frau die Hand und wandten sich zur Kutsche. Bald rollten sie in flottem Tempo Richtung Summerhill. Jack und Lilly saßen einander gegenüber, schweigend. Jack hätte sich so gerne mit ihr über die Zukunft von Fannie Cole unterhalten, aber sie schaute gedankenverloren auf die vorübergleitende Landschaft. Woran dachte sie gerade? Die Predigt? Ihre Probleme als Romanschreiberin? Er seufzte leise. Sie würde es ihm nicht verraten, so sehr er sich auch wünschte, dass sie Mut fasste und sich ihm anvertraute.

Als sie den Ocean Drive entlangfuhren, drehte Lilly den Kopf und lächelte halb. „Ich habe darüber nachgedacht, was der Pastor vorhin gesagt hat, und muss dir ein Geständnis machen."

Er schluckte heftig. „Ja?“

„Wie du schon länger vermutest, bin ich deine Autorin, Fannie Cole. Aber ich fürchte, dass das für dich nichts ändern wird. Ich werde weiter meine Romane schreiben, aber ich werde dir nicht erlauben, mich als Fannie in die Öffentlichkeit zu bringen. Das tut mir leid, Jack.“

Er überlegte. „Ich respektiere deine Wünsche, Lilly, auch wenn du eine wunderbare Gelegenheit verpasst, noch mehr Geld für das Elizabeth-Heim zu verdienen.“

Lilly nickte. „Vielleicht hast du recht. Aber ich könnte mich nie so darstellen wie Elna Price. Sie erinnert mich an eine Varieté-Sängerin. Gut, ich habe noch nie selber eine erlebt, aber ich habe gehört, wie sie sich zur Schau stellen, und ich habe Mrs Price erlebt, und das hat mir mehr als gereicht. Ich werde nie in die Öffentlichkeit treten, um meine Bücher zu verkaufen.“

„Ich würde nie von dir verlangen, dich zur Schau zu stellen. Ich möchte nur, dass du deinen Namen enthüllst und ein paar Bücher signierst, das ist alles.“

Er versuchte, seine Enttäuschung hinunterzuschlucken. Schon ein bisschen Reklame würde Jones & Jarman helfen, sich an die Spitze der Verlagslandschaft hochzuarbeiten. Doch Lillys entschlossener Gesichtsausdruck zeigte ihm, dass sie nicht nachgeben würde. „Ich verspreche dir, Fannie Cole nicht auszunutzen.“

Lilly schüttelte den Kopf und presste die Lippen zusammen, aber ihre Augen baten um Verständnis. „Ich möchte dir helfen, Jack, wirklich, aber ich werde nicht zugeben, dass ich Fannie bin. Es würde meine Familie ruinieren, das könnte sie nicht verkraften.“ Sie legte die Hand auf die seine. „Bitte versuche, mich zu verstehen.“

Er zuckte die Achseln. „Ja, ich verstehe dich gut.“ Es klang nicht begeistert, und wie sollte es auch? Lillys Weigerung und Reynolds Schlaganfall bedeuteten, dass seine Hoffnungen, Jones & Jarman zu einem Verlagsimperium zu machen, nur Träume und Schäume bleiben würden. „Ich lasse dich ab jetzt in Ruhe.“

Ihr Lächeln war sachte, aber dankbar. „Es tut mir so leid, dass ich dich so enttäuschen muss, Jack.“

Er unterdrückte ein leises Stöhnen. Die Hufe der Pferde trommelten auf die ungepflasterte Straße. „Da ist noch etwas, Lilly. Ich möchte dir gegen Oberst MacIntyre helfen. Er ist ein Mann ohne Skrupel, dem du nicht alleine gegenübertreten solltest. Bitte lass mich dir helfen."

Sie zögerte nur einen kurzen Augenblick. „Danke, Jack, aber falls und wenn es zur Konfrontation mit ihm kommt, schaff ich das alleine."

Er schüttelte aufseufzend den Kopf. Der Entschlossenheit in ihren Augen nach zu urteilen, würde sie sich nicht umstimmen lassen.

Kapitel 22

Am frühen Montagnachmittag kam Mr Ames durch die Tür der Bibliothek geschlurft, in den Händen ein Silbertablett mit einem Brief für Lilly.

Da war sie wieder, die kräftige, schwarze Handschrift von Oberst MacIntyre. Lilly streckte langsam, als sei er aus glühender Asche, die Hand nach dem Brief aus. „Danke." Sie nahm den Brieföffner, den der Butler ihr hinhielt, öffnete den Umschlag und zog mit zitternden Fingern ein einziges Blatt heraus. Sobald Mr Ames wieder gegangen war, las Lilly die Zeilen flüsternd Miranda vor, die im Sessel neben ihr saß.

Meine sehr verehrte Miss Westbrook,
bitte kommen Sie am Montagnachmittag um drei Uhr ins Café O'Neill in der Thames Street. Wir haben Wichtiges zu bereden. Wenn Sie Ihr Geheimnis und Ihren guten Ruf schützen möchten, sollten Sie meine Einladung annehmen. Kommen Sie allein.
Hochachtungsvoll,
ein Beteiligter

Der Brief fiel aus Lillys Hand und segelte auf den Fußboden. Der durch die Fenster kommende Luftzug blies ihn quer über den Perserteppich. Just in diesem Augenblick kam Jack herein. Er sah das Blatt, hob es auf und hielt es hoch. In seinen Augen glänzte die Neugier.

Lilly hob ihr Kinn. „Das ist mein Brief, Jack. Kannst du ihn mir bitte geben?" Sie versuchte vergeblich, ihre Stimme ruhig zu halten; sie klang schrill und streitlustig. Hatten sie dieses Gespräch nicht erst gestern gehabt?

Jack runzelte die Stirn. „Immer mit der Ruhe. Was ist los? Du siehst ja ganz verängstigt aus. Ist das wegen diesem Brief?“ Er schaute auf das Briefpapier, sein rechtes Auge zuckte.

„Nein, natürlich nicht.“ Lilly streckte die Hand aus.

„Es ist unhöflich, anderer Leute Post zu lesen, Jackson“, sagte Miranda leise.

Jack hielt inne. Würde er es wagen, den Brief zu lesen? Mit angehaltenem Atem wartete Lilly. Die Sekunden vergingen. Jack sah sie an, als ob er ihr hämmerndes Herz hören konnte, seine Augen wurden schmaler. Dann hielt er ihr, sichtlich widerstrebend, das Blatt ungelesen hin.

Lilly unterdrückte einen erleichterten Seufzer. Sie riss Jack das Blatt aus der Hand und schob es in ihre Rocktasche. „Danke, Jack.“

Er nickte, dann sagte er: „Ich muss jetzt weiter. Wenn du mich brauchst – ich bin in der Nähe.“

Lilly wartete, bis er gegangen war, dann beugte sie sich zu Miranda. „Das war knapp gerade“, flüsterte sie. „Was meinst du? Kann ich das machen, mich mit Oberst MacIntyre treffen?“

„Du musst. Wenn du nicht willst, dass *Stadtgespräch* deinen Namen in alle Welt hinausposaunt, hast du keine andere Wahl.“

Lilly vergrub ihr Gesicht ein paar Augenblicke in den Händen, bevor sie wieder hochschaute. „Als ich mit dem Romaneschreiben anfing, fand ich das mit dem Pseudonym eine prima Idee. Jetzt weiß ich, dass es der schlimmste Fehler war, den ich je gemacht hab. Gut, als Lillian Westbrook schreiben konnte ich natürlich auch nicht. Oh, Miranda, was soll ich machen?“

„Dich mit dem Mann treffen und dich nicht einschüchtern lassen. Bau dich vor ihm auf und schau ihm fest in die Augen. Funkele ihn an. Und ich gehe mit.“

„Aber Oberst MacIntyre wünscht ausdrücklich, dass ich allein komme.“

„Dann warte ich in der Kutsche. Du musst das nicht alleine machen.“

Lilly schlang ihren Arm um die Schulter ihrer Freundin und drückte sie fest. „Bitte lass mich damit nicht allein, Miranda.“

Miranda lächelte. „Nein. Und Gott wird dir die Kraft geben, das zu tun, was du tun musst.“

„Das weiß ich doch. Ich werde mich von diesem Scheusal nicht fertigmachen lassen." Einen Augenblick glaubte Lilly ihre Worte fast selbst.

Kurz darauf ging sie zurück auf ihr Zimmer, um sich für ihr Treffen mit dem Oberst umzuziehen. Sie war schon verspätet und hatte nur noch ein paar Minuten, um aus Summerhill zu entfliehen, bevor ihre Mutter sie in die Kutsche schleppen würde, um zum Tee zu Alice Vanderbilts „italienischer" Villa zu fahren. Ihre Mutter und Irene würden sie am Abend fragen, warum sie nicht mitgefahren war; sie würde sich eine plausible Erklärung überlegen, wenn sie zurückkam.

Lilly rannte die Treppe hinunter. „Mach schnell, Miranda", rief sie über die Schulter.

„Ich komm, so schnell ich kann. Mein Rocksaum ist gerissen, da muss ich aufpassen. Vielleicht sollte ich mich noch umziehen." Miranda hielt sich am Geländer fest, während sie vorsichtig die breiten, teppichbelegten Stufen hinunterging.

„Wir haben keine Zeit mehr."

Die Standuhr im Flur schlug halb drei. Wenn sie niemand Bekanntem über den Weg liefen, wären sie um drei Uhr da, gerade noch pünktlich. Lilly, dankbar für die leere Eingangshalle, marschierte zur Haustür und linste durch die Glasscheiben. Der weitläufige Rasen sah leer aus, bis auf die Kutsche, die vor der Verandatreppe wartete. Sie holte tief Luft. Jetzt oder nie.

Ein durchdringender Schrei und ein heftiges Poltern. Sie wirbelte herum. Miranda flog die Treppe herunter und landete auf dem Teppich, der den Großteil der Eingangshalle bedeckte. Sie richtete sich langsam und stöhnend auf.

Lilly war sofort bei ihr und streckte die Hand aus. „Komm, ich helf dir."

„Mein Knöchel. Ich glaube, der ist verstaucht. Oh, was tut das weh!" Miranda stützte sich aufkeuchend auf Lilly und stellte sich auf ein Bein.

Sie humpelte ein, zwei Schritte und wurde blass. Mit Lillys Hilfe setzte sie sich auf eine Treppenstufe. Sie betastete ihren Knöchel.

Lilly biss sich auf die Lippe. „Bleib still sitzen, beweg dich nicht. Mr Ames soll einen Arzt holen. Vielleicht hast du was gebrochen."

„Wenn ich vielleicht etwas Eis …“

Mr Ames stand plötzlich da und erfasste die Situation sofort. „Ich werde nach Dr. Hansen telefonieren.“ Er schlurfte davon, Richtung Büro.

„Ich fürchte, jetzt kann ich doch nicht mit, Lilly. Das war ja so ungeschickt von mir, dieser Sturz. Das tut mir so leid.“

„Mach dir keine Sorgen wegen meinem Termin. Mit dem Mann werd ich schon alleine fertig. Aber um deinen Knöchel mach ich mir Sorgen.“ Lilly bückte sich, um den Knöchel zu inspizieren.

„Du musst gehen, Lilly, jetzt sofort! In einer Minute wird das ganze Haus hier sein. Sie werden alle so mit meinem Sturz beschäftigt sein, dass sie gar nicht merken, dass du weg bist. Mach schnell! Mein Fuß wird schon wieder.“

Lilly zögerte, aber sie wusste: Bald wäre Miranda in den besten Händen. „Wenn du meinst …“

„Geh!“ Miranda schob sie sachte fort. „Beeil dich!“

Lilly drückte sie fest, dann rannte sie hinaus zur Kutsche. Der Kutscher sprang von seinem Platz herunter und half ihr, in den Landauer einzusteigen. Eine geschlossene Kutsche wie der Phaeton wäre weniger aufgefallen, aber es war keine Zeit mehr, die Kutsche zu wechseln. Sie fuhren die lange Auffahrt hinunter und auf die Ocean Avenue. Lilly hoffte, dass sie, tief verschleiert wie sie war, von niemandem erkannt würde. Wenn eine Freundin ihrer Mutter sie sah, würde sie diese sonst womöglich fragen, warum ihre Tochter ganz alleine, ohne Anstandsdame, unterwegs war. Gut, dass Lillys Eltern nicht so protzig wie die meisten anderen Sommergäste waren und keine ihrer Kutschen mit einem Familienwappen verziert hatten.

Lillys Kutsche rasselte ins Hafenviertel. Die Luft war schwer vom Nebel und den dunklen Wolken, die der Wind über den Hafen herbeitrieb. Die feuchte Brise riss an Lillys Locken. Die gestärkte Bluse klebte ihr bereits am Rücken.

Lilly sog die feuchte Luft ein und versuchte, ruhig zu bleiben. Wenn jetzt nur Jack bei ihr wäre … Die Aussicht, gleich ganz allein mit MacIntyre verhandeln zu müssen, machte ihren Magen nervös. Aber sie war selber schuld an ihrem Elend. Sie hoffte nur, dass sie festbleiben würde, wenn sie dem Mann Auge in Auge gegenüberstand.

Gott, bitte gib mir die richtigen Worte. Und die Kraft, nicht davonzurennen.

Der Landauer schob sich durch die halb verstopfte Thames Street, vorbei an Kutschen und Lastfahrzeugen jeder Art. Da war das Café O'Neill. Der Kutscher hielt am Straßenrand an und half Lilly beim Aussteigen. Sie lächelte leicht, als ob sie jeden Tag in ein Lokal ging, das von Arbeitern und Kleinbürgern frequentiert wurde. „Warten Sie bitte. Ich bin in ein paar Minuten wieder da."

Das Gesicht des Kutschers war ausdruckslos, aber bestimmt fragte er sich, was sie hier wollte. Für die höheren Damen waren die Läden und Restaurants an der Bellevue Avenue da. Sie hatte noch nie etwas im Hafenviertel zu tun gehabt. Ihre Mutter würde in Ohnmacht fallen, wenn sie wüsste, dass sie ein Treffen mit dem berüchtigtsten Erpresser von New York hatte, und dann noch in der Thames Street.

Lilly atmete durch, um ruhiger zu werden. Es half nichts. Sie straffte die Schultern, was ihr Selbstbewusstsein etwas hob, aber nicht reichte, um ihre Zähne, die schier klapperten, zu beruhigen. Sie drückte die Glastür auf und trat in das schummrige Café. Ihre Augen gewöhnten sich rasch an das trübe Licht. Ihr Blick fuhr über die Gäste, die ihrer Kleidung nach vor allem Einheimische zu sein schienen. Dann sah sie den dicken Mann, der an einem der hinteren Tische saß, Zigarre im Mund, die Hände auf der ausgeblichenen Tischdecke gefaltet, auf dem Gesicht ein clownartiges Grinsen. Jetzt winkte er ihr zu.

Lilly schluckte ihren Abscheu hinunter und hob das Kinn. Sie ging zu dem Tisch. Die Absätze ihrer Stiefel klapperten auf dem unebenen Holzfußboden. „Sie sind Oberst MacIntyre?"

Sein Grinsen wurde noch breiter. „Jawohl, ich bin der Oberst, zu Ihren Diensten. Und Sie sind sicher Miss Westbrook? Bitte setzen Sie sich doch." Er wies auf die andere Seite des Tischs. Seine Wurstfinger waren mit Gold-, Silber- und Diamantringen verziert. „Es ist mir eine Ehre, dass Sie meine Einladung angenommen haben."

Hatte sie eine andere Wahl gehabt?

„Wir wollen nicht so tun, als ob dies ein privater Besuch wäre." Lilly staunte, wie scharf ihre Stimme auf einmal war. Niemals würden sie oder ihre Lieben diesen Mann als Besucher empfangen. „Kommen wir zur Sache. Was wollen Sie?" Als ob sie es nicht schon wüsste …

Sein öliges Grinsen verflog. „Exzellent. Aber möchten Sie nicht vielleicht zuerst eine Tasse Tee? Oder lieber einen Kaffee?" Er fuhr mit seiner Schauspielerei fort.

„Nein, danke." Auf dem harten Stuhl rutschend, wartete Lilly, bis der Oberst mit dem Rest seines Kirschkuchens fertig war.

„Miss Westbrook – oder darf ich Sie Lillian nennen?" Seine Schweinsaugen sahen sie spöttisch an.

„Nein, das dürfen Sie nicht."

„Dann möchte ich Sie Fannie Cole nennen – der Name, den Sie so dringend geheim halten wollen. Also, Fannie: Es war äußerst unbedacht von Ihnen, für einen Verlag zu schreiben, ohne Ihre Eltern oder Freunde vorher davon zu informieren. Sie werden Ihre Tätigkeit nicht billigen, was ihr gutes Recht ist."

Sie schluckte ihre Wut hinunter. „Was wollen Sie? Sagen Sie es mir, oder ich gehe wieder." Ihren Blick auf seine glänzenden Augen gerichtet, machte Lilly Anstalten, aufzustehen.

„Bleiben Sie sitzen. Ich komme gleich zur Sache." Er schaute sich rasch um, ob auch niemand mithörte, dann beugte er sich vor. Sein Atem, der nach Rauch stank, traf sie wie eine giftige Wolke. „Um Ihren Namen aus meiner Zeitung herauszuhalten, benötige ich dreitausend Dollar. – Gucken Sie nicht so schockiert. Auf den ersten Blick mag Ihnen das viel erscheinen, aber bei reiflichem Überlegen werden Sie mir recht geben, dass es ein kleiner Preis für das Schweigen ist. Ich werde meinen Lesern mitteilen, dass ich bei Miss Coles Identität einer falschen Information aufgesessen bin und weiter recherchieren werde."

Lilly presste die Hände zusammen, um ihm nicht ins Gesicht zu schlagen. Wo sollte sie so viel Geld herholen? Ihr eigenes Bankkonto, das ihr Vater verwaltete, war recht bescheiden. Ihr Vater hatte natürlich noch wesentlich mehr, aber er würde ihr nichts davon ausleihen, ohne genau zu wissen, wofür. Vielleicht konnte Miranda helfen? Aber nein, auch ihr Geld verwaltete ihr Vater, der ihr nicht viel mehr als ein Taschengeld gab.

„Es tut mir leid, aber so viel kann ich nicht aufbringen, das ist nicht möglich."

Der Oberst breitete seine Hände wie bedauernd aus. „Das ist schlecht für Sie, Miss. Aber vielleicht kann Ihr Vater Ihnen helfen. Oder Ihr Verleger. Sagen Sie, dass Sie das Geld für ein paar neue Kleider brauchen. Oder für Schmuck. Sie sind doch kreativ; benutzen Sie Ihre Fantasie."

Lilly erhob sich, aber ihre Knie waren zu weich. Sie packte die Rückenlehne des Stuhls, um sich festzuhalten. Ihre Fingernägel kratzten über das Holz. „Sie sind der widerwärtigste Mensch, der mir je begegnet ist."

MacIntyre verneigte sich kichernd. „Danke für die Blumen."

Sie drehte sich um, um zu gehen. Er fuhr fort: „Ich erwarte Sie übermorgen um dieselbe Zeit wieder hier. Bringen Sie das Geld in bar mit, oder die nächste Ausgabe von *Stadtgespräch* wird Ihren guten Ruf für immer ruinieren. Guten Tag, Fannie."

Wie, um alles in der Welt, sollte sie so schnell an so viel Geld kommen? Wie eine Schlafwandlerin stieg sie in die Kutsche und vergrub den Kopf in den Händen. Wie sollte sie diesen Skandal, den sie sich selber eingebrockt hatte, vermeiden? Es musste möglich sein, es musste!

Gott, hilf mir. Du kannst mir einen Ausweg zeigen aus dem Schlamassel, in den ich mich hineingeritten hab.

Jack wollte ihr helfen. Stets mutig und voll kluger Ideen konnte er eine Lösung finden, die sie für immer vor *Stadtgespräch* schützen würde. Aber nein, sie musste das ohne ihn schaffen. Falls irgend möglich.

Vater im Himmel, was soll ich machen?

Als Lilly nach Summerhill zurückkam, saß Miranda auf der Veranda und wartete, eine Stickarbeit in der Hand. Sie legte den Stoff mit der Nadel in den Schoß und bedeutete Lilly, sich in den Schaukelstuhl zu setzen.

„Wie geht's deinem Knöchel?", fragte Lilly, den Fuß ihrer Freundin musternd, der auf einer Gobelinfußbank ruhte.

Miranda verzog das Gesicht. „Es tut noch weh, aber es wird besser.

Aber jetzt erzähl: Wie war es bei dem Oberst?", flüsterte sie, während Lilly sich neben sie setzte.

„Furchtbar. Er ist ein ekliger Erpresser, geradeso wie Jack gesagt hat. Er hat dreitausend Dollar verlangt, damit mein Name nicht in *Stadtgespräch* erscheint. Ich weiß nicht, wo ich so viel Geld herholen soll." Lillys Stimme zitterte, sie hielt die Hände vors Gesicht. Jetzt bloß nicht losheulen. Sie schluchzte halb und blinzelte die Tränen zurück.

Miranda drückte ihre Hand. „Das tut mir so leid."

„Jeder Penny meines Erbes wird von meinem Vater verwaltet. Bis jetzt war mir das egal, aber ich kann nichts ohne seine Erlaubnis abheben, und er würde natürlich wissen wollen, wozu ich das Geld brauche."

Miranda nickte. „Hast du noch Geld von deinen Büchern?"

„Nicht einen Cent. Ich hab alles dem Elizabeth-Heim gespendet. Nicht, dass ich das bereue; sie brauchen ja dringend Geld."

„Aber du jetzt auch." Miranda seufzte auf.

„Ich fürchte, da hast du recht."

„Wenn ich so viel Geld hätte, würde ich es dir gerne geben, aber ich hab's nicht. Mein Vater auch nicht."

„Trotzdem danke. Ich wusste, dass du mir helfen würdest, wenn du könntest." Im Vergleich zu den Santerres, ihren reichen Verwandten, war Miranda arm, und was sie hatte, spendete sie für gute, gemeinnützige Werke.

„Vielleicht könnte ich Jack um einen größeren Vorschuss auf meinen neuesten Roman bitten?" Lilly musste lachen. „Was denke ich da gerade? Jack wusste doch, dass der Oberst mich erpressen würde, ich hab ihm nur nicht geglaubt. Manchmal bin ich so naiv."

„Frag ihn trotzdem." Miranda rieb sich über ihren bandagierten Fuß.

„Nein, das ist keine gute Idee. Jack will nicht, dass ich zahle, damit mein wirklicher Name nicht bekannt wird. Erpressungsgelder zahlen, da macht er nicht mit."

Miranda sah skeptisch aus. „Unterschätze Jackson nicht. Er liebt dich und will dich heiraten."

Lilly nahm ihren Hut ab und legte ihn in ihren Schoß. Sie ließ ihre

Finger über die Seidennelken und den Schleier gleiten. „Ich glaube auch, dass er mich liebt – auf seine Art halt. Aber seine Firma liebt er mindestens genauso, und es hat ihm gar nicht geschmeckt, dass ich ihm nicht schon eher die Wahrheit über Fannie Cole gesagt hab." Lilly schüttelte den Kopf. „Nein, Jack kann ich nicht fragen."

„Er würde dir bestimmt helfen."

„Wenn er mir wirklich das Geld leiht, bin ich seine Schuldnerin und er verlangt womöglich, dass ich aus Dankbarkeit Werbung für Fannie mache, und das könnte ich nicht."

Miranda seufzte. „Lilly, wäre es nicht besser, du beichtest die Sache deiner Familie? Es wäre nicht leicht, sicher, es wäre eine bittere Pille für dich. Aber du wärst für immer frei von dem Oberst, denke doch mal daran."

Wie konnte Miranda nur ... „Wenn es nur um mich selber ginge, würde ich mir das vielleicht überlegen. Aber meine Eltern würden das mit meinen Romanen nie verstehen, und wenn ich daran denke, was sie vielleicht mitmachen müssten und was aus dem Ruf unserer Familie würde ..." Lilly seufzte.

„Ich kann dich gut verstehen. Dann musst du irgendwo das Geld auftreiben. Wenn du Jack und deinen Vater nicht fragen willst, wen dann?"

Lilly schüttelte den Kopf. „Das weiß ich auch nicht. Das mit Jack überleg ich mir noch mal, aber ich glaube nicht, dass ich's machen werde." Sie erhob sich. „Ich mach eben einen Spaziergang; vielleicht pustet der Wind meinen Kopf durch."

Sie ließ Miranda mit ihrer Handarbeit allein und bog um die Ecke der Villa, um zu den Klippen zu gehen. Hinter den blauen Hortensien saß ihre Mutter in einem Korbsessel. Sie schaute über den Rand ihrer Brille hoch.

„Hallo, Lilly! Machst du einen Nachmittagsspaziergang?"

Lilly nickte und trat zu ihrer Mutter. „Mama, liest du etwa *Dorotheas Dilemma*?" Gut, dass ihre Mutter nicht merkte, wie ihre Stimme zitterte.

Die Finger ihrer Mutter legten sich über den Buchtitel, aber es war zu spät. Lilly erkannte den Umschlag sofort. Sie zwang sich zu einem Lachen. „Liest du einen Zehn-Cent-Roman? Also, jetzt bin ich platt!"

Ihre Mutter hob das Kinn und gluckste. „Das bin ich auch, aber ich mag das Buch. Die Geschichte ist hervorragend, ich bin schon fast halb durch."

Halb durch. Dann würde bald die Szene kommen, wo Ada Brown durch das Eis brach und Lawrence sie und ihren Ring rettete. Und dann würde ihre Mutter, genau wie Jack, zwei und zwei zusammenzählen und merken, dass Lilly Fannie Cole war ... Sie würde das Buch verschwinden lassen müssen, sobald ihre Mutter ins Haus ging. Falls sie es nicht mitnahm.

Lilly runzelte die Stirn, während ihre Mutter das Buch an ihre Brust drückte. „Du solltest deine Zeit nicht mit Lesen vergeuden, wenn du deine Freundinnen besuchen könntest."

„Wenn ich wieder mal ein paar freie Minuten habe, werde ich diesen bezaubernden Roman weiterlesen." Ihre Mutter sah sie halb fragend an. „Es war falsch von mir, all diese Romane als Schund zu bezeichnen. *Dorotheas Dilemma* ist absolut kein Schund. Möchtest du es lesen, wenn ich fertig bin?"

„Nein, danke, Mama." Lilly wünschte sich, das Buch würde sich in Luft auflösen.

„Du siehst so finster drein, Lillian. Was ist mit dir? Du bist seit Wochen irgendwie anders."

Lilly senkte ihren Blick. „Mir fehlt nichts, Mama, wirklich."

Sie wartete, bis ihre Mutter aufstand, aber es war so, wie sie befürchtet hatte: Sie nahm das Buch mit.

Kapitel 23

Als Lilly am nächsten Morgen nach unten kam, standen im Eingangsflur zwei große Koffer und eine Reisetasche. „Reist jemand ab oder ist jemand angekommen, Mr Ames?“

Der alte Butler hielt die Hand an sein Ohr. „Wie, bitte, Miss Westbrook?“

Dann sah sie, wie Jack aus dem Frühstückszimmer kam, und ihr Herz schlug prompt schneller.

Er nahm seine Tasche, ohne sie anzusehen. „Guten Morgen, Lilly. Ich hatte dich beim Frühstück gesucht, um dir Auf Wiedersehen zu sagen. Es ist Zeit, dass ich nach New York zurückfahre.“

Wie schwer ihr auf einmal das Herz wurde. „Ach so“, murmelte sie.

Zwei hochgewachsene Diener kamen und trugen die Koffer wortlos nach draußen zur wartenden Kutsche.

Jack seufzte. „Die Arbeit hört nicht auf, und ich habe ein paar dringende Sachen zu erledigen. Ich habe meinen Besuch bei euch mehr genossen, als du dir vorstellen kannst, und hoffe, sobald wie möglich wieder zurückkehren zu können.“

„Wolltest du gerade gehen, ohne mir Bescheid zu geben?“

Er lächelte gezwungen. „Nein. Ich habe dich gerade gesucht, als du herunterkamst.“

Sie nickte. „Du gibst mir noch etwas Zeit, um das mit dem – Heiraten zu entscheiden?“

Sie war in so einer Bredouille, dass sie sich mit Entscheidungen schwertat, aber sie hatte Lust, sich in seine Arme zu werfen und seinen Kuss auf ihren Lippen zu spüren. Das wäre eine bessere Antwort gewesen als bloße Worte.

„Ich gebe dir so viel Zeit und Raum, wie du brauchst“, sagte er. „Aber jetzt muss ich an meine Geschäfte denken. Ein Verlag läuft nicht von alleine." Er verneigte sich und nahm seine Reisetasche, um zur Haustür zu gehen. Dann blieb er stehen, beugte sich zu Lilly und berührte sachte ihre Schultern, gerade so wie am vergangenen Abend. „Ich hoffe, du nimmst meinen Antrag an, aber ich verstehe es, wenn du es nicht tust." Er ging hinaus auf die Veranda.

„Jack, warte!"

Zum Glück war Mr Ames außer Hörweite.

Die Worte blieben in ihrem Kopf kleben und wollten nicht hinaus. So viel war zwischen ihnen geschehen, das sie verband. „Ich ... werde dich vermissen."

Er lachte kurz und verlegen. „Ja, wie man ein Hühnerauge vermisst."

„Das ist nicht wahr."

Er trat näher zu ihr. Sie spürte die Wärme, die von seiner Haut ausging, und sog den dezenten Duft seines Eau de Toilette ein. Ihr Rücken prickelte. Wenn dieses Gefühl nur für immer wäre.

„Wenn du Probleme mit MacIntyre kriegst – und die wirst du kriegen –, dann vergiss nicht, mich zu benachrichtigen. Ich helfe dir, jederzeit und überall." Er bückte sich und küsste sie auf die Wange.

Ein Schauer der Erregung fuhr durch ihr Herz. „Das weiß ich, vielen Dank. Aber ich glaube, das wird nicht nötig sein."

„Ich habe noch eine Stunde, bevor das Schiff nach New York geht. Hättest du Zeit für einen kurzen Spaziergang?" Er bot ihr seinen Arm.

Sie konnte nicht widerstehen. „Ja, doch, gerne."

Sie traten in das blasse Sonnenlicht und gingen über den taufeuchten Rasen. Die Brandung rollte gegen die zerklüfteten Felsen und warf ihre kristallene Gischt hoch. An dem opalblauen Himmel segelte eine Möwe. Lilly beneidete sie um ihre Freiheit. Sie musste keine Entscheidungen treffen.

Sie erreichten den Rand des Rasens. Jack hielt an. „Lilly, bitte sag den Leuten, wer du bist. Schäme dich nicht deiner Arbeit, bloß weil ein paar alte Tanten sie skandalös finden. Wenn sie deine Bücher lesen würden, würden sie ihre Meinung ändern."

„Das glaube ich nicht." Aber wenn sie ihn wirklich liebte, musste sie dann nicht bereit sein, etwas zu riskieren? Statt sich weiter in ihrem Zimmer einzuschließen, um ihre Geschichten zu schreiben, sollte sie nicht hinausgehen und den kleinen Geistern, von denen sie sich tyrannisieren ließ, die Stirn bieten? Wenn sie nur etwas Mut hätte, könnte sie Jones & Jarman helfen und vielleicht sogar echte Liebe finden.

Jack fuhr fort: „Vielleicht solltest du endlich begreifen, dass du mit dem Schreiben eine Gottesgabe bekommen hast. Es kann doch nicht falsch sein, dazu zu stehen."

An einem besonders großen Felsblock hielt sie an. Der Wind wurde stärker und peitschte die blaugrauen Wellen, sodass sie lauter sprechen musste.

„Jack, du siehst das zu einfach. Meine größte Angst ist, was meine Verwandten von mir denken werden."

„Ist ihre Meinung so wichtig?"

„Ja. Ich habe immer versucht, eine gute Tochter zu sein und meine Eltern stolz zu machen. Sie waren am Boden zerstört, als George sich so eine Frau wie Irene nahm, und ich habe versucht, ihnen umso mehr Freude zu machen. Ich will ihnen nicht wehtun."

Jack nickte. „Gut, aber diese Romane schreibst du trotzdem."

Sie spürte Gewissensbisse. „Ja, sicher. Ich dachte immer, das findet keiner heraus. Jetzt weiß ich, dass das naiv von mir war, aber das Romaneschreiben ist meine Aufgabe, und da hab ich gedacht, Gott wird mich schützen. Und ich hätte das Schreiben auch gar nicht sein lassen können; das ist wie ein innerer Zwang."

Er wollte sanft ihre Hand nehmen, aber sie entzog sie ihm. „Wenn meine Leute das erfahren, verstehen sie die Welt nicht mehr."

Jack stieß einen frustrierten Seufzer aus. „Es wird nicht nur einmal sein, dass MacIntyre Geld von dir verlangt. Das nächste Mal wird er mehr verlangen, und immer noch mehr, bis du nicht mehr kannst oder willst, und dann wird er dich bloßstellen. Das Beste ist, du gehst selbst an die Öffentlichkeit. Und gibst dem Kerl keinen Cent. Aber das musst du entscheiden, Lilly."

Sie schluckte heftig. Was sollte sie ihm noch sagen? Sie drehte sich um, um zu gehen. Jack berührte ihren Ärmel.

„Lilly, und wir beiden? Hast du darüber etwas nachgedacht?"

Sie zog ihren Arm behutsam fort. „Natürlich. Die ganze Zeit."

Seine dunklen Augen saugten sich an ihren fest. „Folge deinem Herzen, Lilly. Lass die Leute denken, was sie wollen, das ist doch egal. Ich glaube, dein Herz hat dir schon die Antwort gegeben."

Sie richtete sich auf. „Jack, beantworte mir eine Frage: Hat dein Erfolg dir das Glück gebracht, das du erwartet hattest?"

Er wich ein Stück zurück; diese Frage schien er nicht erwartet zu haben. „Noch nicht, aber ich glaube, das kommt noch."

„Was hat dein Reichtum dir gebracht außer Sorgen? Dass du dich so abgemüht hast, ist es das wert gewesen?"

Er zögerte. „Ich weiß nicht. Vielleicht nicht." Seine Stimme wurde unwirsch. „Schau her, Lilly, wir haben beide Fehler gemacht, und wir sollten endlich damit aufhören."

Er beugte sich zu ihr hinunter und presste seine Lippen auf ihre. Sie versuchte, sich frei zu machen, überrascht von der Kraft seiner plötzlichen Zärtlichkeit, aber die Gefühle überfluteten sie, sie konnte sich nicht wehren.

„Lilly, warum heiraten wir nicht sofort?" Er legte schützend die Arme um sie.

Sie blieb bewegungslos stehen. Als sie sich zwang zu sprechen, kamen ihre Worte leise und zögernd. „Ich liebe dich auch, aber ich kann nicht einfach machen, was ich will. Es tut mir leid, Jack, aber du musst noch etwas warten auf meine Entscheidung. Ich wollte, ich könnte gleich jetzt Ja sagen, aber das kann ich nicht."

Sie riss sich unvermittelt los und rannte über das Gras zurück zum Haus. Trockene Tränen brannten in ihren Augen. Jack folgte ihr langsam, hob seine Reisetasche in die Kutsche und verabschiedete sich. Sie schaute der Kutsche hinterher; das Klappern der Hufe wurde leiser, dann war es ganz fort.

„Ein netter junger Mann, dieser Mr Grail", sagte der Butler.

„Ja, das stimmt", antwortete Lilly.

Sie wusste nicht, wie lange sie auf die leere Auffahrt gestarrt hatte, als Mirandas leise Stimme sie aus ihren Gedanken riss. „Ist Jackson fort? Du wirst ihn sicher vermissen."

Lilly nickte. Sie stand über das Verandageländer gebeugt, mit hängendem Kopf. „Ja." Sie schaute hoch. Von Miranda ließ sie sich gerne trösten.

„Wenn ein Feuer erloschen ist, kann die Asche noch lange weiterglimmen. Bei dir ist das Feuer wieder aufgeflammt, und ich finde, du solltest es nicht löschen." Miranda legte ihre Arme um Lillys Schulter. „Du musst dich bald entscheiden, ob du die Vergangenheit loslassen und Jackson vertrauen kannst."

„Ich weiß." Lilly kämpfte mit den Tränen.

Miranda drückte sie fest.

„Frauen! Frauen!" Der Wind trug Jacks Ausruf hinaus aufs Wasser. Er stand an der Reling des Dampfers, der durch die unruhigen Wellen pflügte. Auf der ganzen Fahrt von Newport bis New York ging er im Geiste die Szene mit ihr immer wieder durch.

Er holte ihr ovales, bedrücktes Gesicht vor sein inneres Auge, das Zittern ihrer Hände, ihr silbergraues Kostüm, das ihren schlanken Körper betonte. Er sehnte sich danach, sie in den Armen zu halten und vor ihren Feinden zu beschützen, aber sie ließ ihn nicht. Es überraschte ihn keine Sekunde lang, dass sie seine Hilfe ablehnte, aber eine noch so gewandte junge Frau hatte alleine keine Chance gegen jemanden wie Oberst MacIntyre. Lilly würde einknicken und diesem gierigen Scheusal geben, was es verlangte. Aber es war ihm schleierhaft, woher sie das Geld nehmen würde.

Gott war seine einzige Hoffnung. Zum ersten Mal bat er ihn ganz direkt, Lilly zu schützen und ihn mit ihr zusammenzubringen.

Jack stand allein an der Reling und ließ sich vom Wind und von der salzigen Gischt ein Stück seiner inneren Anspannung wegblasen. Als der Dampfer nach ein paar Stunden anlegte, fühlte er sich fast erfrischt.

In der Redaktion seiner Wochenzeitung traf er sich mit Albert Hayes, dem Herausgeber. Dem *Manhattan Sentinel* ging es gut; die Auflage ging eindeutig nach oben. Jack hoffte, dass dieser Erfolg die zu erwartenden Verluste bei Jones & Jarman wenigstens zum Teil wettmachen würde. Er müsste abwarten, ob der Buchverlag eine gute Investition oder sein Ruin war.

Nachdem er als junger Bursche jahrelang seinem Vater bei dessen Lokalblatt assistiert hatte, traute Jack es sich zu, den *Sentinel* zu leiten. Aber seit er als Junge ein großer Fan von Abenteuergeschichten geworden war, zog es sein Herz vor allem zu Büchern hin – und jetzt zu den Liebesromanen einer ganz bestimmten Autorin.

Er setzte sich an seinen Schreibtisch, um einen Leitartikel zu verfassen. Aber seine Gedanken wanderten zurück zu Oberst MacIntyre. Wie konnte er Lilly helfen, sich gegen den Erpresser durchzusetzen? Der alte Fuchs war es gewöhnt, aufs Ganze zu gehen. Alleine in Newport hatte Lilly keine Chance gegen einen Mann, der als Offizier im Krieg seine cleversten Gegner ausmanövriert hatte. Zu dumm, dass er sie in dieser Situation allein gelassen hatte, aber er musste sich endlich wieder um seine Geschäfte kümmern.

Sollte er einen Artikel über die Erpressungstaktiken von *Stadtgespräch* schreiben? Aber dann würde der Oberst sich rächen, indem er Lillys Identität offenlegte. Wenn sie nur genügend Gottvertrauen hätte, um selbst ihren wahren Namen zu enthüllen, hätte MacIntyre keine Macht mehr über sie.

„Mr Grail, ich habe die Informationen, um die Sie kürzlich am Telefon gebeten hatten." Albert Hayes reichte Jack ein maschinengeschriebenes Blatt.

Jack nickte dankend und überflog den Text. Hoffentlich war Theo Nottingham, Irenes unpassender Freund und möglicher Liebhaber, wirklich so farblos, wie er aussah.

Mr Hayes verschränkte die Hände hinter seinem Rücken. „Theodore Nottingham ist Junggeselle. Er kommt aus einer reichen Familie in San Francisco, die seit Kurzem in finanziellen Schwierigkeiten steckt, aber das wissen nur wenige. Mr Nottingham hält die Fassade aufrecht. Seit fünf

Jahren wirbt er um eine Louisa Thornton, doch bis jetzt ist keine Verlobung bekannt gegeben worden."

Jack machte „Hmm." Wenn Nottingham der Dame in fünf Jahren keinen Heiratsantrag gemacht hatte, konnten seine Gefühle für sie höchstens lauwarm sein.

„Miss Thornton galt lange als reiche Partie, aber Gerüchten zufolge ist der Geldbeutel der Familie seit ein paar Jahren ziemlich leer."

Mr Hayes räusperte sich. „Mr Nottingham hat eine heimliche Sucht. Er hat Spielschulden in Höhe von dreißigtausend Dollar, und nicht alle seine Gläubiger sind Gentlemen."

„So, so." Theo Nottingham verstand es, seine Probleme zu verbergen.

„Nach dem, was ich höre, hofft Miss Thornton, die Verlobung im Laufe des nächsten Jahres bekannt geben zu können – falls er ihr bis dahin einen Antrag gemacht hat."

Vielleicht war Nottingham insgeheim auf der Suche nach einer anderen Frau – einer, die mehr zu bieten hatte als einen erlauchten Namen. Falls er romantisch veranlagt war, kam durchaus Irene infrage, wenn man einmal davon absah, dass sie bereits verheiratet war und kein Geld hatte. Schön, charmant und unzufrieden, trug sie ein unsichtbares Schild um den Hals: „Wer bietet am meisten für mich?" Jack zweifelte keinen Augenblick daran, dass Irene imstande war, George zu verlassen, ob nun aus Liebe oder Geldgier. Theos Schulden tilgen konnte sie nicht, aber das wusste er wahrscheinlich nicht. Und sie war für jemanden, der das Seicht-Sinnliche vorzog, eine der faszinierendsten Damen in der höheren Gesellschaft. Ihre Schönheit allein konnte ausreichen, um Nottingham dazu zu bringen, sie George auszuspannen.

Aber was hätte Irene davon, sich von George scheiden zu lassen und Theo zu heiraten? Wahrscheinlich bildete sie sich ein, dass er ein Vermögen besaß; seine schmächtige Figur und pompös-langweilige Art zogen sie bestimmt nicht an.

„Und Mrs George Westbrook? Was gibt's Interessantes aus ihrer Vergangenheit?" Jack hatte absolut kein schlechtes Gewissen, dass er Nachforschungen über die Frau seines besten Freundes anstellen ließ.

Mr Hayes' Gesicht erhellte sich wie eine Glühbirne. „Einiges." Er hob mehrere Zettel von seinem Schreibtisch auf und überflog sie.

Jacks Herz schlug schneller. „Bitte sehr."

„Irene Frampton stammt aus einer kleinen Stadt in Kalifornien. Nach dem Tod ihrer Eltern, der sie praktisch mittellos machte, ging sie nach San Francisco, wo sie in einem Tanzsaal als Cancan-Tänzerin arbeitete."

Jack spürte, wie das Blut aus seinem Gesicht wich. „*Cancan-Tänzerin*?" Ihr Gesicht war ihm vage bekannt vorgekommen, aber Georges Frau eine Revuetänzerin? Es war verrückt. Aus irgendeinem hinteren Fach seines Gedächtnisses zog er das Bild einer attraktiven Blondine mit langen, wohlproportionierten Beinen hervor, die Räder schlug und Spagatsprünge vollführte. Das Bild wurde schärfer. Irene in trägerlosem Oberteil mit Federn und kurzem Rüschenrock, den sie vor einem Saal voll lärmender Männer im Kreis wirbeln ließ. Er war selten in Tanzpaläste gegangen, aber während seines kurzen Aufenthalts in San Francisco hatte er einen besucht. Irene musste wohl noch schöner und reizender gewesen sein als die übrigen Tänzerinnen.

Sein Magen wollte sich umdrehen. Der arme George. Bestimmt wusste er nichts von Irenes Vergangenheit. Nie und nimmer wäre er seinen eher prüden Eltern mit einem Showgirl gekommen.

„Und wie ist ihre Beziehung zu Quentin Kirby?"

Mr Hayes fuhr sich nervös über das Haar. „Er behauptet, dass Miss Frampton eine seiner Nichten ist, und die meisten nehmen ihm das ab. Aber es gibt Gerüchte, dass er sie in einem Tanzpalast aufgabelte, sich in sie verliebte und sie mit nach Hause nahm. Das Ganze soll hochanständig gewesen sein, denn Mr Kirby hat seine besten Jahre längst hinter sich, obwohl er früher ein ziemlicher Frauenheld war. Manche nennen ihn einen törichten Alten, der an einer schönen, begabten jungen Frau einen Narren gefressen hatte – obwohl sie mit George durchgebrannt ist. Aber die meisten glauben die Story mit der Verwandtschaft."

Sollte Jack George erzählen, was er da gerade erfahren hatte? Es war nur recht und billig, dass George es erfuhr – und Irene als Mitgiftjägerin und Cancan-Tänzerin entlarvt wurde. Aber sein Freund liebte seine Frau immer noch. Jack seufzte. War sein Herz kalt genug, um George seine schönen Illusionen zu rauben und seine Ehe zu zerstören? Niemand mochte einen Überbringer schlechter Nachrichten, selbst wenn es ein Freund war, der die besten Absichten hatte. Nein, er konnte George das nicht sagen, so sehr es ihn auch juckte.

Mr Hayes fuhr fort: „Miss Frampton lebte fast ein Jahr lang bei Kirby, bevor sie Mr Westbrook kennenlernte. Sie lernte ihn auf einer Soiree in Stockton kennen, als sie eine Freundin besuchte. Zwei Monate später waren George Westbrook und die junge Frau verheiratet und auf dem Weg in die Oststaaten. Die Klatschbasen in San Francisco sagen, dass Mr Kirby eine Weile fuchsteufelswild war, aber sich dann wieder beruhigt hat."

„Ich hatte immer schon den Verdacht, dass sie ein Geheimnis hat", murmelte Jack, wütend, dass er recht gehabt hatte.

Mr Hayes biss sich auf die Lippe. „Es gibt leider noch mehr." Seine gerunzelte Stirn verhieß nichts Gutes.

„Machen Sie weiter." Jack lehnte sich auf seinem Stuhl zurück und machte sich auf das Schlimmste gefasst.

„Bei meinen Nachforschungen über Mrs Westbrooks Vergangenheit entdeckte ich, dass sie enge Verbindungen zu einem gewissen Hiram Wilson hat. Gestern Nachmittag habe ich aus San Francisco weitere Informationen über die beiden erhalten." Er reichte Jack ein Telegramm.

Jack las es und wurde auf seinem Stuhl kleiner. „Mein Gott. Das ist ja echt schockierend."

Kapitel 24

Nach dem Mittagessen ging Lilly mit den anderen Frauen in den Salon, um vor den nachmittäglichen Besuchen eine halbe Stunde bei ihnen zu sitzen. Sie setzte sich neben Miranda auf das Sofa und nahm ihre Stickarbeit in die Hand.

„Leute, hört euch das mal an!" Irene zeigte auf einen Artikel in *Stadtgespräch*.

Lillys Herz begann zu hämmern, wie immer, wenn das Skandalblatt zur Sprache kam. Sie mied es, so gut sie konnte. Allmählich fragte sie sich, ob sie womöglich die Einzige in Newport war, die immun gegen seine Anziehungskraft war. Sollte sie aufstehen und gehen? Aber die Neugierde und die Angst hielten sie auf dem Sofa fest. Besser, sie wusste, was die Zeitung verbreitete.

Irene schaute lächelnd in die aufmerksame Runde und begann zu lesen:

> *Das Neueste aus der Welt der Bücher: Mr Davis Sterling vom Verlag Atwater hat mehrere Kollegen in seine Pläne eingeweiht, Zehn-Cent-Romane von der populären Bestsellerautorin Miss Fannie Cole zu kaufen, die zurzeit inkognito in Newport Urlaub macht. Zu seinem Verdruss kann er sie nicht kontaktieren, da ihr wahrer Name und Aufenthaltsort ein Geheimnis sind. Doch wir hoffen, bereits in der nächsten Ausgabe von Stadtgespräch auf diesen Seiten die Identität von Miss Cole enthüllen zu können – sicher zur Freude ihrer Leserinnen.*
>
> *Falls Miss Cole so klug ist, Stadtgespräch zu lesen, wird sie vielleicht auf diesem Wege von Mr Sterlings großzügigem Angebot erfahren, sodass sie diesen alteingesessenen Verleger baldmöglichst kontaktieren kann. Und mit großer Spannung warten wir darauf, was Mrs Elna Price zu dieser Wendung der Dinge zu sagen hat.*

Lilly umklammerte die Lehne des Sofas. Miranda schaute zu ihr hin, die Lippen aufeinandergepresst. Lilly senkte den Blick, damit nicht womöglich noch jemand ihre Angst bemerkte.

„Wie schade." Lillys Mutter schüttelte den Kopf. „Der arme Jackson. Ich hoffe nur, dass seine Firma jetzt nicht wegen Miss Cole Probleme bekommt."

Irene hob die Augenbrauen und grinste. „Warum soll Fannie Cole nicht gutes Geld für ihre Bücher kriegen? Geschäft ist Geschäft."

Lillys Mutter klopfte sich an die Brust. „Und ihre Loyalität zu Jackson? Jones & Jarman hat sie doch berühmt gemacht, oder? Zählt das denn nicht?"

Irene zuckte die Achseln. „Nicht unbedingt. Ich weiß, du magst ihn, weil er Georges Freund ist, aber Miss Cole muss zuerst an sich selber denken, das ist nur natürlich. Jackson Grail wird schon zurechtkommen."

Lillys Herzschlag dröhnte ihr in den Ohren, sodass sie das weitere Gespräch kaum mitbekam. Jones & Jarman verlassen, es wäre der reinste Verrat, und sie brauchte ja gar nicht mehr Geld. Es wäre zwar die Lösung einiger ihrer Probleme – aber das Ende ihrer Beziehung zu Jack.

Und sie durfte auch nicht vergessen, dass Jones & Jarman sie stets sehr anständig behandelt hatte. Der Verlag hatte ihr ihre Romane abgenommen und gut bezahlt.

Sie merkte, wie die nächsten Kopfschmerzen kamen. Aber wie sollte sie das Geld auftreiben, das der Oberst von ihr verlangte? Sie schloss die Augen und rieb sich die Schläfen, während die Stimmen in ihr weiter stritten.

Ihre Mutter seufzte. „Wenigstens kennen wir niemanden, der solche Romane schreiben würde."

Irene lächelte. „Aber irgendjemand aus unserer Mitte hat genau das gemacht. Oberst MacIntyre wird uns bald aufklären, wer sie ist."

Lilly stand auf. „Entschuldigt mich bitte, ich möchte gerne noch etwas lesen."

Irene runzelte die Stirn. „Du liest zu viel, Lilly."

Lilly ignorierte ihre Bemerkung und ging, aber nicht in die Bibliothek, sondern zuerst in das leere Büro ihres Vaters. Sie ließ sich auf den Holzstuhl fallen und starrte das Telefon an, als sei es ein Rettungsring. Wenn Atwater bereit war, ihren Namen weiter geheim zu halten, und ihr einen großzügigen Vorschuss zahlte, wäre sie fürs Erste gerettet; wahrscheinlich könnte sie MacIntyre ausbezahlen …

Mit zitternden Fingern hob sie den Hörer ab und bat die Vermittlung, sie mit dem Verlag Atwater in New York zu verbinden. Mit klopfendem Herzen wartete sie auf die Telefonistin des Verlegers und dann auf diesen selber. Er begrüßte sie, und sie trug ihr Anliegen vor.

„Ich freue mich sehr, dass Sie mich anrufen, Miss Cole“, sagte Mr Sterling. „Ich kann Ihnen ein sehr großzügiges Angebot machen.“

Lilly konnte die Zahlen, die er nannte, kaum glauben. Er bot ihr eine enorme Summe für einen Vertrag über drei Romane und war sogar bereit, ihr Pseudonym zu ändern, falls sie dies wünschte. Er würde nicht von ihr erwarten, dass sie selber Werbung für ihre Bücher machte; sie konnte anonym bleiben.

Was für ein Angebot! Sollte sie gleich sofort zusagen? Sie holte tief Luft und versuchte, ihr hämmerndes Herz zu beruhigen. „Ich werde über Ihr Angebot nachdenken und Ihnen in ein paar Tagen Bescheid geben. Ganz herzlichen Dank für Ihr Verständnis, Mr Sterling.“

„Und ich danke Ihnen für Ihr Interesse an unserem Verlag. Einen guten Tag, Miss Cole.“

Lilly legte auf und sank auf dem Stuhl zusammen. Sie war ja wohl von allen guten Geistern verlassen! Wie konnte sie sich gegen Jack wenden, um einen Neuanfang zu machen? Mr Sterling bot ihr alles, was sie wollte, bis auf das Wichtigste: Jack.

Jack fuhr mit einer Droschke zu seinem Verlag, Jones & Jarman, und trat in Lewis Jarmans Büro. Jack war einmal mehr froh, dass er Mr Jarman gebeten hatte zu bleiben; seine Erfahrung als Verleger war für ihn unbezahlbar. Sie schüttelten sich die Hand und setzten sich vor den kalten Kamin. Mr Jarmans Stirn lag in Falten. „Möchten Sie einen Tee? Oder lieber Kaffee?“

„Kaffee, bitte. Gibt es Probleme?“

„Leider ja.“

Der Tag war ungewöhnlich schwül. Jack merkte, wie sein gestärktes Hemd immer feuchter wurde. Er wischte sich mit seinem Leinentaschentuch die Stirn. Mr Jarman räusperte sich. „Im letzten Quartal ist der Umsatz der Zehn-Cent-Romane zurückgegangen. Meines Erachtens liegt dies zum Teil an schlechter schriftstellerischer Qualität. Am meisten Gewinn pro Jahr haben uns die Bücher von Mr Reynolds und Miss Cole gebracht – aber nicht genug, um unsere Verluste auszugleichen.“

Verluste. Es war viel schlimmer, als Jack gedacht hatte. Noch vor Kurzem hatte er gehofft, Atwater überholen zu können – aber dazu brauchte er mehrere Star-Autoren.

„Wie geht es Mr Reynolds? Sind Sie in Kontakt mit seiner Familie?“

Mr Jarman nickte ernst. „Ja. Vor knapp einer Stunde kam ein Telegramm von seiner Frau. Er ist gestern Abend verstorben.“

„Das ist ja furchtbar. Was für ein Verlust für seine Familie.“ Und natürlich für Jones & Jarman, auch wenn man dies nicht mit dem Verlust des Ehemanns und Vaters vergleichen konnte.

„Wir sind mehr denn je darauf angewiesen, dass Miss Cole uns neue Bücher liefert, und das schneller als bisher. Haben Sie sie ausfindig machen können?“

Die Sekretärin kam mit Kaffee, Milch und Zucker und ging wieder. Jack verzog das Gesicht. „Ich habe unsere Fannie gefunden. Sie ist Miss Lillian Westbrook, die Tochter von Thomas Westbrook, dem Banker und Besitzer einiger sehr schöner Immobilien in New York.“

Mr Jarman schüttelte verblüfft den Kopf. „Meine Güte. Wer hätte das gedacht.“

„Ich habe es auch nicht für möglich gehalten, jedenfalls zuerst. Sie war lange nicht bereit, ihre Identität zuzugeben, und ich habe ihr versprochen, Fannies Anonymität zu wahren. Aber ohne Mr Reynolds weiß ich nicht, wie es weitergehen soll.“

Mr Jarman seufzte. „Das ist in der Tat gar nicht gut.“ Er biss sich auf die Lippe. „Ich habe leider noch mehr schlechte Nachrichten.“

„Sagen Sie mir's. Noch viel schlimmer kann es ja nicht werden."

„Doch."

Jack stöhnte auf. „Also gut, ich höre."

Mr Jarman fuhr sich über seine Glatze. „Meine Frau hat mir die neueste Ausgabe von *Stadtgespräch* gezeigt. Es scheint, dass Mr Sterling von Atwater Miss Cole in seinen Autorenstamm hinüberzuziehen versucht, indem er ihr wesentlich mehr Geld bietet, als sie bei uns bekommt."

„Und woher weiß MacIntyre, was Sterling vorhat?"

„Sicher durch seine Spione. Er hat sie überall. Dass Atwater uns Miss Cole abspenstig machen will, glaube ich sofort. Sterling wollte ja Jones & Jarman vor allem deswegen kaufen, um Miss Coles Titel in die Hand zu bekommen. Die Frage ist: Wird sie zu Atwater wechseln?"

Jack zögerte. „Ich glaube nicht, dass sie das will, aber sie könnte das Angebot unwiderstehlich finden." *Vor allem, wenn sie plötzlich das Geld kriegen kann, das sie für MacIntyre braucht.*

Eigentlich konnte er sich nicht vorstellen, dass Lilly ihm so in den Rücken fallen würde. Außerdem hoffte er für sie, dass Lilly sich genau überlegen würde, was für Folgen ein Wechsel zu Atwater hätte. Elna Price war eine literarische Diva, die keine Konkurrenz duldete. Jack erinnerte sich gut an ihre Fehde mit einer Autorin, die versucht hatte, ihren Erfolg zu überflügeln, und die schließlich ihr Pseudonym geändert hatte und zu einem anderen Verlag gewechselt war, um ihre Ruhe vor Elna zu haben. Was würde passieren, wenn Lilly das Angebot annahm? Wusste sie überhaupt, wie aggressiv Elna werden konnte? Aber wenn er sie warnte, würde sie nur denken, dass er sein Eigeninteresse als Verleger im Auge hatte.

„Ich werde wohl mit Miss Cole reden müssen – oder Miss Westbrook", sagte Jack. „Wenn sie Jones & Jarman untreu wird, haben wir ein großes Problem."

Mr Ames, gebeugt wie ein Weidenzweig im Wind, kam hereingeschlurft. „Ein Telefongespräch für Sie, Miss Westbrook."

Lilly runzelte die Stirn. Die meisten Menschen kamen persönlich zu ihr oder schrieben. „Danke." Wenn das Oberst MacIntyre war, würde sie sofort aufhängen. Aber würde er wirklich den Nerv haben, sie anzurufen? Obwohl ein erfahrener Erpresser sicher keine Skrupel kannte.

„Ich bin gleich wieder da“, sagte sie Miranda, während sie ging.

Sie trat in das Büro, schloss die Tür hinter sich und nahm den Hörer in die Hand, als sei er eine glühende Kohle. „Guten Tag. Hier Miss Westbrook.“ Ihre Stimme war die eines ängstlichen Kindes, das vor dem Lehrer ein Gedicht aufsagen muss.

„Guten Tag, Lilly. Hier Jack. Du klingst so ängstlich. Ist etwas passiert?“

Sie lachte mit belegter Stimme. „Natürlich nicht. Wie kommst du auf so was? Wie war deine Reise nach New York?“ Er antwortete nicht gleich, und sie kam in Fahrt: „Ich hoffe, du hattest gutes Wetter. Hier bei uns ist es heute schön, bis auf die Hitze, das heißt, es könnte auch noch Regen geben.“

„Lilly, hör auf mit dem Geschwätz und sag mir, was du hast. Hat MacIntyre dich wieder kontaktiert? Sag mir die Wahrheit.“

Sie hatte nicht die Kraft, mit ihrem Versteckspiel fortzufahren, aber dies hier war ihr Problem, nicht Jacks, und sie musste es selber lösen, denn er würde es nur noch größer machen. „Bitte mach dir keine Sorgen wegen diesem Kerl.“

„Ich mache mir keine Sorgen wegen ihm, Lilly, ich mache mir Sorgen um dich. Du bist meine einzige Sorge.“

Ihr Herz wurde warm. „Das weiß ich doch. Danke.“ Wie sie ihn brauchte! Aber wenn sie ihm das verriet, würde er das nächste Schiff zurück nach Newport nehmen, ihr weißer Ritter, der für sie in den Kampf zog. Dann hätte sie nicht länger die Kraft, ihr Pseudonym zu hüten. Und die Antwort auf seinen Antrag länger hinauszuschieben. Kummer und Bedauern legten sich wie ein Kloß in ihre Kehle.

„Lilly, du hast sicher gelesen, dass Davis Sterling dich gerne als Autorin hätte.“ Jack machte eine Pause. „Hast du schon darüber nachgedacht?“

„Ehrlich gesagt, ja. Aber ich habe noch nichts entschieden.“

Er schwieg einige Augenblicke. „Aha. Ich hoffe, du gibst mir Bescheid, sobald du dich entschieden hast.“

Sie hörte die Enttäuschung in seiner Stimme und bedauerte ihre direkte Antwort. „Ja, natürlich. Jack, Jones & Jarman ist so gut zu mir gewesen in den letzten Jahren, das habe ich nicht vergessen. Bitte mach dir keine Sorgen."

„Hier in New York habe ich jetzt die dringendsten Dinge erledigt. Ich würde gerne sofort nach Summerhill zurückkehren, um dir MacIntyre vom Leib zu halten. Bin ich immer noch eingeladen?"

Sie nahm ihre ganze Begeisterung zusammen. „Ja, natürlich. Obwohl es jetzt vielleicht nicht ganz geschickt ist. Wir sind mitten in …"

„Ich verstehe vollkommen, Lilly." Er klang mehr traurig als verstimmt. „Ich wünsche dir einen schönen Nachmittag."

Zu ihrer Überraschung hängte er auf, bevor sie noch etwas sagen konnte.

Sie lehnte sich auf ihrem Stuhl zurück und stieß einen langen Seufzer aus. Warum war sie gerade nicht taktvoller gewesen? Aber er schien so wild entschlossen, ihr zu Hilfe zu eilen, dass sie ihn stoppen musste, irgendwie. Sie durfte nicht zulassen, dass seine Güte die Barrieren zwischen ihnen niederriss.

Jack bestieg den Dampfer nach Newport. Er musste Lilly überzeugen, dass sie seine Hilfe brauchte. Eigentlich hatte er noch ein paar Tage länger in New York bleiben wollen, aber er hatte das dumpfe Gefühl, dass etwas nicht stimmte und dass dieses Etwas nicht so sehr die Frage war, für welchen Verlag Lilly schreiben sollte, sondern der Oberst. Nun gut, er würde sich MacIntyre selbst vornehmen und Lilly dabei außen vor lassen; sie würde sich sonst nur wehren und ihn auffordern, sich um seine eigenen Angelegenheiten zu kümmern. Aber woher wollte sie das Geld für MacIntyre nehmen? Niemand aus ihrer Familie würde es ihr ausleihen ohne eine plausible Erklärung, wozu sie es brauchte.

Sollte er ihr vielleicht selbst mit dem wenigen Bargeld, das er hatte, unter die Arme greifen? Aber damit würde er nur einen Löwen füttern, der bald wieder hungrig wäre. Er schlug mit der Hand auf die Reling und beugte sich weiter vor, um die steife Brise frisch um sein Gesicht wehen zu lassen.

Als das Schiff endlich am Kai von Newport anlegte, hingen die Wolken tief und der Himmel sah metallisch grau aus. Jack verließ das Schiff und nahm sich eine Droschke.

Den ganzen Weg nach Summerhill musste er an Lilly denken. Er stellte sich vor, wie sie in einem ihrer Seiden- oder Chiffonkleider auf der Veranda stand und ihm zur Begrüßung zuwinkte. Aber er konnte wohl nicht erwarten, dass die Frau, die ihn so oft aggressiv, irritierend und nicht vertrauenswürdig fand, mit offenen Armen begrüßen würde.

Die Fahrt vom Hafen nach Summerhill war zu kurz. Bevor er sich genügend vorbereitet hatte, war er schon da. Saß er schon, der Harnisch gegen ihre Abwehrpfeile? Jack lachte bitter. Nein, er war wehrlos.

Er trat ins Haus. Sie kam gerade die Treppe herunter. „Hallo, Lilly!"

Sie hielt abrupt an. „Willkommen." Ein vorsichtiges Lächeln glitt über ihr Gesicht.

Sein Strahlen verriet seine Freude, sie wiederzusehen, obwohl er wahrscheinlich der Letzte war, den sie gerade sehen wollte. „Ich dachte, du könntest vielleicht etwas Hilfe brauchen – du weißt schon."

Sie neigte den Kopf. „Ja, das weiß ich. Aber du kannst beruhigt sein, es ist alles in Ordnung."

„Hör auf mit der Schauspielerei, Lilly. Du bist in Not und ich möchte dir helfen." Er hätte sich selbst in den Hintern treten können, dass er so mit der Wahrheit herausplatzte. „Ich bin dein Verleger und dein Freund – hoffe ich zumindest."

Ihre Augen huschten durch den leeren Flur. „Sei leiser, bitte."

Jack senkte den Kopf. „Entschuldige."

„Wenn du wegen mir nach Summerhill zurückgekommen bist, dann vergeudest du deine Zeit."

„Warum willst du dir nicht von mir helfen lassen? Ich habe Möglichkeiten gegenüber MacIntyre, die du nicht hast."

Sie packte ihn am Arm, zog ihn ins Kaminzimmer und schloss die Tür. Sie trat von ihm weg, er hinterher. Der Wunsch, sich zu ihr zu beugen und sie zu küssen, war fast übermächtig, trotz ihrer wenig begeisterten Begrüßung. Er begnügte sich damit, mit den Händen ihre weiche langärmelige

Seidenbluse hinauf- und hinabzustreichen, in einer, wie er hoffte, beruhigenden Geste. Sie machte einen halbherzigen Versuch, seine Hände wegzuschieben, dann sah sie ihn an, ihre Miene ernst.

„Jack, wenn ich dir erlaube, dem Oberst selbst entgegenzutreten, stehe ich in einer Dankesschuld dir gegenüber, die ich nie zurückzahlen kann." Sie sah ihn bittend an. „Ich würde mich verpflichtet fühlen, mit meinen Büchern an die Öffentlichkeit zu gehen, und das kann ich nicht. Ich muss an meine Familie denken. Niemand würde mehr etwas mit uns zu tun haben wollen. Meine Eltern würden mir nie vergeben, und ich könnte ihnen nicht böse sein. Mag sein, dass meine Mutter meine Romane gut findet – aber niemals, dass ich sie schreibe. Das ist ein Riesenunterschied."

Er spürte ihre Angst um ihre Familie. „Ich … verstehe dich."

„Danke, Jack." Ihre Schultern entspannten sich. Sie nahm seine Hände. „Es tut mir wirklich leid, dass ich dir bei Jones & Jarman nicht helfen kann; ich wollte, ich könnte es, ehrlich."

Er grunzte. Was konnte er noch sagen? Seit Wochen hatte er versucht, sie umzustimmen, ohne Erfolg. Er drückte sanft ihre Finger, zum Zeichen, dass sie gewonnen hatte. Sie zog ihre Hand zurück, drehte sich um und floh.

Jack schüttelte den Kopf. Er würde MacIntyre aufsuchen und versuchen, die Sache ohne Lillys Segen zu regeln.

Kapitel 25

Aus der Ferne kam Donnergrollen. Vanessa Westbrook, die an ihrem Lieblingsplatz auf der hinteren Veranda saß, zwischen den Kübeln mit Farn, schaute über den dunkler werdenden Rasen von Summerhill zur See hin, deren granitgraue Wellen am Horizont mit dem schweren Himmel verschmolzen. Die salzige Luft war weiter schwülwarm. Vanessa schätzte, dass sie nicht mehr als zehn Seiten von *Dorotheas Dilemma* schaffen würde, bevor die Wolken sich öffneten und sie ins Haus trieben.

Nur noch fünfzig Seiten, und sie wüsste, ob die Heldin aus den Klauen des Bösewichts entronnen war und den Heiratsantrag des Helden angenommen hatte, der sie an einen jüngeren, schöneren, vollkommeneren Thomas erinnerte. Sie konnte gut verstehen, warum jedes Ladenmädchen, ja eigentlich jede Frau diese Geschichte liebte. *Vertraue auf Gott und seine Führung.* Das schien dieser Roman vermitteln zu wollen.

Vielleicht sollte sie Lilly Gott überlassen und diese Last nicht länger selbst tragen. Gut, seit ihre Tochter zur Welt gekommen war, hatte sie sie an die Hand genommen, aber Lilly Gottes Hilfe anzuvertrauen, es wäre eine solche Erleichterung. Sie würde später weiter darüber nachdenken, wenn sie das Kapitel fertig hatte.

Sie blätterte um und kam zu einer Szene, wo die Heldin, Ada Brown, auf einem zugefrorenen Teich einbrach und unter das Eis rutschte. Vanessas Herz stolperte, als sie weiterlas. Der Held, Lawrence Macon, sprang natürlich prompt in das eiskalte Wasser, packte Ada und zog sie zurück auf das Eis, nach Luft ringend, aber dankbar, das Leben seiner wahren Liebe gerettet zu haben.

Wie tapfer. Es donnerte lauter, ein Blitz fuhr durch die Wolken. Vanessa ignorierte es. Sie musste wissen, wie es weiterging!

Irgendetwas kam ihr vage bekannt vor an dieser Szene. Natürlich – vor langer Zeit hatte Jackson Grail Lilly vor dem Ertrinken gerettet, auf dem Landsitz ihrer Cousine in den Adirondacks. Sie war beim Schlittschuhlaufen eingebrochen. Er hatte auch ihren Ring aus dem Teich geholt, den sie beim Einbrechen verloren hatte. Wie merkwürdig. Es war gerade so, als ob Fannie Cole die Szene kannte.

Kannte … War es möglich, dass Lilly die Autorin war? Nein, das konnte nicht sein!

Die ersten Regentropfen spritzten in die offene Veranda. Vanessa schloss die Augen. Nein, die Übereinstimmung war zu perfekt. All diese Details – Fannie Cole konnte sie unmöglich kennen, es sei denn, sie war Lilly. Dann hatte also Lilly *Dorotheas Dilemma* geschrieben. Und all die anderen Fannie-Cole-Romane. Kein Wunder, dass sie sich so oft in ihrem Zimmer einschloss; wo sonst konnte sie in so einem Haus voller Leben ungestört schreiben?

Vanessa nahm ihr Buch und ging auf wackligen Beinen ins Haus.

„Wo gehst du hin?“, rief ihr Mann ihr zu, als sie am Billardzimmer vorbeiging. „Komm rein und setz dich zu mir an den Kamin.“

„Später, Thomas, später.“

Sie hastete die Treppe hoch, hielt auf dem Absatz kurz an, um zu verschnaufen, und stieg, so schnell sie konnte, weiter in die erste Etage. Sie ging den schummrigen Flur entlang zu Lillys Zimmer. Gut, dass die Dienstmädchen hier oben für heute fertig und gegangen waren.

Sie klopfte an Lillys Tür. Wo sonst konnte ihre Tochter sein an solch einem trüben Tag, wo das Wetter die üblichen Nachmittagsbesuche unmöglich machte? In der Bibliothek, ihrem zweiten Zufluchtsort, war sie nicht. „Lilly, bist du da?“, rief sie leise.

Stille. Die Sekunden vergingen. Das Zimmer schien leer zu sein. Vanessa öffnete die Tür, holte tief Luft und trat ein. Die Gaslampen brannten nicht. Das Zimmer sah so aus wie immer – aufgeräumt und etwas unpersönlich.

Vanessa ging rasch über den Teppich zu dem Sekretär und dem Andenkenkästchen. Sie öffnete es, griff unter die Auskleidung und holte mit zitternden Fingern den Schlüssel heraus. Ihr Herz hämmerte. Bevor ihr schlechtes Gewissen es ihr unmöglich machte, hatte sie die Schublade aufgezogen und das Geheimfach geöffnet. Drinnen lag ein säuberlicher Stapel maschinenbeschriebener Blätter. Auf dem obersten stand als Überschrift *Kranz der Liebe.* Der Anfang des nächsten Zehn-Cent-Romans. Vanessas Hand ging an ihre Brust; sie ließ sich in den nächstbesten Sessel fallen, sie fühlte sich plötzlich schlaff wie eine Stoffpuppe.

Aus Lilly der Dichterin war also eine Frauenromanschreiberin geworden. Es war eines, einen solchen Roman zu lesen und zu genießen; aber entdecken zu müssen, dass die eigene Tochter heimlich einem unschicklichen Beruf frönte … Wie konnte Lilly nur? Wenn jemand ihr auf die Schliche kam, würde sie zum Gespött der Leute, ja schlimmer noch: zu einer Aussätzigen. Es war nicht auszudenken. Vanessa rang nach Luft. Sie stand langsam wieder auf, verschloss den Sekretär und legte den Schlüssel zurück.

Sie ging auf ihr eigenes Zimmer, klingelte nach dem Dienstmädchen und bat um eine Tasse heiße Milch. Zum ersten Mal im Leben wünschte sie sich, eine Whiskeytrinkerin zu sein. Irgendetwas, um ihre Nerven zu beruhigen. Nicht, dass das eine Lösung gewesen wäre.

Sie hatte als Mutter versagt. Nicht ein Mal hatte Lilly sich ihr in dieser Sache anvertraut oder sie um ihren Rat gefragt. Hielt das Mädchen sie für ein Ungeheuer, das nicht verstand, wie gerne sie Geschichten schrieb? Vanessa seufzte. Wenn sie das nur gemeinsam besprochen hätten! Vielleicht wären sie dann zu einer Lösung gekommen. Nun ja, vielleicht. Sie seufzte wieder. Wenn sie ganz ehrlich war, musste sie zugeben, dass sie Lillys schriftstellerische Karriere nie akzeptiert hätte. Sie hätte alles getan, was in ihrer Macht stand, um ihre Tochter davon abzuhalten, solchen Schund zu schreiben. Schund? *Dorotheas Dilemma* war kein Schund, es war eine exzellente Geschichte, die packend erzählt war. Sie konnte es kaum erwarten, auch die anderen Fannie-Cole-Romane zu lesen.

Sollte sie Lilly zur Rede stellen und zugeben, dass sie geschnüffelt hatte?

Dann musste sie an die Artikel in *Stadtgespräch* denken, und ihr Herz wollte schier stillstehen. Was würde Lilly machen, wenn sie als Fannie

Cole entlarvt wurde? Was würde die Familie machen? Bevor sie weiter darüber nachdenken konnte, kam Thomas herein.

„Nessie, du sitzt ja da wie eine Statue. Warum ziehst du dich nicht zum Tee um? Um diese Zeit machst du doch immer deine Besuche."

„Ja, schon, aber heute ist mir nicht danach." Sollte sie ihm die Hiobsbotschaft sagen oder schweigen, bis sie klarer sah?

„Solche Töne höre ich sonst gar nicht von dir. Stimmt etwas nicht?"

Vanessa stand achselzuckend auf und trat ans Fenster. Sie zog die Gardinen zur Seite und sah zu dem regenverhangenen Ozean hinaus. „Ich muss mal nachdenken."

„So?" Seine buschigen weißen Augenbrauen gingen hoch. „Möchtest du darüber reden? Ich bin ein guter Zuhörer, Nessie. Hab ich dir nicht all die Jahre zugehört?"

Sie lächelte schief. „Ja, das hast du. Es war ein Segen Gottes." Sie schätzte es so sehr, welche Mühe er sich gab. Und wie er sie liebte.

Ja, sie würde es ihm sagen. Aber noch nicht jetzt.

Den Rest des Nachmittags verbrachte Jack damit, den Oberst zu suchen. Er fuhr zu seiner Pension, zu der Konditorei und mehreren anderen Häusern, wo er ihn zu finden hoffte. Fehlanzeige. Enttäuscht fuhr er wieder zurück nach Summerhill, entschlossen, Lilly zu beobachten. Früher oder später musste sie ihn zu MacIntyre führen.

Die Sonne begann unterzugehen. Jack zog sich zum Dinner um. Heute hatten die Westbrooks Gäste. Er musste diskret sein. Wenn sie merkte, dass er sie beobachtete, würde sie sich mit jeder störrischen Faser ihrer Seele wehren. Wem konnte er etwas vormachen? Niemandem, und am wenigsten Lilly. Wenn sie im gleichen Zimmer waren, beobachteten sie einander mit Argusaugen. Jack streifte seinen schwarzen Frack über, zog seine Fliege gerade und ging nach unten.

Punkt acht Uhr kamen ein paar Dutzend Sommergäste an und begaben sich zusammen mit den Westbrooks in den von Kerzen erleuchteten Speisesaal. Auf dem langen Tisch standen zwischen hohen Silberkandelabern Kristallvasen mit roten Rosen.

Wo war Lilly? Da hinten, am anderen Tischende, ihr schönes Gesicht kalt wie das einer Statue.

Sie schaute einmal kurz in seine Richtung, dann wandte sie sich einem anderen Herrn zu. War dies ein Zeichen, dass sie seinen Heiratsantrag ablehnte? Oder las er da zu viel in eine Kopfbewegung hinein?

Seine Tischkarte platzierte ihn direkt neben Irene. Zu dumm. Er verneigte sich höflich vor ihr, bevor sie Platz nahmen. Auf Irenes grünem Samtkleid prangte ein Diamantcollier. Sie grinste. „Du würdest bestimmt lieber neben Lilly sitzen, nicht wahr? Aber das wäre nicht schicklich." Sie lachte grell.

Er zwang sich, ihre Bemerkung zu überhören und nicht zu Lilly hinzusehen, die in ihrem blausilbernen Kleid fantastisch aussah. „Deine Kette ist sehr schön, Irene. Hat George die schon gesehen?"

Ihre Stirn runzelte sich leicht. „Die ist ein Geschenk von meinem Onkel Quentin." Sie nippte an ihrem Wasser und stellte das Glas auf die weiße Damasttischdecke zurück.

„So? Das ist ja interessant."

Irenes Lächeln verflog abrupt. Ihr Blick wurde überrascht und unsicher. „Wie meinst du das? Glaubst du nicht, dass die Kette von ihm ist? Er mag mich sehr und ich ihn."

Jack lachte. „Das kann ich mir gut vorstellen." Er tauchte seinen Löffel in die Kraftbrühe.

„Was soll *das* jetzt bedeuten?", flüsterte sie.

Jacks Augen fuhren um den Tisch herum. Alle unterhielten sich, Schmuck glitzerte im sanften Licht der Kerzen, niemand schaute in ihre Richtung. Gut. Er beugte sich näher zu Irene. „Ist eine Diamantkette nicht ein etwas teures und unpassendes Geschenk für eine Nichte?"

Ihre schlanken Finger nestelten an der Serviette auf ihrem Schoß. „Überhaupt nicht. Wie kannst du so etwas denken?" Sie tauchte den silbernen Löffel in ihre Suppe, hob ihn halb hoch, hielt inne und tauchte ihn wieder ein. „Du musst ja eine schlechte Meinung von mir haben. Wie kommst du dazu?"

Ihre Stimme war glockenhell, aber auf ihrer Oberlippe erschienen

Schweißtropfen. Er senkte den Kopf. „Vielleicht ist deine Beziehung zu deinem Onkel anders, als es den Anschein hat."

„Das ist sie in der Tat."

Sie hatte seine Ironie bewusst missverstanden. *Du raffiniertes Aas …*

Irene langte in ihre Handtasche und zog einen Brief heraus. „Ich habe den Eindruck, du bezweifelst meine Verbindung zu Quentin Kirby. Nun, hier ist der Beweis." Sie zog ein teures, cremefarbenes Blatt Briefpapier heraus und begann leise und mit fester Stimme zu lesen:

Meine liebste Nichte Irene,
ich hoffe, dieser Brief findet Dich in bester Gesundheit und guter Stimmung vor. Deine Abwesenheit hat mich sehr einsam gemacht. Vielleicht hast Du Mitleid mit mir und kommst auf einen längeren Besuch nach San Francisco. Die Kette, die ich bei Tiffany gekauft habe, soll ein kleines Zeichen meiner Wertschätzung sein.
Dein Dich liebender Onkel,
Quentin Kirby

Ihr selbstzufriedenes Lächeln ärgerte ihn.

„Hat er keine Grüße an deinen Mann bestellt?"

„Die scheint Onkel Quentin vergessen zu haben."

„Findest du das nicht eine merkwürdige Vergesslichkeit?"

Ihre Miene wurde irritiert. „Nein, warum? Onkel Quentin und George sind sich nie begegnet."

Jack lehnte sich auf seinem luxuriösen Stuhl zurück. „Nie?"

„Ich habe George kennengelernt, als ich Freunde in Stockton besuchte, und bald danach haben wir geheiratet."

Irenes Lächeln wurde intensiver, als erinnerte sie sich an eine stürmische Romanze. „Unsere Liebe war zu groß, als dass wir lange warten wollten."

„Aber dein Onkel hat deine Heirat gutgeheißen?"

Ihre Stimme wurde unsicher. „Er … es war ihm nicht recht, dass ich nach New York zog. Er wollte, dass ich in Kalifornien blieb."

Ein Diener servierte den nächsten Gang. Irene stach ihre Gabel in die gebratene Ente, dann schaute sie zu dem Gast zu ihrer Linken hin.

Bevor sie eine andere Unterhaltung beginnen konnte, fragte Jack: „Und? Wirst du die Bitte deines Onkels erfüllen und ihn bald besuchen?"

Sie schaute zur Seite. „Das habe ich vor, ja. Ich vermisse meinen Onkel. Er ist mein einziger noch lebender Verwandter." Sie seufzte leise. „Ich habe so liebe Erinnerungen an ihn."

Wie glatt die Lügen über ihre dezent geschminkten Lippen kamen. Jacks Brust zog sich zusammen. „Und hast du George von deinen Besuchsplänen erzählt? Vielleicht ist er gegen so eine weite Reise."

Sie zuckte mit der Schulter. „Er wird sicher bald eine Stelle finden, sodass ich nicht erwarte, dass er mitkommt; das wäre sonst egoistisch von mir."

Jack wurde noch leiser. „Du willst George verlassen, nicht wahr?" Er sog die Luft ein. Er sah, wie Irene zusammenfuhr. Die Fältchen um ihren Mund und ihre Augen vertieften sich.

Sie lachte nervös. „Mach dich nicht lächerlich. Ich würde meinen Mann nie verlassen."

„So?" Jacks Brauen hoben sich.

Irenes Gabel fiel ihr aus der Hand und landete klappernd auf dem Porzellanteller. Mehrere Köpfe drehten sich in ihre Richtung, vermuteten nur ein kleines Ungeschick und schauten wieder weg.

„Wie meinst du das?", zischte sie.

„Ich kenne deine Vergangenheit. Alles. Bevor du verschwindest, solltest du anständigerweise George von deinem Leben in San Francisco erzählen."

Ihre volle Unterlippe zitterte einen Moment, bevor sie ihr Kinn hob. „Das war einmal, das ist begraben und vergessen. Ich gebe zu, dass ich nicht immer diskret war, aber es bringt nichts, bei George zu klatschen; es würde ihm nur wehtun. Ich bin und bleibe ihm treu."

„Warum gehst du dann zu Quentin Kirby zurück? Bist du in ihn verliebt?"

Ihr grelles Lachen schnitt durch das Gewirr der Unterhaltungen. „Mach's halblang! Er ist ein kranker alter Mann. Ich liebe George und werde so bald zurückkommen, wie ich kann."

„Wenn du nicht aus Liebe hinfährst, dann fährst du wegen des Geldes."

Sie sah ihn an, als wäre er nicht klar im Kopf. „Natürlich. Warum sonst sollte ich mich mit einem alten Lebemann abgeben?"

Auf ihre eigene, egoistische Art liebte sie George vielleicht tatsächlich, aber ihre Gefühle konnten kaum in die Tiefe gehen. Loyalität und Ehrlichkeit waren Haltungen, die Irene fremd waren und die sie weder schätzte noch erwartete.

„Ich könnte meine – Kompromisse George nie beichten; es würde ihm zu sehr wehtun."

„Du meinst, du hast Angst, dass er dich hinauswerfen würde."

Irene seufzte. „Das auch. Aber nicht wahr, du sagst ihm nichts?"

Er hasste es, seinem Freund die Wahrheit vorzuenthalten, aber er wollte ihm auch nicht wehtun. Aber da war noch das andere Problem ...

Irenes Lippen spitzten sich triumphierend.

„Dein Zögern zeigt mir, dass du mich nicht verpetzen wirst." Sie schien leichter zu atmen.

Jack beugte sich so nah zu ihr, dass er ihre Weinfahne roch. „Aber das löst nicht das Problem mit Hiram Wilson." Er sah, wie sie erbleichte. „Zu dumm, nicht wahr?"

Sie sprang hoch und sank wieder zurück. Er hatte gewonnen. „Wie hast du *das* herausgefunden?"

„Die Leute von meiner Zeitung haben sich etwas umgehört. Über deine Karriere als Tänzerin könnte ich hinwegsehen, aber Hiram ist eine andere Geschichte." Eine, die sie ruinieren konnte.

„Wage es nicht, den Namen dieses Mannes vor George zu erwähnen!"

Jack schüttelte den Kopf. „Ich kann dir nichts versprechen."

„Was erlaubst du dir?" Ihre Hände zitterten. „Entschuldige mich bitte, ich fühle mich gerade nicht gut." Sie sah sich mit gehetzten Augen nach einem Fluchtweg um.

Der Diener zog ihren Stuhl zurück, und sie verließ den Tisch. Sie entschuldigte sich bei ihrer Schwiegermutter und verschwand durch den Türbogen, den goldblonden Kopf gebeugt, die Schultern hängend.

Jack merkte, wie er die junge Frau bemitleidete, trotz ihrer Geldgier und ihrer Lügen. Sie hatte versucht, durch eine gute Partie nach oben zu klettern – die einzige Straße zum Erfolg, die einer Frau offenstand –, und das fand er anerkennenswert. Aber sie hatte den nichts ahnenden George bezirzt und betrogen – ein dickes Minus.

Jack unterdrückte einen müden Seufzer. Wie gerne hätte auch er sich von diesem Dinner entschuldigt, aber es fiel ihm keine plausible Ausrede ein. Während des weiteren Abends beobachtete er Lilly. Ihre Augen sahen ernst aus, die Lippen verspannt.

Warum bestand sie so darauf, die Krise mit MacIntyre allein zu meistern?

Kapitel 26

Lilly ließ das lange Dinner tapfer über sich ergehen. Sie versuchte, mit Richard Calloway, einem Witwer, den sie seit Jahren kannte, höfliche Konversation zu machen. Miranda half, das Gespräch in Gang zu halten, während Lillys Mutter von der anderen Seite des Tisches aus stumm zu Lilly hinstarrte, ihre Augen groß, aber merkwürdig unkonzentriert. Das flackernde Licht der Kerzen und Kronleuchter konnte die Verwirrung auf Vanessas zusammengekniffenem Gesicht nicht überdecken. Es war ein Blick, der es Lilly unbehaglich werden ließ. Was hatte ihre Mutter nur?

Sobald die Festivitäten des Abends zu Ende waren, ging Lilly zu Bett. Aber weder ein warmes Bad noch eine Tasse heiße Milch halfen ihr einzuschlafen. Die Augen fielen ihr erst zu, als die Kühle des frühen Morgens durch das geöffnete Fenster drang. Sie träumte von Oberst MacIntyres hässlichem Lachen und dem Rauch seiner Zigarre, der in ihre Lunge biss. Es war schon nach zwölf, als sie aufwachte und sich erinnerte, dass sie ja in ein paar Stunden ihren nächsten Termin mit dem Herausgeber von *Stadtgespräch* hatte – und immer noch kein Geld, um ihn auszubezahlen.

Ihr leerer Magen verkrampfte sich. Lilly zwang sich, aufzustehen und sich anzukleiden. Sie zog ihren schlichtesten schwarzen Rock und eine einfache weiße Bluse an, eine Kombination, mit der sie unter den Frauen in der Thames Street hoffentlich wenig auffallen würde.

Sie ging die Treppe hinunter. Dabei hielt sie sich am Geländer fest. Wenn ihre Beine sich nur nicht so wackelig anfühlen würden. Wo war Jack? Sie durchsuchte die Villa von oben bis unten. Ihr Herz sank bei dem Gedanken, dass er vielleicht nach Bailey's Beach oder ins Casino gefahren war. Sie hatte keine Zeit, ihn in halb Newport zu suchen.

Dann sah sie endlich seine hohe, breitschultrige Gestalt. Er ging über den Rasen hinter der Villa zu der kleinen Bucht, die sie so liebte. Sie rannte über das Gras. Als sie die Holzstufen zum Strand hinuntersprang, war sie ganz außer Atem.

Die Flut rollte heran, sodass nur ein schmaler Streifen trockenen Sandes blieb, an dem die weiß schäumenden Wellen leckten. Jack stand direkt am Wasser und schaute den Brechern zu, die gegen die Felsen krachten. Lilly atmete tief ein und wieder aus. *Gott, bitte hilf mir!*

Als ob er ihre Gegenwart spürte, sah Jack über die Schulter und lächelte. Sie trat zu ihm; die Absätze ihrer schwarzen Lederschuhe sanken in den weichen Sand. Ihr sorgfältig frisiertes Haar machte sich von seinen Nadeln frei und streichelte ihre Wangen.

„Jack, könnte ich mit dir reden?“

„Selbstverständlich.“ Er lächelte sie Mut machend an.

„Ich … ich würde gerne etwas Geld von dir ausleihen, falls du es gerade übrig hast. Ich frage das nicht gerne, aber du hast gesagt, wenn ich Hilfe brauche, soll ich zu dir kommen – ja, und jetzt bin ich hier.“

„Ist das Geld für Oberst MacIntyre?“

Sie schluckte ihr Zögern und ihre Angst hinunter. „Ja.“

Jack fuhr sich mit den Fingern durch sein dichtes Haar und sah einen Augenblick aufs Meer hinaus, bevor er sich umdrehte und sie fest ansah. „Wenn du ihm das Geld gibst, verlangt er das nächste Mal nur mehr. Und mehr und noch mehr. Lilly, diese Erpressung muss aufhören. Jetzt.“

Es brauchte ihre ganze Selbstbeherrschung, um nicht loszuheulen. „Ich weiß, dass du gegen Erpressung bist, und ich bin das auch, aber ich muss auf die Chance setzen, dass er sich mit diesem einen Mal zufriedengibt. Du weißt, dass ich keine andere Wahl habe, es sei denn, ich gehe an die Öffentlichkeit, und das will ich nicht.“

„Lilly, ich liebe dich und möchte dir helfen. Bitte überlass MacIntyre mir. Ich werde eine Lösung finden. Versuch es nicht allein, halte dich da raus. Erpressung ist eine hässliche Sache.“

„Jack, ich verstehe deine Sorgen, aber ich komme mit dem Oberst alleine zurecht. Kannst du mir bitte das Geld leihen? Ich werde es dir mit Zinsen …“

„Es geht mir nicht um das Geld, Lilly, sondern darum, dass es an einen

Gauner geht, der sein Wort bei der ersten Gelegenheit brechen wird. Siehst du das nicht?"

Sie merkte: Er würde ihr nicht helfen, obwohl er das doch versprochen hatte. Vielleicht hatte er ja sogar recht, was den Oberst betraf, aber sein Geld würde ihr wertvolle Zeit kaufen, um zu überlegen, wie sie am besten aus dieser Situation herauskam. Jack ließ sie im Stich, genauso wie damals vor sechs Jahren, just in dem Moment, wo sie angefangen hatte zu glauben, dass er sie nie wieder verlassen würde. Und Miranda war so sicher gewesen, dass er sie so liebte, dass er alles für sie tun würde.

„Ich verstehe dich, Jack. Es war falsch von mir, dich zu fragen." *Und dumm.*

„Nein, Lilly, ich bin froh, dass du mich gefragt hast. Weil ich dir wirklich helfen will. Ich liebe dich."

Sie nickte und wandte sich ab.

Er drehte sie zu sich und küsste sie.

Sie erwiderte den Kuss hölzern. Sie hätte sich gerne aus seinen Armen befreit, aber er war zu stark. Es tat ihr weh, dass er ihr das Geld nicht gab, aber sie verstand ihn. Er dachte, dass er ihr so helfen würde, den Stier bei den Hörnern zu packen. In Wirklichkeit zwang er sie damit nur, sich das Geld woanders zu besorgen. Doch trotz all ihrer Enttäuschung schmolz sie in seinen Armen und vergrub den Kopf in seiner weichen Jacke. Er liebte sie.

Nein, nicht zu lange hierbleiben. Sie riss sich los. Die Tränen brannten ihr in den Augen.

Es gab nur noch eine Möglichkeit. Sie würde ihren Vater bitten, ihre letzte Hoffnung. Sie lief zurück in das Haus und rannte nach oben, um ihren Hut und ihre Handtasche zu holen, dann lief sie zurück ins Erdgeschoss.

Keuchend und schnaubend kam Mr Ames in die Bibliothek. „Ich hoffte, Sie vielleicht hier zu finden, Sir. Ein Anruf für Sie von Mr Lewis Jarman."

„Danke." Jack hoffte, dass es gute Nachrichten waren. Er ging rasch ins Büro und hob den Hörer ans Ohr.

Mr Jarman kam ohne Umschweife zur Sache. „Ich lese den ganzen Morgen schon Manuskripte, und ich glaube, ich habe einen Star entdeckt. Eine Autorin, die Western schreibt. Der Roman war so spannend, dass ich ihn nicht mehr aus der Hand legen konnte."

„Das ist ja die beste Nachricht seit Langem. Und der Autor ist eine Frau, haben Sie gesagt?"

„Ja."

Jack setzte sich an den Schreibtisch. „Interessant. Haben Sie sie schon kontaktiert? Könnten Sie mir das Manuskript schicken? Wir müssen schnell machen, bevor Sterling sie in die Finger kriegt."

„Natürlich. Ich schicke es heute an Sie ab. Und die Autorin werde ich gleich anrufen; sie wohnt in New York."

Als Lilly Jacks Stimme aus dem Büro hörte, blieb sie in der Nähe der halb geöffneten Tür stehen. Er schien ein Telefonat zu führen, offenbar mit Mr Jarman. Sie wusste, dass sie nicht lauschen sollte, aber als sie gerade weitergehen wollte, sagte Jack etwas, das sie erstarren ließ.

„Wenn wir mit ihr verhandeln, müssen wir ihr klarmachen, dass wir eine große Werbekampagne fahren werden, ähnlich wie Sterling das mit Elna Price macht. Keine Anonymität mehr für Jones & Jarman-Autoren! Wenn sie nicht gerne im Mittelpunkt der Aufmerksamkeit steht, ist sie keine Autorin für uns; das muss sie begreifen. Es geht nicht an, dass sie sich im stillen Kämmerlein einschließt."

Lilly legte die Hand auf den Mund. Fannie Cole war also entbehrlich geworden, weil sie sich weigerte, auf Jacks Kommando zu hören! Zu was mochte er noch alles fähig sein, wenn es um seine Firma ging? Kaum hatte sie angefangen, ihm zu vertrauen, zog er das Messer aus der Tasche. Sie hatte geglaubt, dass er sich gebessert hatte und sich nicht mehr so von dem Ehrgeiz beherrschen ließ, der ihn jahrelang geradezu gejagt hatte. Das war wohl nichts gewesen …

Nun gut, er musste seinen Weg gehen und sie ihren. Sie würde das Geld von ihrem Vater ausleihen, den Oberst ruhigstellen und ihre Schulden aus den Einnahmen bezahlen, die ihr ihr neuer Vertrag mit Atwater bringen würde – dem Verlag, der ihre Anonymität wahren würde.

Auf wackligen Beinen ging sie langsam zum Billardzimmer, wo sie ihren Vater zu finden hoffte. Erst musste sie das Geld für MacIntyre bekommen; um Jacks Werbepläne und den Wechsel zu Atwater würde sie sich anschließend kümmern.

Doch als sie die Eingangshalle erreichte, ließ sie sich in einen der eleganten Sessel fallen. Konnte sie Jack wirklich so im Stich lassen, nach all dem, was sie miteinander gehabt hatten? Nein, selbst nach dem Gespräch, das sie da mitgehört hatte, konnte sie Jack nicht so verraten. Sie würde bei Jones & Jarman bleiben.

Sie hörte leise Schritte auf dem Teppich hinter sich. Sie stand rasch auf, aber schon hatte Jack sie eingeholt und packte sanft ihren Ellbogen.

Lilly wirbelte herum und riss sich los. Sie versuchte, ihre Stimme kühl zu machen, aber sie zitterte vor Erregung. „Jack, bitte entschuldige mich. Ich hab es eilig."

„Lilly, ich habe Neuigkeiten für dich. Ich habe gerade mit Mr Jarman gesprochen, und ..."

Sie schüttelte den Kopf. „Nicht jetzt, Jack. Ich hab jetzt wirklich keine Zeit. Wir können später reden."

Jacks Augen verengten sich. „Du hast doch was."

„Nein, es ist nichts." Sie hatte keine Zeit, ihm zu erklären, was sie hatte. Mit gesenktem Kopf und mit den Tränen kämpfend lief sie weiter, zum Billardzimmer. An der Tür blieb sie ein paar Sekunden stehen, um sich zu fassen, dann schaute sie hinein. Ihr Vater saß in seinem Lieblingssessel, ein Buch in der Hand, vor dem Kamin, in dem ein helles Feuer brannte. Es knisterte und krachte, gerade flog eine kleine Garbe roter und gelber Flammen hoch. Das rosige Gesicht ihres Vaters sah noch rosiger aus in der Hitze und dem Licht.

Lilly schickte ein stummes Gebet zum Himmel. *Vater im Himmel, gib, dass jetzt niemand hereinkommt. Und bitte gib mir die richtigen Worte. Mach Papas Herz weich. Und hilf mir, dass ich das Richtige mache.*

„Guten Morgen, Papa." Lilly ließ sich auf dem Rand des Schemels nieder, auf dem die Füße ihres Vaters ruhten.

Er legte das Buch auf seinen Schoß und lächelte erwartungsvoll. Sein dünnes Haar lag in einer einzigen Strähne um den Kopf, was sein Gesicht gütig und eine Spur komisch aussehen ließ. Aber Lilly wusste, dass er ein Mann war, dem man nichts vormachen konnte.

„Du siehst heute müde aus, und deine Augen sind rot. Du wirst doch wohl nicht krank? Ich kann gerne den Doktor rufen."

„Nein, mir geht's gut." *Nur das Herz und die Nerven …* „Ich … ich hätte eine Bitte, Papa." Sie unterbrach sich; ihr Mut wollte sie verlassen. Aber sie hatte keine Wahl, und sie fuhr fort: „Es ist etwas eingetreten, wofür ich etwas Geld aus meinem Treuhandvermögen bräuchte. Auf meinem Bankkonto ist gerade nicht so viel, aber im Dezember kann ich dir das Geld zurückzahlen, mit Zinsen."

„Natürlich, meine Liebe, Wie viel brauchst du?"

Sie schluckte. Ihre Kehle war trocken. „Dreitausend Dollar."

„Das ist eine Menge Geld." Ihr Vater sagte es leichthin, als ob er sie nicht weiter ausfragen wollte.

Konnte sie es wagen, freier zu atmen? „Es ist etwas Privates, sonst würde ich es dir gerne erklären." Sie kicherte nervös. „Mach dir keine Sorgen, ich hab nicht gespielt oder Schmuck gekauft oder so."

Einen Augenblick sah er verwundert aus, dann streichelte er ihre Hand. „So etwas hätte ich auch nie von dir erwartet. Aber wenn du in Schwulitäten bist, kannst du es mir ruhig sagen. Ich kann dir bestimmt helfen."

„Es reicht völlig, wenn du mir das Geld ausleihst." Wenn sie nur den Mut hätte, ihm zu sagen, wozu sie es brauchte – und vor allem, warum sie ihre Romane schrieb. Sein Lächeln war so einladend, dass sie sich fast vorstellen konnte, dass er Verständnis für sie hätte. Aber nein, sie hatte jetzt nicht die Zeit, ihm alles richtig zu erklären und sich zu verteidigen.

„Du möchtest doch hoffentlich nicht Irenes Spielschulden bezahlen? Sie und George glauben wahrscheinlich, dass deine Mutter und ich nichts von ihren Bridge-Partien wissen, aber wir sind im Bilde. Irene darfst du nicht helfen, Lilly. Nie. Die beiden müssen ihre Finanzen selber in den Griff bekommen, und ich werde persönlich Rechenschaft von ihnen fordern."

Lilly lächelte dünn. „Nein, das Geld ist nicht für sie."

Ihr Vater hievte sich hoch und ging zu einem versteckten Wandsafe. Er wählte die Kombination, öffnete den Safe und zählte das Geld. Seine Stirn runzelte sich. „Oh, Lilly, das tut mir leid. Ich hatte ganz vergessen, dass ich ja George einen größeren Betrag für Irenes Schulden gegeben habe, und erst heute Morgen habe ich die Schneiderrechnungen deiner Mutter bezahlt. Ich werde die Bank telegrafisch anweisen, mehr Geld zu schicken. In ein paar Tagen müsste es da sein." Er reichte ihr einen Hundertdollarschein. „Das ist alles, was ich dir im Augenblick geben kann. Ich hoffe, du kannst noch etwas warten."

Sie konnte nicht warten, aber sie konnte ihm das auch nicht erklären. „Danke, Papa."

Seine Augen zogen sich zusammen. „Du siehst aus, als ob du gleich weinen müsstest. Sag mir doch, was du hast."

Lilly zwang sich zu einem Lächeln. „Es ist nichts, Papa, wirklich nicht. George hat mir übrigens gesagt, dass er dich angepumpt hat. Ich war überrascht, dass er sich das getraut hat."

„Ich habe ihm eine Predigt über das Schuldenmachen gehalten, und ich glaube, sie ist bei ihm angekommen. – Ja, ich war auch schockiert, dass er die Nerven hatte."

Lilly ging zur Tür, bevor sie womöglich zusammenbrach und ihm alles sagte. „Noch einmal danke, Papa, für deine Großzügigkeit. Und dafür, dass du mich nicht ausgefragt hast." Würde der Oberst diesen dürftigen Betrag als Anzahlung akzeptieren und auf den Rest warten? Oder würde er sie im nächsten *Stadtgespräch* bloßstellen?

Mit zitternden Händen schob sie den Geldschein in ihre Rocktasche. Ihr Vater sah sie aufmerksam an, aber es kamen keine Fragen. „Es ist ja eigentlich dein Geld, nicht meines, und ich habe streng genommen kein Recht, dich zu fragen, wofür du es ausgibst."

„Und ich auch nicht." Die Stimme ihrer Mutter. Lilly drehte sich abrupt um.

Ihre Mutter segelte über den Teppich und nahm ihre beiden Hände. Lilly schaute zu ihr hinunter. Nanu, ihre dunklen Augen waren halb feucht und voller Zärtlichkeit.

„Lilly, ich habe dich viel zu lange als Kind behandelt, aber du bist jetzt eine erwachsene Frau. Und eine fähige dazu.“ Sie drückte sachte Lillys Finger. „Ich wollte dir und George halt Fehler ersparen, die ihr nachher nur bereuen würdet, und da habe ich immer versucht, dich zu beschützen, und dich manchmal vielleicht auch etwas bevormundet. Das tut mir so leid, Schatz.“

„Oh, Mama.“ Lilly beugte sich zu ihrer Mutter hinunter und drückte sie fest, das erste Mal seit Monaten.

Ihre Mutter atmete tief ein und langsam wieder aus. „Ich muss dir etwas beichten.“ Die Standuhr im Flur schlug eins.

Lilly runzelte die Stirn. Die plötzliche Offenheit ihrer Mutter verwirrte sie. Wenn sie jetzt nur länger bleiben könnte! „Ich wollte, wir könnten jetzt weiter miteinander reden“, sagte sie, „aber ich habe einen dringenden Termin. Wäre es euch recht, wenn wir uns weiter unterhalten, wenn ich wieder zurück bin? Ich glaube, wir müssen eine Menge bereden. Es gibt auch etwas, was ich euch dann sagen muss.“ Aber würde sie wirklich den Mut aufbringen, ihnen die Wahrheit über ihre Romane zu sagen? Sie war sich nicht sicher.

„Das ist in Ordnung.“ Ihre Mutter strahlte richtig, als sei sie erleichtert über den Aufschub.

„Also, ich gehe jetzt. Noch mal vielen Dank, Papa.“ Sie gab ihm einen flüchtigen Kuss auf die Wange und eilte hinaus.

Gott, jetzt habe ich kein Geld für den Oberst und niemanden, den ich noch fragen könnte. Ich bitte dich um deine Hilfe, ich bin ganz von dir abhängig.

Sie holte tief und erleichtert Luft, als sie in die Eingangshalle trat. Dann hielt sie abrupt an. Neben der Haustür standen Harlan und seine Mutter und daneben Jack und George.

„Guten Tag, Lillian. Wir wollten deiner Mutter einen kurzen Besuch abstatten und meine Nichte Miranda abholen.“ Mrs Santerres Blick konnte Löcher bohren. „Mrs Carstairs hat sie auf zwei Wochen eingeladen, und wir möchten, dass sie jetzt mit uns fährt.“

Harlan nickte, ohne auch nur die Andeutung eines Lächelns. „Miranda gehört zu ihrer Familie.“

„Ich finde, das muss Miranda selber entscheiden“, meinte Lilly leise.

Harlan rollte die Augen.

Lilly verbiss sich weitere Bemerkungen, während sie an den vieren vorbeiging. Sie hatte keine Zeit mehr für Unterhaltungen, wenn sie pünktlich bei MacIntyre sein wollte.

„Wo willst du hin, Lilly?“ Jack folgte ihr zur Haustür, während George bei den Santerres blieb.

„Ich gehe heute Nachmittag aus.“ Sie versuchte, locker zu klingen, aber ihre Stimme zitterte und sie schaute Jack nicht an. „Bitte entschuldige mich, ich muss jetzt gehen.“

„Alleine?“ Harlans Mund öffnete sich ungläubig. Der seiner Mutter ebenfalls.

„Möchtest du, dass dich jemand begleitet?“, fragte Jack.

„Nein, aber danke für dein Angebot.“

Einen Sonnenschirm in der Hand, ging Lilly am Butler vorbei nach draußen. Der Kutscher half ihr beim Einsteigen, und schon fuhren sie los. Endlich frei. Lilly seufzte tief auf.

Sie konnte nicht aufhören zu zittern, während sie in Richtung Stadt rollten. Die merkwürdigen Worte ihrer Mutter. Jacks Entschluss, Fannie Cole in die Öffentlichkeit zu zwingen. Harlans Blick, als sie zur Tür hinausging. Sie schüttelte den Kopf. Jetzt musste sie sich auf das konzentrieren, was vor ihr lag. Erst musste sie mit MacIntyre fertigwerden, den Rest konnte sie später erledigen.

Sie ließ sich gegen das Rückenpolster sinken und klopfte auf ihre Rocktasche, in der das Geld war. Sie würde dem Oberst eine Anzahlung machen und hoffen und beten, dass er sie in Ruhe lassen würde. Aber ein bohrender Zweifel verfolgte sie. Würde dieser gierige Mann mit einem Schweigegeld zufrieden sein oder immer noch mehr verlangen? Könnte sie sich je aus seinem Griff befreien? Sie ahnte die Antwort und schob die lästigen Fragen beiseite.

Besser, sie versuchte, sich für eine Konfrontation zu stählen. Wieder wünschte sie sich, sie hätte Jacks Hilfsangebot angenommen.

„Meine Güte, was ist in Lillian gefahren?“ Mrs Santerre schaute durch ihr Lorgnon in die Runde der schockierten Gesichter.

„Ich habe den Eindruck, sie will zeigen, dass sie selbstständig geworden ist“, meinte Jack, während er ihr hinterhersah. „Es war auch Zeit.“

Mrs Santerre kniff die Augen zusammen und nahm ihr Lorgnon herunter. „Also, so etwas …“

Harlans Gesicht verzerrte sich zu einem gehässigen Grinsen. „Hör zu, Grail, wenn du denkst, ich hätte versucht, Lilly unter meiner Fuchtel zu halten, dann liegst du falsch. Ich habe nur erwartet, dass sie sich so verhält, wie es sich gehört, und meiner – oder ihrer – Familie keine Schande macht.“

Jack funkelte Harlan an. Was für ein eingebildeter Laffe! „Sie ist eine intelligente, begabte junge Frau, die halt nicht ins Gefängnis wollte. Sie wird immer sie selber sein und nicht der Schoßhund von irgendjemandem.“

George hustete gekünstelt, um nicht loszulachen. „Hört auf, ihr beiden. Es bringt nichts, wenn ihr euch wegen meiner Schwester streitet. Aber Jack hat recht. Sie wird sich von niemandem verbiegen lassen. Sie mag zurückhaltend sein, aber sie hat ihren eigenen Kopf und weiß, was sie will.“

Jack erwiderte Harlans finsteren Blick. „Lilly ist nicht die Frau, für die du sie gehalten hast. Sie ist viel mehr.“

Harlan drehte sich auf dem Absatz seiner edlen schwarzen Schuhe um. „Ja, du hast immer schon gedacht, dass ich es nicht wert war. Mir kannst du nichts vormachen, Grail. Du bist selber in sie verliebt, das kann ein Blinder sehen.“

„Und ich glaube, sie liebt auch Jack“, fügte George hinzu. „Ich freue mich für die beiden. Harlan, du und meine Schwester, ihr hättet nie zusammengepasst.“

Damit hatte George die letzte Brücke zu seinem ehemals künftigen Arbeitgeber abgebrochen, aber dessen Blick, der Bände sprach, schien ihm nichts auszumachen.

Bravo! Jack applaudierte George innerlich. Auch wenn er keinen Schimmer hatte, was in Lilly wirklich vorging.

Plötzlich wies Mrs Santerre auf eine Handtasche, die auf dem Mahagonitisch lag, neben einer Vase mit weißen und lachsroten Gladiolen. „Lilly hat ihre Handtasche vergessen."

Harlan nahm sie an sich, dann hielt er inne. „Soll ich eben reinschauen, Mutter? Vielleicht wissen wir dann, wo sie hin ist."

„Lass das, Santerre", sagte Jack. „Das ist Lillys Tasche, nicht deine."

Mrs Santerre winkte wegwerfend mit der Hand. „Sicher, aber ihre Eltern werden bestimmt wissen wollen, was sie macht. Bitte gib mir die Tasche, Harlan. Eine Dame darf in die Handtasche einer anderen Dame schauen, wenn ihre Motive rein sind."

Harlan reichte die Tasche seiner Mutter. Die kramte darin und zog einen Umschlag heraus. Sie öffnete ihn und zog den Brief heraus. Sie setzte ihre Brille zurecht und las laut vor:

Meine sehr verehrte Miss Westbrook,
bitte kommen sie am Montagnachmittag um drei Uhr ins Café O'Neill in der Thames Street. Wir haben Wichtiges zu bereden. Wenn Sie Ihr Geheimnis und Ihren guten Ruf schützen möchten, sollten Sie meine Einladung annehmen. Kommen Sie allein.
Hochachtungsvoll,
ein Beteiligter

Harlan wurde noch blasser. „Was soll das bedeuten? Das verstehe ich nicht."

„Ich schon", schnappte seine Mutter. Und mit einem triumphierenden Blick verkündete sie: „Ich glaube, sie hat einen Liebhaber. Sie hat dich betrogen, mein lieber Junge. Wie gut, dass du die Verlobung noch rechtzeitig gelöst hast."

„Also, ich … ich …" Harlan sank auf einen pompösen Stuhl, der an der Wand stand. „Lilly würde niemals … Ich kann nicht glauben, dass sie so eine ist."

Dolly Santerre kniff die Augen zusammen. „Aber heute ist nicht Montag. Sie muss ihr Rendezvous mit diesem Mann schon gehabt haben."

Jack riss ihr Umschlag und Brief aus der Hand. Auf die Rückseite des Umschlags waren, kaum lesbar, ein paar Worte gekritzelt. *Mittwoch, 3 Uhr, Café O'Neill.* Das war heute. Er schob den Brief in seine Jackentasche. „Komm mit, George." Er wies auf die Haustür.

Die beiden ließen die moralisch entrüsteten Santerres stehen und rannten über den Rasen zu den Stallungen. Der Stalljunge spannte ihnen rasch einen temperamentvollen Rotschimmel vor den Einspänner, und bald sausten sie den Ocean Drive entlang. Jack spähte angestrengt nach vorne. Wo war Lillys Kutsche? Er konnte sie nicht sehen, obwohl sie wie der Wind fuhren. *Macht nichts, spätestens in dem Café krieg ich sie.*

„Glaubst du, dass Lilly einen heimlichen Liebhaber hat?", versuchte George das Trommeln der Hufe und das Sausen des Windes, der vom Meer blies, zu übertönen.

„Nein, absolut nicht."

„Aber wenn sie keinen hat, mit wem trifft sie sich da?"

Sollte er es George sagen? Aber spätestens im Café würde er es sowieso erfahren. „Mit Oberst MacIntyre, dem Herausgeber von *Stadtgespräch*!"

George pfiff leise. „Hat sie Probleme?"

Jack nickte. „Das kannst du laut sagen. Sie ist die Romanautorin Fannie Cole. MacIntyre ist dabei, sie zu erpressen, und heute will sie ihm Geld geben."

Georges Augen wurden groß. „Ist das dein Ernst? Das ist ja nicht zu glauben! Aber … dann schreibt Lilly ja für dich. Hast du das nicht gewusst? Warum hast du mir nichts gesagt?"

Jack schaute kurz zu ihm hin. „Sie dachte, ihre Familie würde ihre Schriftstellerei verurteilen, und deshalb hat sie niemandem etwas gesagt. Ich wollte, dass sie es dir und deinen Eltern sagt, aber sie hat sich geweigert, und ich hatte kein Recht, ihr Geheimnis auszuplaudern. Sie will nicht, dass ich ihr gegen MacIntyre helfe, aber ich kann es nicht zulassen, dass sie ganz allein dasteht!"

George zupfte an seinem Bart. „Nein, das kann ich auch nicht." Er schüttelte verwirrt den Kopf. „Meine kleine Schwester eine berüchtigte Frauenromanschreiberin – das hätte ich im Leben nicht gedacht!"

„Was heißt berüchtigt? Sie schreibt ausgezeichnet. Ich will sie nur stoppen, bevor sie MacIntyre das Geld gibt."

George nickte grimmig. „Hoffentlich kommen wir nicht zu spät."

Kapitel 27

Lilly zog den Schleier tiefer ins Gesicht, als sie das Café O'Neill betrat. Sie war etwas zu früh und blieb hinter einer Säule in der Nähe des Eingangs stehen, um zu warten, bis das gut gekleidete Paar, das gerade in der hintersten Ecke des kleinen Raumes beim Oberst war, gegangen war. Noch mehr Newporter aus der feinen Gesellschaft hier in diesem Arbeitercafé? Zahlten sie dem Oberst auch Schweigegelder? Das Paar stand so über MacIntyres Tisch gebeugt, dass Lilly weder die Gesichter sehen noch das gedämpfte Gespräch verstehen konnte. Sie versuchte, sich kleiner zu machen. Nur schön unauffällig aussehen … In ihrer Brust zog sich etwas zusammen. Wenn das Paar sich umdrehte, erkannte es sie womöglich, und dann wäre sie verloren. Wo sollte sie sich hier verstecken? Es gab nur die Tische – etliche leer – und die paar anderen Gäste.

„Was kann ich für Sie tun?" Aus der Küche kam ein junger Kellner mit einem Tablett.

Sie bedeutete ihm weiterzugehen und wandte ihre Aufmerksamkeit wieder dem Oberst zu. Der Kellner ließ sie achselzuckend stehen und fuhr fort, seinen Gästen ihr Bier und ihre Suppe zu bringen.

Lilly zog den Schleier noch tiefer. Hoffentlich war er genügend blickdicht. Sie trat seitlich zur nächsten Säule, was sie etwas näher zu dem Trio brachte. Vorsichtig schaute sie um die Säule herum. Den Mann neben dem Oberst kannte sie doch?! Natürlich – Theo Nottingham! Dann erkannte sie auch die Frau. Irene, ihre Schwägerin!

Lilly japste nach Luft. Was machte Irene hier? Waren sie und Theo also tatsächlich ein Paar und wurden von MacIntyre erpresst, ähnlich wie sie? Lilly konnte sich kaum vorstellen, dass Irene George gegen so einen faden Typ eingetauscht hatte, aber das war wohl die einzige Erklärung. Ihr armer Bruder; er wäre am Boden zerstört, wenn er entdeckte, dass seine

Frau ihm untreu war. Lilly presste die Hand an ihre Brust, in einem vergeblichen Versuch, ihr galoppierendes Herz zu beruhigen.

Jetzt ging MacIntyres Hand nach vorne und schob ein Bündel Geldscheine in Theos Richtung. Nanu, er *gab* ihm Geld? Dann machte der dicke Oberst die Andeutung einer Verneigung und schob das nächste Bündel in Irenes weiß behandschuhte Hand. Mit einem zusammengekniffenen Lächeln steckte Irene das Geld in ihre Handtasche.

„Gutes Geld für gute Arbeit", sagte der Oberst.

Was um alles in der Welt ging hier vor?

Jetzt hatte MacIntyre sie entdeckt und sah sie an. Sein gewaltiger Bauch wölbte sich über die Tischplatte, seine Augen traten aus dem teigigen Gesicht hervor. „Ah, Miss Westbrook. Sie sind etwas früh dran. Schön, dass Sie gekommen sind."

Lilly trat zwischen zwei leeren Tischen in den Gang.

„Was ist das hier …"

Rasche Schritte hinter ihr. Sie schaute irritiert über die Schulter. Dann wich die Irritation einer Erleichterung, die sie selbst überraschte. Jack und George.

„Ich werde alles erklären, Lilly." Jack starrte zuerst Irene, dann MacIntyre an. Er blieb so stehen, dass er den Gang blockierte und niemand flüchten konnte.

Bevor Jack weiterreden konnte, war George mit einem Satz bei Theo Nottingham und packte ihn am Kragen. „Sie haben eine Affäre mit meiner Frau!"

„Nein, nein, natürlich nicht", stotterte Nottingham, als sei der bloße Gedanke an Ehebruch ein Schock für ihn. Er machte einen Schritt zurück.

George drehte sich zu Irene und packte ihre Schultern. „Du bist doch in den Mann verliebt, gesteh es! Ich hab euch oft genug zusammen gesehen. Ich will die ganze Wahrheit!"

Irene schüttelte sich frei. Sie lachte nervös. „George, wie kommst du auf die Idee, dass ich auf so einen mickrigen Typen hereinfalle, wenn ich dich habe?" Sie schaute durch ihre langen Wimpern zu ihm hoch.

George sah sie an. „Warum bist du dann hier? Wirst du auch von diesem Ekel erpresst?"

„Nein, nein. Theo und ich haben … einen geschäftlichen Termin." Ihre Stimme sank zu einem Murmeln.

Jack trat vor. „Erzähl ihm die ganze schmutzige Geschichte, Irene. Dein Mann hat ein Recht, sie zu erfahren."

Schweigen. Dann hob Irene das Gesicht. „Ich muss mir deine Unverschämtheit nicht länger bieten lassen, Jackson." Sie schaute zu ihrem Mann hoch und lächelte genüsslich. „George, die Wahrheit ist, dass ich nach San Francisco zurückkehre, um Onkel Quentin zu besuchen. Es kann etwas länger werden. Ich habe gerade etwas Geld für die Reise von dem Oberst geliehen, da wir ja knapp bei Kasse sind. Theo hat uns bekannt gemacht."

Jack schüttelte ungläubig glucksend den Kopf. Dann wurde er wieder ernst. „George, ich weiß nicht, wie ich dir das beibringen soll. Ich sage dir einfach, wie es ist."

„Nein, Jack, lass!", bettelte Irene.

Jack drehte sich um, den Rücken zum Oberst, und seufzte tief. Lilly spürte, dass das hier nicht einfach für ihn war. Sie hatte Lust, sich in seine Arme zu werfen. Er war ihr zu Hilfe geeilt und jetzt versuchte er, zwischen ihrem Bruder und dessen Frau die Dinge in Ordnung zu bringen.

„Irene ist nicht die Nichte von Quentin Kirby." Jack räusperte sich, bevor er fortfuhr. „Er fand sie in einem Tanzpalast, nahm sie mit in sein Haus und behandelte sie wie eine Prinzessin. Aber dich scheint sie tatsächlich aus Liebe geheiratet zu haben, obwohl sie sich nicht so benimmt."

George ließ sich auf den nächstbesten Stuhl fallen. „Und jetzt kehrst du zu deinem ersten Liebhaber zurück?"

Irenes Miene war schockiert. „Er ist ein alter Mann. Wir waren nie ein Paar."

„Warum gehst du dann zu ihm zurück?" Die Worte wollten George kaum aus dem Mund kommen.

Irenes Augen blitzten trotzig. „Weil er mir vor Kurzem die Heirat und sein ganzes Vermögen angeboten hat. Das kann ich nicht ausschlagen."

„Aber du bist doch mit mir verheiratet!" George schaute von Irene zu Jack. „Das versteh ich nicht."

„Sie ist nicht mit dir verheiratet, George." Jack sagte es so schonend, wie er konnte. „Das kann sie gar nicht sein."

Lilly japste. George schaute zur Decke des Lokals hoch, sein Gesicht ein Bild der Fassungslosigkeit.

Jack lehnte sich an eine Säule. „Bevor Irene Quentin Kirby kennenlernte, war sie mit einem kalifornischen Farmer namens Hiram Wilson verheiratet. Die beiden trennten sich, ließen sich aber nie scheiden, sodass sie vor dem Gesetz nach wie vor Mann und Frau sind. Sie wird Hiram suchen und ihn bitten müssen, sie freizugeben, bevor sie Quentin heiraten kann." Er legte seine eine Hand auf die Schulter seines Freundes. „Deine Ehe war nie gültig."

George vergrub das Gesicht in den Händen.

Irene setzte sich auf den Stuhl neben ihm und berührte seinen Jackenärmel. „Ich wollte dich nie betrügen, George. Meine Ehe mit Hiram … das war so kurz und so lange her, ich hielt es nicht für notwendig, ihn aufzusuchen. Es war so hässlich und schmerzlich gewesen, dass ich das aus meinem Gedächtnis gestrichen habe."

Der Oberst beugte sich vor. „Sie sind eine faszinierende Frau, Irene Westbrook. Oder soll ich sagen Irene Wilson?" Das Drama, dessen Zeuge er da war, schien ihn zu faszinieren. „Wenn das mit Kirby nichts wird, dürfen Sie gerne an mich denken." Seine Schweinchenaugen glänzten vor Gier.

Irene ignorierte ihn und packte Georges Hände. „Es tut mir leid, George. Ich dachte, du würdest das nie erfahren. Das war halt eine Jugendsünde."

George schüttelte ihre Hände ab und erhob sich zu seiner vollen Größe. „Du bist eine Lügnerin und eine Bigamistin, Irene. Geh mir aus den Augen! Du hast Schande über dich und über meine Familie gebracht, obwohl du wahrscheinlich nicht weißt, was Schande ist." Seine Augen loderten vor Zorn. Zum ersten Mal in ihrem Leben verspürte Lilly kein Mitleid mit ihrem Bruder, sondern war stolz auf ihn. Eine Welt brach für ihn zusammen, aber er weigerte sich, mit unterzugehen.

MacIntyre breitete die Arme aus. „Wenn Sie mir eine kleine Summe zahlen, garantiere ich Ihnen, dass ich diese hässliche Geschichte aus *Stadtgespräch* heraushalte. Außer uns sechsen hier braucht niemand davon zu erfahren."

„Sie Schwein!" Mit geballten Fäusten trat George vor MacIntyre. Der schob seinen Stuhl zurück gegen die Wand, die Augen plötzlich weit vor Angst. Sein massiger Körper zitterte wie Wackelpudding. Er hielt die Arme schützend vor die Brust.

„Sie kriegen keinen Penny von mir", zischte George. „Wenn Sie Ihren dreckigen Klatsch verbreiten wollen, bitte sehr! Ich werde Irene nicht decken."

Lilly staunte immer mehr über ihren Bruder. Wie er da vor dem gefährlichsten Feind der Stadt seinen Mann stand – das war nicht mehr der willensschwache George, den sie gekannt hatte, der immer den billigsten Ausweg gesucht und jede Konfrontation ängstlich vermieden hatte.

„Ich bin stolz auf dich, George", sagte sie. Wenn er den Mumm hatte, in der schockierendsten Stunde seines Lebens den Stier bei den Hörnern zu packen, wie konnte sie dann weniger tun?

Er warf ihr ein dankbares Lächeln zu.

Jack, der neben ihrem Stuhl stand, den einen Arm auf die hölzerne Rückenlehne gelegt, fuhr fort: „Und jetzt muss ich dir, Lilly, noch etwas sagen."

Ihr Herz stolperte.

„Irene war die Spionin des Obersts in Summerhill. Darum ist sie heute hier. Er hat ihr gerade ihr Honorar für die letzte der Meldungen gezahlt, die sie ihm durch Theo Nottingham hat zukommen lassen. Nottingham ist einer von MacIntyres zahlreichen Agenten in Newport. So war es doch, oder, Irene?"

Irenes Schultern sackten nach unten. „Ja. Aber ich hab das nur gemacht, weil ich das Geld brauchte. George und ich sind so knapp bei Kasse, und dann kam Mr Nottingham und machte mir einen Vorschlag, wie wir unsere Rechnungen bezahlen konnten. Sorry, Lilly, aber ich hatte keine andere Wahl."

„Dann waren das also keine romantischen Stelldicheins mit ihm?" Es war zwischen Irene und Theo also nur um Geld gegangen.

Irene lachte meckernd, sodass Theo rot wurde. „Mein Gott, nein! Wir waren Informanten und kein Liebespaar." Sie schaute um sich. „Aber jetzt muss ich leider gehen, San Francisco ruft. Sobald ich angekommen bin, lass ich mein Gepäck nachkommen." Sie nahm ihren Sonnenschirm und ihre Handtasche.

Lillys Blick ließ sie nur für einen Augenblick kleiner werden. „Du hattest die Wahl, Irene", sagte Lilly, „und du hast dich falsch entschieden. Es war dir egal, was du meiner Familie antatest."

Irene schob ihren Hut zurecht und zog den Schleier über das Gesicht. „Das tut mir alles leid, aber jetzt muss ich gehen. Guten Tag, alle miteinander." Sie hastete aus dem Café, Theo Nottingham hinterher.

„Die bist du los." Lilly drückte Georges Arm, als seine sogenannte Frau aus dem Café und aus seinem Leben verschwand. „Aber schade ist es doch."

George stieß einen langen Seufzer aus und setzte sich wieder. „Ich weiß, dass ich ohne sie besser dran bin, aber *das* – nein, das hatte ich nicht erwartet."

Er würde Irene bestimmt noch lange vermissen. Liebe starb nicht an einem Tag.

„Wie sind meine Schwägerin und Mr Nottingham eigentlich in diese Sache verwickelt worden?", fragte Lilly. Sie war halb gelähmt von dem Schock der Enthüllungen; es war mehr, als sie auf einmal aufnehmen konnte.

Der Oberst zog an seiner Zigarre, sichtlich erleichtert, dass George sich wieder gesetzt hatte. „Theo gehört schon eine ganze Weile zu meinem Informantenstamm. Durch den Stadtklatsch erfuhr er, dass Irene Geld brauchte, um ihre Spielschulden zu bezahlen. Auf einem Ball trat er an sie heran und fragte sie, ob sie uns helfen wollte. Er wusste, dass sie so ziemlich jeden in der feinen Gesellschaft kannte und vielleicht bereit wäre, gegen Bares das ein oder andere Geheimnis zu verraten. Sie war eine sehr aufmerksame Informantin." Er kicherte. „Sie hätten Ihren Sekretär besser abschließen sollen, Miss Westbrook. Irene wollte eigentlich nur eine Feder und Briefpapier ausleihen, und dann entdeckte sie ein Manuskript mit Fannie Coles Namen."

Lilly hatte da ihre Zweifel. Sie hatte ihren Sekretär immer verschlossen. Irene musste in ihrem Zimmer herumgeschnüffelt und den Schlüssel gefunden haben.

Der Oberst rieb sich die Hände. „Aber ich glaube, jetzt möchte Miss Westbrook mich alleine sprechen."

„Das glaube ich nicht, MacIntyre. Ich möchte Ihnen etwas sagen." Jack beugte sich über die halb zerschlissene Tischdecke, auf der noch die Krümel von dem Gebäck lagen, das der Oberst verzehrt hatte. „Ich habe Ihnen bereits gesagt, dass Miss Cole eine meiner Autorinnen ist und dass ich ein großes Interesse an ihrer Karriere habe. Ein persönliches Interesse. Lassen Sie Ihre Erpressungspläne fallen, jetzt sofort, denn sie wird Ihnen keinen lumpigen Cent zahlen." Jack schaute zu Lilly hin.

„Dann möchten vielleicht Sie zahlen, Grail?"

Jack schüttelte den Kopf. „Nein. Von mir kriegen Sie auch nichts."

„Und was hat Fannie selbst dazu zu sagen? Raus mit der Sprache, Miss Westbrook!"

Lilly funkelte den Oberst an, der einen Rauchring in ihre Richtung blies. „Sie kriegen keinen Penny von mir." Sie starrte den arroganten Erpresser an, begeistert, dass sie ihn besiegt hatte. „Und auch nicht von Mr Grail. Wenn Sie meinen Namen in Ihrem Skandalblatt bringen wollen, bitte sehr, das macht mir nichts, denn ich habe beschlossen, für Jones & Jarman offen für mich und meine Romane zu werben. Sie haben keine Macht über mich."

Jack nahm ihre Hand. Sie schaute von dem Oberst weg und auf Jacks Hand hinunter. Seine Berührung wärmte ihre eisigen Finger. Sie wollte sie nie mehr loslassen, diese Hand. In den Händen dieses Mannes war sie geborgen.

Sie merkte, gleich würden ihr die Tränen kommen. War das die Anspannung dieses Tages oder war es Jack und das Glück, mit ihm zusammen zu sein?

Seine Augen warben um ihr Verständnis – und vielleicht noch um mehr. „Ich weiß, wie gerne du weiter im Hintergrund bleiben würdest, Lilly. Wenn du lieber keine Werbung für deine Titel bei Jones & Jarman machen willst, verstehe ich das."

„Danke." Sie drückte fest seine Hand. Hoffentlich spürte er, wie unendlich dankbar sie für diese Selbstlosigkeit war. Die Zukunft seines Unternehmens hing daran, dass sie mit die Werbetrommel rührte, aber er war bereit, ihr das zu erlassen …

Der Oberst riss sie aus ihren Gedanken. „Ich finde Ihre gegenseitige Selbstaufopferung rührend, aber schockierend unrealistisch. Denken Sie doch mal nach, was für eine Demütigung und Kummer dies Ihrer Familie bringen wird, Fannie." Er schaute von Jack zu Lilly. „Mir ist egal, wer mich bezahlt, aber einer muss es tun, oder Fannie Cole wird in der nächsten Ausgabe von *Stadtgespräch* ihren wahren Namen lesen."

Der Oberst beugte sich in Lillys Richtung, sein Blick war hart. Sein stinkender Zigarrenqualm kam über den Tisch. „Wenn Sie nicht zahlen, stelle ich Sie gleich auf der Titelseite bloß, damit es auch keiner übersehen kann. Ich werde berichten, wie Sie Ihren Verlobten Santerre mit Ihrem Verleger hintergangen haben. Oh ja, Irene hat mir alles erzählt über Sie und Ihren *guten Freund* Jack hier und über sein *persönliches Interesse* an Ihnen. Was sagen Sie dazu, Miss Cole? Wollen Sie im Ernst aus der Gesellschaft sämtlicher reichen und einflussreichen Familien in New York und Newport ausgeschlossen werden? Wollen Sie nicht doch lieber eine kleine Summe für mein Schweigen zahlen? Sie können dann weitermachen wie bisher. Sie können Mr Grail oder jemand Vornehmeres heiraten und Ihre Geschichten schreiben. Na, was ist Ihre Antwort?"

Lilly öffnete den Mund, aber nur ein Krächzen kam heraus. Sie räusperte sich. „Ich hatte vorgehabt zu zahlen, weil ich Angst davor hatte, dass unsere Freunde mit meiner Familie und mir nichts mehr würden zu tun haben wollen." Sie sah zu Jack und George hin. „Irenes erste Ehe wird sowieso einen handfesten Skandal für George und unsere Familie bedeuten, aber gemeinsam kommen wir da durch." Sie schüttelte den Kopf. „Ich habe die ganze Zeit meine Arbeit versteckt, als ob sie mir peinlich gewesen wäre. In Zukunft werde ich das nicht mehr machen. Es ist Zeit, dass ich offen zu meinen Büchern stehe. Die Zeit der Ängstlichkeit ist vorbei."

Sie lächelte ihren Bruder an. „George, du hast mir Mut gemacht. Ich bin dankbar für dein Beispiel, und ich bin sehr stolz auf dich." Komisch – ihr Bruder war der Letzte gewesen, von dem sie Stärke erhofft hatte angesichts der Aussicht, von der Gesellschaft gemieden zu werden.

Sie nahm wieder Jacks Hand. „Und dir möchte ich helfen, Jones & Jarman zu einem blühenden, großen Verlag zu machen. Wenn ich jetzt schon als die echte Fannie Cole bekannt werde, kann ich auch gleich den nächsten Schritt tun. Du darfst mich also ‚meinem Publikum' vorstellen." Sie kicherte bei den Worten „meinem Publikum". Sie würde etwas Zeit brauchen, um sich an das Berühmtsein zu gewöhnen, aber mit Jacks Hilfe würde sie ihre Zurückhaltung überwinden. „Übertreib's halt nicht."

Jack blinzelte und sagte leise: „Dann wechselst du nicht zu Atwater?"

„Nein. Ich gebe zu, dass ich daran gedacht hatte, um meine Anonymität zu wahren, aber jetzt nicht mehr. Ich habe beschlossen, bei dir zu bleiben." Sie verbiss sich den Zusatz „für immer".

Jacks Blick wurde weicher. „Dann bist du also bereit, Werbung für Fannie Cole zu machen? Für mich?"

„Ja."

Er strahlte vor Erleichterung. Dann runzelte er die Stirn. „Und deine Familie? Es ist eine Sache, dass sie erfahren, dass du Fannie bist; es ist etwas anderes zu erleben, wie du öffentlich als Romanschriftstellerin auftrittst."

Seine Besorgnis berührte sie. „Ich setze darauf, dass sie merken: Mein Schreiben hat einen echten Wert, und dass sie gemeinsam mit uns den Sturm überstehen wollen." Sie sah Jack an, ihr Herz pochte heftig, ihre Kehle war ganz trocken.

Ich liebe dich, Jack. Ich will dich heiraten! Laut sagen tat sie es nicht – nicht hier, vor MacIntyre und George –, aber sie hoffte, dass ihr Herz sich in ihren Augen spiegelte. Wie sie sich wünschte, dass sie allein wären, damit sie Jack sagen konnte, was sie so lange im Tiefsten für ihn gefühlt hatte!

Der Oberst hievte sich hoch und zündete seine Zigarre wieder an. „Sie machen einen großen Fehler, Miss."

Jack riss seinen Blick von Lilly los und trat vor MacIntyre. Er war einen Kopf größer als der Oberst. „Wenn Miss Westbrook in die Öffentlichkeit geht, können Sie machen, was Sie wollen, Sie haben keine Macht über sie." Er hielt ihm den Finger vor die Nase. „Aber ich besitze den Brief, den Sie ihr geschickt haben. Er enthält genügend Indizien, die beweisen, dass Sie ein Erpresser sind. Wenn Sie noch einmal auch nur ein Wort über sie oder Familie Westbrook drucken, werde ich Sie vor Gericht ziehen und Ihr Skandalblatt wird nie mehr erscheinen."

MacIntyre verschluckte sich am Rauch seiner Zigarre und begann heftig zu husten.

Jack runzelte die Stirn. „Außerdem erwarte ich von Ihnen, dass Sie für den von Ihnen angerichteten Schaden Wiedergutmachung leisten, sonst gehe ich mit Ihrem Erpresserbrief zur Polizei."

Die kleinen Augen des Obersts wurden noch schmaler. „Das ist doch nicht Ihr Ernst."

„Nun gut, ich werde noch mal drüber nachdenken, aber nur, wenn Sie eine große, anonyme Spende für das Christliche Fürsorgehaus in New York machen. Ihre freundliche Geste wird dort sehr geschätzt werden."

Lilly musste sich auf die Unterlippe beißen, um nicht vor Freude zu weinen, aber sie sah ihn mit einem Blick an, der sagte: *Ich liebe dich. Ich liebe diese Geste und alles, was du bist.*

Der Oberst begann zu grinsen – oder war da auch eine Spur Angst? „Anonym? Das finde ich nicht nötig. Die glauben nie im Leben, dass ein ehemaliger Oberst der Unionsarmee so eine Spende macht."

„Möchten Sie es ausprobieren?", fragte Jack.

MacIntyre überlegte, dann murmelte er: „Also gut, ich mache die Spende." Er drückte seine Zigarre im Aschenbecher aus.

Jack sah ihn fest an. „Ich nehme Sie beim Wort. Ich werde das prüfen. Morgen Nachmittag werde ich mit der Leiterin, Miss Diller, telefonieren, um sicherzugehen, dass Ihre Spende angekommen ist."

Es war alles gesagt. Lilly und George folgten Jack nach draußen, hinaus

aus dem höhlenartigen Café und dem Tabakgestank des Obersts. Jack nahm ihren Arm. Die Berührung ließ eine warme Woge durch ihren Körper gehen. Er half ihr in die Kutsche, kletterte neben sie und wies den Kutscher an, sie zurück nach Summerhill zu bringen. George ging zu seinem Einspänner und fuhr los, kurz vor ihnen.

Die Kutsche mit Lilly und Jack setzte sich in Bewegung. Jack rückte näher zu Lilly. Ihr Herz wurde leicht. „Ich weiß es echt zu schätzen, zu was du da für meinen Verlag bereit bist. Hoffentlich bereust du es nicht."

Lillys Augen wurden groß. „Hast du etwa eine andere Autorin, die Bestseller für dich schreibt?"

Er schüttelte den Kopf. „Nicht bei den Liebesromanen, aber das macht nichts. Ich kann mich auf meine Zeitung und die Zeitschrift konzentrieren." Er hielt inne. „Und wir werden demnächst ein Manuskript von einer neuen Westernautorin kaufen; das wird uns helfen."

„Neue Westernautorin? Seit wann habt ihr die denn? Von der hast du mir ja noch gar nichts gesagt."

„Ich weiß das auch erst seit einer Stunde, als Lewis Jarman mich angerufen hat. Er ist ganz begeistert von den Möglichkeiten, die sie uns eröffnet."

In dem Telefonat, das sie mitbekommen hatte, war es also gar nicht um sie selbst gegangen! Wie hatte sie zu so einer vorschnellen Schlussfolgerung kommen können?

Sie nahm Jacks Hände. „Jetzt, wo George so viel Mut gezeigt hat, kann ich nicht weniger tun. Ich werde mich der Öffentlichkeit stellen. Und ich möchte etwas für Jones & Jarman tun."

„Vielleicht sollte ich meinen Ehrgeiz zügeln, wie du einmal gesagt hast. Es braucht so viel Zeit und Kraft, ein Verlagsimperium zu bauen." Jack sah plötzlich nervös und unsicher aus. „Ich möchte mehr Zeit mit dir verbringen, Lilly."

Lilly strahlte. „Ja, das wäre echt schön. Aber Jones & Jarman zu einem großen Verlag zu machen, ist dein Traum, und den will ich nicht ruinieren. Ich will dir helfen."

„Danke, Lilly." Er küsste leicht ihre Hand.

Dann legte er den Arm um ihre Schulter. Sie seufzte wohlig. Sie war so glücklich wie seit sechs Jahren nicht mehr.

„Ich will dich nie mehr enttäuschen, Lilly."

Sie lehnte sich an ihn. „Ich hatte versucht, dir zu vergeben, Jack, jedenfalls in meinem Kopf, aber ich war nicht bereit, dir meine Karriere oder mein Herz anzuvertrauen. Jetzt sehe ich, dass ich dir dieses Vertrauen schenken kann, und ich kann es nicht nur, ich tue es. Ich habe beim besten Willen nicht gewusst, wie diese furchtbare Situation enden würde, aber Gott hat alles zum Guten gewendet."

Jack strahlte. „Für uns beide."

Sie legte den Kopf an seine Schulter, und er beugte sich zu ihr und küsste sie. Sie hätte den Rest ihres Lebens so in seinen Armen bleiben wollen, aber dann nahm sie seine Hand und streichelte sanft seine Finger.

„Ich liebe dich, Lilly."

Erst jetzt merkte sie, wie sehr sie sich nach diesen Worten gesehnt hatte. „Ich liebe dich auch."

„Lilly, ich habe dich das ja schon gefragt und dir versprochen, dich nicht unter Druck zu setzen, aber willst du mir die Ehre erweisen, mich zu heiraten? Ich brauche dich so sehr."

Sie erwiderte ohne Umschweife: „Oh, Jack, ich brauche dich auch. Ich liebe dich, und es wird mir eine Ehre sein, Mrs Jackson Grail zu werden."

Jacks Lächeln war heller als die Sonne. Sie waren zusammen. Endlich.

Sie nahmen den längeren Weg zurück nach Summerhill, um die Schönheit des Nachmittags und ihr Beisammensein länger genießen zu können. Als sie schließlich ankamen, tigerte George unruhig in der Eingangshalle hin und her.

„Ich dachte, wir gehen gemeinsam rein", sagte er, „und erklären unseren Eltern alles. Sie erwarten uns. Und Miranda. Du hast doch nichts dagegen, wenn Miranda dabei ist, Lilly?"

Lilly seufzte auf. Nicht wegen Miranda, sondern wegen dem, was jetzt vor ihnen lag. Sie bereitete sich innerlich auf ihr Geständnis vor. Die Angst kroch in ihr hoch. *Gott, bitte hilf mir, alles zu erklären!*

Jack nahm ihre Hand und drückte sie sachte. Er sah ihr in die Augen und lächelte. Mit neuem Mut trat sie an seinem Arm ins sonnige Kaminzimmer.

Ihre Eltern saßen beieinander. Auch Miranda war da. Alle drei sahen zu ihr hoch. Lilly räusperte sich. „Ich habe euch etwas Wichtiges zu sagen – oder vielmehr zu beichten." Jack stand dicht neben ihr. Sie holte tief Luft und presste die Hände zusammen. „Ich habe mich lange nicht getraut, euch mein Geheimnis zu sagen, weil ich wusste, wie schockiert ihr wärt." Sie holte wieder Luft und befahl ihren Händen, nicht zu zittern. „Ich schreibe Zehn-Cent-Romane für den Verlag Jones & Jarman, unter dem Pseudonym Fannie Cole."

Sie hörte, wie ihr Vater japste. „Meine Güte, Lilly ..."

Ihre Mutter streichelte seine Hand und sah Lilly an. Ihre Augen waren gütig. „Ich habe das gewusst. Und ich glaube, Lillys Schriftstellerei ist etwas Gutes. Ihre Bücher sind wunderbar geschrieben und haben eine echte Botschaft, und was könnte wichtiger sein?"

Lilly fragte atemlos: „Mama, seit wann weißt du, dass ich Fannie Cole bin?" Ihr standen Tränen in den Augen.

Ihre Mutter lächelte halb verlegen. „Nun, vor Kurzem habe ich *Dorotheas Dilemma* gelesen – oder, besser gesagt, verschlungen –, und als ich zu der Szene am Teich kam, hab ich gemerkt, dass das nur du geschrieben haben konntest. Erst war ich natürlich schockiert, aber inzwischen habe ich etwas nachdenken können, und ich muss sagen: Ich bin stolz auf dich. Sehr stolz."

Sie sah kurz ihren Mann an, dessen Mund ungläubig offen stand, und nickte fest. „Es ist höchste Zeit, dass ich euch Kinder flügge sein lasse und ihr beide euren Weg geht. Ich dachte immer, ich wüsste besser, was gut für euch ist, aber das war ein Irrtum. Das wollte ich euch eigentlich heute Nachmittag schon sagen, aber dann wart ihr ja weg. Und noch etwas." Lillys Mutter unterbrach sich, sie blinzelte nervös. „Ich muss auch etwas beichten. Nachdem ich darauf gekommen war, dass du Fannie bist, hab ich den – den Schlüssel zu deinem Sekretär gefunden und habe ihn geöffnet. Drinnen war dein neuestes Manuskript. Lilly, ich habe geschnüffelt. Ich wollte dir das schon eher beichten, aber ich hatte nicht den Mut. Das tut mir sehr leid. Kannst du mir das jemals vergeben?"

Lilly setzte sich neben ihre Mutter, warf die Arme um sie und drückte sie fest. „Natürlich, Mama! Ich habe auch Angst gehabt, dir zu sagen, was ich mache, und bin stattdessen immer mehr auf Abstand zu dir gegangen. Ich dachte, du würdest dich meinetwegen schämen, und das konnte ich nicht ertragen. Es tut mir so leid, dass ich dich falsch eingeschätzt hab."

Ihre Mutter lächelte und weinte gleichzeitig.

Lilly fuhr fort: „Ich habe beschlossen, künftig Werbung für meine Bücher zu machen und Jones & Jarman zu helfen, als Verlag vorwärtszukommen. Das wird zuerst bestimmt nicht einfach sein, aber mit Jacks Hilfe werde ich es schaffen. Ich fürchte nur, dass die feinen Kreise uns in Zukunft meiden werden, und das tut mir echt leid."

George lehnte sich an den Marmor der Kamineinfassung und zupfte an seinem Bart. „Und falls Lillys Schriftstellerkarriere unseren Ausflug in die Welt der oberen Zehntausend nicht beendet, dann werden das Irenes Abenteuer schaffen." Und er berichtete seinen Eltern kurz, was er erfahren hatte.

Vanessa legte die Hand an ihre Stirn.

„Mama, ist dir etwas?", fragte George.

Sein Vater nahm die Hand seiner Frau. Die beiden tauschten einen langen Blick.

„Es ist nur … ein bisschen viel auf einmal." Sie schaute zu George hoch. „Das tut mir so leid, Junge. Es ist ein furchtbarer Schlag für dich."

„Es tut mir leid, dass ich sie in unsere Familie gebracht habe. Ich fürchte, jetzt müssen du und Papa meine Dummheit ausbaden."

„Das ist schon gut", sagte Vanessa. Sie schaute von ihrem Sohn zu ihrer Tochter. „Unsere wirklichen Freunde werden uns treu bleiben. Unsere echten Freunde."

„Und ich habe neue Pläne", fuhr George fort. „Ich möchte gerne Lehrer werden. Eine Klasse ausgelassener Jungen unterrichten, das würde mir Spaß machen. Gerade heute habe ich ein Angebot bekommen, von einer Schule in Connecticut, die Jungen auf das College vorbereitet. Irene wollte nichts davon wissen, aber jetzt hält mich nichts mehr. Im September fange ich an."

Das Gesicht seines Vaters erhellte sich. „Das ist ja prima! Du warst schon immer gut mit Kindern. Viel besser als im Büro." Er lächelte George an.

Die späte Nachmittagssonne goss ihr warmes Gold in den Raum. Zum ersten Mal seit Wochen konnte Lilly frei atmen. Sie schaute zu Jack hoch. Jetzt war sie wieder an der Reihe. Sie lächelte ihn bittend an. Er schob seine Finger in die ihren und drückte sie sachte.

„Mama, Papa, ihr habt euch sicher schon gedacht, dass Oberst MacIntyre mich erpressen wollte. Jack wollte sich ihn vornehmen, aber ich hatte Angst, zugeben zu müssen, dass ich die Fannie-Cole-Romane geschrieben habe. Ich glaubte, dass ich Jack mein Geheimnis nicht anvertrauen konnte. Aber er hat mir das Gegenteil bewiesen und – ich habe auch gemerkt, dass ich ihn liebe." Sie nahm fest seine Hand. „Wir wollen heiraten."

Begeisterte Zustimmung. George gab Lilly einen Kuss auf die Wange und flüsterte: „Das war auch Zeit." Ihre Mutter sprang auf und nahm sie in die Arme.

Ihr Vater klopfte Jack auf den Rücken. „Meine besten Wünsche, Junge. Du bekommst eine wunderbare Frau, und sie bekommt einen genauso wunderbaren Mann. Ich wünsche euch beiden alles, alles Gute."

Lillys Mutter zog die Augenbrauen hoch. Sie war vor lauter Aufregung ganz rot im Gesicht – kein Wunder nach diesen ganzen Eröffnungen. „Und wann wird die Hochzeit sein?"

Jack lachte. „Wie wäre es mit Ende August oder spätestens im September?"

„Ich bin für August." Lilly warf den Kopf zurück, als Jack sich zu ihr beugte. Sein Kuss umfasste alles – Freude, Begeisterung, Leidenschaft. So hatte sie sich das immer vorgestellt. Das Abenteuer der Liebe – vielleicht hatte sie doch nicht zu viel gehofft.

Sheila Walsh / Kathryn Cushman

Sarahs Lied

336 Seiten, gebunden
ISBN 978-3-7655-1238-4

Um ihre Schwester zu besuchen, kehrt Ann, erfolgreiche Designerin in New York, in die alte Heimat Charleston zurück. Und damit in ihre Vergangenheit. Kurz nach der Ankunft geschieht das Unfassbare: Sarah hat einen schweren Autounfall. Im Rettungswagen ringt sie mit dem Tod – und summt immer wieder eine unbekannte Melodie.

Dieselbe Melodie kennt Kenny, der kleine Nachbarsjunge mit Downsyndrom, der Ann fröhlich erklärt, dass Gott Engel schickt, die ihr helfen wollen.

Hilfe kommt auch von Handwerker Eric, dessen Gesellschaft Ann genießt. Doch immer wieder drohen die Verletzungen der Vergangenheit sie einzuholen ... bis Ann selbst die Melodie in sich spürt und weiß: Alles wird gut. Auf himmlische Weise gut.

BRUNNEN VERLAG GIESSEN
www.brunnen-verlag.de

Tracie Peterson

Sophia – Umwege zum Glück

336 Seiten, gebunden
ISBN 978-3-7655-1235-3

Texas, Ende des 19. Jahrhunderts: Nach ihrem Collegeabschluss an der Ostküste und dem tödlichen Arbeitsunfall ihres Vaters plant die kluge und engagierte Sophia Vandermark, das Holzfällerunternehmen ihrer Familie zu unterstützen. Nach und nach bemerkt sie, dass ihr eigentliches Interesse jedoch weniger der Buchhaltung gilt als der Wissenschaft und Medizin. In ihrem Heimatort, in dem Bildung nichts zählt, ist sie damit allerdings ganz allein. Doch dann begegnet sie in dem neuen Arzt, Dr. Clayton, einem Seelenverwandten.

Wird sie erkennen, dass sie das eigene Lebensglück nicht ihrem Pflichtgefühl gegenüber der Familie opfern muss? Werden sie und der manchmal so abweisende Arzt Dr. Clayton ein Paar? Und: Wird ihr geheimer Traum, gegen alle Konventionen selbst Ärztin zu werden, je in Erfüllung gehen?